WEITERE BÜCHER AUF DEUTSCH VON GRACE CALLAWAY

DETEKTIVE AUS LEIDENSCHAFT

Der Herzog, der zu viel wusste

M wie Marquess

Die Lady, die aus der Kälte kam

Der Vicomte klopft immer zweimal

Sag niemals nie zu einem Grafen

Der Kavalier, der mich liebte

MIEDER IN MAYFAIR

Lehrling der Lust

Ihre waghalsige Wette

Ihr begieriger Beschützer

Ihre lasterhafte Leidenschaft

Bucheinbanddesign: EDH Graphics

Fotonachweis: Period Images

Aus dem Englischen von
Annika Mirwald

„Ein absolutes Lesevergnügen! Ich liebe solche Hassliebe-Beziehungen. Zwischen Violet und Richard hat es ordentlich gekracht und geknistert, es hat Spaß gemacht, ihre Zankereien und die wachsende Anziehungskraft zwischen ihnen zu verfolgen. Ihre Beziehung hat mich tatsächlich sehr an *Stolz und Vorurteil* erinnert. Der Mordfall war auch richtig spannend. Eine perfekte Mischung aus Liebesgeschichte und Krimi." – *Romance Library*

„Was für ein unterhaltsames, geniales Buch! Violets hitzköpfige Art und ihre haarsträubenden Abenteuer haben mich richtig zum Lachen gebracht. Richard passt einfach perfekt zu ihr, es hat Spaß gemacht, mitzuverfolgen, wie sich ihre Beziehung entwickelt. Schön fand ich auch, dass man Richards verletzliche Seite sehen konnte. Außerdem war der Mordfall wirklich spannend. Und die Liebesszenen waren unglaublich heiß und fesselnd. Ich konnte das Buch gar nicht mehr aus der Hand legen!" – Lily, *Goodreads*

„Die erste Hälfte dieses Buches habe ich an einem Abend verschlungen, die zweite gleich nach dem Aufwachen um halb sieben Uhr morgens. Wieder einmal hat Grace Callaway mich völlig begeistert. Ihre historischen Liebesromane sind wirklich herausragend." – Michelle, *Goodreads*

„Dieser Teil der Reihe war bisher mein absoluter Favorit. Er kombiniert heiße Sexszenen mit einem rätselhaften Mordfall. Am besten hat mir die aufblühende Beziehung zwischen Violet und Richard gefallen. Ein spannendes, unterhaltsames Lesevergnügen – einfach PERFEKT!" – Elaine, *Goodreads*

VIOLET KENT AMÜSIERTE SICH WIRKLICH KÖSTLICH AUF DEM Weihnachtsball. Sie liebte es zu tanzen, vor allem mit ihrem bevorzugten Tanzpartner und Freund, Wickham Murray. Niemand konnte sie durch den Raum wirbeln wie Wick. Seine Drehungen waren so ausladend, dass sie mehr als einmal beinahe mit benachbarten Paaren zusammengestoßen wären, wenn er sie nicht in letzter Sekunde wieder in die andere Richtung gezogen hätte. Einmal waren sie tatsächlich gegen eine Gipssäule geprallt und hatten vor Lachen nur so gebrüllt, als diese gefährlich zu schwanken begann.

Tanzen machte ihr genauso viel Spaß wie Ausritte über die offenen Felder oder Kricket-Turniere mit ihren Freunden in Chudleigh Crest, dem Dorf, in dem sie aufgewachsen war. Nach dem Tod ihres geliebten Vaters vor drei Jahren, waren sie und ihre vier Geschwister nach London gezogen, um näher bei ihrem ältesten Bruder, Ambrose, zu wohnen. Für Vi war die Umstellung auf ein Leben in der Großstadt nicht leicht gewesen, aber sie hatte sich nicht entmutigen lassen und sich schließlich auch hier einen Freundeskreis aufgebaut.

Der Walzer endete viel zu schnell, und Wick führte sie von

der Tanzfläche. Das Fest war in vollem Gange, die *Crème de la Crème* drängte sich in den festlich geschmückten Ballsaal und ergötzte sich am Büfett und der Musik. Wick dirigierte sie zu einer der Nischen, die in regelmäßigen Abständen in die Wand eingelassen waren. Sie warf einen schnellen Blick durch den mit Efeu und Stechpalmen verzierten Durchgang, um sich zu vergewissern, dass keine wachsamen Familienmitglieder in der Nähe waren. Als sie feststellte, dass die Luft rein war, seufzte sie erleichtert auf und ließ sich auf die mit rotem Samt gepolsterte Sitzbank fallen, wobei ihre buttergelben Röcke sich dramatisch um sie bauschten.

Ein kurzer Moment der Freiheit, bevor die Anstandswauwaus mich aufspüren.

Wick ließ sich neben ihr nieder und streckte die langen Beine aus. „Kann ich dir eine Limonade oder einen Punsch bringen?"

„Eigentlich würde ich viel lieber noch eine Runde tanzen", erwiderte Violet wehmütig.

Wie immer fühlte sie sich nach körperlicher Betätigung pudelwohl in ihrer Haut. Ihr Herz schlug schnell und ihr Verstand – den ihr Vater zu seinen Lebzeiten stets mit einem wild umherspringenden Frosch zu vergleichen pflegte – war ruhig und klar. „Aber Emma wird mir den Kopf abreißen, wenn ich zum dritten Mal hintereinander mit dir tanze. Neuerdings spielt sie sich gerne als Anstandspolizei auf."

„Das gehört wohl zu ihren Aufgaben als Herzogin?", fragte Wick mit einem Augenzwinkern.

Vi prustete wenig damenhaft. „Da sie den berüchtigtsten Schürzenjäger von ganz London geheiratet hat, sehe ich nicht ein, warum sie plötzlich eine Expertin in Sachen vorbildhaften Benehmens sein sollte."

Zurzeit wohnte Violet bei ihrer ältesten Schwester und ihrem Schwager, dem Herzog von Strathaven, und sie liebte die beiden wirklich sehr, aber seit Em ihre Tochter Olivia zur Welt gebracht hatte, war sie noch überfürsorglicher als zuvor ... Dabei war sie schon immer eine Glucke gewesen, da sie ihre Geschwister seit dem Tod der Mutter vor zwölf Jahren quasi allein großgezogen hatte. Ärgerlicherweise war sie neuerdings dazu übergegangen, Vi zu behandeln, als wäre sie genauso alt wie Olivia und nicht eine junge, zweiundzwanzigjährige Dame.

„Du bist nicht länger in Chudleigh Crest", pflegte Emma sie zu belehren. „Hier in London wird dich dein ungezähmtes Verhalten noch in ernsthafte Schwierigkeiten bringen. Ich verlange ja nicht, dass du dich komplett änderst … aber könntest du dein Temperament nicht zumindest ein wenig zügeln, Vi? Es wäre nur zu deinem Besten."

Leichter gesagt als getan, dachte sie betrübt. Sie versuchte es ja, aber das zu bewerkstelligen war genauso unmöglich, wie die Strömung der Themse zu stoppen.

Zweifellos war sie der exzentrische Spross der Familie … was *wirklich* etwas heißen wollte. Doch so unkonventionell der Rest ihrer Geschwister auch war, keiner von ihnen hatte sich auch nur annähernd so oft in missliche Lagen gebracht wie Violet. Sie fiel ja nicht *absichtlich* von höher gelegenen Positionen herunter (wie etwa Bäumen, Zäunen, Pferden, um nur einige zu nennen), traf beim Üben mit der Steinschleuder nicht *mit Absicht* bewegliche Ziele (Tabitha, Emmas Katze, war immer noch zutiefst beleidigt) oder platzte mit unangebrachten Kommentaren heraus. Trotzdem schien sie in jeder Situation Ärger magisch anzuziehen.

Über die Jahre hatte Vi jedoch gelernt, mit ihren Unzulänglichkeiten umzugehen. Wann immer sie etwas Peinliches sagte oder anstellte, ohne großartig darüber nachzudenken, lachte sie nur darüber und tat es mit einem Achselzucken ab. Hocherhobenen Hauptes stand sie über den Dingen. Auf keinen Fall wollte sie, dass andere – insbesondere ihre Familie – mitbekamen, wie verletzt oder beschämt sie war.

Sie war noch nie eine hilflose Heulsuse gewesen, die öffentlich ihre Gefühle zur Schau stellte. Bisher hatte sie sich immer selbst aus der Patsche geholfen, eine Strategie, die sie umso häufiger anwenden musste, seit ihre drei älteren Geschwister in blaublütige Familien eingeheiratet hatten und die mittelständischen Kents sich nun unter den feinen Damen und Herren der *ton* wiederfanden. In der Londoner Gesellschaft herrschten strenge Regeln, denen man folgen musste ... Eine Fertigkeit, die nicht unbedingt zu Violets Stärken zählte. Manchmal fühlte sie sich wie eine Forscherin, die durch exotisches Terrain wandelte und versuchte, die tückischen Sümpfe des gesellschaftlichen Ruins und der Skandale zu umgehen.

„Alle älteren Geschwister führen sich wie Experten auf. Sie sind davon *überzeugt*, welche zu sein", sagte Wick in einem leicht abfälligen Tonfall. „Mein Bruder Carlisle ist das beste Beispiel dafür."

Bei der Erwähnung des Vicomtes stieg Wut in Violet hoch, und sie ballte die Hände in ihrem Schoß zu Fäusten. Für gewöhnlich besaß sie ein recht dickes Fell und war nicht sehr nachtragend. Aber Wicks älterer Bruder hatte ihre Feindseligkeit wahrlich verdient.

Auf einem Ball etwa einen Monat zuvor hatte der arrogante Schnösel anscheinend abfällige Bemerkungen über sie gemacht, die in der *ton* zu Gerüchten führten. Sie hätte es ihm ja nicht übel genommen, wenn sie ihm irgendwie Unrecht getan hätte, aber sie waren einander zuvor nur ein einziges Mal begegnet, und das auch nur flüchtig. Seine Geringschätzung ihr gegenüber war in *keiner* Weise gerechtfertigt.

„Ich habe Carlisle immer noch nicht für das vergeben, was er über dich gesagt hat." Wick fuhr sich mit der Hand durch die zerzausten, braunen Locken. Der prächtige Siegelring an seinem Finger funkelte im Licht der Kronleuchter. „Akzeptierst du meine Entschuldigung an seiner statt?"

Obwohl Vi keineswegs vorhatte, Carlisle zu verzeihen, wollte sie ihren Freund nicht in eine unangenehme Lage bringen. Wick beschwerte sich oft über seinen Bruder ... aber so war das nun mal mit der lieben Familie. Trotzdem wollte sie nicht noch für größere

Spannungen zwischen den beiden sorgen. Als eine Kent wusste sie, wie wichtig Loyalität und Zusammenhalt waren.

Seufzend erwiderte sie: „Du musst dich doch nicht entschuldigen, Wick. Immerhin hast *du* nichts Falsches gesagt."

„Aber ich fühle mich für die Unhöflichkeit meines Bruders verantwortlich. Seit er das Vermögen unserer Familie verloren hat, ist aus ihm ein übellauniger Tyrann geworden." Wick verzog missmutig den Mund. „Wenn es nach ihm ginge, würde ich jede freie Minute mit der Brautschau verbringen. Kannst du dir vorstellen, dass ich seiner Meinung nach jemanden wie Miss Turbett umwerben sollte?"

„Was stimmt denn nicht mit Miss Turbett?"

„Ihr Name klingt wie ein Fisch. Und sie sieht auch wie einer aus."

„Das ist nicht sehr nett von dir. Sie ist eine reizende Dame." Vi kannte die junge Erbin zwar nur flüchtig, fand sie aber trotz ihrer zurückhaltenden Art sehr angenehm. „Aber dein Bruder hat natürlich kein Recht, sich einzumischen. Du solltest heiraten dürfen, wen immer du willst."

„Carlisle hat damit gedroht, meine monatlichen Zuschüsse zu streichen, wenn ich nicht auf ihn höre", berichtete Wick bitter. „Er hält die finanziellen Zügel in Händen, und ich bin nichts weiter als ein willenloser Zuchthengst."

„Wie *gemein* von ihm!", rief Vi ungehalten. „Bist du denn auf seine Freigiebigkeit angewiesen? Könntest du nicht dein eigenes Geld verdienen ... eine Erwerbstätigkeit aufnehmen?"

„Himmel, Violet, ich bin doch ein Gentleman!", rief er entsetzt aus. „Ein Gentleman *arbeitet* nicht."

Sie musste an ihren Bruder Ambrose denken und runzelte die Stirn. Dieser hatte eine der wohlhabendsten Witwen der *ton* geheiratet, leitete aber trotzdem weiterhin eine Privatdetektei, um sich wie ein produktives Mitglied der Gesellschaft zu fühlen und Menschen in Notsituationen zu helfen. Das machte ihn in ihren Augen zum Inbegriff eines wahren Gentlemans, auch wenn es sich nicht mit den Vorstellungen der Oberschicht deckte.

Nachdenklich fuhr sie fort: „Wenn Arbeit keine Option ist, könntest du ja Sparmaßnahmen einführen?"

Früher hatte ihre Familie oft magere Zeiten durchgemacht, und sie erinnerte sich nur zu gut an Mahlzeiten, bei denen ein Laib Brot und ein wenig Käse für sie alle reichen musste. Allein bei dem Gedanken knurrte ihr der Magen.

„Das würde trotzdem nicht ausreichen." Er errötete leicht und senkte den Blick. „Ich werde wohl doch Miss Turbett und ihre Mitgift von zwanzigtausend Pfund umwerben müssen."

„Tut mir leid, Wick." Vi wusste nicht, was sie sonst darauf sagen sollte.

„Es muss dir nicht leidtun. Eine vorteilhafte Partie wird nicht nur mir, sondern auch meiner Familie zugutekommen." Entschlossen straffte er die Schultern, wobei die goldenen Knöpfe an seiner blauen Weste wie winzige Medaillen funkelten. „Zum Wohl aller kann ich dieses Opfer durchaus bringen."

„Wie überaus edelmütig von dir", erwiderte Violet voller Bewunderung. „Du bist wirklich ein anständiger Kerl."

Sie wünschte, sie könnte ihrem Freund helfen, da sie ihm so viel zu verdanken hatte. Bevor sie Wick kennenlernte, war die *ton* für sie ein einsamer, feindseliger Ort gewesen. Spitzfindigkeit war nicht gerade ihre Stärke, aber selbst ihr fiel auf, dass die anderen Debütantinnen ihr jedes Mal die kalte Schulter zeigten, wenn sie sich deren eingeschworenen Kreisen näherte. Oftmals schnappte sie dabei hämische Gesprächsfetzen auf.

... ihr Kleid ist zwar recht modisch, aber ihre Manieren sind einfach zu ungeschliffen! Sie ist ein richtiger Wildfang ...

... ich habe noch nie zuvor erlebt, dass eine Dame beim Lachen dermaßen weit den Mund aufreißt. Wenn sie nicht aufpasst, wird sie noch Fliegen verschlucken. Außerdem isst sie wie ein Pferd ...

... dieses ungehobelte Landei wird doch nie einen Ehemann finden ... außer einer ihrer Schwäger erkauft ihr einen ...

Schweren Herzens hatte Violet sich durch diese ersten Monate gekämpft. Da sie ihre Familie nicht beunruhigen wollte (und um weitere Belehrungen zu vermeiden), hatte sie ihren Kummer für sich behalten und im Stillen ihr Motto wiederholt: *Hilf dir einfach selbst aus der Patsche.* Sie redete sich ein, dass es ihr egal sei, was andere über sie dachten, aber die abfälligen Blicke und Bemerkungen setzten ihr irgendwann doch zu und erstickten ihre Freude darüber, in London zu leben. Mehr und mehr graute ihr vor den gesellschaftlichen Veranstaltungen ... bis sie Wick begegnete.

Der gute Wick ... Mit ihm hatte sich alles verändert. Die beiden verstanden sich von Anfang an blendend. Er hatte sie seinen Freunden vorgestellt, und diese nahmen sie freudig in ihre ausgelassene Gruppe auf.

Zum ersten Mal fühlte sie sich einer Gemeinschaft zugehörig. Das Beisammensein mit ihm war ebenso mühelos wie das mit ihrem Bruder Harry, der früher ihr engster Vertrauter gewesen war. Wick entpuppte sich als wahrer Freund, in dessen Gegenwart ihr nie langweilig wurde. Und was noch besser war: Er ließ sie nie gewinnen, nur weil sie eine Frau war, egal, ob sie Karten spielten oder Wetten darüber abschlossen, wer sich beim Tanzen öfter drehen konnte. Er behandelte sie wie eine Ebenbürtige und nahm sie ernst. Vor allem aber versuchte er nicht, sie zu kontrollieren oder zu verändern.

Dafür, dass er sie so akzeptierte, wie sie war, würde sie ihm ewig dankbar sein.

Gerade schüttelte er trübselig den Kopf. „Ach, genug über meine Geldsorgen. Mit dir kann ich über alles reden, und dabei vergesse ich manchmal, dass du eine Frau bist ... nein, warte. Damit wollte ich eigentlich nur sagen, du bist für mich wie ein Kumpel ... Verflucht noch mal!" Er grinste verlegen. „Ich schaufle mir hier mein eigenes Grab, und zwar so tief, dass es bis nach China reicht."

„Bring mir auf dem Rückweg etwas Tee mit", konterte sie. „Den Souchong mag ich am liebsten."

„Frechdachs." Er lächelte noch breiter. „Aber da wir gerade von Zukunftsaussichten sprachen ... Wie sieht es denn bei dir aus? Hast du heute Abend etwas Interessantes auf dem Heiratsmarkt entdeckt?"

Violet rümpfte die Nase. Die Aussicht auf eine Ehe erschien ihr nicht gerade verlockend, bedeutete diese doch nur, dass noch eine weitere Person ihr vorschreiben würde, was sie zu tun und zu lassen hatte. Ihre Familie war so schon überfürsorglich genug, da brauchte sie nicht auch noch einen besitzergreifenden Ehemann.

Außerdem war ihr das Konzept der romantischen Anziehungskraft völlig fremd. Auch auf diese Art war sie, wie sie ein wenig besorgt feststellte, wohl anders als die anderen. Einer nach dem anderen hatten ihre älteren Geschwister sich Hals über Kopf verliebt ... Sie hingegen konnte nicht einmal richtig flirten. Wozu auch?

Früher erachtete sie Jungs als perfekte Mitverschwörer bei ihren Abenteuern, aber die Vorstellung, für einen von ihnen Zuneigung zu entwickeln, erschien ihr völlig absurd. Immerhin beobachtete sie ihre Freunde dabei, wie sie um die Wette spuckten, im Schlamm miteinander rauften und sich die Lendengegend kratzten, als seien sie verlauste Köter. Sie fluchten ungestüm (wobei sie sich vornehmlich auf besagte Lendengegend bezogen) und schienen alles, was mit Nachttöpfen zu tun hatte, außerordentlich witzig zu finden.

Als sie älter wurden und sich langsam für das weibliche Geschlecht zu interessieren begannen, wurden sie entweder zu liebestollen Grünschnäbeln oder leidenschaftlichen Schürzenjägern. Wick gehörte der zweiten Kategorie an. Er war zweifelsohne ein Charmeur, der sich in weiblicher Aufmerksamkeit sonnte.

Diese männlichen Anwandlungen störten Violet zwar nicht

besonders, allerdings weckten sie auch nicht den Wunsch in ihr, einen dieser Trottel zu *heiraten*. Sie genoss lieber ihre Freiheit.

Auf Wicks Frage hin verdrehte sie nur die Augen. „Du weißt doch, dass ich nicht auf der Suche bin."

„Du Glückliche", seufzte er so kläglich, dass sie lachen musste. „Tja, ich werde dann mal wieder die Runde machen. Soll ich dich vorher in den Schoß deiner liebenden Familie zurückbringen?"

Sie ließ ihren Blick durch den Raum schweifen. Da die Luft noch immer rein war, wollte sie die Gelegenheit nutzen, noch eine Weile ohne Überwachung durch die Gegend zu ziehen. „Nein, ich will mich erst noch ein wenig umsehen."

„Wie du meinst. Aber bring dich nicht in Schwierigkeiten, hörst du?"

„Wer im Glashaus sitzt, sollte nicht mit Steinen werfen", gab sie zurück.

Grinsend verabschiedeten sie sich voneinander.

Vi drückte sich zwischen den Topfpalmen und anderen Pflanzen herum, von wo aus sie das ausgelassene Treiben im Ballsaal beobachten konnte. Langsam wurde sie von der altbekannten Rastlosigkeit, die sie seit ihrer Kindheit plagte, erfasst. Damals hatte sie ihren Vater mit ihrem Gezappel und ihrer Unfähigkeit, sich auf den Unterricht zu konzentrieren, regelmäßig zur Verzweiflung getrieben. Anders als ihr Bruder Harry, der sich stundenlang mit mathematischen Formeln befassen konnte, fühlte sie sich, als würde sie aus der Haut fahren, kaum, dass sie sich auf einem Stuhl niedergelassen hatte.

Glücklicherweise wurde sie nun von einer ihrer Lieblingsbeschäftigungen abgelenkt. Sie folgte dem verlockenden Duft von Essen bis zu der Schlange, die vor dem Büfett stand. Als sie an der Reihe war, begutachtete sie interessiert das reichhaltige Angebot und wählte von allem etwas. Nachdem sie den letzten Bissen einer köstlichen Fleischpastete verputzt hatte, fiel ihr Blick auf eine goldglänzende Spitze, die hinter ein paar Farnwedeln emporragte.

Sofort machte sie sich auf den Weg, um sich die Sache näher

anzusehen. Kaum hatte sie sich zwischen den Pflanzen hindurchgequetscht, entdeckte sie, dass die goldene Spitze zu einem etwa drei Meter hohen Champagnerbrunnen gehörte, aus dem eine rötliche Flüssigkeit sprudelte, die in ein riesiges Becken mündete, in dem man hätte baden können.

Beeindruckt stellte sie ihren leeren Teller auf einem Beistelltisch ab und nahm sich eine Champagnerflöte. Gerade, als sie ihr Glas am Brunnen befüllen wollte, ertönte eine tiefe, männliche Stimme hinter ihr, die ihr eine Gänsehaut verursachte.

„Miss Kent, auf ein Wort."

Sie fuhr herum und kniff die Augen zusammen, als sie sah, wer sich da zu ihr gesellt hatte. Wie immer strahlte Vicomte Carlisle, der mit leicht gespreizten Beinen in aggressiver Haltung vor ihr stand, Arroganz und Autorität aus. Nicht zum ersten Mal fiel ihr auf, wie verschieden die beiden Murray-Brüder doch waren.

Wick glich einem strahlenden, jungen Adonis, während Carlisle, dessen rabenschwarzes Haar kurz geschnitten war, üblicherweise eine grimmige, schroffe Miene zur Schau trug. Mit über eins achtzig überragte er seinen jüngeren Bruder um etliche Zentimeter und war zudem weitaus muskulöser gebaut. Während Wick jeden mit einem charmanten Lächeln und seinem entwaffnenden Esprit um den Finger wickeln konnte, besaß Carlisle die Fähigkeit, andere mit einem einzigen, finsteren Blick zu vertreiben.

Er verneigte sich knapp vor ihr, woraufhin sie einen halbherzigen Knicks machte.

„Lord Carlisle." Aus ihrem Mund klang sein Name beinahe wie eine Beleidigung. „Hat Ihnen noch nie jemand gesagt, dass es unhöflich ist, sich an andere heranzuschleichen?"

„Da ich weder ein Dieb noch ein Wegelagerer bin, Miss Kent, schleiche ich mich auch nicht an. Es ist nicht meine Schuld, wenn die andere Person so unachtsam ist, dass sie mich nicht bemerkt."

Sie errötete heftig. Natürlich fiel ihm direkt eine ihrer größten Charakterschwächen auf.

Um ihre Verlegenheit zu überspielen, erwiderte sie kühl: „Ich wollte mir nur etwas zu trinken holen."

„Ich würde mir an Ihrer Stelle nichts davon nehmen."

Sie biss die Zähne zusammen. Gott, wie sie es hasste, wenn ihr jemand sagte, was sie zu tun oder zu lassen hatte ... vor allem ein hochnäsiger Schnösel wie er. Trotzig wandte sie ihm den Rücken zu und näherte sich dem Brunnen. Gerade, als sie die Champagnerflöte unter die sprudelnde Flüssigkeit halten wollte, ertönte aus dem Inneren des Konstrukts ein unheilvolles Grollen. Sie sah nach oben ... und erblickte eine rote Fontäne, die geradewegs über ihrem Kopf ausgespuckt wurde. Bevor sie reagieren konnte, legte sich ein muskulöser Arm um ihre Taille und zerrte sie rückwärts. Eine Sekunde später prasselte die rote Gischt auf die Stelle nieder, an der sie eben noch gestanden hatte.

Ein heftiger Schock durchfuhr sie. Nicht nur, weil sie der Champagnerwelle so knapp entkommen war, sondern vor allem aufgrund der intimen Nähe zu einem männlichen Körper. Obwohl sie inzwischen mit einigen Gentlemen getanzt hatte, war ihr noch nie jemand so nahegekommen, hatte sie auf diese Weise berührt. Mit dem Rücken gegen Carlisles Vorderseite gepresst, spürte sie jeden Zentimeter seiner harten Statur. Es war, als würde sie gegen eine Mauer aus Stahl gedrückt.

Sie bemerkte seinen warmen Atem an ihrem Ohr, die Hitze seines kräftigen Körpers. Sein frischer, unbeschreiblich maskuliner Duft stieg ihr in die Nase. Gleichzeitig nahm sie seinen muskulösen Schenkel wahr, der sich leicht an ihren Hintern und zwischen ihre Beine presste. Trotz der Lagen an Kleidung zwischen ihnen, erschauderte sie und bemerkte einen seltsamen, pulsierenden Druck in ihrem Unterleib ... obwohl sie doch gerade erst gegessen hatte.

„Lassen Sie mich sofort los", brachte sie heraus.

Er rückte so schnell von ihr ab, dass sie beinahe das Gleichgewicht verlor.

„Mit Freuden." Sein verächtlicher Tonfall verdrängte jegliche

Dankbarkeit, die sie angesichts der Rettung verspürt hatte. Er nahm ihr das Glas aus der Hand, das sie immer noch umklammert hielt, und brachte es hinüber zu dem Beistelltisch. Anschließend drehte er sich zu ihr um und wiederholte mit finsterer Miene: „Ich möchte mit Ihnen sprechen."

„Worüber denn?" *Warum klinge ich so atemlos?*

„Darüber, wie viel von Wickhams Zeit Sie in Anspruch nehmen."

Es dauerte kurz, bis seine Worte eingesunken waren. Dann jedoch warf sie ihm einen wütenden Blick zu. „Das tue ich überhaupt nicht."

„Ich habe gesehen, wie Sie mit ihm tanzen. Mit ihm flirten." Carlisle presste die Lippen zusammen. „Lassen Sie ihn in Ruhe, Miss Kent. Er muss sich mit wichtigeren Dingen befassen."

Er glaubte allen Ernstes, sie würde mit Wick ... *flirten?*

„Er ist wie ein Bruder für mich", erwiderte sie ungläubig.

„Nun, er ist *mein* Bruder, deshalb fordere ich Sie auf, sich von ihm fernzuhalten. Er muss sich konzentrieren."

„Soll heißen, er muss den Schlamassel ausbaden, den *Sie* angerichtet haben", gab sie, ohne nachzudenken, zurück.

„Wie bitte?"

Sein eisiger Tonfall hätte jede andere Dame völlig eingeschüchtert. Violet hingegen wurde nur noch wütender. „Sie verhalten sich ihm gegenüber nicht fair", sagte sie und verschränkte die Arme vor der Brust. „Er hat das Recht darauf, seine eigenen Entscheidungen zu treffen."

Unverhohlene Feindseligkeit spiegelte sich in Carlisles Blick wider. Seine Augen hatten die dunkle Farbe verbrannter Erde angenommen: tiefschwarz, durchzogen von bronzefarbenen Erzadern. Er ballte die Hände zu Fäusten, und seine Muskeln verspannten sich, als müsse er um den letzten Funken Selbstbeherrschung ringen.

„Meine Familie geht Sie nichts an", verkündete er grimmig. „Lassen Sie die Finger von ihm."

„Wick ist mein Freund, und ich werde Zeit mit ihm verbringen, wann immer ich will. Was haben Sie eigentlich gegen mich?" Die ganze aufgestaute Verbitterung brach aus ihr hervor. „Warum haben Sie so abscheuliche Gerüchte über mich verbreitet?"

Eine leichte Röte überzog seine Wangen, aber er entgegnete tonlos: „Ich verbreite keine Gerüchte, Miss Kent. Ein paar alte Gänse haben wohl ein vertrauliches Gespräch belauscht."

„Sie nannten mich einen Wildfang. Behaupteten, ich sei nicht *respektabel genug.*"

„Das habe ich nicht gesagt."

„Aber Sie *haben* etwas behauptet." Verbissen stürzte sie sich auf das verhüllte Geständnis. „Seien Sie wenigstens Manns genug und sagen Sie es mir ins Gesicht."

Sein Kiefermuskel zuckte gefährlich. „Sie sind eine Frau. Die Wahrheit würden Sie nicht verkraften."

Violet wusste nicht, was sie mehr erzürnte, seine frauenfeindliche Einstellung oder sein herablassender Tonfall. Sie fühlte sich, als müsse sie jeden Moment vor Wut explodieren. „Würde ich wohl, verflucht!"

„Na schön. Ich sagte, dass mein Bruder eine Frau an seiner Seite braucht, die ihn unter Kontrolle hält, und Sie seien dafür völlig ungeeignet. Außerdem sagte ich, Sie besäßen weder Anstand, noch könnten Sie das Wort überhaupt buchstabieren", fasste er kühl zusammen.

Einen Augenblick lang starrte sie ihn sprachlos an.

„Sie hochnäsiger *Schnösel!*" Vor Entrüstung konnte sie kaum noch einen klaren Gedanken fassen. „Sie kennen mich doch überhaupt nicht! Wie können Sie es wagen, über mich zu urteilen?"

„Ich habe nur meine Meinung geäußert, Miss Kent. Normalerweise liege ich mit meinen Einschätzungen nie weit daneben."

Seine souveräne Überlegenheit ließ sie völlig rotsehen. „In diesem Fall liegen Sie *völlig* daneben. Ich kann Anstand sehr wohl buchstabieren, Sie herablassendes Ekel! *A-N-S-T-A-N-D-T.*"

Ein paar Sekunden lang funkelte sie ihn zornig an, nicht

gewillt, den Blick zuerst abzuwenden. Doch dann geschah etwas Merkwürdiges. Plötzlich bildeten sich kleine Fältchen um seine Augen. Bronzefarbene Pünktchen schimmerten in den dunklen Tiefen. Seine zu einem schmalen Strich zusammengepressten Lippen zuckten.

Was ... *Lachte* er etwa über sie? Warum zum Teufel ...?

Verwirrt überdachte sie ihre letzten Worte ... und lief puterrot an. Verflixt, und ihr Vater hatte doch immer zu sagen gepflegt, dass ihre mangelhaften Buchstabierkünste sie noch irgendwann in Verlegenheit bringen würden! Der Erkenntnis, dass sie einen so albernen Fehler begangen hatte, folgte ein überwältigendes Schamgefühl. Im nächsten Moment fiel die Rüstung der Gleichgültigkeit, die sie so viele Jahre getragen hatte, von ihr ab, und all die Beleidigungen, denen sie je ausgesetzt war, trafen sie wie ein Schlag ins Gesicht.

Ungehobeltes Landei ... Wildfang ... Wird nie einen Ehemann finden ... Die höhnischen Blicke der anderen Debütantinnen, die besorgten Mienen ihrer Geschwister ...

Ein erstickter Laut entfuhr Carlisle. Die Schmähungen der Vergangenheit verblassten angesichts ihrer gegenwärtigen Situation. Der elende Flegel *lachte* sie doch tatsächlich aus! Demütigung und Wut vereinten sich zu einer explosiven Mischung.

„Wagen Sie es ja nicht, sich über mich lustig zu machen“, presste sie zwischen zusammengebissenen Zähnen hervor.

Seine breiten Schultern bebten.

Sie trat einen Schritt auf ihn zu und zeigte anklagend mit dem Finger auf ihn. „Ich warne Sie. *Hören Sie auf zu lachen!*“

Beschwichtigend hob er die großen Hände. „Oder was, Miss Kent?“ Seine Augen funkelten spöttisch. „Buchstabieren Sie mir sonst *Gehorsam* vor?“

Jetzt sah Vi endgültig rot. Wie von selbst schnellten ihre Hände nach vorne und stießen ihn heftig gegen die Brust ... und plötzlich geschah alles wie in Zeitlupe. Es kam ihr vor, als stünde sie neben sich und würde beobachten, wie Carlisle stolperte und überrascht die Augen aufriss, als er auf der Champagnerpfütze ausrutschte und wie ein gefällter Baum hintenüber fiel ...

Ein lautes Platschen riss sie aus ihrer Benommenheit. Mit blankem Entsetzen starrte sie den Vicomte an, der auf seinem Allerwertesten im Becken des Springbrunnens saß. Blutroter Champagner plätscherte ihm fröhlich auf Kopf und Schultern.

Verflucht, was habe ich denn jetzt wieder angestellt?

Zögerlich trat sie einen Schritt auf ihn zu ... und erstarrte, als sie seinen mörderischen Blick bemerkte.

„Verschwinden Sie von hier. *Auf der Stelle*", knurrte er.

Panisch gehorchte sie ihm, drehte sich um und quetschte sich zwischen den Farnwedeln hindurch. Dann eilte sie so schnell sie konnte in die entgegengesetzte Richtung davon, um in der Menge der anwesenden Gäste unterzutauchen. Wie eine Verbrecherin warf sie ununterbrochen Blicke zurück über die Schulter. Das Herz hämmerte ihr in der Brust, und ihre Gedanken kreisten unablässig um die Schwierigkeiten, die sie sich nun wieder einge-brockt hatte.

~ 2 ~

RICHARD MURRAY, DER VICOMTE CARLISLE, WURDE JÄH AUS dem Schlaf gerissen. Von draußen ertönten verärgerte Stimmen ... anscheinend ein Aufruhr auf der Straße. In dieser Gegend von Cheapside war das zwar nichts Ungewöhnliches, aber dennoch irritierend. Er starrte durch das Halbdunkel auf einen Riss in der Decke. Seine Laune verschlechterte sich zusehends, als er sich seiner schmerzhaften Erektion bewusst wurde.

Mit einem tiefen Seufzer setzte er sich im Bett auf. Die Decke glitt über seinen nackten Oberkörper hinunter bis zu seinem harten Schaft. Er fuhr sich mit der Hand durchs Haar, winkelte die Knie an und stützte die Ellbogen darauf ab, während er wartete, dass seine pulsierende Erregung nachließ.

„Vorlautes, kleines Gör", murmelte er. „Das ist allein ihre Schuld."

Zweifellos war Miss Violet Kent verantwortlich für seinen mentalen und körperlichen Zustand. Welcher Mann wäre nicht erzürnt über einen derartigen Angriff ... von einem einfältigen Miststück in einen verdammten Brunnen *gestoßen* zu werden? Normalerweise hätte ihr schwacher Schubs ihn nicht so leicht umgehauen, aber er hatte nicht damit gerechnet, und dann war er auch noch in dieser vermaledeiten Pfütze ausgerutscht ...

Was für eine Demütigung. Eigentlich sollte er sich nicht wundern, dass ihr Aufeinandertreffen ihn wie einen Narr hatte dastehen lassen. Für ihn bedeuteten Frauen üblicherweise nichts als Ärger. Diese Lektion hatte er bereits vor langer Zeit dank Miss Lucinda Belton und Lady Audrey Keane gelernt. Seitdem versuchte er, den Umgang mit respektablen Damen tunlichst zu vermeiden.

Wenn es ihn nach weiblicher Gesellschaft verlangte, bezahlte er dafür. Ein unkomplizierter Handel, der beide Partien mit Befriedigung erfüllte. Im Bett kam er daher wunderbar mit Frauen zurecht.

Außerhalb davon jedoch bescherten sie ihm nichts als Ärger. Er wollte doch nur, dass Violet Kent sich von seinem Bruder fernhielt ... War das etwa zu viel verlangt? Stattdessen hatte sie ihn zum Gespött des Balls gemacht.

Aber er ließ sich seine Demütigung vor der sensationslüsternen *ton* nicht anmerken, o nein. Hoch erhobenen Hauptes war er aus dem Saal marschiert, als würde er nicht vor Champagner triefen und seine Stiefel nicht bei jedem Schritt quietschen. Er hatte die Veranstaltung so würdevoll verlassen, als sei alles in bester Ordnung, was ihm allerdings nur deshalb gelungen war, weil er sich dabei allerlei kreative Arten der Vergeltung ausmalte.

Beispielsweise, wie er Violet Kent übers Knie legte.

Aber diese Gedanken führten unglücklicherweise zu seinem jetzigen – beharrlich pulsierenden – Zustand.

Er hätte sie einfach in den verdammten Brunnen stolpern lassen sollen. Aber nein, er musste ja seinem Instinkt folgen und sie an sich ziehen, um sie vor dem peinlichen Fall zu bewahren. Das daraus resultierende Begehren hatte er sich selbst zuzuschreiben.

Sein Körper hatte ganz natürlich reagiert. Welchen heißblütigen

Mann würde ein praller Hintern, der sich gegen seine Lendengegend rieb, kaltlassen? Selbstverständlich war seine animalische Fantasie mit ihm durchgegangen und er hatte sich vorgestellt, wie er Miss Kent über die nächstgelegene Oberfläche warf, ihre farbenfrohen, gelben Röcke hochschob, ihre schlanken Schenkel spreizte und …

Er warf einen Blick nach unten. Verdammt, unter der Decke zeichnete sich deutlich sein steinharter Schaft ab.

Na wunderbar.

Er erhob sich und stapfte hinüber zum Waschbecken und dem bereitstehenden Wasserkrug, wobei seine Erektion schmerzhaft auf und ab wippte. Nachdem er sich ein wenig eisiges Wasser ins Gesicht gespritzt hatte, umklammerte er den wackeligen Waschtisch und wartete, bis die kalte Luft sein kochendes Blut abgekühlt hatte. Obwohl er sich auch auf andere Weise hätte behelfen könnte, wollte er diesem primitiven Impuls nicht nachgeben.

Selbstdisziplin und Vernunft hatten für ihn stets oberste Priorität. Aus Erfahrung wusste er, dass er seinen Gefühlen, was das andere Geschlecht betraf, nicht trauen durfte. Stattdessen verließ er sich bei seinen Entscheidungen strikt auf seinen Intellekt. Trotz seiner unerwarteten körperlichen Reaktion auf Miss Kents Nähe gab es nur eines, das er von ihr wollte: Sie sollte sich gefälligst von seinem Bruder fernhalten.

Der Gedanke an Wickham vertrieb schließlich den Rest seiner Erregung. Verbittert zog er sich einen abgetragenen Morgenmantel über. Für seinen jüngeren Bruder war Zurückhaltung ein Fremdwort. Ständig fiel er auf die Frauen herein, und das, obwohl er auch so schon in Schwierigkeiten steckte.

Wick war wieder einmal verschuldet … Doch diesmal konnte Richard ihm nicht aus der Klemme helfen. Die einzige Hoffnung seines Bruders lag darin, eine reiche Erbin zu heiraten. Richard hatte sich mächtig ins Zeug gelegt, um eine entsprechende Partie zu finden. Es war ihm gelungen, sich mit einem wohlhabenden Kaufmann namens Alfred Turbett zu einigen. Nun musste Wick nur noch bei diesem um die Hand seiner Tochter anhalten.

Aber das würde nicht geschehen, solange Violet Kent ihn umgarnte.

Oh, Richard kannte Frauen von ihrer Sorte nur zu gut. Sie war ein oberflächliches Weibsbild, das durchs Leben tänzelte, ohne sich darum zu scheren, welche Konsequenzen ihre Handlungen nach sich zogen. Es gefiel ihr, männliche Aufmerksamkeit zu erregen, wobei ihr nichts weiter wichtig war als ihr eigenes Vergnügen. Das schamlose Biest würde auch Wick um ihren Finger wickeln und ihn wie ein Paar alter Pantoffeln wegwerfen, sobald sie genug von ihm hatte.

Nur über meine Leiche, dachte er grimmig.

Er läutete nach Bartlett. Der Kammerdiener war einer der wenigen Angestellten, die er in seiner bescheidenen Mietwohnung noch beschäftigte. Seine finanzielle Lage forderte derartige Sparmaßnahmen nun einmal. Er war kein Mann, der über seine Verhältnisse lebte, im Gegensatz zu seinem Bruder.

Gerade hatte er sich am Frühstückstisch in seinem kleinen, heruntergekommenen Salon niedergelassen, als Wickham hereinstolzierte. Dieser trug noch immer die Kleidung des Vorabends ... was wenig überraschend war, da er selten vor Tagesanbruch zu Bett ging. Und ganz gleich, welchen Schwelgereien er auch frönte, schaffte Wick es stets, frisch wie ein junger Gott aufzutreten.

Lange, dunkle Wimpern umrahmten die haselnussbraunen Augen seines Bruders und warfen Schatten auf seine hohen Wangenknochen. Seine goldbraunen Locken waren elegant zerzaust. Ihre Mutter war einst eine berühmte Schönheit gewesen, und Wick kam dem Aussehen und Temperament nach ganz nach ihr ... im Gegensatz zu Richard, der seinem Vater und allen vorangegangenen Vicomtes ähnelte.

Die Ahnengalerie zeigte eine Reihe finster dreinblickender Männer mit dunklerem Teint und muskulösem Körperbau, der eher an den von hart arbeitenden Bauern erinnerte. Wie der grimmige Gott der Schmiede, Hephaistos, tendierten sie unglücklicherweise dazu, sich in ihr natürliches Gegenstück zu verlieben –

lebhafte, strahlende Aphroditen –, was zu einigen desaströsen Ehen geführt hatte.

Konservativ und temperamentvoll vertrugen sich nicht sonderlich gut.

„Bleib ruhig sitzen, alter Knabe", sagte Wick. „Ich wollte nur kurz vorbeischauen und dir beim Frühstück Gesellschaft leisten. Obwohl ich ewig gebraucht habe, herzukommen. Was hast du dir nur dabei gedacht, dieses abgelegene Drecksloch zu mieten?"

„Wir sind in Cheapside, nicht im neunten Kreis der ..." Ein beißender Geruch stieg ihm in die Nase und er musste niesen. „Was zum Henker ist das für ein Gestank?"

„Gestank?"

„Dieses penetrante Aroma, das vermuten lässt, du hättest dich in einem Feld aus Maiglöckchen gewälzt, bevor du in eine Wanne voll Moschus gestiegen bist", erwiderte Richard mit tränenden Augen.

Wick schnupperte an seinem Gehrock. „Ach, das. Muss wohl an mir haften geblieben sein. Französisch", fügte er mit einem Anflug von Stolz hinzu, „und ziemlich kostspielig."

Voller Missbilligung bemerkte Richard die Rougeflecken an dessen Kragen. „Das Parfüm oder das Flittchen?"

„Beide", grinste Wick.

Da ihr Verhältnis bereits angespannt genug war, unterstand er sich, seinen Bruder darauf hinzuweisen, dass er sich kostspielige Flittchen nicht leisten konnte, auch wenn sie Französinnen waren. Ein Vortrag über finanzielle Verantwortung würde Wick nur noch mehr verstimmen. Außerdem wollte er den eigentlichen Grund für dessen Besuch erfahren.

Wick hat die Feier bereits vor dem Malheur verlassen. Vielleicht weiß er gar nicht, was geschehen ist?

Sein Bruder ging zum Büfett hinüber und seufzte gequält. *„Schon wieder* Hering und Eier? Wie soll man da genug Energie für den Tag erhalten?"

„Du musst es ja nicht essen, wenn es dir nicht passt." Mürrisch schaufelte Richard seine Portion in sich hinein.

Mit einem voll beladenen Teller setzte Wick sich neben ihn. „Immerhin siehst du gar nicht so mitgenommen aus."

Verdammt. Er beschloss, sich dumm zu stellen. „Warum sollte ich?"

Sein Bruder warf ihm einen unschuldigen Blick zu. „Na wegen deines *Ausrutschers* gestern."

Hitze schoss Richard ins Gesicht. „Es war ein Unfall."

„Hast aus Versehen zu tief ins Glas geschaut, was?"

„Ich war nicht betrunken."

„Wie zur Hölle konntest du dann in einem *Brunnen* landen?", kicherte Wick.

Der Teufel soll Violet Kent holen. Richards Gesicht brannte vor Scham. Doch er konnte seinem Bruder unmöglich erzählen, was wirklich vorgefallen war. Zunächst einmal würde er sich eher umbringen als zuzugeben, dass eine Frau ihn niedergestreckt hatte ... noch dazu ein so zierliches Ding. Außerdem verbot sein Ehrgefühl es ihm, eine Dame zu beschuldigen, weshalb er ihr auch befohlen hatte, sich schnellstmöglich vom Ort des Geschehens zu entfernen.

Unter der brodelnden Wut verspürte er aber auch einen Anflug von ... Schuld. Nach den Gerüchten, die wegen ihm über sie kursierten, empfand er es als seine Pflicht, ihren Ruf nicht noch weiter zu schädigen. Es reute ihn, dass die Klatschmäuler sein privates Gespräch mit Blackwood aufgeschnappt hatten und nun gehässig über Miss Kent tuschelten. Aus Sorge um Wickham hatte er sich zu unüberlegten Äußerungen hinreißen lassen und ihr unbeabsichtigt Schaden zugefügt.

Ungebeten erschien ihr Gesicht vor seinem geistigen Auge: ihre zarten, hohen Wangen, die leicht nach oben geschwungenen Augen, deren goldbraune Farbe ihn an seinen bevorzugten Whisky erinnerte. Ihre vollen Lippen waren beinahe zu üppig für ihr schmales Gesicht, und das kleine Spitznäschen unterstrich ihren unbekümmerten, schelmischen Charakter.

An und für sich waren ihre Züge keineswegs als schön zu bezeichnen, aber als Gesamtbild strahlten sie eine unleugbare Anziehungskraft aus, eine Lebhaftigkeit, von der man sich nur schwer abwenden konnte. Zwar war sie keine Aphrodite, dafür aber definitiv Aglaia, eine der drei Grazien und strahlende Verkörperung von Anmut und Lebensfreude. Widerwillig musste er zugeben, dass Violet Kent ihn auf eine Weise anzog, die tief unter die Haut ging und eine gefährliche, animalische Reaktion in ihm hervorrief. Wenn ihr Charme jedoch nicht einmal ihn – einen vernünftigen, klar denkenden Mann – kaltließ, was für eine Gefahr stellte sie dann erst für einen naiven Knaben wie seinen Bruder dar?

„Vergessen wir den verdammten Brunnen", knurrte er abrupt. „Es gibt wichtigere Dinge zu besprechen. Wie lief es gestern mit Miss Turbett?"

Von einer Sekunde zur nächsten war Wicks gute Laune verflogen. Richard unterdrückte ein Seufzen. Eigentlich sollte er die Stimmungsschwankungen seines Bruders längst gewöhnt sein, aber irgendwie sah er in ihm immer noch den flachsblonden Jungen, der ihm überall hin gefolgt war und jedes seiner Worte für bare Münze genommen hatte. Der jüngere Bruder, der ihn bewundert hatte ... und den er im Gegenzug so gut es ging beschützte.

Doch seit dem Tod ihres Vaters vor sechs Jahren hatte sich alles verändert. Wickham war nun kein lebensfroher Jüngling mehr, sondern ein wilder, leichtsinniger Wüstling. Das Schlimmste war, dass Richards Mahnungen oder Ratschläge ihn nur zunehmend verärgerten, bis er kaum noch mit sich reden ließ.

Also musste Richard zu härteren Maßnahmen greifen. Er drohte damit, Wicks vierteljährliche Zuschüsse – seine einzige Geldquelle – einzustellen, wenn dieser nicht ernsthafte Schritte unternähme, seine Schulden in Höhe von zehntausend Pfund zu tilgen. Schulden bei einem *Geldverleiher*, verdammt noch mal.

Seine Schläfen pochten. Wenn er nur nicht so mit dem finanziellen Fiasko beschäftigt gewesen wäre, das ihr Vater ihm hinterlassen hatte, hätte er Wick besser im Auge behalten und ihn vielleicht daran hindern können, astronomische Summen zu verprassen und dadurch seine eigene Zukunft aufs Spiel zu setzen …

„Ich habe einmal mit Miss Turbett getanzt. Sie war in etwa so charmant wie ein toter Fisch", sagte Wick und hob trotzig das Kinn an. „Und ebenso gesprächig."

„Du bist ja nicht an ihrem Charme oder ihren Unterhaltungskünsten interessiert, sondern an ihren zwanzigtausend Pfund. Verdammt, du hast diesem Plan doch zugestimmt." Frustriert presste Richard die Zähne zusammen. „Ich habe Turbett dazu überredet, dass du seine Tochter umwerben darfst. Du solltest dich glücklich schätzen, dass er dich aufgrund deiner Ahnenlinie überhaupt akzeptiert hat. Miss Turbetts Vermögen ist deine einzige Hoffnung auf Rettung."

„Aber ich will dieses langweilige Ding nicht heiraten, und du kannst mich nicht dazu zwingen."

„Himmel noch eins, hör auf, dich wie ein Kind zu verhalten." Langsam verlor Richard die Geduld. „Begreifst du denn nicht, in welcher Gefahr du dich befindest? Dein Geldverleiher ist nicht irgendein Händler, der geduldig neben dem Dienstboteneingang wartet, bis er bezahlt wird. Garrity ist ein *Halsabschneider*. Solltest du deine Schulden nicht begleichen, wird dir mehr als nur dein guter Ruf abhandenkommen. Er wird sich sein Pfund Fleisch holen … buchstäblich."

Wick erblasste, fing sich jedoch gleich wieder.

„Das ist alles deine Schuld", schnappte er, während er sich wütend Marmelade aufs Brot schmierte. „Hättest du dich meinem Kanalbauvorhaben angeschlossen, wären wir beide längst stinkreich. Dann könnte ich mit Leichtigkeit meine Schulden begleichen, und der Familiensitz stünde nicht am Rande des Ruins. Aber du hast dich geweigert, und allein konnte ich es mir nicht leisten. Also hast *du* uns diese Situation eingebrockt." Er deutete vorwurfsvoll mit dem Messer auf Richard, wobei sein goldener Siegelring funkelte. „Im Übrigen stimmt Mutter mir zu."

Natürlich. Zu seiner Frustration überkamen Richard erneut Schuldgefühle. Obwohl er sein Bestes gegeben hatte, wusste er, dass seine Mutter ihm die Einschränkung ihrer Apanage übelnahm. Ihren Missmut brachte sie regelmäßig in vernichtenden Briefen mehr als deutlich zum Ausdruck.

Wenn dein Vater wüsste, wie du mich behandelst, würde er sich im Grabe umdrehen. Er würde dir niemals vergeben ... und ich tue es auch nicht. Wie ich es bereue, einen solch undankbaren Sohn zur Welt gebracht zu haben.

Wie gewöhnlich hatte sie dabei die Wahrheit beschönigt: Sein Vater hatte sich und das Anwesen verschuldet, damit sie ihren extravaganten Lebensstil beibehalten konnte, und dieser Druck kostete ihn letztendlich das Leben. Er starb über seinen Kontobüchern, sein Herz hatte die finanzielle Last einfach nicht mehr ertragen.

Und Richard durfte den Schlamassel nun ausbaden.

Während des letzten Jahres hatte er nach und nach seinen persönlichen Besitz verkauft, einschließlich seiner Jagdhütte und dem eigenen Gestüt, um die Schulden zu tilgen. Mit strengen Sparmaßnahmen und einer Vermögensreform schaffte er es gerade so, den Familiensitz über Wasser zu halten. Ihm war keine andere Wahl geblieben, als die Ausgaben seiner Mutter einzuschränken ... Nicht, dass sie seinen Erklärungen Gehör geschenkt hätte. Ihrer Meinung nach traf ihn die alleinige Schuld.

„Nur weil ihr euch mal wieder einig seid, habt ihr noch lange nicht recht", erwiderte er resigniert. „Du weißt genau, dass ich das Anwesen nicht für diese Kanalidee aufs Spiel setzen konnte. Mein Geschäftspartner und ich haben dieses Vorhaben gründlich überdacht, aber die Aussicht auf Erfolg eines solchen Unterfangens erschien uns viel zu gering.“

„Aber es *war* erfolgreich. Und weil du nicht auf mich gehört hast, stecke ich jetzt in der Klemme! Warum sollte ich irgendeine stinklangweilige Erbin heiraten müssen, weil *du* die falsche Entscheidung getroffen hast?“ Wicks Wangen röteten sich vor Zorn. „Warum muss ich als Einziger unter all dem leiden?“

Ungläubig lauschte Richard den abwegigen Anschuldigungen seines Bruders. Wie konnte dieser nur glauben, er sei der Einzige, der mit den schrecklichen Konsequenzen zu leben hatte? Richard musste seine Stallungen aufgeben und mit ihnen das Zuchtgeschäft, das er jahrelang in mühsamer Arbeit aufgebaut hatte. Doch trotz allem hatte er es nicht übers Herz gebracht, sein eigenes Pferd, Äolus, durch Tattersall zu versteigern.

Obwohl er kein sentimentaler Mann war, konnte er sich einfach nicht von dem stolzen Vollblut trennen. Schuldgefühle nagten an ihm, als er an seinen treuen Begleiter dachte, der nun in einem heruntergekommenen Stall stand und sich statt mit langen Ausritten durch die Ländereien mit kurzen Runden durch den Hyde Park begnügen musste.

„Deine Schulden hast du dir allein zuzuschreiben“, entgegnete er leise. „Du hattest bereits genug andere Möglichkeiten als eine Vernunftsehe, um dich aus deiner Misere zu befreien. Vor ein paar Jahren bot ich an, dir ein Offizierspatent zu erwerben oder dich für einen respektablen Beruf zu empfehlen.“ Mit seinem Charme, dem guten Aussehen und dem wachen Verstand hätte Wick jede Stelle haben können, die er wollte. „Aber du hast vehement abgelehnt.“

„Glaubst du wirklich, ich könnte im Gleichschritt marschieren? Eine Predigt halten oder mich mit der Gerichtsbarkeit herumschlagen? Ich bin ein *Gentleman*.“

„Ein toter Gentleman, wenn du Garrity nicht schnellstmöglich bezahlst. Und diesmal werde ich dir nicht helfen können, Bruder.“

Wick hüllte sich in mürrisches Schweigen, doch seine Hand zitterte, als er nach der Teetasse griff. Der sonst so lässige Knabe war starr vor Angst. Richard beschloss, die Gelegenheit zu nutzen.

„Noch ist nicht alles verloren. Turbett und seine Tochter werden in zwei Wochen einen privaten Ball in Hertfordshire besuchen. Er hat uns ebenfalls Einladungen besorgt und ist gewillt, dir noch eine letzte Chance zu geben."

„Er hat *uns* Einladungen besorgt?" Wicks Stimme triefte regelrecht vor Sarkasmus. „Himmel noch eins, er ist ein Händler. Ich glaube kaum, dass es vorteilhaft für uns wäre, eine Veranstaltung zu besuchen, die von einem seiner kaufmännischen Kumpane ausgerichtet wird."

„Dennoch werden wir hingehen." So sehr Richard derartige Anlässe auch verabscheute, würde er sich die Gelegenheit nicht entgehen lassen, Wicks Zukunft zu sichern. Und auch seine eigene. Fürs Erste mochte er den finanziellen Ruin abgewendet haben, aber um zu überleben, bedurfte das Anwesen langfristiger Geldanlagen.

„Der Gastgeber, Billings, ist ein wohlhabender Bankier und hat eine Tochter", sagte er.

Sofort erhellte sich Wicks Miene, und für einen kurzen Moment erinnerte er Richard wieder an den jüngeren Bruder, der er einst war.

„Sag bloß nicht, *du* ziehst eine Heirat in Erwägung?" Er hob die Augenbrauen. „Du, der die Definition von ‚Junggesellendasein' darstellt? Der einst behauptet hat, lieber sämtliche Stallungen im ganzen Königreich auszumisten, als sich an eine Frau zu binden?"

Nach den desaströsen Beziehungen zu Miss Belton und Lady Keane hatte Richard respektablen Damen der Gesellschaft abgeschworen. Aber diese Erfahrungen lagen nun schon viele Jahre zurück. Mittlerweile war er kein Grünschnabel mehr, der glaubte, eine Lady könnte ihn aus irgendeinem anderen Grund als seinem Titel heiraten wollen. Die Ehe war für ihn ein leidenschaftsloses

Geschäft: ihr Geld gegen seinen Rang. Er würde mit gutem Beispiel vorangehen und Wick zeigen, dass die Brautwerbung ein pragmatisches Unterfangen war, bei dem Gefühlsduseleien keinen Platz hatten.

„Man tut, was getan werden muss“, erwiderte er vehement.

„Himmel, du scheinst es wirklich ernst zu meinen.“

„In der Tat. Wie du siehst, stecken wir gemeinsam in der Misere.“

Wickham zuckte nur mit den Schultern, aber immerhin widersprach er nicht. Richard wertete seine Fügung als gutes Zeichen, das ihn in seinem Entschluss bestärkte, seinen Bruder mit einer reichen Erbin zu vermählen. Und er würde sich persönlich um sämtliche Hindernisse kümmern, die sich diesem dabei in den Weg stellten ... einschließlich einer gewissen Unruhestifterin.

❧ 3 ❧

Zu ihrem Missfallen musste Violet feststellen, dass Schuldgefühle nicht förderlich für die Konzentration waren. Obwohl sie wahrlich keine weiteren Ablenkungen gebrauchen konnte, ging ihr Carlisle in der Woche nach dem Weihnachtsball nicht mehr aus dem Kopf. Nachts wälzte sie sich mehr als üblich im Bett hin und her. Sie hatte kaum noch Appetit. Während ihrer täglichen Aufgaben – Unterricht, Einkäufe, Erkundungen, selbst bei Spazierfahrten durch den Park – kämpfte sie unermüdlich gegen ihr schlechtes Gewissen an.

Bin ich etwa an allem schuld ... obwohl er sich so rüpelhaft verhalten hat?

Letztendlich siegte ihr Sinn für Gerechtigkeit. Ganz gleich, wie arrogant und herablassend Carlisle auch gewesen sein mochte, den Spott, dem er nun ausgesetzt war, hatte er nicht verdient.

Jedes Klatschmaul in London schien besessen von seinem Ausrutscher zu sein. Die Zeitungen veröffentlichten wenig schmeichelhafte Karikaturen von dem Vicomte, wie er mit gespreizten Beinen auf dem Hintern in dem Brunnen saß und von einem Schwall Champagner übergossen wurde. Am schlimmsten war, dass sie Carlisle als grimmig dreinblickenden Riesen mit schonungslos überspitzten Zügen darstellten.

Wann immer Violet mit den Konsequenzen ihrer Impulsivität konfrontiert wurde, krampfte sich ihr Magen zusammen. *Handle in Eile, doch bereue mit Muße,* hatte ihre Mutter stets zu sagen gepflegt. Sie war gerade einmal zehn Jahre alt, als diese starb, und in Zeiten wie diesen vermisste sie sie mehr denn je. Ihre Mutter war die einzige Person gewesen, die Violets Temperament wirklich verstanden hatte. Voller Geduld, war sie nie an dem wilden Verhalten ihrer mittleren Tochter verzweifelt.

Himmel, du bist ja wie ein übersprudelnder Topf, mein Kind, pflegte Marjorie Kent oftmals mit einem amüsierten Funkeln in den Augen zu sagen. *Setzen wir diese überschüssige Energie doch für etwas Nützliches ein, hm?*

Dann schickte sie Violet los, um im Garten Unkraut zu jäten oder die Kuh zu melken. Hinterher fühlte Vi sich immer besser.

Aber ihre Mutter war nicht mehr hier, und sie schämte sich ihrer Taten so sehr, dass sie es nicht fertigbrachte, sich irgendwem sonst aus der Familie anzuvertrauen. Der Gedanke an deren Reaktionen – die Ich-habe-es-dir-doch-gesagt-Blicke und Vorträge, nicht zu vergessen die Aussicht auf strengere Überwachung – bestärkte sie in dem Beschluss, Stillschweigen zu bewahren. Dadurch fühlte sie sich allerdings nur noch schuldiger.

Als Emma sie nach den verräterischen Champagnerflecken auf ihrem Kleid fragte, hatte sie nur hastig eine Ausrede gestammelt und behauptet, sie sei zufällig am Ort des Geschehens vorbeigelaufen. Obwohl Em die Sache nicht weiter verfolgte, konnte Vi sich wegen ihres schlechten Gewissens noch weniger konzentrieren als sonst, was ihre Geschwister, die den wahren Grund nicht kannten, zunehmend frustrierte.

Während ihres Unterrichts war sie noch abgelenkter als üblich, sehr zum Missfallen ihrer Lehrer. Der arme Monsieur Le Roche raufte sich so häufig die Haare, dass sie fürchtete, er bekäme eine Glatze noch bevor sie es geschafft hatte, ein französisches Verb zu konjugieren. Auch während der Musikstunde lief es nicht viel besser: Master Fromm stürmte aus dem Zimmer und verkündete entrüstet, dass es einfacher wäre, einem Schwein das Klavierspielen beizubringen.

Damit hatte er wahrscheinlich nicht ganz unrecht ... Und sie würde zu gerne dabei zusehen, wie er es versuchte. Vor sich hin kichernd fragte sie sich, wer wohl genervter aus diesem Unterfangen hervorginge: Master Fromm oder das Tier?

Gegen Ende der Woche war Violet langsam wieder ganz die Alte. Ihre Schuldgefühle hatten sich gelegt. Man tratschte kaum noch über Carlisle, da es einen neuen, weitaus pikanteren Skandal gab, und das Geschehene konnte man nun einmal nicht rückgängig machen. Also beschloss sie, sich aufrichtig bei dem Vicomte zu entschuldigen, wenn sie ihn das nächste Mal sah.

Und damit wäre die Sache ein für alle Mal erledigt.

Ein freudiger Besuch versüßte ihr zusätzlich die Laune. Gemeinsam mit ihrer jüngsten Schwester, Polly, eilte sie die Treppe hinunter, um ihre Schwägerin Marianne, deren Tochter Primrose sowie Miss Gabriella Billings, eine enge Freundin der Familie, zu begrüßen. Emma ließ Erfrischungen im Salon servieren, einem Zimmer mit hoher Decke und gemütlichen, grünen Polstermöbeln. Sie ließen sich mit Tassen voll duftendem Tee um den Kaffeetisch nieder, und Vi belud sich einen Teller mit glasierten Küchlein von ihrem Lieblingskonditor, Gunther's.

„Himmel, Violet, wie kannst du nur so viel essen, ohne ein Gramm zuzunehmen?", rief Marianne und tätschelte ihren eigenen, flachen Bauch. Die hübsche Blondine trug ein taubengraues Seidenkleid, das ihre großartige Figur vortrefflich zur Geltung brachte. „Wenn ich deinen Appetit hätte, würde ich aussehen wie einer dieser Heißluftballons, die in Vauxhall aufsteigen."

„Ich habe einfach Hunger", erwiderte Vi mit dem Mund voller Marzipan und Biskuit.

„Du hast immer Hunger." Emma, die neben Marianne auf dem Sofa saß, schüttelte den Kopf, dass ihre braunen Locken nur so durch die Luft flogen. „Dein Magen erinnert mich an Tartaros aus der griechischen Mythologie."

Philologie war noch nie Violets Stärke gewesen. „Was ist das?"

„Ein bodenloser Abgrund", erklärte Marianne trocken, und alle lachten.

Vi zuckte unbekümmert mit den Schultern. Es stimmte ja irgendwie. Genüsslich schob sie sich ein buttriges Zitronentörtchen in den Mund. „Wenn es die hier in Tartaros gäbe, würde ich ohne zu zögern hineinspringen. Ihr müsst sie unbedingt probieren."

„Mama und ich haben gleich noch einen Termin bei Madame Rousseau zur Anprobe, also halte ich mich lieber zurück", sagte Primrose, Mariannes achtzehnjährige Tochter. „Die tiefer liegenden Gürtellinien diese Saison kaschieren nicht mehr so viel wie zuvor. Da hilft auch keine noch so feste Schnürung, um einen Berg von Kuchen zu verhüllen."

Sie hatte nicht nur die Schönheit ihrer Mutter, sondern auch deren Selbstbewusstsein und scharfen Verstand geerbt. Seit Ambrose Marianne vor zehn Jahren geheiratet hatte, erachteten die Kents Rosie als Teil ihrer Familie. Polly, die im gleichen Alter war, stand ihr besonders nahe. Die beiden jungen Frauen saßen Arm in Arm auf einer Chaiselongue, sodass ihre Röcke sich wie Blütenblätter übereinanderfalteten.

„Du siehst doch immer bezaubernd aus, Rosie", sagte Polly leise, aber voller Überzeugung.

Deren jadegrüne Augen funkelten. „Das ist lieb von dir, aber trotzdem will ich es vermeiden, wie eine Presswurst auszusehen."

„Ich probiere einen von den Kuchen", sagte Gabriella Billings mit einem Achselzucken, wobei die Rüschen an ihrem rosafarbenen Mieder raschelten. „Da ich bereits eine Presswurst bin, habe ich nichts zu verlieren."

„Das stimmt doch nicht, Gabby. Du siehst reizend aus", protestierte Emma.

„Ich habe Sommersprossen und möhrenrotes Haar ..."

Tabitha, Emmas grau gestreifte Katze, kam herein und lenkte Violet von der Unterhaltung ab. Seit dem unglücklichen Missgeschick mit ihrer Schleuder versuchte sie, das Tier wieder versöhnlich zu stimmen. Als Friedensangebot hielt sie ihr ein Stück Kuchen hin, doch Tabby rümpfte nur die Nase und rollte sich neben Emma zusammen.

„... daher macht ein kleines Küchlein wohl kaum einen Unterschied", sagte Gabby gerade.

Bei dem Stichwort reichte Vi ihr das Silbertablett mit den süßen Verführungen.

„Violet." Emma warf ihr einen missbilligenden Blick zu.

„Was denn?"

„Es geht nicht wirklich um den Kuchen."

Was sie betraf, ging es immer um Kuchen. „Um was denn dann?", fragte sie verwirrt, das Tablett weiter in Händen haltend.

„Gabby macht sich Gedanken um ihr Aussehen", erklärte Emma.

„Oh." Violet betrachtete die Freundin. Mit ihren rötlichen Locken und den hellblauen Augen sah sie aus wie eine gutmütige Waldfee. Sie war eine der wenigen netten Personen, die Vi in London kennengelernt hatte, und diese Eigenschaft machte Gabby in ihren Augen attraktiv. „Warum? Du bist wunderhübsch."

„Das ist lieb von dir." Gabby lächelte gerührt. Mit der silbernen Zange nahm sie sich ein Stückchen Johannisbeertorte (eine hervorragende Wahl, in Violets Augen). „Tut mir leid, dass ich so herumjammere. Ich bin ein wenig aufgeregt, weil ich in einer Woche meinen ersten Ball halten muss." Sie schob sich eine Gabel voll Kuchen in den Mund und fuhr nuschelnd fort: „Hoffentlich mache ich nichts falsch."

„Großzügigkeit und Güte sind die Merkmale einer erfolgreichen Gastgeberin. Und du, meine liebe Gabby, besitzt mehr als genug von beidem", sagte Marianne. „Du hast keinen Grund zur Sorge."

„Ich wünschte, dem wäre so. Vater hat keine Kosten und Mühen gescheut. Er hat mir sogar eine neue Garderobe und dazu passenden Schmuck gekauft.“

„Darüber habe ich in der Zeitung gelesen. Die Versteigerung bei Rundell's war ein ziemliches Spektakel, nicht wahr? Waren die herrlichen Perlen, die du heute trägst, ebenfalls Teil der Kollektion?“, fragte Rosie enthusiastisch.

Gabby strich mit den Fingern über die luxuriöse Kette um ihren Hals und nickte verlegen. „Du solltest erst mal das Saphircollier sehen. Es hat einer *Gräfin* oder so gehört. Ich habe mich wie eine Betrügerin gefühlt, als ich es anprobierte. Aber Kleidung und Schmuck sind nur der Gipfel des Eisbergs. Vater hat extra ein Amphitheater bauen lassen, um für angemessene Unterhaltung zu sorgen. Er hat den Großartigen Nicoletti engagiert, um seine Zaubertricks vorzuführen, und außerdem einige Akrobaten aus dem Astley's ...“

„Astley's?“ Violets Gedanken waren während des Gesprächs über Schmuck abgeschweift, aber nun war ihr Interesse geweckt. „Du meinst *das* Astley's Amphitheater?“

„Genau das. Madame Monique und viele andere werden auftreten.“

„*Wahnsinn*“, hauchte Violet.

Aufregung erfüllte sie, denn sie vergötterte das Astley's ... und Monique La Magnifique, die berühmte französische Akrobatin, war ihr größtes Vorbild. „Das ist ja fantastisch! Ich kann es kaum erwarten, Madame Monique kennenzulernen. Glaubst du, sie wird uns verraten, wie man auf einem trabenden Pferd das Gleichgewicht hält oder wie man auf einem Hochseil balanciert ...?“

„Setz dich erst einmal wieder hin, Liebes, und lass Gabby ausreden“, ermahnte Marianne sie sanft.

Violett hatte gar nicht bemerkt, dass sie aufgesprungen war. Mit hämmerndem Herzen ließ sie sich wieder auf ihren Platz sinken. *Ich werde Madame Monique kennenlernen. Wie großartig ist das denn!* Im Laufe der Jahre hatte sie so viele Bewegungen und Posen der anmutigen Akrobatin nachgeahmt. Vielleicht würde die Diva ihr ja einige Tipps und Tricks anvertrauen.

„... Vater wünscht sich nichts sehnlicher, als dass meine Feier ein Erfolg wird, aber ich bin nur ein schüchternes Mauerblümchen", seufzte Gabby gerade. „Was, wenn niemand meiner Einladung folgen wird?"

Plötzlich wurde Violet klar, warum die Freundin sich solche Sorgen machte. Ihr Vater war ein Bankier, dessen Klientel, nun, ein wenig fragwürdig war. Während die Kents seine Tochter vergötterten, waren sie von Mr Billings, den sie erstmals im Zuge einer Mordermittlung kennenlernten, nicht unbedingt angetan. Mit seinem Reichtum vermochte er Gabby zwar den Zutritt zur feinen Gesellschaft zu erkaufen, aber Akzeptanz war eine ganz andere Geschichte.

Aufgrund seiner Herkunft und dem nicht vorhandenen blauen Blut, erachtete die *ton* den Bankier und seine Tochter als Emporkömmlinge und behandelte sie mit kaum verhohlenem Spott. Ein paar spitze Zungen hatten Gabby sogar den Titel „Prinzessin der Scheine" verpasst, eine Anspielung auf den Beruf ihres Vaters. Die Freundin wusste also ebenso gut wie Violet, wie man sich als Außenseiterin fühlte.

Vi lächelte Gabby aufmunternd zu. „Und was sind *wir* ... Kastanien? Natürlich erscheinen die Kents geschlossen, um dich zu unterstützen. Selbst Thea und Tremont werden dazu kommen, wenn auch ein wenig verspätet."

Thea, die zweitälteste Schwester, hatte vor Kurzem den Marquis von Tremont geheiratet. Nach den Aufregungen, die das Paar zusammengeführt hatten, verbrachten sie ihre Flitterwochen nun in aller Ruhe auf dem Landsitz des Marquis.

„Um nichts in der Welt würden wir dein Fest verpassen", pflichtete Rosie ihr bei. „Wir *lieben* Bälle."

„Die Londoner Gesellschaft reißt sich darum zu sehen, was dein Vater aus Traverstoke gemacht hat, seit der Graf von Woldier es ihm verkaufte", sagte Marianne. „Ich vermute, du wirst dich vor neugierigen Hausgästen kaum retten können."

„Das ist mir egal ... Hauptsache, sie kommen. Ich danke euch allen. Auf keinen Fall möchte ich Vater enttäuschen. Er will unbedingt, dass ich mehr Aufsehen errege."

„Sei vorsichtig mit dem, was du dir wünschst", warf Rosie mit einem schelmischen Funkeln in den Augen ein. „Oder hast du etwa vergessen, was neulich passiert ist, als jemand anderes Aufsehen erregte?"

Violets Magen verkrampfte sich. *Verflixt, nicht das schon wieder.*

„Meinst du den Vicomte Carlisle?", fragte Gabby in einem merkwürdigen Tonfall.

Rosie kicherte und nickte, wobei ihre goldenen Löckchen auf und ab hüpften.

„Das ist nicht witzig. Und außerdem ist es nicht sehr christlich, über die Missgeschicke anderer zu lachen", platzte Vi heraus.

Alle Blicke wandten sich ihr zu.

Emma blinzelte. „Das stimmt wohl. Aber für gewöhnlich bist du diejenige, die als Erste über peinliche Malheure lacht, Vi."

„Mit Carlisle ist es anders. Er ist einfach nur ausgerutscht und hingefallen ..." Sie brach ab, errötete und biss sich auf die Unterlippe, bevor sie noch zu viel preisgab.

„Ich behaupte ja auch nicht, dass *er* lächerlich ist, sondern die Tatsache, dass ein erwachsener Mann es geschafft hat, mit dem Gesäß in einem Champagnerbrunnen zu landen." Emma legte den Kopf schief und musterte sie scharf. „Du warst doch nicht etwa in den Vorfall ... *verwickelt*, oder? Zu dem Zeitpunkt waren wir nämlich alle auf der Suche nach dir, konnten dich aber nirgends finden."

Vi gefiel der wissende Ausdruck ihrer Schwester überhaupt nicht. Bevor sie die Frau des Herzogs wurde, wollte Em unbedingt für die Privatdetektei ihres Bruders Ambrose arbeiten. Tatsächlich hatte sie während ihrer ersten Ermittlung für Kent und Partner ihren jetzigen Gemahl, Strathaven, kennen- und lieben gelernt. Auch jetzt half sie gelegentlich noch bei Fällen aus ... mit und manchmal sogar ohne Erlaubnis ihres Mannes.

Violet versuchte, sich nichts anmerken zu lassen. „Wie ich schon sagte, habe ich den Vorfall mitbekommen, aber ich bin nicht stehengeblieben." *Genau genommen habe ich mich so schnell wie möglich aus dem Staub gemacht.* „Trotzdem finde ich es nicht fair, über ihn zu lachen."

Marianne presste abfällig die Lippen zusammen. „Ich hätte nie gedacht, dass ausgerechnet du Carlisle verteidigen würdest. Vor allem nach den abscheulichen Gerüchten, die er über dich verbreitet hat ... Ambrose war kurz davor, ihm die Meinung zu geigen."

„Strathaven ebenfalls", fügte Em hinzu. „Aber damit hätten sie Vis Ruf nur noch mehr geschadet. Es war das Beste, die Angelegenheit zu ignorieren, bis Gras darüber gewachsen ist. Und so war es zum Glück ja auch. Ansonsten hätte Seine Gnaden Carlisle gewiss den Kopf abgerissen ... was ich übrigens befürwortet hätte."

„Du warst eben schon immer ein blutrünstiges Geschöpf, Liebling", ertönte eine tiefe, männliche Stimme.

Strathaven hatte soeben den Raum betreten. Er war ein großer, dunkelhaariger, teuflisch gut aussehender Mann, dessen würdige Erscheinung ein wenig von dem schwarzhaarigen Wickelkind in seinen Armen untergraben wurde. Die kleine Olivia zerrte mit einem pummeligen Fäustchen an dem Krawattentuch Seiner Gnaden und sabberte fröhlich vor sich hin.

„Livy hat sich ja ganz schön an deiner Krawatte zu schaffen gemacht", sagte Emma und breitete die Arme aus. „Gib mir das kleine Äffchen besser."

Nachdem er ihr die Kleine gereicht hatte, strich er mit den Fingerknöcheln sanft über die Wange seiner Frau. „Ich habe sie aus ihrem Zimmer geholt, damit sie nicht zu einsam ist."

„Einsam? Bei der Schar von Kindermädchen, die du eingestellt hast?" Em warf ihrem Mann einen verschmitzten Blick zu und flüsterte ihrem Töchterchen dann verschwörerisch zu: „Wer hat sich wohl wirklich einsam gefühlt, Püppchen ... du oder Papa?"

Livy schenkte ihr ein zahnloses Lächeln und grapschte nach ihrem Mieder.

„Ma, ma, ma", brabbelte sie.

„Gute Güte, sie *spricht* ja", sagte Strathaven ganz verzückt, als hätte sein kleiner Liebling soeben ein Sonett rezitiert.

„Sie hat Hunger", seufzte Emma. „Ich sollte Ihre Gnaden besser füttern."

„Dann nutzen Rosie und ich die Gelegenheit und verabschieden uns, sonst kommen wir noch zu spät zur Anprobe", sagte Marianne und erhob sich. Ihre Tochter tat es ihr gleich. „Wir freuen uns auf deine Feier, Gabby."

Nachdem die Strathavens und Kents das Zimmer verlassen hatten, blieben Violet und Polly allein mit Gabby zurück.

„Ich wünschte, *mich* würde ein Mann so ansehen wie der Herzog eure Schwester", murmelte die Freundin wehmütig.

„Er liebt sie wirklich sehr", sagte Polly. „Das war mir schon klar, selbst bevor ..." Sie brach ab und biss sich nervös auf die Lippe.

„Bevor?", hakte Gabby nach.

Vi wusste, dass Polly ihre verblüffende Fähigkeit, die Emotionen anderer Menschen erkennen zu können, nicht preisgeben wollte. Damals, in Chudleigh Crest, wurde sie aufgrund dieser oft als „sonderbar" bezeichnet, und das war für sie schlimmer als alles andere.

„Na ja, wir Kents heiraten eben immer aus Liebe", fiel sie hastig ein. „Daher war zu erwarten, dass es bei Emma und Strathaven ähnlich ablaufen würde."

Polly warf ihr einen dankbaren Blick zu.

„Eine Heirat aus Liebe", wiederholte Gabby seufzend.

Plötzlich verspürte Vi einen seltsamen Stich im Herzen. Sie hatte die Wahrheit gesagt: Kents heirateten immer aus Liebe, und folglich war sie ihr Leben lang von leidenschaftlichen Pärchen umgeben gewesen. Aber warum hatte sie selbst diese magischen Gefühle noch nie erlebt? Sie verbrachte nicht wenig Zeit in männlicher Gesellschaft, aber bisher hatte sie sich zu niemandem auf diese aufregende – und angeblich unwiderstehliche – Weise hingezogen gefühlt.

Ehrlich gesagt, hatte sie noch nie verstanden, warum alle so viel Aufhebens darum machten.

Aus irgendeinem Grund musste sie an Carlisle denken, sein ernstes, markantes Gesicht, seine große, muskulöse Statur. Ein sonderbares Kribbeln überkam sie, ausgelöst durch die Erinnerung an seine starken Arme, seinen männlichen Duft, seinen warmen Atem an ihrem Ohr ...

Verflixt, was ist nur los mit mir? Warum denke ich ausgerechnet jetzt darüber nach? Verwirrt bemerkte sie, dass ihr Puls in die Höhe schnellte – als hätte sie gerade ein Wettrennen veranstaltet oder wäre auf einen Baum geklettert.

„Es gibt übrigens schlechte Neuigkeiten", meldete Gabby sich zu Wort. „Über Carlisle."

Vi zuckte zusammen. „Äh, wie bitte?"

„Er wird ebenfalls zu meiner Feier erscheinen."

Teufel noch eins, Carlisle und ich werden unter einem Dach festsitzen ... eine ganze Woche lang? Der Gedanke erfüllte sie mit Schrecken.

„Außerdem hat Vater darauf bestanden, dass ich extra freundlich zu ihm sein muss. Und das nach allem, was der Kerl über dich gesagt hat, Violet! Wie ich hörte, ist er ein großer, grimmiger und einschüchternder Mann." Gabby erschauderte. „Nicht gerade einer, zu dem ich nett sein möchte."

Vi räusperte sich. „Vielleicht kannst du ihm ja aus dem Weg gehen?" *Das habe ich nämlich ebenfalls vor.*

„Vater wird mich mit Argusaugen beobachten. Nein, ich brauche einen besseren Plan ... und zwar Verstärkung!" Gabbys Miene erhellte sich. „Ihr werdet mir doch helfen, oder?"

„Natürlich", erwiderte Polly sofort. „Was sollen wir tun?"

„Lasst mich in seiner Gesellschaft niemals allein. Versprecht mir, dass ihr immer in meiner Nähe bleibt."

„Klar, dafür sind Freundinnen doch da", stimmte Polly zu.

„Violet?", hakte Gabby nach.

Na, großartig. Das kann ja was werden.

„Sicher", murmelte sie.

❋　4　❋

WÄHREND ER DIE EINDRUCKSVOLLEN, SCHWARZEN EISENTORE passierte, die die Einfahrt zu dem weitläufigen Grundstück von Traverstoke kennzeichneten, verschlechterte sich Richards Laune zusehends. Die Aussicht, eine Woche lang mit einer Schar anderer Gäste in einem Haus eingesperrt zu sein, war für ihn nur geringfügig angenehmer als die Aussicht, gestreckt und gevierteilt zu werden. Als er an den Spott der letzten vierzehn Tage seit seiner Begegnung mit Violet Kent dachte, verkrampfte sich sein Magen.

Wenn jemand es wagen sollte, ein Wort darüber zu verlieren ...

Er ballte die behandschuhten Hände zu Fäusten. Seit Lady Esterby mit ihrem Stallburschen durchgebrannt war, sprach eigentlich kaum noch jemand über seinen peinlichen Sturz in den Champagnerbrunnen. Er war praktisch Schnee von gestern. Jeden, der anderer Meinung sein sollte, würde er sich zur Brust nehmen.

Die Kutsche rollte eine imposante, von Eichen gesäumte Auffahrt entlang, die zum Haupthaus führte. Zwischen den dicken, alten Stämmen erspähte er weitläufige Felder und Waldgebiete. Er musste sich auf den Grund seiner Anwesenheit konzentrieren: Wickhams Zukunft abzusichern ... und vielleicht auch seine eigene. Daher würde er diese Feier wie jede andere unangenehme Verpflichtung angehen.

Vor ihm tauchte schließlich das opulente Herrenhaus auf und riss ihn aus seinen Grübeleien. Himmel, Traverstoke war wirklich ein wahres Juwel. Erbaut aus goldenem Cotswold-Kalkstein, erhob es sich majestätisch gegen den grauen Februarhimmel. Während die Kutsche in die kreisförmige Einfahrt einbog, in deren Mitte ein großer Springbrunnen mit Statuen von Triton und mehreren Nymphen stand, betrachtete Richard den eindrucksvollen, palladianischen Vorbau des Haupthauses.

Sechs verzierte Säulen stützten ein Giebeldreieck, das einem römischen Tempel alle Ehre machen würde. Das große Gebäude wurde von zwei schmaleren Flügeln flankiert, die vermutlich einen weitläufigen Innenhof eingrenzten. Am Ende des einen Flügels ragte eine kleine Holzkuppel empor ... Zweifellos das viel gepriesene Amphitheater.

Verblüfft schüttelte Richard den Kopf. So vermögend zu sein, war für ihn unvorstellbar. Was er mit derartigen Mitteln wohl anstellen würde ... Die Liste an nötigen Renovierungen seines Landsitzes war ellenlang.

Seine Kutsche hielt hinter einer Reihe anderer Gefährte an. Am Fuße der Eingangstreppe stand der Hausherr in Begleitung seiner Tochter und begrüßte die Gäste. Mit einem Seufzer stellte Richard fest, dass die junge Frau klein und pummelig war und ein Kleid trug, das an eine aufwändig dekorierte Torte erinnerte. Ihre Haube war überladen mit Blumenverzierungen, an denen man sich glatt ein Auge ausstechen könnte.

Plötzlich bemerkte er etwas, das jegliche Gedanken an seine Gastgeberin verdrängte. Er riss die Tür auf und sprang aus der Kutsche. Der Kies knirschte unter seinen Stiefeln, als er eilig auf den Brunnen zumarschierte, neben dem Wickham stand ... und mit Violet Kent *flirtete*.

Widerwillig musste er zugeben, dass sie ein attraktives Paar abgaben. Sie waren jung, modern und schienen sich über einen privaten Scherz zu amüsieren, an dem Außenstehende nur zu gerne beteiligt wären. Gemeinsam strahlten sie eine einladende Wärme aus. Als sie ihn erblickten, verschwand das Lächeln aus ihren Gesichtern. Sofort fühlte er sich wie ein Außenseiter, alt und einsilbig im Vergleich zu dem charismatischen Gespann.

Miss Kent trug ein veilchenblaues Reisekostüm. Die Ärmel ihres Kleides waren auf eine Weise gebauscht, die an den meisten Damen albern aussehen würde. Ihr jedoch standen sie ausgezeichnet, da sie recht groß war für eine Frau. Ein breiter Gürtel lenkte das Augenmerk auf ihre schmale Taille. Ihre Hüften waren unter den ausladenden Röcken verborgen, ebenso wie der pralle Hintern, den sie noch vor wenigen Wochen gegen seine Lenden gepresst hatte ...

Verflucht noch mal, konzentrier dich gefälligst.

Er verneigte sich knapp. „Ich hatte nicht erwartet, Sie hier anzutreffen, Miss Kent."

„Mylord." Ein unsicherer Ausdruck trat in ihre bernsteinfarbenen Augen. Ihr Blick fiel auf den verdammten Brunnen zu ihrer Rechten.

Hitze schoss ihm ins Gesicht.

„Carlisle", begrüßte Wick ihn. „Ich habe mich schon gefragt, wann du endlich eintriffst."

„Aus Neugier oder Sorge?", erwiderte Richard beißend.

„Warum sollte ich mir Sorgen machen?"

Weil du deine Zukunft wegwirfst und genau weißt, dass ich nicht untätig dabei zusehen werde, während eine Frau wie Violet Kent dich verführt.

Richard betrachtete die Ankömmlinge und deutete mit dem Kinn auf eine magere, unscheinbare Dame, die neben einem opulenten Landauer stand. „Hast du schon Miss Turbett deine Aufwartung gemacht?"

Wickhams Miene verfinsterte sich bedrohlich. Trotzig schob er das Kinn vor.

Miss Kent meldete sich zu Wort, bevor er etwas erwidern konnte. „Meine Güte, Sie sind kaum eine Minute hier und kommandieren schon alle herum. Können Sie nicht wenigstens warten, bis das Gepäck abgeladen wurde?"

Kochend vor Wut wandte er sich ihr zu. „Mischen Sie sich nicht in Angelegenheiten ein, die Sie nichts angehen, Miss Kent."

„Wie ironisch, wenn man bedenkt, dass Sie sich in Wicks Leben einmischen und ihm vorschreiben, was er zu tun hat."

Er biss die Zähne zusammen. „Er ist mein Bruder. Natürlich untersteht er meiner Führung."

„Wie ein Zuchtpferd? Wick ist ein eigenständiger Mensch. Lassen Sie ihn seine eigenen Entscheidungen treffen."

„Dann lassen Sie gefälligst die Finger von ihm", presste er hervor. Durch den Schleier des Zorns bemerkte er, dass Wick sich unauffällig aus dem Staub gemacht hatte. Mieser Feigling. Um seinen Bruder würde er sich später kümmern ... nachdem er sich dieses widerspenstige, kleine Biest vorgeknöpft hatte.

„Gütiger Himmel, er ist doch nur ein *Freund*", beharrte sie.

„Ihr *petit ami*, vielleicht", knurrte er.

Sie errötete. „Nicht jeder von uns ist besessen von ... von diesem albernen Liebesgeplänkel. Ich verstehe überhaupt nicht, warum alle so einen Wirbel darum machen!"

Ihre Reaktion überraschte ihn. Eine Kokette wie sie verstand den *Wirbel* um die Liebe nicht? Gewiss stellte sie sich nur schüchtern ... Das musste eines ihrer kleinen Spielchen sein.

In einem Tonfall, der keinen Widerspruch duldete, antwortete er: „Versprechen Sie mir, dass Sie sich von Wick fernhalten werden."

„Auf keinen Fall!"

Feindselig starrten sie einander an. Sein Blut pulsierte gefährlich.

„Ich meine es ernst, verdammt. Wickhams Leben steht auf dem Spiel", knurrte er. „Sie taugen nicht für ihn."

„Ich *tauge nichts*?" Ihre Augen funkelten wütend.

Verflucht, warum mussten Frauen ihm immer das Wort im Mund umdrehen? „Das habe ich nicht gesagt ...“

„Immerhin sind Sie unerschütterlich in Ihrer Meinung über mich“, zischte sie. „Ich kann nicht glauben, dass ich mich tatsächlich für unsere letzte Begegnung *entschuldigen* wollte.“

„Ich erwarte keine Entschuldigung von Ihnen“, erwiderte er schroff.

Seiner Erfahrung nach gaben Frauen ihre Fehltritte niemals zu. Vielmehr spielten sie die Unschuldige (wie das erste Objekt seiner Zuneigung, Miss Lucinda Belton), brachen in Tränen aus (Lady Audrey, beispielsweise) oder taten so, als sei nichts geschehen (die bevorzugte Strategie seiner Mutter).

„Das können Sie *jetzt* auch vergessen. Am liebsten würde ich Sie erneut in einen Brunnen schubsen“, erwiderte Miss Kent und ballte die zierlichen Hände zu Fäusten.

„Sie haben mich nicht geschubst, ich bin ausgerutscht“, presste er hervor.

„Vielleicht sollten wir es dann wiederholen und sehen, was passiert.“

Ihre Worte zerrten an seiner Selbstbeherrschung wie ein ungezähmter Hengst an den Zügeln. Ihn überkam das unbändige Verlangen, sie zu packen, festzuhalten, dazu zu bringen, sich seinem Willen zu *beugen*. Er näherte sich ihr ...

„Da bist du ja, Violet.“

Eine helle, weibliche Stimme riss ihn aus seiner Wut. Er zwang sich zur Ruhe und trat einen Schritt zurück, als die Herzogin von Strathaven auf sie zukam. Ihre Gnaden hatte braune Haare und ebensolche Augen, die gewiss liebevoll dreinblicken konnten, wenn sie sie nicht gerade argwöhnisch zusammenkniff. Hinter ihr erschien ihr großer, schwarzhaariger Gemahl.

Richard atmete tief durch und verneigte sich. „Ihre Gnaden.“

„Carlisle“, grüßte Strathaven kühl.

Obwohl sie beide schottischer Abstammung waren und ihre Landsitze in benachbarten Grafschaften lagen, kannten sie einander nur flüchtig. Sie hatten nicht viel gemeinsam und, um ehrlich zu sein, hielt Richard nicht viel vom Lebensstil des Herzogs. Jahrelang hatte der wohlhabende Schürzenjäger die Klatschmäuler mit seinen zügellosen Skandalen in Atem gehalten. Nun hieß es, seine zweite Ehe habe einen hingebungsvollen Ehemann aus ihm gemacht, und die Art, wie er sich beschützend hinter seiner Gemahlin aufbaute, schien diese Annahme zu bestätigen.

Trotzdem konnte er den Kerl weder leiden noch traute er ihm.

„Komm jetzt, Violet", sagte Ihre Gnaden energisch. „Man erwartet uns."

Die Herzogin zog Miss Kent eindringlich am Arm. Diese warf einen letzten, finsteren Blick auf ihn zurück, bevor sie sich fortführen ließ.

Strathaven blieb jedoch noch stehen und musterte ihn kalt. „Sehen Sie sich in Gegenwart meiner Familie besser vor, Carlisle."

Die Warnung brachte sein Blut erneut in Wallung. „Soll das eine Drohung sein?"

„Nein, ein Versprechen." Selbstsicher wandte Strathaven sich ab und folgte den Damen, wobei er noch lässig über die Schulter hinzufügte: „Ich behalte Sie im Auge."

Richard verharrte wie angewurzelt und ballte die Hände zu Fäusten.

***

Mit ein wenig Geschick gelang es Violet, Emmas Fragen über Carlisle auszuweichen. Auf keinen Fall wollte sie, dass ihre Schwester sich um sie sorgte, nicht nur um Emmas willen, sondern auch um ihrer selbst willen. Sollte sie herausfinden, dass Vi den Vicomte in den Brunnen gestoßen hatte, würde sie sie für den Rest der Woche keine Sekunde aus den Augen lassen.

Außerdem würde sie ihr gewiss noch weitere Standpauken halten. Ihre Geschwister würden sich verzweifelte Blicke zuwerfen, in denen nur zu deutlich geschrieben stand: *Wieder einmal hat unsere närrische Schwester nichts als Chaos angerichtet ...*

Eher wollte Violet verdorbenen Käse essen als sich diesen Blicken auszusetzen.

Ich muss die Angelegenheit mit Carlisle auf eigene Faust regeln.

Unglaublich, dass er annahm, sie würde mit Wick *anbandeln*. Dass er ihr befohlen hatte, sich von seinem Bruder fernzuhalten ... weil sie „nichts taugte". Mit vor Zorn rasendem Puls redete sie sich ein, dass es ihr völlig egal sei, was dieser eigebildete Flegel von ihr hielt.

Um die Meinung von Vicomte *Spielverderber* scherte sie sich einen feuchten Dreck.

Waren ihre Gedanken kindisch? Schon möglich. Fühlte sie sich dadurch besser, indem sie ihm alberne Spitznamen verpasste? *Absolut.*

Während sie einer aufgeregten Gabby folgte, die ihr und Polly das Haus zeigte, dachte sie sich im Stillen weitere amüsante Bezeichnungen für ihn aus. *Lord Hochnäsigkeit in Person, Lord von und zu Wichtigtuer, Aufgeblasener Schnösel ...*

Als sie jedoch das Atrium betraten, verflog ihr Unmut bei dem majestätischen Anblick, der sich ihr bot. Mit großen Augen bestaunte sie die geriffelten Marmorsäulen, die sich über zwei Stockwerke bis zur bemalten Freskodecke erstreckten. Der Boden bestand ebenfalls aus glänzendem, kariertem Marmor.

„Donnerwetter, Gabby!", rief sie, und ihre Stimme hallte in dem riesigen Raum wider. „Ich kann kaum glauben, dass dieser Palast dir gehört."

„Immerhin bin ich ja die Prinzessin der Scheine", erwiderte die Freundin mit einem verlegenen Lächeln.

So wenig Vi den unschönen Beinamen mochte, bewunderte sie Gabby doch für ihren Mut, diesen mit Humor anzunehmen. Sie hakte sich bei ihr sowie Polly unter und sagte lachend: „Na dann, los, zeig uns den Rest, Eure Hoheit!"

Mit einem aufrichtigen Lächeln kam Gabby der Aufforderung

nach.“

Vom Atrium aus gelangte man in einige öffentliche Zimmer. Den Hauptsalon zierten elegante, gelbe Seidentapeten, Mobiliar aus Palisander sowie drei mehrstöckige Kronleuchter. Im Speisesaal warteten fünf opulent gedeckte Tische auf die zahlreichen Gäste. Ein glänzender Flügel, den Thea gewiss lieben würde, stand in einem pastellblauen Musikzimmer.

Schließlich gelangten sie in die Bibliothek, einen länglichen, höhlenartigen Raum am rückwärtigen Ende des Hauses. Im Gegensatz zu den anderen Zimmern wirkte dieses wesentlich altmodischer, mit dunkel getäfelten Wänden sowie einem riesigen Kamin aus Stein, in den kunstvolle Verzierungen eingemeißelt waren. Ein Labyrinth aus Bücherregalen nahm fast die Hälfte des Raumes ein.

Gabby führte sie zu den hohen Fenstern hinüber, die den weitläufigen Garten überblickten. Dieser war exquisit angelegt, mit Statuen, gepflegten Hecken und Kiespfaden.

„Im Westflügel befinden sich die Gemächer für Familie und Gäste“, erklärte Gabby und deutete auf das Gebäude zu ihrer Linken. „Rechts, im Ostflügel, gibt es ein paar Galerien sowie die Kammern der Bediensteten.“

„Ist das dort drüben das Amphitheater?“, fragte Violet aufgeregt und deutete auf die kleine Kuppel hinter dem Westflügel.

„Ja. Es wurde gerade erst fertiggestellt, dadurch haben sich die restlichen Renovierungen ziemlich verzögert“, verriet Gabby ihnen. „Die Architekten kamen noch nicht dazu, sich Vaters Gemächer und das Arbeitszimmer vorzunehmen.“

„Oh, aber die Bibliothek ist doch auch so wundervoll.“ Mit verträumtem Blick ließ Polly die Finger über die grünen Samtvorhänge gleiten. „Man kann die Geschichte dieses Ortes förmlich spüren.“

„Traverstoke hat in der Tat eine *äußerst* interessante Vergangenheit. Zum Beispiel wohnte einst eine katholische Familie hier, die einen geheimen Gebetsraum im Haus einrichtete.“

Ein geheimes Zimmer? Perfekt! „Können wir den sehen?", fragte Vi eifrig.

„Heute ist es nur noch eine langweilige Galerie. Aber damals ließen die Besitzer die Kuppel unter einem falschen Dach verbergen, und das Priesterloch ist noch erhalten."

„Was ist denn ein Priesterloch?", wollte Vi wissen.

„Ein Versteck für den katholischen Priester, falls Soldaten vorbeikamen und nach ihm suchten. Vielleicht gibt es sogar noch andere Geheimgänge, obwohl wir bisher nur diese Nische gefunden haben ..."

Plötzlich ertönten laute Stimmen und ein Krachen auf dem Gang.

„Ach, du meine Güte!", rief Gabby nervös. „Darum sollte ich mich besser kümmern. Ich bin gleich wieder da."

Kaum war die Freundin verschwunden, wandte Violet sich an Polly. „Wir müssen uns sofort dieses Priesterloch ansehen!"

„Sollten wir nicht erst einmal unsere Schlafgemächer aufsuchen?"

„Die sind doch todlangweilig. Hier geht es um ein *Geheimversteck!*"

„Also gut ... Wenn du es so sagst. Ähm, darf ich dich etwas fragen, Vi?"

„Hmm?", erwiderte Violet zerstreut. Sie reckte den Hals, um einen besseren Blick auf das Amphitheater zu erhaschen. *Ob Madame Monique schon eingetroffen ist?*

„Was läuft da zwischen dir und Lord Carlisle?"

Vi zuckte zusammen und richtete den Blick auf Polly. Diese sah sie aus weiten, neugierig funkelnden Augen an. Auf keinen Fall wollte sie, dass ihre Schwester erahnte, was wirklich zwischen ihr und dem Vicomte vor sich ging.

„Gar nichts", erwiderte sie unbehaglich. „Warum fragst du?"

„Ich habe euch beide draußen gesehen. Ihr schient euch zu streiten."

„Carlisle und ich hatten nur eine, äh, kleine Meinungsverschiedenheit."

„Worum ging es denn?"

Denk nach. „Es ... es gefällt ihm nicht, dass ich mit Wick befreundet bin."

Das stimmte ja auch. Violet hasste es prinzipiell zu lügen ... vor allem, weil sie nicht gut darin war. Sie vergaß ihre Flunkereien und verstrickte sich dann so tief darin, bis sie aufflog.

Polly legte den Kopf schief. „Was hat Carlisle denn gegen eure Freundschaft?"

„Keine Ahnung, er ist einfach ein aufgeblasener Schnösel. Lord Spielverderber."

„Aber du kennst ihn doch gar nicht richtig", gab ihre Schwester zu bedenken.

„Ich weiß, was er über *mich* gesagt hat." Violet verschränkte die Arme vor der Brust und fuhr mit einem Anflug von Trotz fort: „Außerdem hat Wick mir erzählt, dass Carlisle das Vermögen der Familie verloren hat und nun ihn dazu zwingen will, eine reiche Erbin zu heiraten, um das Anwesen zu retten."

„Wie *furchtbar*."

Vi nickte zustimmend. „Carlisle hasst mich, weil er glaubt, meine Freundschaft mit Wick gefährde seine Pläne. Denn ich lasse nicht zu, dass er seinen armen Bruder so tyrannisiert."

Polly runzelte die Stirn. „Ich glaube nicht, dass der Vicomte dich hasst."

„Doch, ebenso sehr wie ich ihn ... Moment mal, warum eigentlich nicht?" Violets Puls schnellte in die Höhe. „Hast du etwas, äh, gespürt?"

Ihre Schwester strich eine Falte in ihrem Rock glatt. „Er wirkte verärgert und frustriert auf mich, aber von Hass habe ich nichts bemerkt." Sie warf Vi einen flüchtigen Blick zu. „Weder bei ihm noch bei dir."

Sie ignorierte das Flattern in ihrem Magen. „Seltsam, ich bin mir nämlich ziemlich sicher, dass *ich* ihn hasse."

„Das weißt du natürlich besser als ich“, murmelte Polly.

„Wie dem auch sei, ich werde nicht zulassen, dass er meine Freundschaft mit Wick ruiniert. Oder diese Feier.“

Niemand – *insbesondere* nicht so ein Spielverderber wie Carlisle – würde sie herumkommandieren, ihr sagen, was sie zu tun und zu lassen hatte. Sie wollte sich wegen einem Fiesling wie ihm nicht schlecht fühlen.

Gabby gesellte sich wieder zu ihnen, wirkte jedoch bedrückt. „Es tut mir so leid, aber es gibt einen Aufruhr, um den ich mich kümmern muss. Ein Dienstmädchen wird euch zu euren Gemächern bringen.“

„Kein Problem.“ Vi deutete in Richtung Korridor. „Was ist denn da draußen los?“

Mit gedämpfter Stimme erklärte die Freundin: „Eine der Gäste, Mrs Sumner, hat festgestellt, dass Lady Ainsworthy einen schöneren Ausblick von ihrem Zimmer aus hat. Nun besteht Mrs Sumner auf eine gleichwertige Unterbringung.“ Sie biss sich auf die Lippe. „Es ist gar nicht so einfach, die Räumlichkeiten adäquat zu verteilen, da wir eine recht bunte Gästeliste haben. Und fragt mich besser gar nicht erst nach der Sitzordnung für das Abendessen. Es ist schier unmöglich, die Rangfolge festzulegen.“

„Warum bittest du nicht Marianne um Hilfe? Sie kennt sich in diesen Dingen hervorragend aus“, schlug Vi vor.

„Eine großartige Idee! Ich werde sie gleich fragen. Wir sehen uns später?“ Mit diesen Worten eilte Gabby davon.

„Armes Ding. Gastgeberin zu sein, erscheint mir äußerst mühselig … Stell dir vor, du müsstest so viele Menschen zufriedenstellen.“ Polly erschauderte. „Ich könnte das nie.“

„Du könntest, wenn du wolltest. Aber da wir gerade von Feiern sprechen, lass uns keine Zeit mehr verschwenden!“ Violet ergriff die Hand ihrer Schwester und zog sie in Richtung Tür.

„Wo…wohin gehen wir?“, stammelte Polly.

Vi grinste sie an. „Dorthin, wo wir *Spaß* haben können, natürlich.“

$$\text{❧ 5 ❧}$$

„Eine interessante Gesellschaft, nicht wahr?“, bemerkte Marcus, der Marquis von Blackwood.

„Könnte man so sagen“, erwiderte Richard.

Sie standen vor dem großen Marmorkamin und beobachteten die übrigen Gäste, die sich nach einem extravaganten Zwölf-Gänge-Menü im Salon versammelten. Ein wenig unbeholfen bewegte sich die bunt zusammengewürfelte Menge durch den luxuriös ausgestatteten Raum, eine Widerspiegelung von Billings' Position zwischen zwei Welten. Die anwesenden Adeligen repräsentierten die Gesellschaftsschicht, der er unbedingt angehören wollte. Die übrigen Gäste – einflussreiche und zwielichtige Charaktere – waren Klienten, die ihm zu seinem Aufstieg als wichtigster Bankier der Londoner Unterwelt verholfen hatten.

Billings' biegsamer Sinn für Moral gepaart mit äußerster Diskretion hatten ihm eine treue Kundschaft aus dem Unterbauch der Gesellschaft zugesichert. Am heutigen Abend stolzierten Besitzer von erfolgreichen Spielhöllen, Gin-Manufakturen und anderen fragwürdigen Etablissements wie Pfaue zwischen der Oberschicht umher, obwohl sie wahrlich keine großen Verdienste vorzuweisen hatten.

Blackwood war eine der wenigen Ausnahmen, da er sowohl Titel als auch Vermögen besaß. Der ehemalige Soldat hatte ein herrschaftliches Anwesen geerbt und leitete seine Ländereien mit fähiger Hand. Er war einer von Richards engsten Freunden und teilte dessen Leidenschaft für körperliche Ertüchtigung und Aktivitäten im Freien. Da Blackwood erdrückende gesellschaftliche Veranstaltungen ebenfalls verabscheute, war er wohl nur auf Wunsch seiner Marquise hier, die mit der Gastgeberin sowie den Kents befreundet war.

Der Gedanke an Violet Kent ließ seinen Puls erneut in die Höhe schnellen. Während des Dinners hatte sie einige Tische entfernt von ihm bei Wick und dessen Kumpanen gesessen. Richard musste somit an der Tafel seiner Gastgeber gleich doppelt leiden. Zum einen durfte er mit ansehen, wie Miss Kent mit seinem Bruder und den übrigen jungen Wüstlingen flirtete – die alle völlig in ihrem Bann gefangen zu sein schienen –, und zum anderen war er der Gesellschaft von Miss Billings ausgesetzt.

Zu seinem Unmut war seine Gastgeberin der Inbegriff aller Eigenschaften, die ihn am weiblichen Geschlecht störten. Ihr geistloses Geschwätz verursachte ihm Kopfschmerzen. Wenn er noch ein weiteres Wort über die neuste Mode hätte hören müssen, hätte er sich die Kugel gegeben. Außerdem besaß sie die nervige Angewohnheit, in ihrem Essen herumzustochern und eine ausgezeichnete Mahlzeit zu ruinieren. Nicht, dass er den Geschmack hätte selbst beurteilen können, da sie ihm jedes Mal, wenn er die Gabel zum Mund führte, eine alberne Frage stellte, auf die er sich eine ebenso alberne Antwort einfallen lassen musste. Wehmütig dachte er an die Schildkrötensuppe und Rinderkoteletts, die ihm aus diesem Grund entgangen waren.

Er war noch nie gut darin gewesen, Frauen einzuschätzen, und Miss Billings' schüchtern abgewendeter Blick machte es ihm unmöglich, ihre Reaktionen zu deuten. Allerdings hatte sie kaum eine eigene Meinung geäußert, stattdessen stimmte sie allem zu, was er sagte. Hätte er behauptet, der Himmel würde ihnen gleich auf den Kopf fallen, wäre sie wahrscheinlich umgehend in Deckung gegangen.

Ein einziges Abendessen hatte ausgereicht, um ihn von der Idee abzubringen, sie zu heiraten. Miss Billings würde gewiss einmal einen Mann glücklich machen, aber dieser Mann war sicher nicht er. Er würde einen anderen Weg finden müssen, seinen Familiensitz zu retten.

„Ehrlich gesagt, bin ich überrascht, dich hier anzutreffen." Blackwoods Stimme riss ihn aus seinen Gedanken. Die blaugrauen Augen seines Freundes musterten ihn eindringlich. „Aus derartigen Veranstaltungen hast du dir doch noch nie viel gemacht."

„Stimmt", murmelte Richard. „Aber es ging nicht anders. Ich bin hier, um Wickham im Auge zu behalten."

„Ah." Blackwood hob eine Braue. „Hoffst du immer noch, dass er sich eine reiche Erbin angelt?"

„Hoffnung wird ihn nicht retten, nur strenge Planung. Dafür werde ich sorgen."

„Und dein Bruder stimmt diesem Plan zu?"

„Er wird tun, was ich ihm sage."

„Diese Strategie hat sich bisher nicht wirklich bewährt." Blackwood grinste schief. „Erinnerst du dich daran, als du ihm verboten hast, das Rennen bei White's zu fahren?"

„Bei dem verdammten Regen hat er sich beinahe den Hals gebrochen. Und zudem fünfhundert Pfund verloren." Die natürlich wieder Richard bezahlen musste. „Naiver Dummkopf."

„Es ist ebenso dumm, an einer fehlerhaften Strategie festzuhalten und auf Erfolg zu hoffen."

Richard warf seinem Freund einen missmutigen Blick zu. „Nennst du *mich* einen Dummkopf?"

„Ich sage nur, dass du dich irgendwann der Realität stellen solltest", erwiderte dieser gutmütig. „Du kannst deinen Bruder nicht ewig in Schutz nehmen. Irgendwann wird er sich seinen Fehlern stellen müssen."

„Der Preis ist zu hoch", sagte Richard angespannt. „Er hat Schulden bei einem Halsabschneider."

„Dann liegt es an ihm selbst, sich zu retten. So war es auch damals mit den Soldaten, die ich befehligte. Man kann die Pferde zwar zur Tränke führen, aber ..."

Blackwood beendete den Satz nicht. Richard folgte seinem Blick und verspannte sich, als er sah, wer soeben den Raum betreten hatte. Die übrigen Gäste wichen zurück, um die Strathavens durchzulassen, die ein wirklich majestätisches Paar abgaben. Ihnen folgten ein Mann und eine Frau, die Richard nicht kannte: ein groß gewachsener, dunkelhaariger Gentleman, der an den Schläfen leicht ergraute, in Begleitung einer atemberaubend schönen Blondine, die ein gewagtes, silbernes Seidenkleid trug und ein mondänes Selbstbewusstsein ausstrahlte.

Hinter ihr erschien Violet Kent, und plötzlich verblasste der Rest der Anwesenden. Mit kochendem Blut betrachtete Richard das pfirsichfarbene Kleid, das sich an ihre Figur schmiegte und ihn dazu verleitete, sich vorzustellen, was sich wohl unter dem Mieder und den gebauschten Röcken verbarg. Sie war der Inbegriff von Lebensfreude und Weiblichkeit. Ihre goldbraunen Augen strahlten, als sie mit zwei anderen jungen Damen über etwas lachte.

„Ah, da ist ja meine Frau." Blackwood winkte seiner Marquise zu, die als Letzte eingetreten war.

Zu Richards Bestürzung kam sie in Begleitung der Kents zu ihnen herüber.

„Da bist du ja, Liebling", sagte Lady Pandora Blackwood, eine dunkelhaarige Schönheit in einem weinroten Satinkleid, als sie sich zu ihrem Mann gesellte. „Ich habe mich schon gefragt, wo du steckst."

Vor nicht allzu langer Zeit hatten die beiden sich heftig gestritten, und Richard war Zeuge der tiefen, wütenden Verzweiflung seines Freundes geworden. Aber mittlerweile schienen sie wieder ein Herz und eine Seele zu sein und benahmen sich wie zwei Frischvermählte. Blackwood flüsterte seiner Herzensdame etwas ins Ohr, woraufhin diese so tiefrot wurde wie ihr Gewand. Unwillkürlich musste er sich fragen, warum manchen die Liebe so leichtfiel, während sie für ihn ein ewiges Rätsel blieb.

„Lord Carlisle", wandte Lady Blackwood sich an ihn. „Sind Sie mit jedem bekannt?"

Unter den überwiegend feindseligen Blicken der Gruppe verspannten sich seine Muskeln. Doch bevor er etwas erwidern konnte, trat der große, dunkelhaarige Gentleman vor.

„Ich glaube, wir kennen uns noch nicht. Ambrose Kent." Bernsteinfarbene Augen musterten ihn eindringlich. „Das hier ist meine Frau, Mrs Marianne Kent."

Natürlich. Kent war der älteste Bruder und Oberhaupt der Familie. Er leitete eine erfolgreiche Privatdetektei und genoss den Ruf, ehrlich und gerecht zu sein. Soweit Richard sich erinnerte, war seine Gemahlin vor ihrer zweiten Ehe eine reiche und ziemlich berüchtigte Witwe gewesen.

Er verneigte sich. „Guten Abend, Sir. Madam."

„Wie geht es Ihnen, Mylord?", fragte Mrs Kent mit kühlem Blick. „Darf ich Ihnen meine Tochter Primrose sowie meine Schwägerin Polly vorstellen? Seid höflich und macht einen Knicks, meine Lieben."

Die beiden jungen Damen gehorchten. Die blonde Tochter, ein lebhaftes Ebenbild ihrer Mutter, fragte freundlich: „Wie gefällt Ihnen die Feier, Mylord?"

„Ausgesprochen gut, danke ..." Er wurde von einem Prusten unterbrochen und wandte sich der Übeltäterin zu. „Verzeihung, haben Sie etwas gesagt, Miss Kent?"

„Nein, Mylord." Sie riss in gespielter Unschuld die Augen auf. „Ich musste nur niesen."

„Hoffentlich haben Sie sich nicht erkältet."

„Ach, bestimmt nicht, ich bin zäh. Wahrscheinlich reagiere ich auf irgendetwas hier empfindlich", erwiderte sie leichthin.

Er biss die Zähne zusammen.

„Da steckst du also, Carlisle." Wick kam auf ihn zustolziert, dicht gefolgt von seiner Horde nichtsnutziger Kumpane. Mit einer beneidenswerten Ungezwungenheit stellte er sich und seine Freunde vor.

Richard hatte sich stets bemüht zu wissen, mit wem sein Bruder verkehrte, deshalb erkannte er Lord John Parnell und Mr Tom Goggston ohne Schwierigkeiten. Beide waren die zweitgeborenen Söhne ihrer Familien und erachteten Saufen, Hurerei und Glücksspiel als Wettkampf.

„Eine fabelhafte Veranstaltung, nicht wahr?", sagte Wick.

„In der Tat", erwiderte Miss Primrose lächelnd. „Leider wurde bisher nicht getanzt."

„Rosie", ermahnte Mrs Kent ihre Tochter leise.

„Aber es stimmt doch, Mama", entgegnete diese schmollend. „Was ist eine Feier ohne ein paar flotte Quadrillen?"

„Ich tanze unglaublich gerne und wette, Sie sind leichtfüßig wie ein Engel, Miss Kent", mischte sich der stämmige Goggston ein. „Wenn Ihre Tanzkarte noch nicht voll sein sollte, würde ich …"

„Heute Abend wird nicht getanzt", fiel Ambrose Kent ihm ins Wort. „Es wird langsam spät, Mädchen. Zeit, nach oben zu gehen."

„Aber *Papa*, es ist noch nicht einmal Mitternacht." Seine Tochter warf ihm einen weinerlichen Blick zu. „Das ist ungerecht."

„Hinauf auf eure Zimmer", wiederholte Kent streng.

Er und seine Frau scheuchten die jüngeren Damen in Richtung Tür. Miss Polly schien ihre Freundin trösten zu wollen, doch Miss Primrose stolzierte aufgebracht davon. Da würde Kent sich noch etwas anhören müssen.

Goggston wandte sich Violet zu. „Du wirst doch sicher mit mir tanzen, oder?"

„Klar, ich bin gerne die zweite Wahl. Schönen Dank auch." Sie verdrehte die Augen.

Wick schmunzelte. „Da hat sie dich aber erwischt, Goggs."

„Ja, Goggs, überlass das Flirten besser Wickham. Er ist unser Casanova", fügte Parnell gedehnt hinzu. Er war der jüngere Sohn eines Grafen, blass und spitzgesichtig, und spielte stets den Gelangweilten. Gerüchten zufolge war er aber für alles zu haben. „Halte du dich lieber weiterhin an betrunkene Flittchen aus der Taverne."

Goggston lief knallrot an.

„Außerdem ist tanzen doch todlangweilig", fuhr Parnell fort. „Diese einschläfernde Veranstaltung braucht mehr als nur ein paar flotte Melodien, um in die Gänge zu kommen."

„In der Tat", stimmte Wick sofort zu. „Wie wäre es mit einem Spiel?"

„Klingt gut." Nachdenklich legte sein Freund den Kopf schief.

In diesem Moment gesellte sich Miss Billings zu der Gruppe, wobei sie voller Unbehagen Richards Blick mied. Ihm erging es nicht anders.

Nervös platzte sie heraus: „Ich brauche *dringend* Ihre Hilfe."

„Wobei?", fragte Miss Kent.

„Die Gäste unterhalten sich nicht miteinander. Überall herrscht unangenehme Stille. Die Darsteller treffen erst morgen ein, also muss ich mir etwas einfallen lassen, um die Anwesenden bei Laune zu halten. Vater schlug vor, Kartentische aufzustellen …"

„Kartenspielen ist ja ein netter Zeitvertreib für die ältere Generation, Miss Billings, aber für die jüngeren unter uns hätte ich eine bessere Idee", sagte Parnell betont gleichmütig.

„Was denn für eine, Mylord?", fragte sie hoffnungsvoll.

„Ein Gesellschaftsspiel. Es nennt sich Verstecken und ist der letzte Schrei in den vornehmen Kreisen, vor allem unter den alleinstehenden Gästen."

„Das klingt fantastisch!", rief Miss Billings begeistert aus. „Glauben Sie, es würden alle mitspielen?"

„Darum kümmern wir uns schon, wenn Sie möchten", fügte Goggs eifrig hinzu.

Richard hielt sich mit den Blackwoods abseits und beobachtete, wie Wick und seine Meute die ungebundenen Damen und Herren für ihren Plan begeisterten. Innerhalb weniger Minuten hatten sich etwa ein Dutzend Mitspieler in der Mitte des Raumes versammelt und standen in einem Kreis um Parnell herum, der die Regeln erklärte. Miss Billings würde die Rolle des Suchers übernehmen, während der Rest sich irgendwo im Erdgeschoss verstecken sollte. Derjenige, den man zuletzt fand, war der Gewinner. Aufgeregt plauderten die Gäste miteinander, Violet Kent unter ihnen, mit strahlenden Augen und geröteten Wangen. Miss Turbett, die weitaus weniger enthusiastisch wirkte, hatte sich ebenfalls zu der Gruppe gesellt.

Wick kam zu ihm herüber und klopfte Richard auf die Schulter. „Bereit, alter Knabe?"

Er starrte seinen jüngeren Bruder unverwandt an. „Ich spiele nicht mit."

„Doch, tust du. Alle alleinstehenden Gäste müssen mitmachen ... So lauten die Regeln."

„Das ist doch lächerlich."

Obwohl Wick ihn weiterhin anlächelte, verhärtete sich sein Tonfall. „Ebenso lächerlich wie deine Zukunftspläne für mich. Was ist denn auf einmal mit: *Wir stecken gemeinsam in der Misere?*"

Verdammt noch mal. Verzweifelt suchte er nach einer Ausrede. „Ich bin viel zu alt für Gesellschaftsspiele."

„Jetzt übertreiben Sie aber, Carlisle", mischte Lady Blackwood sich mit einem verschmitzten Funkeln in den Augen ein. „Lord Wormleigh spielt auch mit, und der hat ein paar Jahrzehnte mehr auf dem Buckel als Sie."

Richard warf einen flüchtigen Blick auf besagten Schürzenjäger, der ordentlich angeheitert wirkte und sämtlichen alleinstehenden Damen zuzwinkerte.

„Halt dich da lieber raus, Penny", murmelte Blackwood seiner Frau zu.

Miss Kent gesellte sich zu ihnen. „Bereit zum Spielen, Wick?"

„Ich mache nur mit, wenn mein Bruder dabei ist", erwiderte dieser stur.

Violet hob die Brauen. „Möchten Sie sich denn nicht dazu herablassen, sich uns anzuschließen, Mylord?"

„Nein, vielen Dank", presste Richard hervor.

„Ich verstehe", sagte sie mit gespielter Freundlichkeit. „Manche Menschen sind einfach schlechtere Verlierer als andere."

Verflucht, warum musste sie ihn immer bis zum Äußersten reizen? Noch nie hatte jemand seinen Sportgeist in Frage gestellt. Gut, vielleicht war er nicht gerade charmant oder beliebt, aber bei Wettkämpfen verhielt er sich *immer* ehrbar.

„Mag sein, aber ich spiele, um zu gewinnen", knurrte er.

„Ausgezeichnet", rief Wick mit einem Grinsen. „Dann möge der – oder die – Bessere gewinnen!"

❧ 6 ☙

Aufgeregt eilte Violet ihrem Ziel entgegen. Sie hatte sich durch mehrere Zimmer geschlängelt und absichtlich Umwege genommen, um die anderen abzuschütteln. Es gab ein perfektes Versteck, und sie wollte nicht, dass jemand es ihr streitig machte. Sie *liebte* Spiele. Nicht nur Carlisle spielte, um zu gewinnen. Hämisch stellte sie sich das Gesicht von Lord Hochnäsigkeit in Person vor, wenn man *sie* zur Gewinnerin küren würde.

Sie betrat die Bibliothek und lief an dem großen Steinkamin sowie den davor aufgereihten Sesseln vorbei. Zwischen den Bücherregalen vernahm sie Gekicher und Getuschel. Interessant, der Raum war also schon in Beschlag genommen.

Aber das war ihr egal. Dieses Versteck war *viel* zu offensichtlich.

Sie verließ das Zimmer und hastete weiter in Richtung der Galerien im Ostflügel. Hin und wieder vernahm sie Stimmen, aber diese verstummten schließlich, als sie den kleinen, kapellenartigen Raum erreichte, den Polly und sie vor wenigen Stunden erkundet hatten. Die zartgrünen Wände des kreuzförmigen Zimmers waren mit in Gold gerahmten Gemälden behangen, und die Decke zierten aufwändige Stuckblumen. Sie und Polly hatten erstaunt festgestellt, dass jede der kunstvoll geformten Blüten einzigartig war und sich von den übrigen unterschied.

Außerdem hatte Vi noch etwas anderes entdeckt.

Unbeirrt schritt sie auf die Vorderseite des Raumes zu, wo fünf Stufen auf ein Podest hinaufführten. Von dort aus bot ein hohes Fenster, umrahmt von bauschenden Seidenvorhängen, einen herrlichen Ausblick auf den Garten. Sie ließ die Finger unter der Kante der dritten Stufe entlanggleiten, bis sie den versteckten Mechanismus fand und ein leises Klicken hörte. Grinsend beobachtete sie, wie die kleine Treppe einer Tür gleich zur Seite schwang und die düstere Aushöhlung des Priesterloches preisgab. Sie bückte sich, um hineinzuklettern ... und schrie auf, als eine große, maskuline Hand aus der Dunkelheit nach ihr griff.

Entgeistert starrte sie in das ernste Gesicht, dem sie sich gegenüberfand.

„Donnerwetter", sagte sie und stemmte die Hände in die Hüften. „Was tun *Sie* denn hier?"

***

„Ich verstecke mich", erwiderte Richard kurz angebunden. „Ist das nicht Sinn und Zweck des Spiels?"

Nachdem Miss Kent ihn weiterhin anstarrte, als wären ihm zwei zusätzliche Köpfe gewachsen, hievte er sich mit einem tiefen Seufzer aus dem Priesterloch. Obwohl sie für eine Frau ziemlich groß war, überragte er sie immer noch um gute fünfzehn Zentimeter. Es gefiel ihm weitaus besser, auf sie hinabsehen zu können. Ihr gegenüber musste er jeden nur erdenklichen Vorteil nutzen.

„Woher wussten Sie von meinem Versteck?", wollte sie wissen.

„Verzeihung, ich konnte ja nicht ahnen, dass diese Nische Ihnen gehört", erwiderte er sarkastisch.

Ihre Wangen röteten sich. „Ich meine, woher wussten Sie von dem Priesterloch?"

„Billings hat mir das Anwesen gezeigt und dabei erwähnt, dass diese Galerie früher eine katholische Kapelle gewesen sei. Da habe ich zwei und zwei zusammengezählt.“

Miss Kent runzelte die Stirn. „Sie haben das Versteck *ganz allein* gefunden?“

Ihm gefiel ihr ungläubiger Tonfall ganz und gar nicht. Als traute sie ihm kaum zu, sich die Stiefel zu schnüren, geschweige denn, einen offensichtlichen Geheimmechanismus zu entdecken. „Warum überrascht Sie das, Miss Kent, wo Sie doch vermutlich dasselbe getan haben?“

„Ich bin schließlich ein Wildfang, nicht wahr?“ Ihr unverfrorener Tonfall brachte sein Blut in Wallung. „Seien wir doch mal ehrlich, moderne, abenteuerlustige Frauen wie ich neigen durchaus zu Einfallsreichtum, während Gentlemen wie Sie ...“ Sie zuckte mit den Schultern. „Nun, Sie sind eher ...“

Er verschränkte die Arme vor der Brust und wartete.

„... konventionell. Ein Traditionalist.“ Ihre Augen funkelten spöttisch. „Jemanden wie *Sie* hätte ich nicht für fähig gehalten, einen geheimen Ort aufzuspüren.“

Anders gesagt, hielt sie ihn für einen Langweiler. Einen biederen – noch dazu törichten – Wichtigtuer. Das sollte ihn nicht weiter überraschen, immerhin war er noch nie ein Frauenschwarm gewesen: weder ein grübelnder, geheimnisvoller Lord Byron noch ein Charmeur wie Wickham.

Als Miss Belton seinen Antrag ablehnte, hatte seine Mutter ihn mit folgenden Worten getröstet: *Das darfst du ihr nicht verübeln, Richard. Sei beim nächsten Mal nicht so steif und direkt. Zu viel Ernsthaftigkeit wird schnell langweilig.*

„Nur weil ich nicht bewusst nach Ärger suche, bin ich durchaus in der Lage, ein verdammtes Priesterloch zu finden“, erwiderte er kurz angebunden. „Wie ich schon sagte, ich spiele, um zu gewinnen.“

„Aber ich wollte mich hier verstecken“, protestierte sie.

„Tja, leider war ich zuerst da“, erwiderte er mit einem Schulterzucken.

„Das ist doch ...“ Abrupt brach sie ab und blickte zur Tür hinüber.

Schritte und Stimmen näherten sich.

„*Verflixt*“, flüsterte sie.

Sie starrten einander an. Dann wandten sie sich gleichzeitig der Nische zu. Miss Kent flüchtete zuerst hinein und Richard folgte ihr, bevor er die Treppe hinter sich zuzog.

***

Jemand betrat die Galerie ... Andere Gäste, die nach einem Versteck suchten. Violet verharrte in der Dunkelheit. Das Herz schlug ihr bis zum Hals, aber nicht nur, weil sie nicht entdeckt werden wollte.

Das Priesterloch war offensichtlich nur für eine einzelne Person vorgesehen gewesen. Ein schmächtiger Geistlicher hätte gerade genug Platz, um mit ausgestreckten Beinen zu sitzen oder zu stehen. Aber nun befanden sich zwei Körper in dem beengten Raum ... und einer davon war verflucht *groß*.

Sie stand Carlisle gegenüber, eingeklemmt zwischen seiner muskulösen Statur und der Wand. Eine unglaubliche Hitze strahlte von ihm ab, es fühlte sich an, als würde sie gegen einen Schmelzofen gepresst. Trotz des dämmrigen Lichts konnte sie seine markanten Züge ausmachen, und sein frischer, männlicher Duft stieg ihr in die Nase, was eine seltsame Reaktion in ihr hervorrief. Ihre Haut glühte, und ihr stockte der Atem.

„Halten Sie gefälligst still.“ Sein heißer Atem streifte ihr Ohr.

Schweißtropfen bildeten sich unter ihrem Mieder. Ihr ganzer Körper kribbelte und bebte.

„Verdammt, hören Sie auf, sich zu bewegen.“ Seine Stimme klang sonderbar belegt. „Wollen Sie etwa, dass man uns findet?“

„Hier drinnen ist es so ... unbequem“, flüsterte sie zurück. „Was haben Sie da eigentlich Hartes in Ihrer Tasche? Es pikt mich.“

Er erstarrte. Plötzlich fiel es ihr wie Schuppen von den Augen. *O Gott, ich spüre seinen ...*

Mit einem Mal war es, als hätte jemand einen Schalter umgelegt. Elektrisierende Spannung knisterte zwischen ihnen und ließ alles andere in den Hintergrund treten, selbst die Schritte und flüsternden Stimmen draußen in der Galerie. Alles, außer ihm. Seinem Duft. Seiner Nähe. Ihr stellten sich die Haare auf, und Schmetterlinge tanzten in ihrem Bauch.

Sieh in jetzt bloß nicht an. Untersteh dich ...

Doch sie konnte nicht anders und hob den Blick.

Seine Augen glühten im Halbdunkel.

In der nächsten Sekunde spürte sie seine Lippen auf den ihren.

Der Kuss – ihr erster Kuss überhaupt – war gleichzeitig ein Schock sowie eine Offenbarung. In der dunklen Hitze erweckten seine festen, fordernden Lippen ein schlummerndes Verlangen in ihr. Ein nie gekannter Hunger erwachte in ihrem Innersten, ein überraschendes und berauschendes Gefühl. Sein düsteres, süßes Aroma war verführerischer als Schokolade und ließ sie vor Sehnsucht erbeben. Es war, als stünde sie kurz vor dem Verhungern und jemand hätte ein Büfett vor ihr aufgebaut.

Niedere Instinkte verdrängten alle Gedanken bis auf einen: *mehr*.

Ein verzweifeltes Stöhnen entwich ihrer Kehle. Er dämpfte den Laut mit seinen Lippen, neigte ihren Kopf nach hinten und vertiefte den feurigen Kuss. Seine heiße Zunge erforschte ihren Mund, worauf sie ähnlich offensiv reagierte. Er knurrte tief, und ein wohliger Schauer durchfuhr sie. Als ihre Zungen einander umschlangen, spürte sie eine pulsierende Wärme zwischen ihren Schenkeln.

Noch bevor sie die überwältigende Reaktion ihres Körpers begreifen konnte, presste er sie gegen die Wand und drückte seinen Oberschenkel zwischen ihre Beine, sodass ihre Zehen kaum noch den Boden berührten. Die Hitze seiner harten

Muskeln brannte sich durch die Lagen ihrer Röcke. Mit jeder ihrer Bewegungen gegen ihn löste die Reibung eine weitere Welle der Verzückung in ihr aus. Sie bemerkte gar nicht, dass sie erneut aufstöhnte, bis er ihr eine Hand über den Mund legte.

„Psst, seien Sie still." Die unverhohlene Begierde in seiner Stimme faszinierte sie. „Wir müssen leise sein ..."

Ein warmes, feuchtes Ziehen an ihrem Ohrläppchen ließ sie den Kopf weiter zur Seite neigen. Verflixt, wer hätte gedacht, dass diese Stelle so empfindlich sein könnte? Sie krallte die Finger in seine breiten Schultern, während sie sich einer Verzückung hingab, die sonst nur ein Berg köstlicher Törtchen in ihr auszulösen vermochte.

Seine Zunge fuhr an ihrem Ohr entlang, bevor er sanft an ihrem Ohrläppchen zu saugen begann, sodass sich ihre Zehen in die Pantoffeln krallten. Hilflos zitterte sie in seinen Armen, als seine Lippen an ihrem Hals hinunterwanderten. Seine großen Hände lagen auf ihren Rippen, gefährlich nahe an ihren bebenden Brüsten. Ihre Nippel versteiften sich, als seine Daumen die Unterseite ihrer weiblichen Rundungen streiften. Unwillkürlich drückte sie sich seiner Berührung entgegen.

„Sie sind so weich. So süß", murmelte er.

Seine Finger wanderten über die entblößte Haut ihres Dekolletés und verursachten eine prickelnde Gänsehaut. Er fuhr über den tiefen Ausschnitt ihres Kleids ... und anschließend unter den Stoff. Als er zärtlich eine ihrer harten Brustwarzen umkreiste, stockte ihr der Atem. Ein unbändiges Verlangen übermannte sie.

„Gefällt Ihnen das?", knurrte er ihr ins Ohr.

„O ja ..." Der Rest ihres Seufzers ging in einem erneuten Kuss unter.

Sie fühlte sich so unglaublich erregt, dass ihr schwindlig wurde. Nicht einmal der schnellste Walzer vermochte ein solches Gefühl in ihr auszulösen. Die Dunkelheit um sie verstärkte ihre Emotionen nur noch, und sie gab sich ihnen vollständig hin, verlor sich in der Berührung seiner heißen Lippen und geschickten Hände. Lüstern rieb sie sich gegen seinen muskulösen Schenkel ... und spürte plötzlich eine steinharte Wölbung gegen ihr eigenes Bein pressen. Diesmal löste die Entdeckung einen elektrisierenden Schock in ihr aus.

Sie hatte genug Erfahrung mit Farmtieren, um zu erkennen, dass Carlisle äußerst ... potent war. Wie ein Hengst, den sie einst beim Deckakt beobachtet hatte.

Seine offensichtliche Erregung erfüllte sie gleichzeitig mit Verwirrung und Macht. Sie hob sich ihm entgegen, als er über ihre Brustwarze rieb, während seine Zunge die seidige Haut ihres Dekolletés liebkoste. Nach Atem ringend, vergrub sie die Finger in seinem Haar, ihr fiebriges Verzücken steigerte sich ins Unermessliche ...

„Hallo? Ist da jemand?“

Eine Stimme – Gabbys? – durchdrang den Nebel der Lust. Violet erstarrte, und Carlisle ebenfalls. Schritte näherten sich. Sie wagte kaum zu atmen. Jeder Muskel zitterte vor Angst, entdeckt zu werden ...

„Gefunden!“, rief Gabby vergnügt.

Angespannt wartete Vi darauf, dass die Treppe zur Seite schwingen und sie entlarven würde ... O Gott, *in Carlisles Armen.* Stattdessen hörte sie das Rascheln von Stoff, gefolgt von männlichen Protestrufen und Schritten auf dem Podium über ihnen.

„Ich habe dir doch gesagt, dass die Vorhänge eine hirnrissige Idee waren, Goggs.“

Durch den Schleier der Panik erkannte Vi die genervte Stimme von Parnell.

„Dir ist doch auch nichts Besseres eingefallen“, erwiderte Goggs vorwurfsvoll.

„Sie beide haben sich wacker geschlagen“, warf Gabby beschwichtigend ein. „Tatsächlich sind Sie unter den Letzten, die gefunden wurden. Es fehlen nur noch drei ... Du liebe Güte, ist Lord Wormleigh da gerade den Gang entlang gerannt?“

„Wir helfen Ihnen, den alten Kerl einzufangen“, bot Goggs an.

Lautes Getrappel folgte den Worten ... dann war alles still.

Die Treppe vor dem Priesterloch öffnete sich, und kurz wurde sie durch das helle Licht geblendet. Als ihre Augen sich daran gewöhnt hatten, sah sie, wie Carlisle sich vor ihr hinauszwängte. Er blickte auf sie hinab, und seine steinerne Miene verjagte den Rest ihrer lustvollen Benommenheit.

Ein Sturm wütete in seinen dunkelbraunen Augen ... Wut? Reue?

Sofort wurde sie von Scham und Verwirrung übermannt. *Warum habe ich ... Und das ausgerechnet mit Carlisle? O Gott, was habe ich nur getan? Was denkt er jetzt nur von mir?*

Sie *mochte* ihn ja noch nicht einmal. Doch der Anblick seines zerzausten Haares und des schief sitzenden Krawattentuchs jagte ihr einen Schauer der Erregung durch den Körper. Ihre Wangen glühten.

Als lautes Gelächter in der Ferne ertönte, versteifte er sich.

„Man darf uns nicht zusammen finden. Sie bleiben hier", wies er sie an. „Ich gehe zuerst zurück."

Sie konnte nur nicken. Im nächsten Moment schloss sich der Eingang des Priesterlochs wieder und sie saß allein in der Dunkelheit. Allein und bebend vor neuen Erkenntnissen ... Endlich begriff sie, worum alle so einen Wirbel machten.

AM DARAUFFOLGENDEN NACHMITTAG BETRAT RICHARD ALS einer der Letzten das Amphitheater. Die Pracht des gewölbten Gebäudes riss ihn kurzzeitig aus seinen finsteren Gedanken. In der Mitte befand sich eine Manege von zehn Metern Durchmesser und dahinter eine erhöhte Bühne mit roten Vorhängen, durch die man ein Orchester hörte, was die Vorfreude auf die anstehende Show nur noch steigerte. Die Gäste nahmen bereits ihre Plätze auf den mit Samtpolstern ausgestatteten Sitzbänken ein und warteten gebannt auf die Darsteller aus dem Astley's.

Richard stand an der hinteren Wand und ließ den Blick über die Menge schweifen ... bis er Violet Kent in den vorderen Reihen des Theaters entdeckte. Wie gewöhnlich war sie von einer Schar männlicher Bewunderer umringt. Missmutig bemerkte er, wie appetitlich sie aussah: Sie trug ein rosafarbenes Kleid und darüber eine kirschrote Pelerine, die der Farbe ihrer Lippen ähnelte. Die Erinnerung an das süße Aroma ihres Mundes jagte einen pulsierenden Schock in seine Lendengegend.

Rational gesehen wusste er, dass sie ein Fehler war. Ein Teil von ihm hatte schon immer geahnt, dass eine Frau wie sie eine Gefahr für einen Mann seines Temperaments darstellte. Der

Fluch seiner Ahnen lag ihm im Blut: Wie alle Carlisles vor ihm, fühlte auch er sich unwiderstehlich von seinem genauen Gegenstück angezogen. Bildschöne Verführerinnen, die eine Mischung aus weiblicher Ausgelassenheit und Zartheit ausstrahlten, faszinierten ihn. Sie erweckten seine niedersten Instinkte, das Verlangen, zu beschützen und zu besitzen. Unglücklicherweise wusste er aus Erfahrung, dass dieser Weg nur ins Verderben führen konnte.

Er biss die Zähne zusammen. Violet Kent zu umwerben, würde zweifellos in einer Katastrophe enden. Verflucht, er wusste nicht einmal, ob ihre Mitgift groß genug war, um seinen Familiensitz retten zu können. Doch zum ersten Mal seit Langem übertrumpfte sein persönliches Verlangen jegliche Rationalität.

Am Abend zuvor war er zu weit gegangen. Er war wütend auf sich selbst, weil er die Kontrolle verloren und eine Jungfrau ausgenutzt, seinen eigenen Moralkodex missachtet hatte. Trotz allem war er ein Gentleman, und seine Ehre gebot es ihm, zumindest jetzt das Richtige zu tun. Es war erforderlich, dass er seine Fehltritte – auch wenn sie mit Miss Kents Einvernehmen geschahen – geradebog.

Die Erinnerung an ihr äußerst *großzügiges* Einvernehmen brachte sein Blut in Wallung.

Als er nach dem Versteckspiel auf sein Zimmer zurückgekehrt war, gab er endlich der überwältigenden Lust nach, die sie in ihm ausgelöst hatte. Er war in der Dunkelheit gelegen und hatte seiner Fantasie freien Lauf gelassen, sich vorgestellt, wie er auf seinem Bett zwischen ihren Schenkeln kniete und ihre feuchte Möse verwöhnte, bis sie vor Wonne aufschrie und ihren süßen Nektar auf seiner Zunge hinterließ. Dann hatte er sie in seiner Vorstellung auf Hände und Knie manövriert und war mit einer schnellen Bewegung in sie hineingeglitten. Ihre heiße, enge Scheide hatte ihn gemolken, seinen Samen aus ihm herausgepresst und ihm den heftigsten Orgasmus seines Lebens beschert ...

Noch nie zuvor hatte er eine Leidenschaft wie ihre erlebt. So kraftvoll und ungehemmt ... und gleichzeitig voller Unschuld. Ihre

Unerfahrenheit war offensichtlich gewesen, aber auch unglaublich erregend, wie er sich eingestehen musste. Gleichzeitig hätte er sie am liebsten heftig geschüttelt, um sie zur Vernunft zu bringen. Wusste sie denn nicht, wie gefährlich es war, sich mit einem Mann in einer dunklen Nische zu verstecken? Begriff sie nicht, wie verletzlich sie war?

Es ist nicht deine Aufgabe, sie zu beschützen, mahnte seine innere Stimme der Vernunft ihn. *Denk an deine früheren Fehler.*

Mit angespanntem Kiefer beobachtete er, wie sie über eine Bemerkung von Parnell lachte. Dabei erstrahlte ihr ganzes Gesicht, insbesondere ihre bernsteinfarbenen Augen. Wie es wohl wäre, derjenige zu sein, dem diese Wärme galt?

Wie er sie so in Gesellschaft dieser jungen Kerle sah, fühlte er sich plötzlich alt und mundfaul. Ebenso gut könnten hundert Jahre zwischen ihnen liegen anstatt zehn. Doch selbst als junger Mann war er nie der schneidige und charmante Verehrer gewesen, bei dem die Damen ins Schwärmen gerieten. Obwohl er sich über vergangene Fehlschläge nicht gerne den Kopf zerbrach, schmerzten sie ihn nun wie alte Wunden.

Was Frauen anging, hatte sich sein Urteilsvermögen bisher als unzuverlässig erwiesen. Er wurde aus ihnen nicht schlau, konnte nicht deuten, was sie fühlten oder dachten. Sowohl Lucinda Belton als auch Audrey Keane hatten seine Annäherungsversuche scheinbar genossen, denn sie wirkten aufgeschlossen und äußerst angetan. Doch am Ende hatten sie seine Anträge abgelehnt. Theoretisch hätte er es ja verstehen können ... wenn die beiden nicht ein doppeltes Spiel getrieben hätten.

Seitdem vermied er es, dieselben Fehler noch einmal zu begehen. Sein Plan war es, einen kühlen Kopf zu bewahren und eine Vernunftehe einzugehen: sein Titel gegen ihr Geld. Aber seit wann gehörte es zu seinem Vorhaben, einen Wildfang in einem Priesterloch zu verführen?

Verflucht, warum musste Violet Kent auch alles durcheinanderbringen?

„Hast du dich erholt, Bruder?"

Wicks Stimme riss ihn aus seinen Gedanken. Wie immer gab dieser den eleganten Gentleman vom Land, gekleidet in einen braun karierten Gehrock mit dazu passender Seidenkrawatte.

„Wovon?", fragte Richard.

„Von deiner Niederlage beim Versteckspiel." Sein Bruder grinste ihn breit an. „Nimm es nicht zu schwer, alter Junge. Unsere liebe Vi ist eine würdige Gegnerin."

„Du solltest nicht so salopp über sie sprechen."

Wick zog die Brauen hoch. „Wie bitte?"

„Zeig Miss Kent gegenüber etwas mehr Respekt. Sie ist nicht einer deiner nichtsnutzigen Kumpane, sondern eine junge Dame aus gutem Haus", erwiderte Richard schroff.

„*Miss Kent* ist meine Freundin, also kann ich sie nennen, wie ich will."

„Seit wann gibt es so etwas wie Freundschaft zwischen Männern und Frauen?", schnaubte er.

Er war überzeugt, dass die Absichten seines Bruders wenig ehrbar waren. Wie könnten sie das sein, wenn es um eine verführerische Hexe wie Miss Kent ging? Die Lage wurde immer verzwickter. Nicht nur hatte er den lästigen Wildfang geküsst, er wilderte womöglich auch noch in Wickhams Jagdgebiet.

Bei dem Gedanken daran biss er die Zähne zusammen. Er redete sich ein, dass er sich nur um Wicks Zukunft sorgte, sonst nichts. Sein Bruder musste sich darauf konzentrieren, Miss Turbett zu umwerben, ohne von Violet abgelenkt zu werden.

„Deine Ansichten sind wirklich ganz schön veraltet", sagte Wick.

Dem würde Miss Kent wohl aus vollem Herzen zustimmen. Immerhin hatte sie ihn verächtlich einen Traditionalisten genannt.

Dann hätte sie meinen Kuss nicht erwidern dürfen, dachte er grimmig.

„Hast du ihr gegenüber gewisse Absichten?", fragte er in angespanntem Tonfall.

„Wem gegenüber ... *Violet*? Natürlich nicht! Sie ist wie eine Schwester für mich."

Seine Ungläubigkeit schien aufrichtig. *Immerhin wäre damit ein Problem aus dem Weg geschafft.* Doch kaum landete sein Blick wieder auf Miss Kent und ihrer Schar von Bewunderern, verflog seine Erleichterung. *Bleiben nur noch zwölf weitere, die es auszustechen gilt.*

Wick kniff die Augen zusammen. „Warum bist du eigentlich so interessiert an ihr?"

Er versuchte sich einzureden, dass es eine Frage der Ehre war, dass es nur darum ging, das Richtige zu tun.

„Was ist los? Du willst doch nicht etwa ..." Sein Bruder brach ab und starrte ihn an. „Violet ... und *du*?"

Offensichtlich erschien ihm die Idee ebenso irrsinnig wie Schweinen das Fliegen beibringen zu wollen.

„Warum wäre das so überraschend?", fragte Richard forsch.

„Weil sie meine Freundin ist ... Und glaube mir, du bist nicht die Art von Mann, den sie heiraten wollen würde. Sie kann dich nicht einmal leiden." Wickham fuhr sich mit der Hand durch das sowieso schon kunstvoll zerzauste Haar. „Außerdem weiß ich, dass sie ihre Freiheit liebt und nicht an einer Ehe interessiert ist."

Die Worte bohrten sich wie ein Dolch in Richards Herz und zerschlugen die Hoffnung, die gegen seinen Willen dort aufgekeimt war. Er wusste, dass sein Bruder recht hatte: Sein Verstand hatte ihm von Anfang an dasselbe vor Augen geführt. Doch er ließ sich von seiner Lust blenden und hegte törichte Gedanken. Eine verbotene Umarmung bedeutete noch lange nicht, dass Miss Kent ihn heiraten wollte.

Verdammt, nur weil sie unschuldig *wirkte*, hieß das nicht, dass sie es auch war. Hatte er etwa Miss Lucindas sinnliche Täuschungen vergessen oder Lady Audreys berechnende Art?

Schließlich war Miss Kent gegenwärtig viel zu beschäftigt mit ihren unzähligen Verehrern, um ihm auch nur einen Funken Beachtung zu schenken. Sein Ehrgefühl mochte zwar verlangen, dass er um sie anhielt, aber er würde sich nie wieder wegen einer Frau zum Narren machen. Er würde die Verbindung mit realistischen Erwartungen angehen und seinen Antrag kurz und bündig vorbringen. Hauptsache, sein Stolz musste nicht darunter leiden.

Es ist nur eine weitere deiner Pflichten. Der Gedanke traf einen Nerv.

Die Musik schwoll an und signalisierte den Anwesenden, dass die Aufführung gleich begann.

Wick musterte ihn. „Ich sitze vorne bei ihr und den Jungs. Willst du dich zu uns gesellen?"

Nach einem flüchtigen Blick stellte er fest, dass Miss Kent nun von ihrer Familie umringt war. Eine weitere öffentliche Szene wollte er um jeden Preis vermeiden. Er würde später noch eine Gelegenheit finden, privat mit ihr zu sprechen, und es würde ein kurzes Gespräch werden.

„Ich finde schon einen Platz. Genieß die Vorführung", erwiderte er knapp.

***

Violet musste all ihre Willenskraft zusammennehmen, um nicht zu Carlisle hinüberzusehen. Sie war sich bewusst, dass er an der Rückseite des Theaters stand. Allein seine Präsenz ließ ihren Puls in die Höhe schnellen und rief in ihr die Erinnerung an Gefühle wach, die sie noch nie zuvor verspürt hatte. Sein seidiges Haar zwischen ihren Fingern, sein männlicher Körper gegen ihren gepresst, die glühende Hitze seines Kusses ...

„Ist alles in Ordnung, Violet?"

Sie wandte sich Emma zu, die rechts neben ihr saß. „Ja. Alles wunderbar. Äh, warum fragst du?"

„Weil du ganz rot und außer Atem bist", erklärte ihre viel zu wachsame Schwester. „Und ich weiß auch, warum."

Vi schluckte schwer. „Ach ... ach wirklich?"

„Man muss kein Detektiv sein, um den Grund deiner Aufregung zu erraten", sagte Emma mit einem Grinsen. „Immerhin wirst du gleich dein Idol sehen."

Ihr Idol ... *Oh, richtig.*

„Ja. Madame Monique. Kann es kaum erwarten", murmelte sie.

„Gleich geht es los, Liebes." Mit einem Lächeln wandte Em sich Polly zu.

Vi konnte nicht umhin, einen flüchtigen Blick in Carlisles Richtung zu werfen. Mittlerweile saß er in der hintersten Reihe des Theaters. Mit seiner muskulösen Statur stach er aus der Menge hervor wie ein stattlicher Hengst unter einer Horde Wallachen. Gerade, als sie wieder wegsehen wollte, trafen sich ihre Blicke.

Ihr Magen verkrampfte sich. Ein verschlossener Ausdruck lag in seinen Augen, seine Miene wirkte steinern. Von dem leidenschaftlichen Liebhaber, der ihre tiefsten Begierden zu erwecken vermocht und ihr gezeigt hatte, was wahres Verlangen war, fehlte jede Spur.

Gedemütigt wandte sie sich ab.

Sei keine Närrin. Lass ihn nicht sehen, welche Wirkung er auf dich hat.

Warum nur hatte sie sich so wollüstig verhalten? Er hatte sie eine Verführerin genannt, behauptet, sie tauge nichts ... und in dem Priesterloch hatte sie seine Meinung von ihr bestätigt. Aber genau genommen lag die Schuld nicht *allein* bei ihr, nicht wahr? Immerhin war er doch Vicomte Spielverderber, ein reservierter Langweiler. Was fiel ihm ein, sie so leidenschaftlich zu küssen? Das musste eine hinterhältige Offensive gewesen sein. Mit seinem stocksteifen Benehmen hatte er sie umgarnt, nur um sie dann mit seinen sinnlichen, unwiderstehlichen Liebeskünsten zu überrumpeln ...

Moment Mal. Carlisle ... und sinnlich? Unwiderstehlich? Hat der Kuss dir etwa völlig das Gehirn vernebelt?

Es ließ sich nicht leugnen, dass er am Abend zuvor ihre Sinne vollständig in Beschlag genommen hatte. Seine Lippen riefen in ihr die gleiche Reaktion hervor wie körperliche Betätigung: In jenem Moment war sie fokussiert, konnte sich auf nichts außer ihn konzentrieren. Sie hatte sich lebendig wie nie zuvor gefühlt ...

Je mehr sie darüber nachdachte, desto größer wurde ihre Verwirrung. *Warum* hatte er sie geküsst, wenn er sie nicht einmal mochte? Und warum hatte sie ihre eigene Leidenschaft ausgerechnet in den Armen eines Mannes entdecken müssen, der sie verabscheute? Plötzlich kam ihr noch ein ganz anderer Gedanke: Gute Güte, machte sie der Vorfall etwa zu einem *Flittchen*?

„Bereit für die Vorstellung?“

Wick, der neben ihr Platz genommen hatte, riss sie aus ihren Gedanken. Sie zwang sich zu einem Lächeln. „Ich kann es kaum erwarten, Madame Monique zu sehen. Sie ist fantastisch.“

„Allerdings.“ Er sah sie mit einem Ausdruck an, den sie nicht deuten konnte. „Übrigens habe ich gerade mit meinem Bruder gesprochen.“

Panik stieg in ihr hoch. Carlisle hatte ihm doch nicht etwa von der Sache im Priesterloch erzählt, oder?

„Hat er etwas, äh, Interessantes erwähnt?“, brachte sie heraus.

„Nicht wirklich. Es ist immer dieselbe Leier mit ihm: Miss Turbett hier, Miss Turbett da.“

„Oh.“ Sie redete sich ein, dass sie darüber erleichtert sein sollte.

„Aber er hat auch die Freundschaft zwischen dir und mir in Frage gestellt.“

„Wie bitte?“, zischte sie empört.

Wick betrachtete sie ernst. „Es scheint ihm unbegreiflich zu sein, dass ich mit einer Frau wie dir befreundet sein kann.“

Einer Frau wie dir. Die Worte erinnerten sie schmerzlich an Carlisles andere, abfällige Bemerkungen über sie. *Sie taugen nichts*

... Sie besitzen weder Anstand, noch könnten Sie das Wort überhaupt buchstabieren ...

Ein schrecklicher Verdacht überkam sie. Hatte Carlisle sie etwa nur geküsst, um ihr zu beweisen, dass er richtig lag? Dass sie nichts weiter war als eine ungebührliche Dirne ... nicht gut genug, um mit seinem Bruder befreundet zu sein? Wut und Scham übermannten sie gleichermaßen.

„Natürlich habe ich ihm gesagt, er solle sich da raushalten", fuhr Wick fort.

Wenigstens war ihr Freund ihr gegenüber loyal. Sie lächelte schwach. „Danke."

„Wozu sind Freunde denn da?", erwiderte er mit einem Zwinkern.

Als die Musik anschwoll und die Menge aufgeregt zu kichern und zu tuscheln begann, sperrte Violet ihre aufgewühlten Gefühle in eine innere Schatulle und verschloss diese fest. Es war ihr völlig egal, was Lord Hochnäsigkeit in Person von ihr hielt. Sollte er sie doch vorschnell beurteilen und als unzulänglich erachten. Er wäre nicht der Erste und würde sicher nicht der Letzte sein.

Hilf dir selbst aus der Patsche. Sie straffte die Schultern. Sollte Carlisle es wagen, sich ihr erneut zu nähern, würde sie ihm unmissverständlich zu verstehen geben, was sie von ihm und seiner hinterhältigen Taktik hielt. Vielleicht würde sie ihm auch noch einen Kinnhaken verpassen.

„Meine Damen und Herren", ertönte eine Stimme hinter dem Vorhang. „Darf ich vorstellen ... Mr Cedric Burns und Miss Josephine Ashe!"

Vi lehnte sich in ihrem Sitz nach vorne, entschlossen, jegliche Gedanken an Carlisle aus ihrem Kopf zu verdrängen. Die roten Vorhänge teilten sich und zum Vorschein kam ein strohblondes Duo, das mit bunten Bällen jonglierte. Cedric Burns war ein attraktiver, gebräunter Mann, dessen weiße Zähne in seinem breit lächelnden Gesicht strahlten. Seine schwarze Weste war mit flammend roten und orangefarbenen Pailletten bestickt. Seine zierliche Partnerin, Miss Ashe, trug eine identische Weste über einer perfekt zugeschnittenen Bluse und schwarzen Röcken. Sie umkreisten einander auf der Bühne, wobei sie sich während des Jonglierens geschickt gegenseitig Bälle zuspielten.

Ein Helfer warf Burns vom Bühnenrand aus weitere Bälle zu, und dieser fing sie ohne zu zögern auf, bis Vi mindestens ein Dutzend bunter Geschosse zwischen den Jongleuren zählte. Begeistert verfolgte sie die Darbietung und applaudierte am Ende laut mit dem übrigen Publikum.

Das Duo verneigte sich, dann flüsterte Burns seiner Partnerin theatralisch zu: „Was sollen wir als Nächstes vorführen, meine Teure?"

„Ich weiß es nicht." Ashe tippte sich nachdenklich gegen das spitze Kinn. Einladend ließ sie ihren Blick über die Menge schweifen. „Hat jemand eine Idee?"

„Spielen Sie mit dem Feuer!", ertönte Parnells Stimme hinter Violet.

„Feuer, Feuer!", wiederholten die Zuschauer eifrig.

„Himmel, was für ein Lärm", murmelte Emma.

Vi antwortete nicht, sie war zu beschäftigt, im Rhythmus der anderen mit den Füßen zu stampfen. Im nächsten Augenblick erschien ein weiterer Gehilfe auf der Bühne, eine brennende Kerze in der einen und einen Eimer voll erloschener Fackeln in der anderen Hand. Er entzündete eine nach der anderen und warf sie abwechselnd Burns und Ashe zu. Das Publikum jubelte angesichts der zunehmend größer werdenden Feuerkreise, die die beiden Schausteller in der Luft jonglierten. Dann, wie von Zauberhand, begannen sie, ihre Fackeln nahtlos miteinander zu vermischen, bis ein riesiger Feuerreif daraus entstand.

Kaum war diese Darbietung zu Ende, johlte und applaudierte Violet wie wild.

Burns verbeugte sich überschwänglich, dann machte er eine ausladende Geste. „Meine Partnerin, Miss Josephine Ashe!"

Die Schaustellerin wollte gerade vortreten und knicksen ... als plötzlich ein weißer Araber wie aus dem Nichts erschien und in die Manege vor der Bühne galoppierte. Bei dem wundersamen Anblick schnappte Vi überrascht nach Luft. Das schneeweise Pferd drehte schwindelerregende Kreise durch das Theater. Auf seinem Rücken stand eine Frau mit rabenschwarzem Haar.

Madame Monique!

Gekleidet in ein weißes Tänzerinnenkostüm mit eng anliegendem Mieder und einem kurzen Röckchen, war die Akrobatin der Inbegriff von Eleganz. Während das Pferd weitertrabte, hob sie ein Bein an und streckte es anmutig hinter sich aus. Die Zuschauer, darunter auch Vi, sprangen vor Begeisterung auf die Füße. Atemlos beobachtete sie, wie ihr Idol auf dem Rücken ihres treuen Reittiers ein Kunststück nach dem anderen vollführte. Madame Monique drehte sich auf den Zehenspitzen, ritt rückwärts und machte sogar einen Salto in der Luft. Zum großen Finale sprangen die Akrobatin und ihr Araber auch noch durch einen brennenden Reifen.

Ohrenbetäubender Applaus ertönte.

„Sie ist einfach unglaublich, nicht wahr?", rief Vi, an Wick gewandt, aus.

„Allerdings." Ein merkwürdiger Ton lag in seiner Stimme, während er die Darstellerin anstarrte, die sich gerade überschwänglich verbeugte.

Nachdem der Beifall abgeklungen war, schloss sich der Vorhang und die Gäste drängten aus dem Theater zurück zum Haus, um nachmittägliche Erfrischungen zu sich zu nehmen. Vi stand hinter Wick, der höflich wartete, bis ihr Gang frei wurde, und sah sich verstohlen nach Carlisle um. Er war nirgends zu sehen.

Umso besser, redete sie sich ein. *Jetzt hör auf, dich wie eine Närrin zu benehmen.*

Laut sagte sie: „Madame Monique war einfach umwerfend, findest du nicht?"

Wick drehte sich zu ihr um. „Sie weiß, wie man einen guten Auftritt hinlegt."

„Hoffentlich haben wir später noch Gelegenheit, sie kennenzulernen. Ich habe so viele Fragen an sie. Vielleicht kann Gabby es irgendwie einrichten ..." Sie verstummte und musterte ihren Freund besorgt. „Wick? Ist alles in Ordnung?"

Dieser war mit einem Mal leichenblass geworden. Seine Pupillen waren geweitet und er atmete in kurzen, flachen Stößen. Sein Blick war auf den Eingang des Amphitheaters gerichtet.

Vi reckte den Hals und erblickte einen schwarzhaarigen Gentleman. Er war mittelgroß, elegant gekleidet, und selbst aus der Ferne spürte sie die Aura rücksichtsloser Kälte, die er ausstrahlte. Die beiden grobschlächtigen Rohlinge an seiner Seite verstärkten seine bedrohliche Präsenz noch.

„Wer ist das?", flüsterte sie.

Wick fuhr sich mit einer deutlich zitternden Hand durchs Haar. „Wen meinst du?"

„Der Mann dort drüben mit den Wachen. Der dich anstarrt?"

„Keine Ahnung", erwiderte er wenig überzeugend. „Hör mal, mir ist gerade eingefallen, dass ich mich, äh, noch mit jemandem treffen wollte. Wir sehen uns später."

„Wick, was ist hier los ...?"

Noch bevor sie den Satz beenden konnte, bahnte er sich unsanft seinen Weg durch die Menge, was mit empörten Ausrufen quittiert wurde. Er lief zur rückwärtigen Seite des Theaters – in die entgegengesetzte Richtung zu dem unheilvollen Fremden – und verschwand durch eine Hintertür.

Verwirrt wandte Vi sich ihrer Schwester zu. „Em, kennst du den Kerl am Eingang?"

Diese folgte ihrem Blick. „Er kommt mir nicht bekannt vor. Aber seinem charmanten Gefolge nach zu urteilen, muss er einer von Billings' berüchtigten Geschäftspartnern sein. Warum fragst du?"

„Wick wirkte eben völlig bestürzt, als er bemerkte, dass der Typ ihn beobachtete.“

Emma hob die Brauen. „Würde es dir denn nicht ähnlich ergehen?“

Erneut blickten sie zu dem Fremden hinüber. Vi stellten sich die Nackenhaare auf. Der Halsabschneider studierte die Tür, durch die Wick eben verschwunden war. Sein Blick war so hart und starr wie der einer Schlange.

$$\text{❧} \quad 8 \quad \text{❧}$$

„Das ist wirklich fabelhaft von dir, Gabby", freute Violet sich.

Bis zum Abendessen war es noch eine Stunde hin, und so folgte sie ihrer Gastgeberin, mit Polly im Schlepptau, den Gang hinunter zu Madame Moniques Gemächern, wo sie die Diva ganz privat treffen würden.

Gabby kicherte. „Gern geschehen. Es wird zwar nur ein kurzer Besuch, aber während des Dinners werdet ihr noch ausreichend Gelegenheit haben, euch mit ihr zu unterhalten. Ich habe eure Familie und Madame Monique an meinen Tisch setzen lassen."

„Genial", hauchte Vi.

„Allerdings gibt es einen kleinen Haken an der Sache", schnaubte Gabby. „Vater hat darauf bestanden, dass der Vicomte Carlisle neben mir sitzen soll."

Bei der Erwähnung seines Namens verspürte Violet trotz ihrer Euphorie einen Anflug von Schuldgefühlen. Immerhin war sie in eine verbotene (wenn auch ungeplante) Lage mit Gabbys potenziellem Verehrer geraten. Es verletzte ihr Ehrgefühl, eine Freundin zu hintergehen. Gut, diese schien zwar nicht wirklich an Carlisle interessiert gewesen zu sein ... Aber was, wenn ihre Gefühle sich mittlerweile geändert hatten?

Während Violet noch nach einem Weg suchte, das Thema beiläufig anzuschneiden, meldete sich Polly zu Wort. „Wie läuft es eigentlich mit dem Vicomte?“

„*Furchtbar*. Mir graut vor jeder Begegnung mit ihm“, seufzte Gabby. „Er lächelt nie, wir haben absolut nichts gemeinsam, und es fällt mir leichter, eine Unterhaltung mit meinen Zimmerpflanzen zu führen. Ehrlich gesagt, macht er mich unglaublich nervös. Und ihr wisst ja, was Nervosität bei mir auslöst: Ich plappere drauflos, ohne Punkt und Komma. Gestern während des Abendessens habe ich praktisch zwei Stunden lang Selbstgespräche geführt.“

„So schlimm war es bestimmt nicht“, versuchte Polly sie zu beschwichtigen.

Dessen war Vi sich nicht so sicher. Gabby konnte wirklich eine ziemliche Quasselstrippe sein ... Was ja auch Teil ihres Charmes ausmachte.

„Doch, glaube mir.“ Die Freundin blieb abrupt stehen und warf ihnen einen flehenden Blick zu. „Wenn ihr merkt, dass ich heute wieder zu viel rede, dann kickt mich unter dem Tisch, okay?“

„Das geht doch nicht“, protestierte Polly.

„Klar, mache ich“, sagte Vi. Den Gefallen war sie Gabby schuldig. Dann räusperte sie sich und fragte: „Und du bist auch *ganz* sicher nicht an ihm interessiert?“

„Ganz sicher. Nicht nur, dass er kein Gespür für Konversation besitzt, er ist außerdem so ...“ Gabby erschauderte. „... So *groß*.“

Vi musste daran denken, wie Carlisles harter, erregter Körper sie gegen die Wand gepresst hatte. Hitze glühte zwischen ihren Schenkeln, und ihre Brustwarzen prickelten. Sie konnte nicht leugnen, dass seine kräftige Statur ihr gefiel. Sein muskulöses Bein zwischen ihren hatte sich so gut angefühlt, ebenso die Art, wie seine großen, geschickten Hände sie zärtlich berührten ...

Nein! Schluss mit den schmutzigen Gedanken! Vergiss nicht, er hat dich nur benutzt, um dir zu beweisen, dass er recht hatte.

Sie schluckte schwer. „Dir gefällt seine, äh, Größe nicht?“

Gabby führte sie um eine Ecke und schüttelte dabei energisch den Kopf. „Ich bevorzuge einen Gentleman, der nicht ganz so überwältigend ist. Etwas gemäßigter, wenn ihr versteht. Nicht klein, sondern Durchschnittsgröße, damit ich mir nicht den Nacken verrenken muss, wenn ich zu ihm aufblicke.“ Ein verklärter Ausdruck trat in ihre Augen. „Jemand der sich gerne stundenlang vor dem Kamin mit mir unterhält, der mit mir einkaufen geht, der Katzen lieber mag als Hunde ...“

„Warum muss er Katzen lieber mögen?“, wollte Vi wissen.

„Weil *ich* das auch tue. Und mein idealer Ehemann würde mit mir in allen Dingen übereinstimmen.“

Polly wirkte skeptisch. „Ich glaube nicht, dass eine Ehe so funktioniert.“

Vi musste ihr zustimmen. Die verheirateten Paare in ihrer Familie stritten sich ebenso leidenschaftlich, wie sie sich liebten.

„*Meine* schon“, beharrte Gabby. „Wenn ich nur frei wählen könnte.“

„Erlaubt dein Vater dir denn nicht, dir deinen Gemahl selbst auszusuchen?“, fragte Violet.

„Er wird meine Wünsche zwar berücksichtigen, hat aber auch seine eigenen Vorstellungen.“

„Aber du kannst doch am besten einschätzen, wer zu dir passen würde“, argumentierte Vi. „Immerhin bist du diejenige, die ihr restliches Leben mit dem Kerl verbringen muss ...“

Ein lautes Klirren unterbrach sie. Hinter der geschlossenen Tür, der sie sich näherten, vernahmen sie wütende, weibliche Stimmen. Zum ersten Mal wünschte sie sich, sie hätte in Monsieur Le Roches Unterricht besser aufgepasst. Jemand stritt sich lautstark auf Französisch, doch sie konnte kein Wort verstehen.

„Was ist da los?“, fragte sie.

Polly schüttelte den Kopf. „Sie reden zu schnell, ich kann nichts ..."

Die Tür flog auf, und Josephine Ashe stürmte heraus. Sie trug noch immer ihr Kostüm und war hochrot vor Wut. Als sie die drei Frauen erblickte, hielt sie abrupt inne.

„Miss Ashe", rief Gabby ihr zu und runzelte die Stirn. „Stimmt etwas nicht?"

„Es ist nichts ... gar nichts." Die Darstellerin knickste hastig und fuhr sich dann mit der Hand durch die kurzen, blonden Locken. „Ich war gerade auf dem Weg."

„Oh. Natürlich. Wir wollen Sie nicht aufhalten ..."

Bevor Gabby den Satz beenden konnte, war Miss Ashe schon an ihnen vorbei und eilte den Gang entlang.

„Meine Güte." Vi starrte ihr hinterher. „Was sollte *das* denn?"

„Viel Lärm um nichts, wie die Engländer zu sagen pflegen."

Sie wandte sich der rauchigen, sinnlichen Stimme zu. Madame Monique stand in einem fließenden, rosafarbenen Morgenrock aus Chiffon gegen den Türrahmen gelehnt. Kleine, mit Perlen besetzte Haarnadeln steckten in ihren dunklen Locken. „Mein Besuch ist eingetroffen, wie ich sehe." Sie winkte die drei gebieterisch zu sich. „Kommen Sie."

Polly warf Vi einen verunsicherten Blick zu.

Diese wollte sich von einem kleinen Streit nicht die Freude daran verderben lassen, ihr Idol kennenzulernen. Entschlossen zog sie ihre Schwester hinter sich her. „Vielen Dank für die Einladung, Madame."

„Ich muss leider los. Bis später beim Abendessen", sagte Gabby.

Die Diva nickte ihr zu. „Und wenn Sie so freundlich wären, mir einen neuen Spiegel zu organisieren, Miss Billings? Meiner wurde Opfer eines kleinen Missgeschicks."

Violet folgte der Akrobatin in ihr Gemach. *Missgeschick* war etwas beschönigt ausgedrückt. Der Spiegel über dem Frisiertisch war völlig zertrümmert. Auf dem Tisch und dem Teppich davor vermischten sich dessen Überreste mit den Scherben einer Vase. Ein Zimmermädchen mit grauem Dutt und verhärmter Miene kniete auf dem Boden und schickte sich an, das Chaos zu beseitigen.

„*Laisse*, Jeanne", schalt Madame Monique sie. „Ich lasse jemanden rufen, der sich darum kümmert."

„Es macht mir nichts aus, Madame ..."

„Pass auf deine Hände auf, ja? Sie sind viel zu wertvoll für solch niedere Arbeiten." Die Akrobatin sprach in sanftem, aber bestimmtem Tonfall.

Jeanne erhob sich steif. „Wie Sie wünschen, Madame. Ich richte Ihre Abendtoilette her." Kurz musterte sie Violet und Polly aus wässrigen, scharfen Augen, bevor sie davonschlurfte.

Die beiden jungen Frauen folgten Madame Monique in das benachbarte Wohnzimmer, von dem aus man die Gärten an der westlichen Seite des Hauses überblickte. Die Dämmerung tauchte den Himmel in tiefes Rot, Violett und Orange. In der Ferne sah man das Licht der Stallungen aufblinken.

Sobald alle Platz genommen hatten, konnte Vi nicht mehr an sich halten. „Ich besuche Ihre Vorstellungen schon, seit ich ein kleines Mädchen bin, Madame Monique. Es ist eine solche Ehre, Sie kennenzulernen."

„Wie freundlich von Ihnen, Miss Kent." Die Französin lehnte sich anmutig auf ihrer Chaiselongue zurück und zog die Füße unter sich. „Wir wollen Freundinnen sein. Nennen Sie mich Monique."

Madame Monique will ... mit mir befreundet sein?

„Wenn das so ist ... Ich bin Violet, und das hier ist Polly", erwiderte sie aufgeregt.

Ihre Schwester hob schüchtern die Hand zum Gruß.

Vi lehnte sich auf ihrem Platz nach vorne. „Ihre Kunststücke sind einfach unvergleichlich, Monique! Ich habe so viele Fragen an Sie. Wie schaffen Sie es, die Balance zu halten, wenn Sie einbeinig auf einem trabenden Pferd stehen? Ich habe so viele

Stunden geübt und kann mich zwar aufrichten, aber sobald ich das Bein anhebe ...“

„Pardon“, unterbrach Monique sie und hob die Brauen. „Verstehe ich richtig, dass *Sie* sich in der Akrobatik versucht haben?“

„Ja ... Aber natürlich nicht hier in London“, beeilte Vi sich zu sagen. „Das war damals in Chudleigh Crest, dem kleinen Dorf, aus dem ich stamme. Dort gab es ein Feld hinter unserem Haus. Ich habe mir immer meine Hose angezogen und ...“

„Ihre *Hose?*“

„Na ja, sie gehörte nicht wirklich mir. Ich habe sie meinem Bruder Harry geklaut“, erklärte sie. „Der Punkt ist, obwohl ich so viel geübt habe, ist es mir nie gelungen, diese Pose länger als eine Sekunde zu halten.“

Die Französin musterte sie. „Sie sind wirklich eine ungewöhnliche junge Dame. Ziemlich *ingénue.* Jetzt verstehe ich, warum Sie bei den Männern so beliebt sind.“

Unter Moniques prüfendem Blick wurde Violet unbehaglich zumute. „Aber das bin ich doch gar nicht ... beliebt, meine ich.“

„Sie müssen vor mir nicht die Kokette spielen, *Chérie.* Ich habe Sie heute Nachmittag im Theater gesehen, umringt von einer Schar stattlicher junger Herren“, erwiderte die Akrobatin leichthin. „Und Sie saßen neben einem wirklich attraktiven Adonis.“

„Sie meinen Wick? Der ist nur ein Freund“, sagte Vi schnell. „Ebenso wie die anderen.“

Monique lachte trällernd auf. „Wie erfrischend modern Sie sind. Eine Frau ganz nach meinem Geschmack.“

Die Unbehaglichkeit wich einem überwältigenden Glücksgefühl. Ihre Kindheitsheldin hatte ihr soeben ein Kompliment gemacht und sah eine gewisse Ähnlichkeit zwischen ihnen? *Genial!*

„Sie wollten also etwas über Balance erfahren?“, fuhr Monique fort.

„Ja?“ Vi war gespannt wie ein Flitzbogen.

„Das Geheimnis, meine Liebe, liegt darin, seinen eigenen Instinkten zu vertrauen. Diejenigen, die Angst haben loszulassen, werden fallen. Kämpfen Sie nicht gegen den Moment an, sondern geben Sie sich der glorreichen Ungewissheit hin ... Dann werden Sie es schaffen", erklärte die Französin mit einem Fingerschnippen.

Vi versuchte, aus diesem Rat schlau zu werden. „Ich darf also keine Angst vor dem Fallen haben?"

„Genau, sonst sind Sie zum Scheitern verdammt. Man muss sich seiner Furcht stellen, ihr ins Gesicht lachen. Seien Sie wagemutig, erbarmungslos, bereit, für die Kunst und das Leben Risiken einzugehen. *Alors*, wollen Sie das wahre Geheimnis des Erfolgs erfahren?"

Violet nickte eifrig.

„Lassen Sie sich niemals von der Liebe blenden. Vertrauen Sie niemandem außer sich selbst. Dann wird Ihnen nichts im Weg stehen." Ein fieberhaftes Funkeln war in Moniques Augen getreten. Obwohl sie Violet ansah, schien ihr Blick auf etwas weit Entferntes gerichtet zu sein. „Seien Sie *La Belle Dame sans Merci*."

Ein Schauer durchfuhr sie. So sehr sie die Akrobatin auch bewunderte, erschien ihr deren Lebensphilosophie ein wenig ... skrupellos. Andererseits – wenn man tagein, tagaus durch brennende Feuerreifen sprang, musste man wohl eine solch unerschrockene Einstellung haben.

„Haben Sie vielleicht einen konkreten Tipp?", fragte sie. „Was die Technik angeht."

Monique richtete ihre Aufmerksamkeit wieder auf sie. „Lehnen Sie sich in die Schwerkraft hinein, nicht dagegen. Nehmen Sie die Arme zu Hilfe, um das Gleichgewicht zu halten", erklärte die Französin mit forscher Stimme. „Und trainieren Sie Ihr Pferd so, dass Sie einander blind vertrauen können. In der Tat reite ich zur Übung oft mit verbundenen Augen."

„Mit verbundenen Augen? Warum ist mir das nicht selbst

eingefallen?“, rief Violet beeindruckt. „Das werde ich bei nächster Gelegenheit gleich ausprobieren ...“

Von der Tür her meldete sich Jeanne zu Wort und murmelte etwas auf Französisch.

„Man erwartet mich“, sagte Monique und erhob sich in einer Wolke aus rosafarbenem Chiffon. „Bitte entschuldigen Sie mich.“

Vi sprang auf, und Polly tat es ihr gleich.

„Vielen Dank für Ihre Zeit“, beteuerte sie. „Und für den ausgezeichneten Rat.“

„Tout le plaisir était pour moi.“ Die Akrobatin lächelte leicht. „Ich freue mich darauf, unser Gespräch während des Essens fortzusetzen. Eine Künstlerin sollte ihr Publikum gut kennen.“

❧ 9 ❧

DER PENETRANTE GERUCH KITZELTE RICHARD IN DER NASE und brachte ihn zum Niesen.

Zum dritten Mal, verdammt.

„Äh ... Abermals, Gesundheit." Miss Billings, die zu seiner Linken am Kopfende des Tisches saß, unterbrach ihren Monolog über Hauben, um sich an ihn zu wenden. „Hoffentlich haben Sie sich nichts eingefangen, Mylord?"

„Es geht mir gut." Abgesehen von dem furchtbaren Parfüm, das irgendjemand an ihrer Tafel trug. Er wusste nicht, woher der widerliche Gestank kam, aber hin und wieder stieg er ihm in die Nase und reizte seine Schleimhäute. „Danke der Nachfrage", fügte er knapp hinzu.

Seine Gastgeberin fing prompt wieder an zu schnattern ... diesmal über Handschuhe. Teufel noch eins.

Er unterdrückte ein Seufzen und hörte nur mit halbem Ohr zu. Bereits den ganzen Abend über war er angespannt gewesen, nicht zuletzt wegen der Frau, die ihm direkt gegenüber saß. Miss Kent behandelte ihn wie Luft. Als er sie vor dem Dinner im Salon hatte ansprechen wollen, war sie ihm entwischt und hatte sich zwischen den übrigen Gästen versteckt. Im Moment widmete sie sich ganz ihrem Fischgericht, und er hätte ihren gesunden Appetit auch äußerst liebreizend gefunden, wenn sie ihm nicht gleichzeitig die kalte Schulter zeigen würde.

Es half seiner gedrückten Stimmung auch nicht, dass besagte Schulter entblößt war. Der Ausschnitt ihres narzissengelben Satinkleids erregte viel zu viel Aufmerksamkeit. Nur schwer widerstand er dem Drang, sich das Jackett abzustreifen und es ihr umzulegen. Eisern umklammerte er sein Messer, als Goggston, der links neben ihr saß, erneut einen verstohlenen Blick auf die verführerischen Rundungen ihres Dekolletés warf. Am liebsten hätte er den Trottel mit bloßen Händen erwürgt ... obwohl er ihm sein Verhalten nicht wirklich verübeln konnte.

Richard musste sich nämlich selbst zusammenreißen, um Miss Kent nicht ebenfalls wie ein lüsterner Schuljunge zu beäugen. Seine einzige Entschuldigung war, dass er genau wusste, wie samtig ihre festen Brüste sich anfühlten, wie perfekt sie in seine Handflächen passten. Schweißtropfen bildeten sich unter seinem Krawattentuch. Er versuchte, nicht daran zu denken, wie willig ihre Brustwarzen sich seinen Fingern entgegengereckt hatten. Ob sie wohl dieselbe Farbe besaßen wie ihre himbeerfarbenen Lippen ...?

Plötzlich trafen sich ihre Blicke, und für ihn war es wie ein Schlag in die Magengrube. Sie schluckte schwer und sah sofort wieder weg.

Er bemerkte, wie es in seinem Schritt heiß zu pulsieren begann, und hätte aus Frust am liebsten laut gestöhnt. Verdammt, was war nur los mit ihm? Warum vermochte ein Augenaufschlag dieser kleinen Nervensäge eine derartige Reaktion in ihm auszulösen? Er hatte keine Zeit für diesen Unsinn, sondern musste sich um wichtigere Angelegenheiten kümmern.

Sein Blick wanderte durch den Speisesaal, über die dunkel getäfelten Wände, an denen Porträts zahlreicher Aristokraten hingen. Zweifellos hatte Billings diese einem verarmten Kerl abgekauft, um sein Anwesen damit zu schmücken, und jetzt sahen die fremden Ahnen hochnäsig auf die bunt zusammengewürfelte Gästeschar an den mit Tafelsilber und üppigen Blumengestecken geschmückten Tischen herab. Wickham hatte sich bisher nicht blicken lassen, und Richard wusste auch nicht, wo er sich wieder herumtrieb ... Aber der Grund für dessen Abwesenheit war mehr als offensichtlich.

Er sah hinunter zum Fußende der Tafel, wo Billings saß. Die Herzogin von Strathaven befand sich zu seiner Rechten. Ihr gegenüber hatte ein dunkelhaariger Mann Platz genommen, der eine Aura skrupelloser Eleganz ausstrahlte und seine Aufmerksamkeit auf sich zog.

Was hatte der Bastard hier zu suchen?

An Miss Billings gewandt, fragte er: „Kennen Sie den Gentleman, der sich gerade mit Ihrem Vater unterhält?"

„Meinen Sie Mr Garrity?", erwiderte sie prompt. „Ich habe ihn tatsächlich heute zum ersten Mal getroffen. Eigentlich war er nicht offiziell eingeladen, aber Vater sagte, er sei einer seiner besten Kunden und deshalb müssten wir ihm seinen Aufenthalt so angenehm wie möglich gestalten."

„Was für Geschäfte macht Mr Garrity denn?", mischte Miss Kent sich stirnrunzelnd ein.

„Er stellt Geldmittel für Bedürftige bereit", erklärte Miss Billings arglos. „Laut Vater ist er ein wichtiger Mann."

Damit lag sie nicht ganz falsch. Der Kerl war einer der einflussreichsten Halsabschneider Londons. Er hatte sich ein florierendes Imperium aufgebaut, indem er mit unverschämt hohen Gewinnspannen Geld verlieh. Jeder, der dumm genug war, bei ihm einen Kredit aufzunehmen, steckte praktisch den Kopf durch die Schlinge.

Verflucht, warum warst du nur so töricht, Wick?

Ein Diener servierte ihm das nächste Gericht, und Richard stach so heftig mit dem Messer in seine *roulade de boeuf*, dass der Inhalt, eine Mischung aus grünem Spargel und Lauch, herausspritzte und neben dem Sèvres-Porzellan landete. Immerhin

blieben Wick noch drei Monate, um seine Schulden zu begleichen. So gefährlich Garrity auch sein mochte, war er doch
bekannt dafür, sein Wort zu halten. Noch war Wickham in
Sicherheit. Noch.

„Hat irgendjemand Mr Murray gesehen?", fragte Miss Kent.

Sie wirkte besorgt. Ob sie wusste, dass sein Bruder in Garritys
Geschäfte verwickelt war? Richard schüttelte den Kopf und erwiderte schroff: „Nicht seit heute Nachmittag."

„Vielleicht wollte der alte Knabe nur ein Nickerchen machen
und hat dabei das Abendessen verschlafen", sagte Goggs und
schlürfte an seinem Wein.

„Seit wann macht unser Wick denn Nickerchen?", schnaubte
Parnell, der zwei Plätze von Richard entfernt saß. Zwischen ihnen
hatten die Gastgeber Mrs Sumner platziert, eine vollbusige
Witwe mit rotbraunem Haar, deren purpurnes Kleid der Fantasie
kaum Spielraum ließ.

„Einmal haben wir gewettet, wer von uns beiden am längsten
wach bleiben kann", fuhr Parnell mit einem breiten Grinsen fort.
„Wick schaffte es, ganze drei Tage und Nächte ohne Schlaf
auszukommen."

Als wäre sein Bruder nicht so schon unkonzentriert genug.
Jetzt unterstützten seine Freunde auch noch dessen Schlaflosig-
keit. Na, hervorragend.

„Ein junger Bursche mit Ausdauer? Mr Murray klingt ganz
nach einem Mann, den ich gerne besser kennenlernen würde", fiel
Mrs Sumner ein und klimperte verführerisch mit ihren dick
getuschten Wimpern.

Warum zog Wickham jegliche Art von Ärger nur magisch an?
Richard biss die Zähne zusammen und überlegte sich eine diplo-
matische Antwort, aber Violet Kent kam ihm zuvor.

„Mr Murray ist zurzeit sehr beschäftigt", erwiderte sie förmlich. „Er muss an seine Zukunft denken."

Mrs Sumner hob die sorgfältig gezupften Brauen. „Sie sprechen für ihn, Miss Kent?"

„Als Freundin, ja."

Ihre bestimmte Antwort rief eine plötzliche, unziemliche Reaktion in Richard hervor. Es dauerte kurz, bis er begriff, dass er ... eifersüchtig war. Auf seinen eigenen Bruder? Der Gedanke erschütterte ihn zutiefst. Sein ganzes Leben lang hatte er Wick beschützt, würde dem Jungen sein letztes Hemd geben, wenn nötig. Aber Miss Kents Loyalität und Sorge um Wickham versetzten ihm einen hässlichen Stich ins Herz.

Sehnsucht. Nach etwas, das er niemals haben würde.

Er schüttelte die unschicklichen Gedanken ab und wandte sich Mrs Sumner zu. „Als Mr Murrays Bruder kann ich Ihnen versichern, dass er derzeit viel um die Ohren und somit keine Zeit für Ablenkungen hat."

„Wie schade." Die Witwe musterte ihn eingehend, bevor sie sich nach vorne beugte und ihm tiefe Einblicke gewährte. „Liegt seine berüchtigte Ausdauer denn in der Familie, Mylord?", säuselte sie.

Sein Nacken wurde heiß. Was zur Hölle sollte er denn darauf antworten? Genau deshalb hasste er es zu flirten. Er war noch nie gut darin gewesen, sich in dem Labyrinth aus Zweideutigkeiten und versteckten Anspielungen zurechtzufinden. Vielmehr bevorzugte er Ehrlichkeit und Direktheit. Nicht ohne Grund hatte Lucinda Belton einst lachend zu ihm gesagt: „Ich habe noch nie einen Mann getroffen, der so direkt ist wie Sie, Carlisle. Sie sind wirklich schonungslos unverblümt!"

Während er fieberhaft nach einer akzeptablen Antwort suchte, mischte Miss Kent sich erneut ein.

„Sie scheinen sich etwas zu weit über Ihren Teller gebeugt zu haben, Mrs Sumner", sagte sie mit aufgesetzter Freundlichkeit.

Richard bemerkte, dass das Mieder der Witwe in der Tat voller Soße war. Mrs Sumner griff nach ihrer Serviette und begann, sich den Fleck vom Dekolleté zu tupfen ... wobei ihr Finger anzüglich um eine bestimmte Stelle kreiste. Sie zwinkerte ihm kokett zu.

Himmel, hilf. Angewidert wandte er sich ab.

„Wie aufmerksam von Ihnen, Miss Kent", sagte Mrs Sumner.

„War ja kaum zu übersehen", erwiderte diese.

Ihr missmutiger Tonfall heiterte Richard ein wenig auf.

Abrupt wandte sie sich an die Akrobatin, die auf Goggstons anderer Seite saß. „Monique, bitte verraten Sie mir mehr über das Geheimnis hinter Ihrem großartigen Auftritt. Sie ebenfalls, Mr Burns", fügte sie hinzu.

Cedric Burns, Parnells Sitznachbar, schenkte ihr ein strahlend weißes Lächeln. „Es gibt kein Geheimnis, meine Teure. Was Sie auf der Bühne sehen, ist das Ergebnis harten Trainings und Talents."

Mit einem amüsierten Grinsen griff Monique nach ihrem Weinglas. Ihre Schönheit hatte etwas Hartes, Kühles an sich. Im Gegensatz zu Miss Kent, die ihren Reiz einer natürlichen Frische zu verdanken hatte, war der der Akrobatin sorgfältig mit Rouge und Schminke aufpoliert worden.

„Reiner Unsinn, Monsieur Burns. Der Große Nicoletti behauptet dasselbe", sagte sie. „Aber er zersägt seine Assistentin in zwei Hälften und fügt sie dann wieder zusammen. Mit was für einer Art von *Training* kann man das erreichen?" Sie lächelte spöttisch. „Jeder berühmte Künstler hat seine Geheimnisse."

„Wenn Sie Ihre Tricks nicht verraten wollen, sagen Sie es doch einfach, Burns", fügte Parnell gedehnt hinzu.

„Harte Arbeit ist der einzige Trick", beharrte der Schausteller. „Meine Partnerin und ich üben jeden Tag mehrere Stunden."

„Wo steckt denn die reizende Miss Ashe?", mischte Wormleigh sich ein, der ein wenig weiter entfernt saß. Wie gewöhnlich waren die Wangen des alternden Dandys von roten Flecken überzogen.

„Sie hat eine Migräne bekommen und lässt sich mit Bedauern entschuldigen", sagte Burns.

„Welch ein Jammer. Ich habe bisher noch keine Dame der Schöpfung kennengelernt, die so mit Feuer umgehen konnte", erwiderte Wormleigh anzüglich. „Ihre Geheimnisse hätte ich zu gerne ergründet."

„Eine Frau muss ihre Geheimnisse ebenso hüten wie ihre Juwelen." Monique hob das Glas an die tiefroten Lippen. „Immerhin sind sie ihr kostbarstes Gut."

„Was, wenn sie nichts Tiefgründiges zu verbergen hat?", meldete Miss Billings sich schüchtern zu Wort.

„Dann muss sie sich ganz auf ihre Juwelen verlassen", sagte Parnell mit einem Grinsen. „Übrigens ist Ihre Halskette einfach umwerfend."

Miss Billings strahlte. „Sie sind zu freundlich, Mylord. Es ist ein französisches Erbstück."

Richard vermutete hinter Parnells Kompliment eher einen versteckten Seitenhieb. Obwohl er selbst seine Gastgeberin mitunter etwas nervtötend fand, war sie doch eine naive, gutmütige Frau. Sie verdiente es nicht, öffentlich beleidigt zu werden, schon gar nicht von Gästen, die sich gerade aufgrund ihrer Großzügigkeit den Bauch vollschlugen.

„Sie sehen immer reizend aus, Miss Billings", sagte er schroff. „Mit oder ohne Edelsteinen."

Sie blinzelte verwirrt.

„Dem kann ich nur zustimmen, Gabby", mischte Miss Kent sich ein. „Du siehst bezaubernd aus."

Dann warf sie ihm einen flüchtigen Blick zu, voller Überraschung und ... Anerkennung? Ihm wurde plötzlich ganz warm.

Die übrigen Gäste verfielen nun ebenfalls in Lobgesänge über Miss Billings' Schmuck. Richard kannte sich zwar in diesen Dingen nicht sonderlich gut aus, aber selbst er konnte sehen, dass das Collier ein Vermögen gekostet haben musste. Tiefblaue, daumennagelgroße Saphire lagen, eingefasst in ein Netz aus eisig funkelnden Kristallen, um ihren Hals.

„Ich muss Ihnen widersprechen, Miss Billings", meldete Monique sich erneut zu Wort. „Jeder hat Geheimnisse."

Um sie herum wurde es still, ihre Tischgenossen wirkten

nervös. Wahrscheinlich hatten die Worte der Französen alle an das erinnert, was sie vor dem Rest der Welt zu verbergen wünschten. Unwillkürlich musste er an sein Stelldichein mit Miss Kent denken, an ihr süßes Aroma, wie weich und perfekt sie sich in seinen Armen angefühlt hatte ...

In Rekordzeit spürte er seinen Schwanz unter dem Tisch anschwellen.

„Also, ich habe wirklich keine", beteuerte Miss Billings. „Ich bin derartig langweilig. Vater meint, ich sei wie ein offenes Buch ..."

Diesmal war Richard dankbar für ihren Hang zu endlosen Monologen. Während sie munter weiterplapperte, konnte er sein erregtes Gemüt wieder beruhigen. Gerade war seine Erektion auf Halbmast zurückgegangen, als plötzlich die weiche Unterseite eines Pantoffels an seinem Schienbein entlangstreifte. Seine Muskeln versteiften sich und er starrte ungläubig hinüber zu Miss Kent, die leicht nach vorne gebeugt dasaß. Zweifellos war sie es, die ihn da unter dem Tisch berührte.

Herr im Himmel, *füßelte* sie etwa mit ihm?

Heißes Verlangen breitete sich in ihm aus, und sofort wurde er wieder hart.

Sie bemerkte seinen Blick und erstarrte. Ihm blieb keine Zeit, sein Begehren zu verbergen. Ihre Augen weiteten sich schockiert. Was erwartete sie denn, wenn sie sich derart kühn benahm?

Hastig sprang sie auf, was die Gentlemen um sie herum veranlasste, sich ebenfalls zu erheben. Als auch er aufstand, sah er rasch an sich hinunter und stellte erleichtert fest, dass sein Jackett lang genug war, um seine Erektion zu verbergen.

„Entschuldigen Sie mich", platzte sie heraus, bevor sie mit hochrotem Kopf davoneilte.

Es kostete ihn seine ganze Willenskraft, um ihr nicht augenblicklich zu folgen, sie an sich zu reißen und zu beenden, was sie begonnen hatte. Auf keinen Fall wollte er jedoch, dass Gerüchte aufkamen, also zwang er sich, ein wenig länger zu warten. Die nächsten zehn Minuten kamen ihm vor wie zehn Jahre. Endlich konnte er sich ebenfalls vom Tisch empfehlen. Voller Erwartung begab er sich auf die Suche nach dem unartigen Wildfang, um die Sache zwischen ihnen ein für alle Mal zu klären.

Aufgebracht lief Violet durch die zahllosen Gänge des Anwesens, ohne darauf zu achten, wohin ihre Füße sie trugen. Sie konnte nicht glauben, was sie da wieder einmal angerichtet hatte. Carlisle brachte ihr wirklich nichts als Unglück. Seine bloße Anwesenheit rief unangebrachtes Verhalten in ihr hervor. Erst der Champagnerbrunnen, dann das Priesterloch und jetzt *das*.

Ihr Puls raste vor Scham. Sie hatte Gabby doch nur einen leichten Tritt unter dem Tisch versetzen wollen, um sie wie versprochen davon abzuhalten, pausenlos zu schnattern. Aber sie hatte sich verschätzt. Verflucht, warum mussten seine Beine auch so lang und muskulös sein?

Jetzt hatte er noch einen weiteren Beweis für ihr unangebrachtes Verhalten, für den fehlenden Anstand, den er ihr vorwarf. Eine Welle von Verzweiflung übermannte sie.

Warum mach ich immer alles falsch?

Ihr Herz krampfte sich zusammen, als sie daran dachte, wie er sie eben aus seinen düsteren, glühenden Augen angesehen hatte, mit bebenden Nasenflügeln und angespanntem Kiefer ... Einen panischen Moment lang hatte sie befürchtet, er würde etwas Unüberlegtes tun. Was genau, wusste sie nicht, und sie wollte es auch nicht herausfinden. Er wirkte wie ein Mann, der an die Grenzen seiner Selbstbeherrschung stieß.

Beruhige dich. Hilf dir selbst aus der Patsche ...

Sie versuchte, sich einzureden, dass Carlisle nichts weiter als ein vorschnell urteilender Mistkerl war. Und doch hatte er sich Gabby gegenüber beim Abendessen äußerst zuvorkommend verhalten und Parnells gemeine Äußerung in ein Kompliment umgewandelt.

Also ist er nicht immer so ein Ekel, lenkte ihre innere Stimme ein. *Nur zu dir.*

Der Gedanke war nicht gerade tröstlich. Verflixt, warum verwirrte und irritierte er sie so sehr? Warum war es ihr so wichtig, was er von ihr hielt?

„Himmel noch eins, hör auf, dir darüber den Kopf zu zerbrechen", schalt sie sich leise, als sie einen weiteren Gang hinunterging. „Denk lieber an etwas anderes."

Wick kam ihr in den Sinn, und die Sorge um den Freund lenkte sie von ihrem inneren Aufruhr ab. Der Ärmste hatte völlig verstört gewirkt, als er Garrity nach der Aufführung erblickte. Als wäre er seinem schlimmsten Albtraum begegnet. Und nun hatte sie auch noch erfahren, dass dieser Kerl ein Halsabschneider der übelsten Sorte war.

Das konnte kein Zufall sein und verhieß gewiss nichts Gutes. Wicks Abwesenheit während des Dinners verstärkte ihre Sorge nur noch mehr. Sie beschloss, nach ihm zu sehen, um sich zu vergewissern, dass alles in Ordnung war.

Sie stieg die ausladende Treppe zum Gästeflügel hinauf. Wicks Zimmer lag gleich um die Ecke von Moniques Gemächern. Vorsichtig klopfte sie an seine Tür, doch er reagierte nicht.

„Wick, ich bin es, Violet", rief sie leise. „Bist du da?"

Immer noch keine Antwort.

Sie zog einen Zettel sowie einen Bleistiftstummel aus ihrem Pompadour und kritzelte hastig eine Nachricht darauf. Gerade, als sie das Stück Papier unter dem Türschlitz hindurchschieben wollte, stellten sich ihr die Nackenhaare auf. Ruckartig drehte sie den Kopf und ließ den Blick durch den verlassenen Gang wandern. Bis auf die flackernden Wandleuchten regte sich nichts.

Violet atmete tief aus. Wieder einmal spielte ihre rege Fantasie ihr einen Streich. Schnell schob sie den Zettel unter der Tür durch und eilte zurück in Richtung Speisesaal.

10

VOLL UNTERSCHWELLIGER WUT, BEOBACHTETE RICHARD UM drei Uhr morgens, wie die Tür zur Bibliothek sich öffnete. Sie war pünktlich auf die Minute erschienen, wie in ihrer Nachricht angekündigt. Der Schein ihrer Kerze tanzte über die Holzverkleidung der Wände. Sie trug einen mit Rüschen besetzten Morgenmantel über ihrem Nachtgewand. Ihr Haar fiel ihr in seidig glänzenden Locken bis zur Hüfte. *Perfekt für den Zweck ihres geheimen Rendezvous*, dachte er grimmig.

Er erhob sich von seinem Platz im Schatten. „Guten Abend, Miss Kent."

Erschrocken schnappte sie nach Luft. Ihre Kerze wackelte bedrohlich. „*Carlisle*. Verflixt, haben Sie mich erschreckt. W-was tun Sie hier?"

„Dasselbe könnte ich Sie fragen. Aber das wäre überflüssig, nicht wahr?"

Er hielt ihre Nachricht zwischen Zeigefinger und Daumen hoch. Nur wenige Stunden zuvor hatte er beobachtet, wie sie den Zettel unter Wicks Tür hindurchschob. Mittlerweile konnte er die Worte, die darauf standen, auswendig wiederholen.

W.,

> *Müssen uns dringend treffen. Bibliothek, drei Uhr, wenn alle schlafen.*
> V.

Teufel noch eins, während des Essens hatte sie noch mit ihm angebandelt – selbst für *ihn* war ein anzügliches Streifen ihres Fußes an seinem Schienbein ein eindeutiges Signal – und in der nächsten Sekunde war sie seinem Bruder nachgerannt! Wütend zog seine Brust sich zusammen. Dieses kleine *Flittchen*. Sie war genauso wie all die anderen. Wenn sie glaubte, sie könnte ihn an der Nase herumführen, hatte sie sich aber gewaltig getäuscht.

Ihre Augen weiteten sich. „Wie kommen Sie an diese Nachricht?"

Das kokette Luder leugnete nicht einmal, dieses Rendezvous arrangiert zu haben!

„Ich habe gesehen, wie Sie sie ihm zukommen ließen. Da habe ich sie beschlagnahmt. Ich will meinen Bruder nur vor dem Ärger bewahren, den Sie ihm bescheren", knurrte er.

„Moment mal." Unwirsch stellte sie ihre Kerze auf einem Tisch ab und näherte sich ihm. „Sie haben die Nachricht *gestohlen?*"

Verflucht, warum brachte sie ihn auf die Palme wie keine andere?

„Ich habe sie nicht gestohlen, Sie vorlaute Göre", presste er zwischen zusammengebissenen Zähnen hervor. „Sondern lediglich an mich genommen, was ohnehin nicht für seine Augen bestimmt war."

„Zunächst einmal haben Sie *kein* Recht, sich zu nehmen, was nicht Ihnen gehört. Zweitens" – Sie verschränkte die Arme vor der gerüschten Brust und funkelte ihn wütend an – „Warum mischen Sie sich überhaupt ständig in Wicks und meine Freundschaft ein?"

„Freundschaft? So nennt ihr *modernen* Weiber das also?", konterte er gehässig.

„Jeder, der mehr als ein Erbsenhirn besitzt, nennt es so. Verflucht, warum schikanieren Sie mich denn so? Was habe ich Ihnen je getan?"

„Abgesehen davon, dass Sie mich in einen Brunnen schubsten? Oder Ihren Fuß während des Dinners anzüglich an meinem Bein rieben?"

Damit brachte er sie für eine gute Minute zum Schweigen.

Schließlich schnaubte sie laut. „Na schön. Dafür entschuldige ich mich. Beide Vorfälle waren ein Versehen." Als wäre dieser halbherzige Anflug von Reue nicht schon schlimm genug, bedachte sie ihn nun auch noch mit einem empörten Blick. „Warum sind Sie mir überhaupt zu Wicks Zimmer gefolgt?"

Instinktiv wollte er den Vorwurf abstreiten. Sein Stolz hielt ihn davon ab zuzugeben, dass er ihr aus welchem Grund auch immer nachgelaufen war. Gleichzeitig weigerte er sich jedoch, sich auf ihr Niveau herabzulassen und kindische Spielchen zu spielen.

Stehe zu deiner Ehre und bring diese lächerliche Angelegenheit endlich hinter dich.

„Ich wollte mit Ihnen sprechen", erklärte er kurz angebunden.

„Ach, wirklich?", erwiderte sie, wobei ihre Stimme vor Sarkasmus triefte. „Angesichts Ihrer grimmigen Miene während des Essens hätte ich das nie für möglich gehalten."

„Wie bitte? Woher wollen Sie das wissen? Sie haben mich doch kaum beachtet."

„Warum sollte ich jemandem Beachtung schenken, der mich als Person ablehnt?" Furchtlos trat sie bis auf wenige Zentimeter an ihn heran. „Der mich für einen nichtsnutzigen Wildfang hält?"

Er rang um den letzten Rest seiner Selbstbeherrschung. „Das habe ich nie gesagt. Ich meinte nur, Sie taugen nicht als Frau *für Wick.* Er braucht eine Gattin, die mit ihm umzugehen vermag."

„Zum letzten Mal, er ist mein *Freund*, mehr nicht. Geht das jetzt endlich mal in Ihren Dickschädel? Ich habe nicht das geringste Interesse an Ihrem Bruder. Tatsächlich will ich überhaupt *niemals* heiraten.“

„Das ist ziemlich ungünstig“, erwiderte er kühl. „Da ich Ihnen gerade einen Antrag machen wollte.“

Einen Augenblick lang herrschte Totenstille.

Wütend funkelte sie ihn an. „Das ist nicht witzig, Carlisle.“

„Keineswegs. Aber leider bleibt mir nach dem Vorfall im Priesterloch keine andere Wahl.“ Obwohl sein Herz wie wild hämmerte, schaffte er es, pragmatisch zu klingen. „Für gewöhnlich verführe ich keine Jungfrauen, Miss Kent. Daher gebietet meine Ehre es mir, für meinen Fehler einzustehen.“

„Ihren ... *Fehler?*“

Bei ihrem ungläubigen Tonfall brach ihm der Schweiß aus, aber er zwang sich, fortzufahren. „Offensichtlich war ich nicht ganz bei Sinnen, sonst hätte ich mich von Ihnen ferngehalten. Sie sind eben nicht die Sorte Frau, die zu einem Mann meines Temperaments passt.“

„*Ich* passe nicht zu *Ihnen?*“

„Natürlich nicht“, erwiderte er ungeduldig. „Wir könnten unterschiedlicher nicht sein. Wie Sie bereits selbst sagten, respektiere ich die Tradition. Ich wünsche mir ein ruhiges, geordnetes Leben, in dem sich alles um meinen Titel und mein Anwesen dreht. Idealerweise sollte meine Gemahlin meine Ziele und Ansichten über die Ehe teilen.“ Endlich hatte er wieder sicheren Boden unter den Füßen. Über Pflichten konnte er den ganzen Tag lang reden. „Sie würde verstehen, wie wichtig es ist, sich an die Regeln von Konventionen und Anstand zu halten. Keinesfalls würde sie sich den albernen Hirngespinsten hingeben, mit denen ihr Frauen euch so gerne die Zeit vertreibt. Nein, sie würde versuchen, der Ehre gerecht zu werden, die ihr durch mich zuteilwird.“

„Welches Los hat sie nur gezogen, um ein solches Glück zu erfahren?“

Er ignorierte ihren spöttischen Einwurf. „Sie hingegen sind eine moderne Frau, was bedeutet ... Nun, ich weiß nicht genau, was es bedeutet, außer, dass Sie gerne in Schwierigkeiten geraten, flirten und auf Schritt und Tritt Chaos hinterlassen. Daher sind Sie in keiner Weise die Art von Gemahlin, die ich mir wünsche. Trotzdem", fuhr er fort und hob die Hand, um sie zum Schweigen zu bringen, „bin ich gewillt, diese Differenzen zu ignorieren. Was zwischen uns geschehen ist, ist nun einmal geschehen, deshalb muss ich mich nun den Konsequenzen stellen und mich ehrenhaft verhalten. Also, wollen Sie?"

Sie starrte ihn unverwandt an. „Will ich ... was?"

„Meine Frau werden."

Violet neigte nicht dazu, sich romantischen Illusionen hinzugeben. Sie hatte nie davon geträumt, von einem Ritter in glänzender Rüstung gerettet zu werden, nein, viel lieber wollte *sie* diejenige sein, die auf einem stattlichen Ross daherritt. Und zwar nicht brav im Damensattel sitzend. Ihrer Ansicht nach kamen Ritter stets am besten davon: Sie durften losziehen und Abenteuer erleben, während ihre armen Frauen zurückblieben und die Hausarbeit in einer alten, zugigen Burg verrichten mussten.

Daher würde sie sich nicht als sonderlich gefühlsduselig bezeichnen. Trotzdem hätte sie nie erwartet, dass ihr erster und einziger Heiratsantrag ihr dermaßen abfällig vor die Füße geworfen würde. Wut kochte in ihr hoch.

„Eher würde ich ... ein Pferd essen, als Sie zu heiraten!", rief sie mit zitternder Stimme. „Und das, obwohl ich Pferde *liebe*."

Mit Genugtuung beobachtete sie, wie seine Miene sich verhärtete. „Ihre Antwort lautet also Nein?"

„Sie sind doch nicht ganz bei Sinnen, wenn Sie glauben, ich würde einen solchen Antrag annehmen!"

Etwas flackerte in seinen Augen auf, verschwand jedoch ebenso schnell wieder. „Dann habe ich zumindest meine Pflicht erfüllt."

„Ich würde Sie nicht einmal dann heiraten, wenn Sie der letzte Mann auf Erden wären."

„Ersparen Sie mir die Klischees", knurrte er. „Ich habe Ihre Antwort zur Kenntnis genommen, und bin, ehrlich gesagt, ziemlich erleichtert darüber."

Erleichtert? Ihre Wut steigerte sich ins Unermessliche. „Nicht so erleichtert wie ich. Sie passen nämlich noch *viel weniger* zu mir als ich zu Ihnen. Mit jemandem wie Ihnen würde *ich* mich keinesfalls vermählen wollen."

Sein Kiefermuskel zuckte. „Ihr Verhalten im Priesterloch ließ auf etwas anderes schließen."

Sie errötete. „Es war dunkel. Ein Moment der Schwäche."

„Geben Sie es doch zu, Sie kleines Biest, Sie wollten mich", presste er hervor.

Die Genugtuung würde sie ihm nicht geben. „Sie hätten jeder beliebige Kerl sein können."

Eine dunkle Flamme loderte in seinem Blick auf, als er sich über sie neigte. „Also hätten Sie jedem Mann gestattet, seine Zunge in Ihren Mund zu schieben? Seine Hände unter Ihr Mieder wandern zu lassen? Sie hätten sich lüstern gegen jeden beliebigen Mann gerieben und in dessen Ohr gestöhnt?"

„Sie ... Sie sind alles andere als ein Gentleman." Das war zwar keine sehr schlagfertige Antwort, aber ihr stockte der Atem und sie konnte kaum noch klar denken. Seine Nähe benebelte ihre Sinne. Verzweifelt klammerte sie sich an den letzten Rest ihrer Vernunft und konterte: „Nur ein Troglodyt würde so etwas sagen."

„Oh, was für ein großes Wort." Seine Augen glänzten wie schwarzes Erz. „Können Sie es denn auch buchstabieren?"

Das reichte!

Violet sah Rot vor Wut. Sie hob die Hand, um ihn zu ohrfeigen.

Er packte sie beim Handgelenk. Als sie automatisch den anderen Arm hob, fing er diesen ebenfalls ab. Bevor sie wusste, wie ihr geschah, hatte er sie mit dem Rücken gegen ein Bücherregal gedrängt. Mit einer seiner großen Hände hielt er ihre über ihrem Kopf gefangen. Schwer atmend starrte sie in seine dunklen, vor Leidenschaft glühenden Augen und empfand nichts als ... *Vorfreude*.

„Verflucht, du treibst mich noch in den Wahnsinn", knurrte er.

Das Herz schlug ihr bis zum Hals. „Nicht so sehr wie du mich."

In seinem Blick lag etwas Triumphierendes.

„Dann lass uns gemeinsam dem Wahnsinn verfallen", flüsterte er, und presste seine Lippen auf die ihren.

Jeglicher Gedanke an Ehre und Pflicht ging in einer rotglühenden Welle unter. Wut und Verlangen vermischten sich zu einer verschwommenen Einheit. Er fühlte sich wie im Fieberwahn, verlor völlig die Kontrolle, ließ sich allein von dem Bedürfnis leiten, die widerspenstige Göttin zu zähmen und zu besitzen.

Gierig küsste er ihre samtigen Lippen und erbebte vor Lust, als ihr ein leises Stöhnen entwich. Ihre Zunge liebkoste die seine, und die sinnliche Berührung jagte einen elektrisierenden Schock geradewegs in seinen Schwanz. Seine Hoden schwollen an, seine Erektion presste schmerzhaft gegen seinen Hosenlatz.

Ihr süßes, feuriges Aroma brachte ihn völlig um den Verstand. Er hatte nur noch ein Ziel vor Augen: *Mach sie zu der deinen.*

Er ließ ihre Handgelenke los und knurrte befriedigt, als sie die Finger in seinem Haar vergrub und ihn näher an sich zog. Dann löste er die Schleife an ihrem Morgenmantel und streichelte über den Stoff ihrer Nachtkleidung, bis er eine ihrer vollen Brüste fand. Während er den steifen Nippel zwischen Daumen und Zeigefinger rieb, labte er sich an den leisen Seufzern, die sie ausstieß. Als ihn die Geduld verließ, schob er den Stoff des Unterkleids nach oben und legte eine Hand auf ihren samtig weichen Schenkel.

Langsam ließ er sie an der warmen Haut hinaufwandern, bis ... *O verdammt, ja!* Ihre zarten Schamlippen waren bereits triefend nass und sehnten sich nach seiner Berührung.

„Was ... was tust du da?“, fragte sie benommen. „Du kannst doch nicht ... solltest nicht ... *Ooh, meine Güte ...*“

Ohne Eile verwöhnte er sie mit seinen Fingern. „Was sollte ich nicht? Deine Perle berühren? Dich hier kitzeln ... oder hier?“

Sie wimmerte leise und umklammerte seine Hand mit ihren Schenkeln.

„Reib dich gegen mich“, wies er sie heiser an. „So ist es gut. Ja, genau so.“

Mit verklärtem Blick kam sie seiner Aufforderung nach, wobei sie sich auf die Lippe biss. Ihre schamlose Unschuld brachte ihn völlig um den Verstand. Keine Frau hatte je mit einer solch ungezügelten Leidenschaft, mit so offener, weiblicher Lust auf seine Berührungen reagiert.

Er war so unglaublich hart in seiner Hose. Während er mit ihrer feuchten Perle spielte, quollen einige Lusttropfen aus seiner geschwollenen Eichel. Angespornt von ihrem Stöhnen, ließ er die Finger schließlich tiefer in sie hineingleiten. Sein Daumen rieb weiterhin unablässig über ihr Zentrum der Lust, sein Mittelfinger umkreiste ihre bebende Spalte.

„Fühlst du dich leer?“, flüsterte er. „Sehnt sich diese Stelle danach, ausgefüllt zu werden?“

Verzweifelt hob sie ihm ihre Hüften entgegen. „Carlisle, *bitte* ...“

Sein Name aus ihrem Mund, ihr atemloses Flehen, war wie süße Musik in seinen Ohren.

Triumphierend führte er seinen Finger tiefer in ihre feuchte Scheide und stöhnte auf, als er die heiße Enge um sich spürte. Er sehnte sich danach, seinen steinharten Schwanz in ihrer pulsierenden, jungfräulichen Pussy zu vergraben. Vorsichtig, um sie nicht zu verletzen, verwöhnte er sie unablässig weiter. Sein rasendes Verlangen wurde von einer Zärtlichkeit gemäßigt, die er noch nie zuvor für eine Frau empfunden hatte. Sanft ließ er seinen Finger immer wieder in sie gleiten, bis sie entspannt genug war, um ihn bis zum Knöchel in sich aufzunehmen.

Als sie erneut seinen Namen stöhnte, küsste er sie heftig und pumpte den Mittelfinger in sie, während sein Daumen weiterhin ihre Perle massierte. Sie versteifte sich überrascht, als ihr Höhepunkt sie übermannte, und wimmerte vor Wonne gegen seine Lippen. Ein Schweißfilm überzog seine Stirn, seine Erektion tropfte unablässig vor unterdrückter Begierde. Gott, wenn er doch nur ihre enge, kleine Möse um seinen Schaft spüren könnte. Mit nur einem Handgriff würde es ihm gelingen, den Hosenstall zu öffnen und sich tief in ihre Wärme hineinzurammen ...

Leise Stimmen rissen ihn aus seinen fieberhaften Fantasien. Angespannt lauschte er den Geräuschen. Ein Mann und eine Frau ... draußen auf dem Gang?

Plötzlich wurde er sich der Gefahr bewusst, in der sie sich befanden. Wenn man sie so vorfand, wäre Violets Ruf ruiniert. Widerwillig löste er sich von ihr, richtete ihre Schlafkleidung und nahm sie bei der Hand.

„Wir müssen von hier verschwinden", sagte er.

„Hmm?"

Trotz der prekären Situation musste er angesichts ihrer verträumten Reaktion schmunzeln. Verdammt. Hätte er gewusst, dass er sie auf diese Weise gefügig machen konnte, hätte er sie schon vor Wochen verführt.

„Draußen auf dem Korridor sind Leute", erklärte er leise.

Ihre Augen weiteten sich. „Verflixt, was machen wir denn jetzt?"

„Wir verstecken uns hier drin, bis sie weg sind." Er zog sie zwischen die dunklen Bücherregale und stellte sich vor sie, um vom Ende des Gangs aus die Tür zur Bibliothek im Auge zu behalten. Angestrengt versuchte er mitzubekommen, was dort vor sich ging.

„*Carlisle*", flüsterte sie in dringlichem Tonfall.

„Keine Sorge." Er hielt den Blick weiterhin auf die Tür gerichtet. „Sie scheinen weitergegangen zu sein ..."

„Die sind mir egal. Es ist jemand hier drin. *Bei uns*."

Als er sich zu ihr umdrehte, sah er, wie sie zitternd hinüber zum anderen Ende des Gangs deutete. Er kniff die Augen zusammen und konnte eine Gestalt im Halbdunkel ausmachen ... Eine Person, die gegen das Regal gelehnt auf dem Boden saß? Ihm stellten sich die Nackenhaare auf.

„Bleib hier", wies er sie an.

Dann holte er die Kerze, die sie zuvor auf dem Tisch abgestellt hatte und schritt den Gang hinunter. Natürlich missachtete sie seine Anweisung und folgte ihm auf dem Fuß.

Die schwache Flamme warf unheimliche, flackernde Schatten über die alten Buchrücken. Als er sich seinem Ziel näherte, erkannte er, dass es sich um eine Frau handelte. Er ging neben ihr in die Hocke und hielt die Kerze vor ihr Gesicht. Es war Madame Monique. Das Blut gefror ihm in den Adern. Sie lehnte wie eine Stoffpuppe gegen das Regal und starrte reglos vor sich hin. Ihr Gesicht war leichenblass, die Hände zu Fäusten geballt.

Hinter ihm sog Violet scharf den Atem ein. „Du meine Güte, i-ist sie ...?"

Er legte einen Finger an den Hals der Akrobatin. Die Haut war kalt. Kein Puls.

„Sie ist tot", bestätigte er grimmig.

„W-was ist nur mit ihr geschehen?"

Im schwachen Lichtschein bemerkte er eine blutende Wunde an ihrer rechten Schläfe. Er inspizierte den Rest ihres Körpers. In einer ihrer geballten Fäuste schimmerte etwas.

„Halte das bitte kurz." Er reichte Violet die Kerze. „Ich habe etwas entdeckt ..."

Vorsichtig löste er den kleinen Gegenstand aus dem Griff der toten Frau. Es war ein unverkennbarer Siegelring mit kunstvoll eingravierten Initialen. Ihm stockte der Atem.

Nein. Das kann nicht sein ...

„*Verflixt*.“ Violet klang so schockiert, wie er sich fühlte. „Dieser Ring ... gehört Wick.“

11

AMBROSE KENT NAHM SICH NICHT OFT URLAUB, EINE Tatsache, die er gerade mit großem Bedauern in Frage stellte. Die saftig grüne Aue, in der sie sich befanden, war das reinste Paradies. Seine Frau und er saßen bei einem gemütlichen Picknick zusammen, der Duft von Honig lag in der warmen Sommerluft, und trillerndes Vogelgezwitscher hallte über den strahlend blauen Himmel. Doch das war längst nicht das Beste an der ganzen Situation.

Er lag rücklings auf der sonnenwarmen Decke und sah hinauf in das bezaubernde Antlitz seiner Angebeteten. Wie Adam und Eva waren sie völlig entblößt. Mariannes hellblonde Locken fielen ihr über die Schultern, wobei eine sich neckisch um ihren zartrosa Nippel kringelte.

Seine Finger gruben sich in die samtige Haut ihrer Taille.

„Reite mich, Liebling", forderte er sie auf.

Ihre glühenden, smaragdgrünen Augen ruhten auf ihm, während sie verführerisch die Hüften kreisen ließ und sich langsam aufrichtete, bis nur noch die Spitze seines harten Schwanzes in ihrer engen Pussy steckte. Dann ließ sie sich wieder genüsslich auf ihn sinken und nahm seinen geschwollenen Schaft in sich auf, bis seine Hoden gegen ihre feuchten Schamlippen klatschten.

Gott, ja.

„Schneller", knurrte er.

Mit einem sinnlichen Lächeln gehorchte sie ihm und bewegte sich in einem atemberaubenden Rhythmus auf und ab. Aber er würde nicht kommen ... noch nicht. Erst, wenn sie so weit wäre. Er packte sie fester um die Hüften und stemmte sich ihr entgegen, drang dadurch so tief in sie ein, dass sie beide vor Lust aufstöhnten. Seine Hoden spannten sich an. Sein Höhepunkt baute sich auf. Der Wind wurde stärker, Vögel krächzten, ein vermaledeiter Specht hämmerte irgendwo gegen einen Baum ...

Blinzelnd und schwer atmend öffnete er die Augen und starrte verwirrt in die Dunkelheit. Er lag auf der Seite, der pralle Hintern seiner Frau presste sich gegen seinen Schritt. Benommen sah er sich in dem fremden Schlafgemach um ... bis ihm plötzlich bewusst wurde, wo er sich befand. Die verfluchte Feier der Billings'.

Als ein Mann, der die einfachen Dinge schätzte, bevorzugte er Haus und Herd. Marianne jedoch nahm gerne an gesellschaftlichen Anlässen teil, und ihr zuliebe würde er jedes noch so große Opfer bringen. Er hob die Decke an und betrachtete seine pulsierende Erektion, die sich gegen ihr entblößtes Gesäß schmiegte.

Vielleicht war dieser Ausflug doch keine so schlechte Idee gewesen.

In letzter Zeit hatten sie zu Hause nicht sehr viel Zweisamkeit genießen können. Zwischen den Mätzchen ihres neunjährigen Sohnes, Edward, und der Theatralik ihrer achtzehnjährigen Tochter, Rosie, hatten sie kaum einen Moment für sich gefunden. Jetzt, da ihnen ein wenig Privatsphäre gegönnt war, wollte er die Gelegenheit auch ausnutzen.

Er vergrub sein Gesicht in Mariannes Nacken und legte die Hand auf eine ihrer vollen Brüste. Sie stieß einen leisen, verschlafenen Seufzer aus. Der sinnliche Laut beflügelte ihn, er wollte ...

Klopf, klopf, klopf.

„Liebling?", fragte seine Frau schläfrig. „Ist da jemand an der Tür?"

„Ignoriere es einfach." Zärtlich knabberte er an ihrem Ohrläppchen und reizte ihre Brustwarze. „Wer auch immer es ist, wird schon wieder verschwinden."

KLOPF, KLOPF.

„Ambrose? Marianne?" Das war Violet. „Seid ihr wach?"

„Verdammt noch mal." Er holte tief Luft, um sich zu sammeln.

„Du solltest ihr besser öffnen", murmelte Marianne.

Leise fluchend löste er die Hand von ihrer verführerischen Rundung.

„Ich komme", stieß er zwischen zusammengebissenen Zähnen hervor. *Aber nicht auf die Art, wie ich es gerne hätte.*

Hastig schlüpfte er in seinen Morgenmantel und warf einen sehnsüchtigen Blick zurück zum Bett, wo seine Frau sich aufgesetzt hatte und genüsslich räkelte, wobei sie ihre perfekten Brüste zur Schau stellte.

Das führen wir später fort, schwor er sich.

Dann stampfte er zur Tür hinüber und riss sie auf. „Violet, wenn das kein Notfall ist ..."

Abrupt brach er ab. Seine Schwester war nicht allein. Der *Vicomte Carlisle* stand neben ihr.

Schützend zog er Violet an seine Seite und fragte kurz angebunden: „Was ist hier los? Warum bist du in seiner Begleitung? Und auch noch zu dieser Stunde?"

„Wir sind uns zufällig in der Bibliothek begegnet. Es war, äh, keine Absicht", sagte sie.

Sie war schon immer eine miserable Lügnerin gewesen. Ambrose glaubte ihrer übertriebenen Unschuldsmasche kein bisschen. Außerdem sah sie völlig zerzaust aus: Ihre Kleidung war zerknittert, ihr Haar zu einem unordentlichen Zopf geflochten.

Vorwurfsvoll musterte er den großen Schotten. Carlisle blickte finster drein und wirkte äußerst angespannt. Doch bevor er den Schurken zur Rede stellen konnte, platzte Vi heraus: „Das ist jetzt nicht weiter wichtig, Ambrose. Wir haben in der Bibliothek eine furchtbare Entdeckung gemacht. Madame Monique ... ist *tot*.“

„Tot?“, wiederholte er schockiert.

Violet nickte mit weit aufgerissenen Augen.

Seine Überraschung legte sich schnell wieder, wie es bei einem Mann seines Berufs üblich war.

„Erzähl mir alles ganz genau“, verlangte er in sachlichem Tonfall.

$\text{❧}\quad 12 \quad\text{❧}$

Unruhig lief Violet in Billings' Arbeitszimmer auf und ab. Der Raum lag neben der Bibliothek, wo Ambrose gerade den Tatort untersuchte, und war ähnlich altmodisch eingerichtet, mit dunklen Holzvertäfelungen an den Wänden, Sprossenfenstern und einem alten Kamin, in dessen Steinsims Rosen und Ranken eingemeißelt waren. Ein weinroter Aubusson-Teppich sorgte für einen Farbtupfer ...

Moniques blutüberströmtes Gesicht tauchte vor ihrem geistigen Auge auf. Blankes Entsetzen verdrängte ihre Benommenheit und schnürte ihr die Kehle zu.

Was ist dir nur zugestoßen, Monique? Wie kannst du im einen Moment so voller Leben sein und im nächsten ... einfach tot?

„Ist alles in Ordnung, Liebes?", fragte Marianne, die vor einem der Fenster stand. Spärliches Tageslicht betonte die Sorgenfalten um ihre Augen. „Vielleicht wäre es besser, du würdest nach oben gehen ..."

„Es geht mir gut", erwiderte Vi entschlossen. „Ich will hier bleiben."

Auf keinen Fall würde sie die anstehende Besprechung versäumen. Schlimm genug, dass Ambrose ihr verboten hatte, die

Bibliothek zu betreten. Ihr großer Bruder ließ sich nicht erweichen. Sie habe auch so schon viel zu viel gesehen. Er war in Begleitung von Carlisle, Emma und Strathaven an den Schauplatz des Geschehens zurückgekehrt, wo schließlich auch Billings zu ihnen stieß. Währenddessen sollte Violet wie ein unartiges Kind unter Aufsicht von Marianne im Arbeitszimmer warten.

Sie war gleichermaßen verärgert wie auch schuldbewusst. *Warum dauert das denn so lang? Wie kommt Carlisle mit der Situation zurecht? Hält er sich an unseren Plan?*

Nachdem sie Monique entdeckt hatten, fanden sie sich in einer ziemlichen Zwickmühle wieder. Sollten sie verraten, dass sie Wicks Siegelring in der Hand der Toten gefunden hatten, würden sie ihn belasten ... und das wollte keiner von ihnen. Zunächst waren sie und Carlisle zu Wicks Gemächern gegangen, um die Angelegenheit aufzuklären, doch sein Zimmer war verlassen gewesen, das Bett unberührt.

Wo zum Teufel trieb der Kerl sich nur herum?

Da ihnen keine Zeit mehr blieb, schlug Vi die einzige Lösung vor, die Wick in ihren Augen schützen konnte: Sie durften vorerst niemandem etwas von dem Ring erzählen.

Carlisle wirkte noch grimmiger als gewöhnlich. Er sah aus wie ein Mann, der gegen eine Armee von inneren Dämonen ankämpfte. „Ich kann dich nicht guten Gewissens in die Angelegenheiten meines Bruders hineinziehen. Von dir verlangen, dass du für ihn lügst", hatte er tonlos gesagt.

„Uns bleibt keine andere Wahl", hatte sie erwidert. „Wir dürfen ihn nicht in Gefahr bringen."

So sehr sie es auch hasste, Geheimnisse vor Ambrose zu haben, ertrug sie den Gedanken, Wick könne des Mordes bezichtigt werden, noch viel weniger. Ihr Freund mochte ein leichtsinniger Lebemann sein, aber er war kein Mörder.

Der gequälte Ausdruck in Carlisles Augen sprach Bände über seinen Gewissenskonflikt. Sollte er lügen, um seinen Bruder zu schützen ... oder ihn mit der Wahrheit verurteilen? Manchmal war es bestimmt nicht einfach für ihn, Lord Hochnäsigkeit in Person zu sein.

Mitfühlend hatte sie daher auf ihrem Vorschlag bestanden. „Warum warten wir nicht zumindest so lange, bis wir mit Wick gesprochen haben? Sobald wir uns seiner Unschuld vergewissert haben, können wir Ambrose alles erzählen.“

Erst sündigen, dann um Vergebung bitten ... eine Strategie, die ihr nicht fremd war. Obwohl Carlisle nicht überzeugt wirkte, hatte er letztendlich zugestimmt. Rasch hatte sie sich etwas Angemesseneres übergezogen, bevor sie gemeinsam das Zimmer ihres Bruders aufsuchten.

Und nun musste sie tatenlos abwarten. Was dauerte dort drüben nur so ewig?

„Ein Loch in den Teppich zu laufen, lässt die Zeit auch nicht schneller vergehen“, sagte Marianne sanft. „Möchtest du über das reden, was dich bedrückt?“

In Gedanken ging sie die Liste ihrer Probleme durch. Beweisstücke in einer Ermittlung zurückhalten ... Nein, darüber konnte sie nicht sprechen. Sich zum wiederholten Mal auf eine intime Begegnung mit Carlisle einlassen ... Darüber würde sie kein Sterbenswörtchen verlieren. Zum ersten Mal ihre Leidenschaft entdecken, noch dazu mit einem Mann, der sie völlig durcheinanderbrachte ... Auf keinen Fall.

„Da gibt es nichts“, erwiderte sie.

Endlich öffnete sich die Tür und Billings kam herein. Er war ein kleiner, drahtiger Mann mit schütterem, grauem Haar und papierartiger Haut. Ihm folgten die anderen mit ernster Miene. Carlisle bildete das Schlusslicht und schloss die Tür hinter sich.

Trotz der düsteren Situation schnellte ihr Puls bei seinem Anblick in die Höhe. Als ihre Blicke sich trafen, knisterte etwas Elektrisierendes zwischen ihnen. Nach ihrem feurigen Stelldichein in der Bibliothek war es sinnlos, die Anziehungskraft zwischen ihnen zu leugnen. Plötzlich wurde ihr bewusst, dass ihr gefährliches Geheimnis sie unumstößlich aneinanderband. Sie waren gewissermaßen ... Mitverschworene.

„Haben Sie etwas gefunden?", fragte sie, an die Gruppe gerichtet.

Ambrose nickte grimmig. „Setzen wir uns doch."

Billings nahm hinter dem riesigen Mahagonitisch Platz, der das Kopfende des Raumes dominierte. Hinter ihm an der Wand hing ein ziemlich grausiges Gemälde von mehreren toten Fasanen mit gläsernen Augen, die auf einem Haufen lagen und darauf warteten, gerupft zu werden. Die übrigen Anwesenden versammelten sich um den Tisch. Erfreut registrierte Violet, dass Richard den Stuhl neben ihr wählte.

Ambrose stellte sich an die Seite ihres Gastgebers.

„Zunächst einmal fasse ich zusammen, was wir bisher herausgefunden haben", verkündete er in knappem, professionellem Tonfall. „Heute Morgen um etwa drei Uhr wurde Madame Monique von Violet und Carlisle in der Bibliothek entdeckt. Anhand des Zustands der Toten gehe ich davon aus, dass sie höchstens ein bis zwei Stunden zuvor gestorben ist. Sie wurde wahrscheinlich durch einen Schlag gegen die rechte Schläfe getötet."

„Gütiger Himmel", murmelte Marianne.

„Ich konnte bisher nicht bestätigen, dass der Schlag zum Tod geführt hat", fuhr Ambrose fort. „Dafür müssen wir einen Mediziner zu Rate ziehen. Der Abdruck der Wunde lässt allerdings vermuten, dass es sich um einen langen, dünnen Gegenstand handelt. Beim Inspizieren der Bibliothek fand ich Blutspuren am steinernen Kaminsims. Vermutlich hat Monique sich den Kopf daran gestoßen."

„Ein Unfall ... oder glaubst du, jemand hat ihr einen Stoß versetzt?", fragte Marianne und runzelte die Stirn.

„Das können wir zum jetzigen Zeitpunkt unmöglich sagen", erwiderte ihr Mann.

„Aber die Tatsache, dass man sie inmitten der Bücherregale

fand, ist doch höchst verdächtig, nicht wahr?", mischte Emma sich mit nachdenklichem Blick ein. „Wenn sie gegen den Kaminsims gestürzt ist, wie konnte sie dann quer durch das Zimmer gelangen? Und vergessen wir nicht den Staub an ihren Röcken. Es schien, als hätte sie damit den Boden gefegt. Offensichtlich wurde sie zu den Regalen hinübergeschleift."

Heilige Mutter Gottes. Die Vorstellung, wie Moniques lebloser Körper durch die Bibliothek gezerrt wurde, jagte Violet einen eisigen Schauer über den Rücken. Ihre Hände, die in ihrem Schoß lagen, wurden klamm, und ihre Lippen begannen zu zittern.

Plötzlich spürte sie eine sanfte Berührung an der Schulter. Carlisle ... Er musste ihren inneren Aufruhr bemerkt haben. Selbst, als er die Hand wieder wegnahm, spürte sie seine Wärme noch. Er bedachte sie mit einem beruhigenden Blick.

„Die Fenster der Bibliothek waren verschlossen", sagte Strathaven gerade. „Außerdem deutete nichts auf ein gewaltsames Eindringen hin. Wenn jemand das Opfer angegriffen hat, war diese Person auf jeden Fall schon vorher im Zimmer."

Ambrose nickte entschlossen. „Gut. Wir werden diese Informationen der Gerichtsbarkeit mitteilen, die sich des Falls annehmen wird."

„Nein", meldete sich Billings zu Wort, der bisher alles schweigend mit angehört hatte. „Ich will nicht, dass die Gerichtsbarkeit sich einmischt."

Ambrose runzelte die Stirn. „Wir haben es höchstwahrscheinlich mit einem Mord zu tun, Sir. Sie haben kaum eine andere Wahl."

„Von wegen", erwiderte der Bankier. „Ich kenne Jones, den zuständigen Richter hier vor Ort. Er ist ein radikaler Gesetzesverfechter. Wenn ich ihm freie Bahn lasse, wird er sich hier skrupellos einnisten und meine Gäste belästigen."

„Ja, Mord ist schon eine lästige Angelegenheit", konterte Strathaven trocken.

Emma runzelte die Stirn. „Ich bin sicher, Ihre Gäste haben dafür Verständnis, Mr Billings."

„Nicht meine Geschäftspartner. Das sind *einflussreiche* Leute, verstehen Sie? Die spielen nach ihren eigenen Regeln und haben für die Obrigkeit nicht viel übrig. Wenn der Richter hier auf Krawall gebürstet hereinmarschiert, habe ich eine Revolte am Hals ... und mein Ruf wäre *ruiniert*." Schweißperlen bildeten sich auf seiner Oberlippe. „Das darf auf keinen Fall geschehen. Ich habe meinen Gästen eine Feier versprochen, und die sollen sie auch bekommen. Also nennen Sie mir Ihren Preis, Kent."

„Meinen Preis ... wofür?"

„Für Ihre Dienste", sagte der Bankier ungehalten. „Sie sind doch Detektiv, oder nicht? Und zufällig auch der Beste in ganz London, wie ich aus eigener Erfahrung weiß. Daher beauftrage ich Sie, diese Angelegenheit so schnell und sauber wie möglich zu klären, bevor Richter Jones sich einmischt."

Ambrose runzelte die Stirn. „Gegen die Gerichtsbarkeit kann ich nichts ausrichten ..."

„Nein, aber Ihr tadelloser Ruf, den Sie seit Ihrer Zeit bei der Londoner Hafenpolizei genießen, verschafft Ihnen einen gewissen Einfluss." Billings' Augen funkelten entschlossen. „Überlassen Sie Jones mir. Ich sage ihm, dass ich einen hervorragenden Mann auf den Fall angesetzt habe, der ihn auf dem Laufenden halten wird. Natürlich wissen wir beide aber, dass Sie in Wahrheit für mich arbeiten und alles daransetzen werden, den Sachverhalt so schnell wie möglich aufzuklären."

„Eine Frau ist gestorben, Sir, und sie verdient Gerechtigkeit", erwiderte Ambrose in eisigem Tonfall. „Ihr Tod ist keine Angelegenheit, die man einfach unter den Teppich kehren darf."

Das ist mein Bruder, wie er leibt und lebt, dachte Violet voll Stolz.

„So war das auch gar nicht gemeint", widersprach Billings ihm ungeduldig. „Tun Sie, was getan werden muss, aber bitte diskret. Das ist alles, was ich von Ihnen verlange. Kriegen Sie das hin?"

„Zum jetzigen Zeitpunkt kann ich noch nicht sagen, ob ihr

Tod durch einen Unfall verursacht wurde oder durch Fremdein-
wirkung. Die bisherigen Umstände lassen auf Letzteres schließen.
Was bedeutet, dass ich mögliche Verdächtige befragen muss ...
einschließlich Ihrer Gäste."

Billings nickte knapp. „Dann führen Sie die Befragungen takt-
voll durch und informieren Sie mich regelmäßig über neue
Erkenntnisse. Die Ermittlung darf keinesfalls den Verlauf des
Festes beeinträchtigen oder allen die Stimmung verderben."

Vi konnte sich eine Bemerkung nicht verkneifen. „Denken Sie
nicht, die Tatsache, dass eine Frau tot aufgefunden wurde,
versetzt der ausgelassenen Stimmung einen Dämpfer?"

„Lassen Sie das meine Sorge sein. Man muss nur richtig damit
umzugehen wissen, dann wird sich niemand deswegen aufregen."
Der Bankier lächelte kalt. „Genau genommen sieht sich die
Hälfte meiner Gäste täglich mit dem Tod konfrontiert und wird
sich daher keine allzu großen Sorgen machen. Die andere Hälfte
hält Madame Monique für eine verherrlichte Angestellte und wird
ebenfalls kaum einen Gedanken an sie verschwenden."

Vor Fassungslosigkeit und Empörung verschlug es Vi die
Sprache.

„Also, kommen wir ins Geschäft, Kent?", fragte Billings. „Ich
zahle Ihnen auch das Doppelte Ihres üblichen Honorars."

„Sie können sich Ihr Geld sonst wohin ...", setzte Ambrose
knurrend an.

„Wenn Ihnen an der Bezahlung nichts liegt, dann tun Sie es
für Gabriella. Meine Tochter behauptet, Sie seien ihre treuesten
Verbündeten, ihre ... Freunde." Das letzte Wort sprach der
Bankier aus, als wäre es ein Schimpfwort. „Wir alle wissen doch,
dass sie ein hoffnungsloses Mauerblümchen ist. Ihr guter Ruf
hängt vom Erfolg dieser Feier ab. Es ist ihre letzte Chance, in der
Gesellschaft Fuß zu fassen. Werden Sie ihr helfen ... oder sie im
Stich lassen?"

Obwohl Billings' Worte gefühllos und berechnend waren,
erkannte Violet die Wahrheit dahinter. Gabby brauchte ihre

Unterstützung. Aber noch wichtiger war es, Gerechtigkeit für Monique zu erwirken. Ambrose war der Einzige, der das Geheimnis um den Tod der Akrobatin lüften konnte. Außerdem würde er Wick entlasten, wenn er den wahren Mörder ausfindig machte.

„Bitte, nimm den Fall an, Ambrose“, entfuhr es ihr. „Für Monique und Gabby.“ *Und Wick.*

„Ich werde dir helfen“, bot Emma sofort an.

Strathaven, der neben ihr saß, seufzte laut.

Marianne legte ihrem Gemahl eine Hand auf den Arm. „Du wirst hier dringend gebraucht, Liebling.“

Sie wechselten einen wortlosen Blick. Schließlich nickte Ambrose widerwillig.

„Na schön.“ An Billings gewandt, fuhr er ruhig fort: „Ich werde die Ermittlung leiten, aber nur zu meinen Bedingungen. Und lassen Sie sich eines gesagt sein, Sir: Ich werde den Fall aufklären, komme was wolle ... auch, wenn Ihnen das Ergebnis nicht gefallen sollte.“

„Verhalten Sie sich einfach diskret und lassen Sie mich wissen, wie es läuft“, sagte der Bankier und erhob sich. „Jetzt muss ich dringend dafür sorgen, dass der Leichnam weggeschafft wird.“

„Bringen Sie das Opfer an einen kühlen Ort, um die Verwesung so lange wie möglich hinauszuzögern“, empfahl Ambrose ihm leise. „Ich will, dass einer meiner Kollegen sie untersucht.“

„Wie Sie wünschen.“ Billings war bereits auf halbem Weg zur Tür hinaus. „Wir sprechen uns.“

Mit diesen Worten verließ er das Zimmer.

„Teufel noch eins“, fluchte Ambrose und fuhr sich mit der Hand durchs Haar. „Worauf habe ich mich da nur eingelassen?“

„Du hast das Richtige getan, Liebling“, versicherte Marianne ihm.

Ein konzentrierter Ausdruck trat in seine goldbraunen Augen. „Es gibt viel zu tun“, sagte er. „Ich muss Dr. Abernathy benachrichtigen. Hoffentlich schafft er es bis morgen oder spätestens übermorgen aus London hierher, um uns Genaueres über die Todesursache mitzuteilen. Außerdem muss ich Lugo und McLeod kontaktieren. Sie können Moniques Wohnsitz in London durchsuchen, vielleicht finden sie Hinweise darauf, warum jemand ihr etwas hätte antun wollen. Ich werde einstweilen diejenigen befragen, die ihr am nächsten standen: ihre Zofe sowie ihre Kollegen. Anschließend erstellen wir eine Liste der möglichen Verdächtigen."

Verdächtige ... Jemand, der Monique etwas antun wollte ...

Eine plötzliche Eingebung traf Violet wie der Blitz, und sie sprang auf die Füße. "Ich will auch bei der Ermittlung helfen! Tatsächlich weiß ich, wer ..."

"Nein."

"Kommt nicht in Frage."

Ambrose und Carlisle starrten einander stirnrunzelnd an. Sie hatten gleichzeitig gesprochen.

"Aber ich kann wirklich etwas dazu beitragen", protestierte sie.

Carlisle schüttelte den Kopf. "Sie haben heute Nacht schon genug durchgemacht, Miss Kent. Es wäre sicherlich nicht gut für Ihre empfindliche Konstitution, sich weiter in diesen makabren Fall einzumischen."

Das war es dann wohl mit unserem Waffenstillstand. Ein kurzes Vergnügen.

"Ich habe die Konstitution eines Ochsen", schnaubte sie. "Das weiß doch jeder hier."

"Violet, wirklich ...", setzte ihr Bruder an.

"Aber es ist wichtig", beharrte sie. "Ich kenne nämlich jemanden, der sich *erst gestern Abend* mit Monique gestritten hat."

Endlich schenkten ihr alle Anwesenden ihre volle Aufmerksamkeit.

"Wer?", fragte Emma.

Und jetzt spielt die törichte Schwester ihr Ass aus ...

"Josephine Ashe", verkündete Vi triumphierend.

EINE STUNDE SPÄTER FAND RICHARD SICH IN EINEM PRIVATEN Salon wieder, den ihr Gastgeber ihnen für die Dauer der Ermittlungen überlassen hatte. Er teilte sich eine Couch mit Violet. Die Herzogin von Strathaven hatte sich in einem Sessel neben ihnen niedergelassen, ihr Gemahl stand hinter ihr. Alle warteten auf Ambrose Kents Rückkehr, der losgezogen war, um Moniques Zimmer zu durchsuchen und mit ihrer Bediensteten zu sprechen. Der Ermittler wollte so viel wie möglich über das Opfer in Erfahrung bringen, bevor er Josephine Ashe verhörte.

Während die drei übrigen Anwesenden sich in gedämpftem Tonfall unterhielten, grübelte Richard stumm vor sich hin. Er war zu beschäftigt mit seinem inneren Aufruhr, seiner Sorge um Wick, der unangebrachten und doch unleugbaren Anziehung zu Violet. Was war in beiden Fällen die richtige Vorgehensweise?

Kaum hatte er den Schock über Moniques Tod ein wenig verdaut, ereilte ihn ein schrecklicher Verdacht: War sein Bruder etwa in die grausame Tat verwickelt? Er wollte nicht für eine Sekunde glauben, dass Wick irgendwem Schaden zufügen könnte ... Aber was, wenn er eine Verbindung zu der Akrobatin gehabt hatte? Noch dazu eine amouröse?

Plötzlich fiel ihm wieder ein, dass sein Bruder während seines Besuchs zum Frühstück vor einigen Wochen penetrant nach Parfüm gestunken hatte ... was waren seine Worte diesbezüglich noch gleich gewesen?

Französisch, und ziemlich kostspielig.

Richard hatte ihn gefragt, ob er damit den Duft oder das Flittchen meinte, dem er gehörte.

Und Wicks Antwort lautete: *Beide.*

Derselbe unangenehme Geruch war ihm am Abend zuvor während des Dinners aufgefallen. War Monique etwa die Besitzerin? Hatten sie und sein Bruder womöglich eine Affäre gehabt?

Seine Schläfen pochten schmerzhaft. Er betete, dass sein Verdacht unbegründet sein möge, denn eine Verbindung zwischen Wick und der Französin machte diesen zweifellos zu einem Tatverdächtigen. Außerdem war da ja auch noch der Ring: Wie war das verfluchte Schmuckstück in Moniques Hand gelangt?

Und es gab einen weiteren Punkt, der ihn diesbezüglich zutiefst beunruhigte: Irgendwie hatte er Violet in diesen Schlamassel hineingezogen. Es gefiel ihm überhaupt nicht, dass sie ein Beweismittel geheim hielt, um seinen Bruder zu schützen, aber andererseits fiel ihm im Moment auch keine bessere Lösung ein.

Er warf ihr einen verstohlenen Blick zu. Lebhaft diskutierte sie den Fall mit ihrer Schwester. Bestimmt freute sie sich, weil es ihr gelungen war, sich Zugang zu dem Verhör von Miss Ashe zu verschaffen. Während er sie beobachtete, erwachte eine tiefe Sehnsucht in ihm, wie er sie noch nie zuvor empfunden hatte. Er wusste, dass sein Verlangen nach ihr alles andere als klug war, aber das spielte nun keine Rolle mehr.

So war es eben um seine Gefühle bestellt ... und er wollte nicht länger dagegen ankämpfen.

Außerdem war eine Heirat in seinen Augen mittlerweile unumgänglich. Er hatte ihre Unschuld nun schon zum zweiten Mal ausgenutzt, und dafür musste er geradestehen. Das gebot ihm sein Ehrgefühl. Aber wie sollte er einen Freigeist wie Violet dazu überreden, einen Mann zu ehelichen, den sie für einen aufgeblasenen Langweiler hielt?

Die Tür öffnete sich, und Kent trat ein.

Richard verdrängte seine grüblerischen Gedanken. *Mit Violet wirst du noch früh genug sprechen können. Zunächst gilt es, Wick zu helfen.*

„Wie ist es gelaufen?", fragte die Herzogin. „Hast du in Moniques Gemächern irgendwelche Hinweise gefunden?"

Kent räusperte sich. „Nein, nichts Besonderes." Seltsamerweise errötete er. „Zumindest nichts, was auf den Grund ihres Todes schließen lassen würde."

„Vielleicht sollte ich mich noch einmal genauer umsehen ...", setzte Ihre Gnaden an.

„Das ist nicht nötig, Emma", widersprach der Ermittler. „Vertrau mir da bitte."

„Konntest du etwas von Moniques Zimmermädchen in Erfahrung bringen?", fragte Violet.

Kent seufzte. „Als ich ihr die traurige Nachricht überbrachte, wurde sie hysterisch. In diesem Zustand war es unmöglich, etwas aus ihr herauszubekommen. Die Haushälterin hat ihr einen Schlaftrunk verabreicht, ich spreche noch einmal mit ihr, sobald sie wieder wach ist." Er setzte sich und streckte die langen Beine aus. „Inzwischen habe ich Miss Ashe herbestellt. Sie ist auf dem Weg."

„Ich bin gespannt zu erfahren, was sie zu sagen hat", murmelte die Herzogin.

„Billings hat Moniques Tod bisher noch nicht öffentlich bekannt gegeben, daher gehe ich davon aus, dass Miss Ashe noch nichts darüber weiß ... es sei denn, sie war daran beteiligt. Deine Aufgabe ist es, ihre Reaktionen zu beobachten, Em." Kent sah seine Schwester streng an. „Überlass mir das Reden."

„Wie du willst", stimmte Ihre Gnaden fröhlich zu. „Wann habe ich mich denn je in deine Befragungen eingemischt?"

Strathaven, der hinter ihr stand, wirkte ... amüsiert.

Während Kent und die Herzogin weitere Einzelheiten zu dem Verhör diskutierten, flüsterte Violet Richard zu: „Emma kann ein wenig herrisch sein, musst du wissen."

Da er weder blind noch taub war, war ihm das bereits selbst aufgefallen. Die Zuneigung in Violets Stimme verriet ihm jedoch, dass sie die Eigenheiten ihrer Schwester voll und ganz akzeptierte. Generell schienen alle Mitglieder der Kent-Familie großen Respekt füreinander zu haben. Oder vielleicht waren sie auch einfach allesamt zu eigenwillig, um die Verschrobenheit ihrer Geschwister zu bemerken.

„Ist das ein Problem für dich?", fragte er leise.

„Es gehört zu ihrem Charme", erklärte sie mit einem leichten Lächeln. „So wie es zu meinem gehört, ihrem wachsamen Auge zu entwischen."

Die verspielte, bedingungslose Wärme, mit der sie über ihre Familie sprach, war ihm fremd. Für die Murrays hatte es Zuneigung immer nur in geringem Maß gegeben, dafür umso höhere Erwartungen. Jeder noch so kleine Fehltritt, den man sich erlaubte, hatte Konsequenzen nach sich gezogen. Er war stets der vernünftige Sohn gewesen. Seit er denken konnte, hatte sein Vater ihm eingetrichtert, wie wichtig es war, seine Pflichten zu erfüllen, für die Familie zu sorgen. Nach dessen Tod war es Richard jedoch nicht gelungen, den Lebensstandard seiner Mutter aufrecht zu erhalten, und sie hatte ihn ihren Unmut bei jeder Gelegenheit deutlich spüren lassen.

Wick hingegen ... Nun, Wick war von jeher der verlorene Sohn gewesen, der sich um nichts Gedanken machen musste. Jeder hatte ihn verhätschelt, einschließlich Richard.

Und jetzt sieh nur, wozu das geführt hat, dachte er verbittert.

„Du sorgst dich um Wick, nicht wahr?", flüsterte Violet ihm zu.

Ihr Einfühlungsvermögen überraschte ihn. Er war es nicht gewohnt, dass andere seine Gedanken erahnten ... oder sich überhaupt darum kümmerten, was er dachte. Schnell warf er einen

Blick auf die übrigen Anwesenden, die immer noch ins Gespräch vertieft waren.

„Ja, tue ich", gestand er ihr dann leise.

Sie nagte an ihrer Unterlippe. „Vielleicht ist er ja gestern Abend mit den anderen Jungs zum Vergnügen ins Dorf gegangen? Das sähe ihnen ähnlich. Womöglich haben sie viel zu tief in die Becher geguckt und wachen gerade erst in irgendeiner Taverne auf."

Das wäre durchaus möglich, und zumindest wesentlich ermutigender als Richards eigene Theorie.

„Damit hast du mich sehr beruhigt", erwiderte er.

Nachdenklich musterte sie ihn. „Das hat noch *nie* jemand zu mir gesagt."

Bevor er ihr antworten konnte, klopfte es an der Tür.

„Herein", rief Kent, wobei er und die übrigen Männer sich erhoben.

Josephine Ashe betrat das Zimmer. Sie trug ein schlichtes Kleid aus Bombasin und hatte den wachsamen Blick einer Gouvernante. Mit Ausnahme ihres frechen Kurzhaarschnitts, wirkte sie recht gewöhnlich. Nichts ließ darauf schließen, dass sie sich ihren Lebensunterhalt mit dem Jonglieren brennender Gegenstände verdiente.

„Guten Morgen", begrüßte die Herzogin sie. „Danke, dass Sie gekommen sind."

„Natürlich, Euer Gnaden." Miss Ashe knickste zaghaft und beäugte misstrauisch die übrigen Anwesenden, wobei ihr Blick einen Moment lang an Violet hängen blieb. „Sie, äh, wollten mich sprechen?"

„Bitte, setzen Sie sich." Kent deutete auf einen freien Platz. „Wir würden Ihnen gerne ein paar Fragen stellen."

Vorsichtig ließ die Schaustellerin sich auf der Kante eines Stuhls nieder und fragte: „Worum geht es denn?"

„Um Ihre Beziehung zu Madame Monique."

Angesichts der Direktheit des Ermittlers kniff sie die Augen zusammen. „Warum interessiert Sie das?"

„Weil Monique tot ist", erwiderte Kent.

Richard war zwar nicht unbedingt das, was man einen Frauenkenner nennen konnte, aber selbst er sah die Überraschung in Ashes Augen aufflackern. „Tot ... *Monique*? Aber wie ...?"

„Das versuchen wir herauszufinden", erklärte der Ermittler. „Und deshalb befragen wir alle, die mit ihr in Kontakt standen."

„Sie glauben doch nicht etwa, *ich* hätte etwas damit zu tun?", rief Ashe entgeistert.

Nun meldete Violet sich zu Wort. „Gestern habe ich mitbekommen, wie Sie sich mit Madame Monique stritten."

Die Schaustellerin fuhr sich mit der Hand durch die kurzen, blonden Locken. „Das war völlig belanglos. Monique und ich, wir haben uns noch nie sonderlich gut verstanden ... Aber deshalb würde ich ihr doch nie etwas antun."

„Worum ging es bei Ihrem Streit?", wollte Ihre Gnaden wissen.

Die blassen Wangen der Jongleurin wurden puterrot. „Monique war ein schwieriger Mensch. Sie dachte stets nur an sich selbst, nie an andere. Sich die Bühne mit ihr zu teilen, war in etwa so, als teilte man sich das Bett mit jemandem, der einem ständig die Decke stiehlt." Mit einem wütenden Unterton fügte sie hinzu: „Was die Ovationen des Publikums anbelangte, hatte ich ständig das Nachsehen."

Richard dachte an die gestrige Aufführung. Moniques theatralischer Einritt hatte den Applaus nach Ashes Darbietung jäh unterbrochen. War womöglich beruflicher Neid das Mordmotiv?

„Und ich bin nicht die Einzige mit dieser Ansicht", beeilte Ashe sich zu sagen. „Fragen Sie ruhig meinen Kollegen, Mr Burns ... oder sonst irgendwen im Astley's. Monique de Brouet war eine selbstsüchtige, unbeliebte Frau."

„Ist de Brouet ihr richtiger Name?" Kent hatte ein kleines Buch gezückt und machte sich eifrig Notizen.

„Zumindest behauptete sie das." In Ashes Augen funkelte eine Feindseligkeit, die sie nicht zu verbergen vermochte. „Monique hat immer damit geprahlt, dass sie von adeligem Geblüt war. Es gefiel ihr, mir ihre edle Abstammung unter die Nase zu reiben, nur weil mein Vater ein einfacher Fischer aus Marseille war. Als ob das eine Rolle spielte." Sie verschränkte die Arme vor der schmalen Brust. „Selbst wenn ihre Familie einst zur Aristokratie gehörte, haben sie während der Revolution alles verloren, noch bevor *sie* überhaupt geboren wurde. Da konnte sie sich so hochnäsig aufspielen, wie sie wollte ... am Ende war sie ebenso eine Darstellerin im Astley's wie ich, nicht mehr und nicht weniger."

„Worüber genau haben Sie sich gestern gestritten?", fragte Violet.

„Es gefiel mir nicht, wie sie den Beifall, der mir gebührte, mit ihrer Nummer unterbrach. So hatten wir das nicht abgesprochen. Aber solche hinterhältigen Tricks hat sie oft abgezogen."

„Mich würde es auch ärgern, wenn jemand ungefragt eine einstudierte Routine ändert." Violets sachlicher Tonfall schien die Jongleurin zu besänftigen. „Haben Sie deshalb ihren Spiegel zerstört?"

„Schon seit Monaten hat ihr Egoismus mich frustriert ... Gestern habe ich meinen Gefühlen schließlich freien Lauf gelassen. Aber es war nur ein kurzlebiger Wutanfall, nichts weiter. Das schwöre ich."

„Wo waren Sie gestern Nacht, Miss Ashe?", fragte Kent.

„Ich war unpässlich." Die Darstellerin schluckte schwer. „Es war ein langer Tag. Erst die Anreise, dann der Auftritt. Daher ließ ich mir das Abendessen aufs Zimmer bringen."

„Kann das jemand bezeugen?"

„Ich bin *Künstlerin*, Sir, und nicht so ein Flittchen wie Monique de Brouet." Ihre Stimme zitterte vor Empörung. „Im Gegensatz zu ihr empfange ich keinen Besuch in meinen Gemächern."

„Eigentlich meinte ich ein Zimmermädchen oder andere

Bedienstete, die Sie gesehen haben könnten", erklärte Kent geduldig.

„Oh." Ihre Erregung legte sich ein wenig. „Miss Billings hat mir eine Zofe zugeteilt ... Mary, glaube ich. Sie half mir bei der Abendtoilette."

Während der Ermittler sich den Namen notierte, mischte die Herzogin sich ein. „Warum haben Sie Monique eben als Flittchen bezeichnet?"

„Weil sie eines ist ... oder war, besser gesagt." Ashe räusperte sich. „Jeder wusste doch, dass sie zahlreiche Liebhaber hatte."

„Kennen Sie die Identitäten dieser Männer?", fragte Kent.

Eine unsichtbare Hand umklammerte Richards Herz. *Gott, bitte lass sie nicht Wick sagen ...*

„Monique war sehr diskret", gab die Jongleurin widerwillig zu. „Obwohl sie keine Namen nannte, prahlte sie oft mit Schmuckstücken, die sie angeblich von wohlhabenden Bewunderern erhielt. Außerdem tummelten sich ständig irgendwelche Gentlemen in ihrem Ankleideraum."

Kent hielt den Bleistift bereit. „Haben Sie einen von ihnen auf dieser Feier wiedererkannt?"

„Ich habe wirklich Besseres zu tun, als ihren unzähligen Verehrern Beachtung zu schenken", schnaubte Miss Ashe. „Ich weiß nur, dass sie es mit der Tugend nicht so genau nahm."

„Wie sieht es mit Feinden aus?", wollte Richard wissen. „Hatte Madame de Brouet welche?"

„Würde mich nicht wundern, bei ihrem Lebensstil", verkündete die Darstellerin mit einem Anflug von Rechtschaffenheit. „Fragen Sie am besten ihre Bedienstete, Jeanne, wenn Sie mehr wissen wollen. Sie ist der Wachhund, der die schmutzigen Geheimnisse ihrer Herrin hütet."

„Das werden wir", sagte Kent. „Vielen Dank für Ihre Zeit, Miss Ashe."

Nachdem die Jongleurin gegangen war, wandte er sich den anderen zu. „Was denkt ihr?"

„Sie schien die Wahrheit zu sagen", erwiderte Violet.

„Ich kann mit der Zofe, Mary, sprechen, um Miss Ashes Alibi zu überprüfen", bot die Herzogin an.

Kent nickte. „Gute Idee, Emma. Du hast ja ein Händchen für das Befragen der Angestellten."

Ihre Gnaden strahlte vor Stolz, und Strathaven murmelte ihr zu: „Ich begleite dich, Liebling."

„Ich will mich auch nützlich machen", rief Violet.

„Du hast bereits genug getan, Vi", entgegnete Kent streng. „Danke für deine Hilfe mit Miss Ashe. Den Rest schaffen wir allein."

„Aber, *Ambrose* ..."

„Ich bringe Miss Kent zurück zu ihren Gemächern, wenn Sie erlauben", mischte Richard sich ein.

Der Ermittler musterte ihn mit zusammengekniffenen Augen. Im Gegensatz zu weiblichen Reaktionen kannte er sich mit männlicher Kommunikation bestens aus.

Wenn Sie meiner Schwester Schaden zufügen, knüpfe ich Sie auf, sagte Kents zuckender Kiefermuskel.

Meine Absichten sind ehrbarer Natur, bedeutete Richards kaum merkliches Nicken. *Darauf können Sie sich verlassen.*

Nach einem kurzen Schweigen erwiderte der Ermittler schließlich: *„Geradewegs* zu ihren Gemächern, Mylord."

„Vielen Dank, Sir." Er wandte sich an Violet und hielt ihr seinen Arm hin. „Wollen wir, Miss Kent?"

❦ 14 ❧

Violet war bei Weitem kein schüchternes Mauerblümchen, aber während Carlisle sie zu ihrem Zimmer begleitete, brachte sie seltsamerweise keinen Ton heraus. Es gab so viel, was sie in Bezug auf Wickham besprechen sollten, doch ihr Gehirn wollte einfach nicht mitspielen. Vielleicht forderte der Schlafmangel, gepaart mit der Aufregung der vergangenen Stunden, endlich seinen Tribut. Ihr Puls raste, und sie fühlte sich aufgedreht. Ohne dass sie es beabsichtigte, war sie sich seiner Nähe aufs Schärfste gewahr.

Trotz seiner muskulösen Statur bewegte Carlisle sich mit unbestreitbarer Eleganz. Selbstsicher schritt er neben ihr die Treppe empor. Ein verstohlener Blick auf seinen ernsten Mund rief ihr erneut die fordernde Sinnlichkeit seines Kusses ins Bewusstsein. Nervös fuhr sie sich mit der Zunge über die Lippen, während sie seine langen, kräftigen Finger betrachtete. Ein heißer Schock durchfuhr sie.

In der Bibliothek hatte er eine nie gekannte Leidenschaft in ihr erweckt. Seine Küsse und Worte waren so unglaublich erotisch gewesen. Und wie er sie berührt hatte, überall, an und *in* ihrer intimsten Stelle, bis sie vor Wonne zu vergehen drohte und einer schwindelerregenden Ekstase entgegenjagte ... Zweifellos war das die berauschendste Erfahrung ihres bisherigen Lebens gewesen. Besser als jede andere körperliche Ertüchtigung. Besser als Reiten, Klettern und Tanzen *zusammen*.

„Wir müssen reden."

Carlisles Worte rissen sie aus ihren Gedanken. Sein schroffer Tonfall und der entschlossene Ausdruck in seinen Augen beunruhigten sie. Obwohl sie nicht länger leugnen konnte, dass sie sich zu ihm hingezogen fühlte, waren ihre Differenzen noch lange nicht beigelegt. Sie musste an seinen plumpen Antrag sowie die abfälligen Kommentare über ihren Charakter denken.

Noch dazu hatte er Ambrose beigepflichtet, sie aus den Ermittlungen herauszuhalten.

Nichts hat sich geändert. Nur weil er sich mit dir vergnügt hat, bedeutet das nicht, dass er dich mag.

Irgendwie war sie enttäuscht. So sehr sie sich auch einredete, dass ihr seine Meinung piepegal war, stimmte das nicht so ganz. Zu ihrem Missfallen fühlte sie sich dadurch entblößt und verletzlich.

Während sie eine Nische neben dem Treppenabsatz passierten, in der eine griechische Urne stand, versuchte sie, sich naiv zu stellen. „Stimmt, wir müssen uns überlegen, wie wir Wick helfen können ..."

„Es gibt kein *wir* in dieser Angelegenheit. Wickham ist mein Bruder und somit meine Verantwortung, Violet. Ich will dich da nicht mit hineinziehen."

Seine Zurückweisung schmerzte. Seit ihrer Begegnung in der Bibliothek und dem Entdecken von Moniques Leichnam war doch eine zarte Bindung zwischen ihnen entstanden. Kurzweilig hatten sie sogar zusammengearbeitet, und es hatte sich überraschend richtig angefühlt.

Sie schluckte schwer. „Ich stecke doch längst mittendrin. Wick ist mein Freund. Vergiss nicht, dass auch ich sein Geheimnis hüte."

„Wie könnte ich das vergessen? Nichts habe ich in meinem Leben jemals mehr bereut." Während sie auch diesen Schlag in die Magengrube zu verdauen versuchte, fuhr er ungeduldig fort: „Ich meinte jedoch nicht meinen Bruder, sondern uns. Es geht um eine Frage der Ehre."

Bei dem Wort „Ehre" blieb sie nur wenige Meter vor ihrem Schlafgemach wie angewurzelt stehen. Wut kochte in ihr hoch, ein willkommenes Gefühl, das ihr neue Energie verlieh und jegliche Erniedrigung verdrängte.

„Du willst doch nicht schon wieder um meine Hand anhalten, oder?", fragte sie kühl.

Etwas flackerte in seinen Augen auf. Hatte sie etwa ins Schwarze getroffen?

Seine nächsten Worte waren hart wie Stahl. „Findest du den Gedanken an Heirat allgemein unerträglich oder speziell den Gedanken an eine Ehe mit *mir*?"

„Die Vorstellung, zu heiraten, finde ich keineswegs unerträglich."

„Dann liegt es also an mir." Seine Miene verfinsterte sich bedrohlich. „Wenigstens bist du ehrlich. Also hat dir nichts davon etwas bedeutet?"

„Nichts wovon?"

„Die Küsse, die Intimitäten." Seine Augen glühten vor Zorn. „Du bist genau wie all die anderen Frauen. Für dich ist das Ganze nichts weiter als ein Spiel. Du wickelst Männer zum Spaß um den kleinen Finger und lässt sie dann links liegen, sobald du das Interesse verloren hast."

Seine ungerechten Anschuldigungen verschlugen ihr momentan die Sprache.

Dann stemmte sie die Hände in die Hüften. „Ich spiele keine Spielchen!"

„Dir ist wohl entfallen", erwiderte er scharf, „dass wir beide bereits zweimal Spielchen im Dunkeln getrieben haben. Und trotzdem willst du von meinem Antrag nichts wissen."

Nun riss ihr aber endgültig der Geduldsfaden.

„Ja, weil ich keine Lust habe, mich beleidigen zu lassen, du Trottel!“, rief sie aus.

„Beleidigen?“, wiederholte er eisig. „Was sollte daran für *dich* beleidigend sein?“

War dieser Mann wirklich so schwer von Begriff?

„Dein letzter *Antrag* war nichts weiter als eine Belehrung über Pflichten und Verantwortung. Obwohl ich niemals die mustergültige Ehefrau sein könnte, die du dir wünschst – weil ich ja, wie du so charmant angemerkt hast, ein *Fehlgriff* sei –, hast du mir gnädigerweise angeboten, mich trotzdem zu heiraten, entgegen deines gesunden Menschenverstands.“

Einige Augenblicke herrschte Schweigen. Er starrte sie geradezu überrascht an. Seine hohen Wangen röteten sich leicht, und er rieb sich beinahe verlegen den Nacken.

„So war das nicht gemeint“, murmelte er.

„So hat es sich aber angehört. Und mehr als einmal will ich mich dieser Erniedrigung nicht aussetzen. Glaube mir, ich bin mir meiner Fehler durchaus bewusst, es ist nicht nötig, sie mir immer wieder vorzuhalten.“ Plötzlich ging ihr Atem schneller und flacher, und zu ihrem Entsetzen fürchtete sie, gleich in Tränen auszubrechen. „Wenn du mich jetzt bitte entschuldigen würdest“, sagte sie, wobei ihre Sicht zu verschwimmen begann. „Die letzten paar Schritte schaffe ich auch allein.“

„Warte.“ Er griff nach ihrem Arm.

„Lass mich *los*.“ Sie versuchte, sich von ihm zu lösen. Auf keinen Fall wollte sie ihm gestatten, ihre Tränen zu sehen.

„Violet, bitte. Es … es tut mir leid.“

Seine heiseren Worte ließen sie erstarren. Hatte er sich gerade tatsächlich bei ihr entschuldigt?

„Ich wollte dich nicht beleidigen. Es fällt mir einfach schwer, mit … persönlichen Angelegenheiten umzugehen.“ Sein schroffes Geständnis schnürte ihr die Kehle zu. „Im Gegensatz zu meinem Bruder besitze ich weder den Charme noch die Leichtigkeit, mit

Frauen zu sprechen. Manchmal möchte ich etwas sagen, aber es kommt ganz anders an als beabsichtigt. Das ist allein mein Fehler … und spiegelt keineswegs meine Meinung über dich wider."

Sprachlos starrte sie in sein markantes, aufrichtiges Gesicht.

Er ließ ihren Arm los und sah zu Boden, als lägen in dem gemusterten Teppich sämtliche Geheimnisse des Universums verborgen. „Ich habe mich dir gegenüber alles andere als ehrenhaft verhalten und erwarte daher nicht, dass du mir verzeihst. Trotzdem bereue ich nicht, was zwischen uns geschehen ist", schloss er mit rauer Stimme.

Das Herz schlug ihr bis zum Hals. Sie konnte sich der Gefühle, die sie übermannten, nicht erwehren.

„Du weinst ja! Gott, was bin ich doch für ein Bastard." Mit gepeinigtem Blick legte er seine Hände um ihre Wangen und wischte mit den Daumen unbeholfen ihre Tränen weg. „Verdammt, es tut mir so leid …"

Seine Zärtlichkeit war so unerwartet und so … entwaffnend hilflos. Plötzlich fühlte sie sich, als sei ein Damm in ihr gebrochen, und sie schluchzte laut auf. Verzweifelt zog Carlisle sie in seine Arme. Er drückte sie viel zu fest an sich, sodass die Knöpfe seiner Weste sich in ihre Wange gruben, streichelte ihr sanft über den Rücken und flüsterte ihr nichtssagende Beschwichtigungen ins Ohr.

Violet weinte nicht oft, doch wenn sie es tat, glichen ihre Gefühlsausbrüche meist einem heftigen, kurzen Sommergewitter. Kaum waren ihre Tränen versiegt, kam sie sich unglaublich albern vor. Beschämt legte sie die Hände auf seine Brust und löste sich von ihm. Wortlos hielt er ihr ein Taschentuch hin.

Sie unterdrückte ein Schniefen und trocknete sich das Gesicht. „Ich bin keine Heulsuse, falls du das denkst. Keine Ahnung, was plötzlich über mich kam."

„Vermutlich war es der Stress. Du hast in den letzten Stunden viel durchgemacht. Erst das Rendezvous in der Bibliothek, dann die ermordete Frau, und zu guter Letzt auch noch der haarsträubendste Antrag seit Menschengedenken.“

Sein trockener Humor entlockte ihr ein überraschtes Glucksen. Obwohl seine Miene weitgehend stoisch blieb, hoben sich seine Mundwinkel zu einem winzigen, reumütigen Lächeln.

„Seit wann sind Sie denn so verständnisvoll, Lord Carlisle?“, neckte sie ihn.

„Seit mich eine junge Dame verdientermaßen in die Schranken gewiesen hat.“

Er bedachte sie mit einem warmen Blick, und ihr Herz flatterte aufgeregt.

„Geht es dir besser?“, erkundigte er sich.

„Ja“, erwiderte sie schüchtern. „Danke.“

Sanft strich er ihr erneut über die Wange. Die Berührung war beinahe hypnotisierend.

Doch der Klang von Schritten, die sich eilig nährten, zerstörte den Zauber des Moments. Hastig lösten sie sich voneinander, gerade als Miss Turbett um die Ecke bog. Sie hielt den Blick auf den Boden gerichtet und schien in Gedanken versunken zu sein. Um einen Zusammenstoß zu vermeiden, sprach Violet sie an.

„Äh, guten Tag, Miss Turbett.“

Die Angesprochene zuckte zusammen und hob ruckartig den Kopf. „Ach, du meine Güte, haben Sie mich erschreckt! Ich habe Sie gar nicht ...“ Nervös biss sie sich auf die Lippe und knickste verhalten. „Guten Tag.“

Violet und Richard erwiderten den höflichen Gruß. Die junge Frau wirkte noch blasser als sonst ... was schon etwas heißen mochte. Unter ihrer beinahe durchsichtigen Haut zeichneten sich blaue Adern ab, und um ihre Augen lagen violette Schatten.

„Ist alles in Ordnung?“, fragte Vi besorgt.

Miss Turbett blinzelte heftig. „Oh, ja. Es geht mir bestens ...“

„Amelia! Da bist du ja.“ Mr Turbett, ein großer, hagerer Mann, kam auf sie zugeeilt. Während der Feier war Violet aufgefallen, dass er eine äußerst barsche, gebieterische Art an sich hatte, insbesondere seiner Tochter gegenüber.

„Du sollst doch nicht ohne mich durch die Gegend wandern", schalt er diese nun.

Eingeschüchtert zog Miss Turbett die Schultern hoch und flüsterte: „Es tut mir leid, Vater. Ich ... ich habe nur ..."

„Sie hat nur kurz mit uns geplaudert", mischte Violet sich fröhlich ein. „Guten Tag, Sir."

„Turbett", grüßte Carlisle und nickte höflich.

Widerwillig verneigte der Kaufmann sich. „Mylord. Haben Sie Mr Murray gesehen?"

Richards Kiefer verspannte sich. „Mein Bruder treibt sich bestimmt hier irgendwo herum."

Gut aus der Affäre gezogen, dachte Violet.

„Er scheint seine Pflichten nicht ernst zu nehmen", erwiderte Turbett mit zusammengekniffenen Augen. „Ich habe ihn seit gestern Nachmittag nicht mehr zu Gesicht bekommen."

„Vater, bitte ..."

„Sei still, Amelia." Er hob eine Hand, um sie zum Schweigen zu bringen. „Carlisle, wir hatten eine Abmachung. Ich bin nicht zu dieser verflixten Feier erschienen, um Däumchen zu drehen. Und nun gab es auch noch diesen lästigen Unfall in der Bibliothek. Ich wüsste nur zu gerne, wie eine Akrobatin es geschafft hat, so ungeschickt zu stolpern, dass sie dabei das Zeitliche segnete."

Violet und Carlisle wechselten einen flüchtigen Blick. Anscheinend hatte Billings die Nachricht von Moniques Tod mittlerweile verbreitet, ohne jedoch Einzelheiten zu offenbaren.

„Jetzt sitzen wir hier fest, bis die Angelegenheit geregelt ist. Diese Zeit dürfen wir nicht weiter vergeuden. Mr Murray sollte meiner Tochter schleunigst seine Aufwartung machen, sonst können Sie unsere Abmachung vergessen." Turbett verschränkte die Arme vor der Brust. „Er ist nicht der einzige Anwärter."

Seine Tochter gab einen verlegenen Laut von sich. Violet

empfand tiefes Mitleid für sie. Gleichzeitig bemerkte sie das unheilvolle Zucken in Carlisles Kiefermuskel.

Mit offensichtlicher Anstrengung hielt er sich zurück. „Wickham kennt seine Pflichten. Erwarten Sie baldmöglichst einen Besuch von ihm."

„Besser wäre es." Turbett packte seine Tochter am Arm. „Komm, Amelia. Es ist Zeit für unseren Nachmittagsspaziergang."

Die junge Frau wirkte so niedergeschlagen, dass Vi herausplatzte: „Miss Turbett, ich habe mich gefragt, ob Sie vielleicht gerne einmal mit meinen Schwestern und mir Karten spielen möchten?"

Die Angesprochene blinzelte verwirrt. „Oh, das ist zu freundlich von Ihnen ..."

„Meine Tochter hat keine Zeit für alberne Spielchen. Guten Tag." Ohne ein weiteres Wort, zerrte Turbett seinen Zögling mit sich fort.

„Er ist kein sehr angenehmer Zeitgenosse, was?", flüsterte Vi.

„Freundlichkeit ist für ihn nichts als Zeitverschwendung." In Carlisles nüchternem Tonfall lag deutliche Abneigung.

Warum willst du Wick dann dazu zwingen, seine Tochter zu heiraten? Warum muss er das Chaos beseitigen, das du angerichtet hast?

Immer mehr verwirrende Fragen wirbelten ihr durch den Kopf. Gleichzeitig wurde ihr schwindelig. Sie schwankte gefährlich hin und her, bis Carlisle einen Arm um sie legte.

„Du hast die ganze Nacht kein Auge zugetan und musst völlig erschöpft sein." Sanft führte er sie zu ihrem Zimmer. „Zeit für ein Schläfchen."

Sie wollte protestieren, ihm sagen, dass sie kein Kind mehr sei, doch als sie den Mund öffnete, entwich ihr lediglich ein Gähnen. Verflixt, sie war *wirklich* erschöpft. „Wir müssen noch über Wick reden", murmelte sie.

„Das werden wir. Nachdem du dich ausgeruht hast."

„Versprochen?"

Er nickte. „Jetzt aber ab ins Bett."

Sie ließ sich von ihm die Tür aufhalten und war schon halb im Zimmer, bevor sie sich noch einmal zu ihm umdrehte. „Carlisle?"

„Ja?"

„Danke ... dass du so nett zu mir bist."

Der Anflug eines Lächelns huschte ihm über das Gesicht. „Gern geschehen."

Sie lächelte ebenfalls verstohlen und schloss die Tür. Dann stolperte sie zu ihrem Bett hinüber und ließ sich darauf fallen, ohne sich ihrer Kleider zu entledigen. Innerhalb weniger Minuten schlief sie ein ... in Gedanken ganz bei ihm.

$ 15 $

„Violet, Liebes, du musst dich fürs Abendessen zurechtmachen.“

Sie ignorierte die sanfte, vertraute Stimme und hing weiter ihren Träumen nach. In den starken Armen ihres Prinzen ritt sie dem atemberaubenden Sonnenuntergang entgegen. Sie saßen gemeinsam auf einem stattlichen, weißen Pferd, Violet vorne, entspannt und glücklich in ihrer ... Hose?

„Die Ärmste ist ja völlig fertig.“

Auch die zweite Stimme ignorierte sie, und drehte sich zu ihrem Prinzen um. Seine Augen waren so dunkel und rauchig wie Erz. Er neigte den Kopf und presste seine sinnlichen Lippen auf die ihren ...

„Violet macht doch sonst nie Nickerchen. Hoffentlich geht es ihr gut.“

Die Stimmen wurden lauter, die letzten Bilder ihres Traums verflogen. Blinzelnd öffnete sie die Augen und erblickte den rosafarbenen Baldachin über ihrem Bett. Für gewöhnlich hatte sie einen leichten Schlaf und war es daher nicht gewohnt, aus einem tiefen Schlummer gerissen zu werden. Doch dann fiel ihr auf einen Schlag alles wieder ein.

Monique … Wick … *Carlisle.*

Die Belastung der vergangenen Stunden sowie ihr Gefühlsausbruch mussten sie ermüdet haben. Wie lange hatte sie geschlafen? Sie stützte sich auf die Ellbogen und sah jemanden vor ihrem Schrank stehen. Emma … und Thea!

Freudig warf sie die Decke zurück. „Thea, wann bist du denn eingetroffen?"

Ihre zweitälteste Schwester, seit Kurzem die Marquise von Tremont, wandte sich ihr mit einem sanften, strahlenden Lächeln zu. Gerade rechtzeitig öffnete sie die Arme, um Violet aufzufangen.

„Vor einer Stunde." Nach einer innigen Umarmung trat Thea einen Schritt zurück und bedachte Vi mit einem warmen Blick. „Wir haben uns zwar erst vor wenigen Wochen gesehen, aber ich könnte schwören, dass du dich verändert hast."

Sie zuckte unmerklich zusammen. „Ich bin ganz die alte Violet."

„Jetzt, wo du es sagst, Thea, sehe ich es auch." *Verflixt*, nun musterte auch Emma sie eindringlich. „Etwas *ist* anders an dir, Vi. Von dir geht so ein Strahlen aus."

Werde jetzt nur nicht rot!

„Ich habe einfach nur gut geschlafen, sonst nichts." Nervös fuhr sie sich mit den Fingern durch die zerzausten Locken. „Wie war die Reise, Thea?"

„Nicht sehr ereignisreich … im Gegensatz zu hier." Die Schwester schüttelte den Kopf. „Em hat mir bereits alles erzählt. Ich kann es kaum glauben. Die arme Madame Monique. Und wie furchtbar für dich und Lord Carlisle, dass ihr sie so finden musstet."

„Es war wirklich ein Schock", gab Vi zu.

„Wir müssen Violet mit ihrer Garderobe helfen, während wir weiterquatschen", unterbrach Emma sie. „In einer Stunde wird das Dinner serviert."

Ihre beiden Geschwister trugen bereits Abendkleidung.

Emmas kirschrotes Taftkleid passte perfekt zu ihren braunen Locken. Ein Collier aus rosafarbenen Saphiren und schillernden Diamanten zierte ihren Hals. Thea hatte sich für ein himmelblaues Gewand aus Seidenkrepp entschieden, das mit winzigen Saatperlen bestickt war und ihrer ätherischen Schönheit schmeichelte.

Violet kratzte sich am Ohr. „Dann sollte ich mich besser schleunigst fertig machen, was? Neben euch sehe ich ja aus wie unter die Räuber gefallen."

„Sei nicht albern", erwiderte Thea lächelnd. „Wir machen dich in Windeseile salonfähig."

Damals, in Chudleigh Crest, hatten die Kents keine Bediensteten. Alle Arbeiten wurden von ihnen selbst verrichtet, und sie halfen sich stets gegenseitig beim Ankleiden. Während ihre Schwestern nun um sie herumschwirrten, musste Vi an die guten alten Zeiten denken. Seit Em und Thea verheiratet waren, hatte sich viel verändert. Die gemeinsamen Momente wurden seltener und daher kostbarer. Sie spürte, wie ihr die eigene Kindheit entglitt ... verdrängt von neuen Erfahrungen.

Noch vor wenigen Tagen hatte sie sich nichts sehnlicher gewünscht als Freiheit. Zu tun und zu lassen, was sie wollte, ohne von jemandem verurteilt oder gemaßregelt zu werden. Jetzt aber reizte sie noch eine andere Möglichkeit, eine, die Carlisle ihr eröffnet hatte. Er hatte eine schlummernde Sehnsucht in ihr geweckt.

Es war schon beinahe Tradition, dass die Kents sich Hals über Kopf leidenschaftlich verliebten. Und obwohl sie ihre Gefühle für den stoischen Vicomte nicht als Liebe bezeichnen würde, waren sie doch zweifellos leidenschaftlicher Natur. Ihr ganzes Leben lang hatte sie sich für körperliche Ertüchtigung begeistert, weil diese ihr half, klare Gedanken zu fassen und ganz präsent zu sein, sich in ihrer Haut wohlzufühlen. Carlisle hatte dieselbe Wirkung auf sie ... nur noch *viel* intensiver.

Seine Nähe war belebender als jeder Sport. Aber nicht nur in intimen Situationen. Nein, auch die unerwartete Zärtlichkeit hinter seiner schroffen Fassade brachte ihr Herz zum Rasen.

Hatte sie ihn die ganze Zeit über völlig falsch eingeschätzt? Was war mit den Dingen, die Wick ihr erzählt hatte? Welche Sorte Mann würde den eigenen Bruder in eine unglückliche Ehe zwingen, um sein eigenes Versagen auszubaden? Doch gleichzeitig schien der Vicomte sich aufrichtig um Wicks Wohlergehen zu sorgen. Immerhin hielt er Beweismittel zurück, um ihn zu beschützen.

Es gab so viele Widersprüche, die sich nicht miteinander vereinbaren ließen. Offensichtlich fehlten ihr noch zu viele Puzzleteile, um sich ein Gesamtbild machen zu können. Bei der nächstbesten Gelegenheit würde sie versuchen, die ganze Wahrheit in Erfahrung zu bringen.

„Ausatmen", wies Thea sie an.

Vi stieß den Atem aus, während ihre Schwester das Korsett zuschnürte.

„Erzähl mir mehr über Lord Carlisle", sagte Thea. „Es klingt, als hätte sich die Situation zwischen euch verändert."

Verflixt. Ihre Gefühle waren noch so neu und zart, sie wusste nicht, ob sie schon darüber sprechen wollte. „Äh, verändert?"

Jetzt mischte sich auch Emma ein. „Vor dieser Feier konntest du ihn nicht ausstehen ... verständlich, so wie er über dich geredet hat. Aber seit Neuestem wirkt ihr wie die dicksten Freunde. Heute Morgen während der Besprechung schien er sich sehr um dich zu sorgen und dich beschützen zu wollen."

Ems Beobachtung jagte ihr einen wohligen Schauer über den Rücken. Vielleicht hatte sie Carlisle wirklich nicht immer gerecht eingeschätzt. Es tat gut, die Meinung ihrer Schwester zu hören. Sollte sie vielleicht doch noch ein wenig mehr preisgeben?

„Was, wenn er doch gar nicht so übel ist, wie ich dachte?"

„Woher der Sinneswandel?", fragte Emma.

Wegen seiner Küsse ... Weil er so gütig sein kann ... Und weil wir zufällig gerade gemeinsam Beweismittel unterschlagen?

„Wir hatten wohl einfach einen schlechten Start."

Ihre Schwester hob die Brauen. „Das ist alles? Ein einfaches Missverständnis?"

Wenn sie den Rat ihrer Geschwister einholen wollte, musste sie schon etwas präziser werden. Es war Zeit, ihnen die Wahrheit über den Vorfall auf dem Weihnachtsball zu gestehen.

Sie seufzte innerlich. *Zeit, sich dem Erschießungskommando zu stellen.*

„Erinnert ihr euch noch an den Winterball, als Carlisle in den Champagnerbrunnen fiel? Dabei hatte er, äh, gewissermaßen Hilfe ... von mir." Mit angehaltenem Atem wartete sie auf das Donnerwetter.

Thea, die gerade Violets Unterröcke richtete, hielt inne und blickte zu Emma. „Du hattest also doch recht."

Die älteste Schwester grinste selbstzufrieden. „Das war ja auch kein großes Mysterium."

Vi starrte die beiden an. „Ihr *wusstet* die ganze Zeit über, dass ich für Carlisles Sturz verantwortlich war?"

„Nicht zu hundert Prozent", gab Em zu. „Aber ich habe es vermutet."

„Wieso?"

„Seien wir doch mal ehrlich, Liebes, du konntest noch nie gut flunkern oder Ausflüchte erfinden. Was du nach dem Ball zusammengestammelt hast, war mehr als suspekt, und außerdem hattest du deutliche Champagnerspritzer auf dem Kleid", erklärte die Schwester trocken. „Dann hast du den Vicomte auch noch verteidigt, als wir uns über seinen Ausrutscher lustig machten, was eindeutig ein Beweis von Schuldgefühlen war."

„Es war also dermaßen offensichtlich?", murmelte Vi betreten.

„Nur für jemanden, der dich gut kennt." Emma legte den Kopf schief. „Warum hast du uns nicht einfach die Wahrheit erzählt?"

Verlegen starrte Violet auf ihre Füße. „Weil es mir peinlich war. Und ich wollte nicht, dass du mir böse bist, Em."

„Warum sollte ich dir deswegen böse sein?", fragte diese verwundert.

„Na, weil du mich ständig ermahnst, ich solle mich nicht wie ein Wildfang aufführen." Selbstironisch zuckte sie mit den Schultern. „Dass ich, nun, eben weniger *ich* sein soll."

„Das stimmt doch gar nicht. Ich will, dass du genauso bleibst, wie du bist. Aber ich sorge mich einfach ..."

„Ich weiß ja, dass du nur das Beste für mich willst", unterbrach Vi sie schnell. „Nur manchmal kann ich einfach nichts dafür, dass ich so bin, wie ich bin."

„Die *ton* ist kein sehr toleranter Ort. Ich möchte nur nicht, dass du verletzt wirst", erwiderte Emma mit einem Stirnrunzeln. „Aber noch weniger möchte ich, dass du dein wahres Ich verleugnest."

Bei diesen Worten wurde Vi ganz warm ums Herz. „Wirklich?"

„Wirklich. Du bist eine wundervolle, besondere Frau", sagte Em und strich ihr eine Locke hinters Ohr. „Könntest du nicht nur ein *bisschen* vorsichtiger sein?"

Gott, wie sie ihre Schwestern liebte!

„Du hast recht. Ich muss zukünftig wohlüberlegter handeln." Sie holte tief Luft und fuhr dann fort: „Ich *wollte* Carlisle ja gar nicht in den Brunnen schubsen. Mein Temperament ist einfach mit mir durchgegangen, und im nächsten Moment saß er auch schon im schäumenden Champagner. Tagelang habe ich mich deswegen ganz furchtbar gefühlt."

Ihre Schwestern wechselten einen Blick ... und brachen in schallendes Gelächter aus.

„Das ist nicht lustig", protestierte Vi.

„Ich weiß, Liebes", japste Thea, „aber ich kann nicht anders. Stell dir nur mal vor, wie sich der arme Carlisle erst gefühlt haben muss!"

„Bestimmt war sein Stolz verletzt, weil er von einer Frau überwältigt wurde", kicherte Emma.

Jetzt, da ihr die Last von den Schultern gefallen war, musste Violet ebenfalls prusten. „Das wird er schon verkraften. Stolz besitzt er mehr als genug."

„Er ist wirklich ziemlich aufgeblasen, was?", sagte Em.

„Aber er hat auch seine guten Seiten", wandte Vi ein.

„Die da wären?", fragte Thea lauernd.

„Er ist zwar etwas altmodisch, aber auch ehrenhaft."

Noch während sie die Worte aussprach, wurde ihr die Wahrheit dahinter bewusst. Carlisle hatte ihren Ruf geschützt, nachdem sie ihn zum Gespött machte. Nach ihren intimen Begegnungen hatte er um ihre Hand angehalten ... Gut, es war der schlimmste Antrag in der Geschichte der Menschheit gewesen, aber es war doch die Absicht, die letztendlich zählte, oder etwa nicht? Außerdem hatte er seinen Fehler eingesehen und sich bei ihr entschuldigt, als er erkannte, wie sehr seine Worte sie verletzten.

Thea holte Violets Abendkleid aus dem Schrank. „Lady Blackwood zufolge hat ihr Gemahl große Achtung vor dem Vicomte. Er sei ein wahrer Gentleman unter Gentlemen, sagt er. Die Sorte Mann, mit dem man Seite an Seite kämpfen möchte."

Vi erinnerte sich, dass er das Priesterloch vor ihr gefunden hatte. Sie bewunderte seinen wetteifernden Sportgeist, seinen Tatendrang. So irritierend seine Sturheit auch sein mochte, ließ sich nicht leugnen, dass er Willensstärke und Entschlusskraft besaß.

„Er ist schon irgendwie verlässlich. Und ziemlich schlagfertig." Warum waren ihr seine guten Eigenschaften nicht schon früher aufgefallen?

„Oftmals ändert sich der erste Eindruck, je besser man jemanden kennenlernt", sagte Thea, als könnte sie Violets Gedanken lesen. „Vermeintlicher Stolz ist in Wahrheit vielleicht einfach nur Schüchternheit. Eine Art Unbehagen in fremder Gesellschaft. Davon kann ich ein Lied singen, mit Tremont war es anfangs ganz genauso."

„Aber du hast ihn schnell aus der Reserve gelockt", erwiderte Em augenzwinkernd.

Thea wurde knallrot.

Emma richtete einen der luftigen Ärmel an Vis Kleid. „Du entwickelst doch nicht etwa Gefühle für den Vicomte, Liebes?"

Natürlich traf die älteste Schwester wie gewöhnlich den Nagel auf den Kopf. Früher wäre Violet der Frage sofort ausgewichen. Es fiel ihr zwar immer noch schwer, offen über ihre Emotionen zu sprechen, aber sie wollte weiterhin ehrlich bleiben.

„Keine Ahnung", sagte sie. „Wie konntet *ihr* euch eurer Gefühle sicher sein?"

„Ich fand Tremont vom ersten Augenblick an anziehend. Er war so unglaublich attraktiv. Jedes Mal, wenn ich ihn sah, kribbelte mein ganzer Körper", seufzte Thea verträumt.

In Gedanken machte Vi sich Notizen.

Kribbeln. Stimmt!

„War es bei dir ebenso, Em?", fragte sie.

„Ja, obwohl ich auch das überwältigende Verlangen verspürte, Strathaven zu erdrosseln. Seine Gnaden war ohne Zweifel der frustrierendste Mann, den ich je kennenlernte." Die älteste Schwester lächelte verstohlen, während sie Violets Kleid am Rücken zuknöpfte. „Das ist er immer noch."

Frustrierend. Stimmt auch!

„Ich weiß genau, was du meinst", bekräftigte sie. „Manchmal scheinen Carlisle und ich das Schlimmste im jeweils anderen hervorzubringen."

„Inwiefern?", fragte Emma.

„Er neigt dazu, sich gebieterisch und konservativ zu verhalten. Ich hingegen bin ... na ja, *ich* eben. Nicht gerade eine gewöhnliche Frau."

„Daran ist nun mal nichts zu ändern. Zum Glück wird Normalität überbewertet." Em zupfte Violets Röcke zurecht. „Frag nur mal unsere Ehemänner. Die scheren sich keinen Deut darum."

„Tremont findet mich ganz normal", warf Thea ein.

Die älteste Schwester hob eine Braue. „Obwohl du die Pläne eines gefährlichen Spions durchkreuzt hast?"

„Zumindest kann ich als normal *durchgehen*", erwiderte Thea mit einem schüchternen Lächeln. „Wenn die Umstände es verlangen."

„Die *Hauptsache* ist doch, dass man in einer Beziehung ganz man selbst sein kann. Wer sollte man auch sonst sein?" Emma trat einen Schritt zurück und betrachtete ihr Werk. „Ich glaube, du bist fertig, meine Liebe. Wirf doch mal einen Blick in den Spiegel."

Gehorsam stellte Violet sich vor den langen, ovalen Standspiegel ... und strahlte, als sie ihr Abbild erblickte. Sie liebte dieses safrangelbe Gewand, um das sich mehrere Lagen goldschimmernder Gaze hüllten. Wenn sie sich bewegte, funkelte das Kleid hypnotisierend. Die Krönung bildeten jedoch winzige, goldene Blüten, mit denen die vollen Röcke bis hinunter zum Saum bestickt waren.

Bewundernd drehte und wendete sie sich. „Dieses Kleid ist einfach *unglaublich*."

Hinter ihr tauchten die lächelnden Gesichter ihrer Schwestern auf.

„Wie bezaubernd du aussiehst. Es steht dir wirklich ausgezeichnet", sagte Thea.

„Mit dem richtigen Kleid ist es doch wie mit dem richtigen Mann. Am Ende muss es einfach passen", sinnierte Emma. „Egal, ob er das Beste in einem hervorbringt oder nicht. In seiner Gegenwart sollte man sich gut und selbstbewusst fühlen."

Die Erinnerung an Carlisles warme Lippen und seine besitzergreifenden Berührungen brachte Violets Blut in Wallung. Ihre intimen Momente mit ihm waren unvergleichlich gewesen. Aber *diese* Information würde sie vorerst vor ihren Schwestern geheim halten.

Trotz der geteilten Leidenschaft war sie sich noch immer nicht sicher, ob der Vicomte und sie wirklich zueinander passten. Ihre Beziehung war so lebendig und gleichzeitig so zerbrechlich wie ein wunderschönes Kleid, das jeden Moment reißen konnte. Langsam erkannte sie seine guten Eigenschaften ... aber sah er auch ihre? Genau genommen wusste sie immer noch nicht, ob er sie überhaupt *mochte*.

Sie schluckte schwer. „Glaubt ihr, dass Carlisle und ich trotz unserer turbulenten Anfänge lernen könnten, das Beste im jeweils anderen hervorzubringen?"

„Konflikt ebnet oft erst den Weg für romantische Gefühle", sagte Thea in philosophischem Tonfall. „Weißt du noch, wie Emma und Seine Gnaden miteinander umgingen, als sie sich kennenlernten?"

„So sind wir immer noch", warf diese fröhlich ein. „Aber mittlerweile haben wir gelernt, Kompromisse einzugehen. Darin liegt der Schlüssel zum Erfolg."

Kompromisse. Gut, sie würde es versuchen. Plötzlich kam ihr noch ein anderer Gedanke.

„Em, darf ich dich um einen Gefallen bitten?"

„Um was geht es denn?"

„Würdest du Ambrose überreden, mich an den Ermittlungen teilhaben zu lassen? Ich verspreche, dass ich die ganze Zeit über deiner Aufsicht unterstehen werde. Bitte, Em", flehte sie. „Ich *weiß*, dass ich helfen kann, und ich will unbedingt dabei sein."

Die Schwester musterte sie eindringlich. „Ist dir das wirklich so wichtig, Vi?"

„Weißt du nicht mehr, wie niedergeschlagen du warst, als dir verboten wurde, Strathaven zu helfen?"

Während der Mordermittlung, die Emma und Seine Gnaden zusammengeführt hatte, musste die Schwester kämpfen, um dem Geschehen beiwohnen zu dürfen. Und darum, ernst genommen zu werden ... so wie Violet in dieser Angelegenheit.

„Ich kann mich nur zu gut daran erinnern." Em nickte

entschlossen. „Gut, ich werde mit Ambrose reden, aber ohne Garantie."

„Vielen Dank!", rief sie und umarmte ihre älteste Schwester stürmisch. „Du wirst es nicht bereuen!"

Seufzend erwiderte diese die Umarmung. „Das hoffe ich."

❧ 16 ❧

Nach dem Abendessen begab Richard sich mit Blackwood in den Ballsaal. Die verspiegelten Wände ließen den Raum noch viel größer erscheinen als er tatsächlich war und verstärkten den beeindruckenden Effekt des rosafarbenen Marmorbodens und der funkelnden Kristallleuchter. Die Nacht war überraschend mild, und die Balkontüren, die eine Seite der Tanzfläche säumten, standen offen, um die laue Brise hereinzulassen, in der sich sanft die dunkelblauen Vorhänge bauschten.

Eines musste man Billings wirklich lassen: Er wusste mit brisanten Situationen umzugehen. Wie prophezeit, schienen die übrigen Gäste bemerkenswert gleichgültig, was den Tod von Madame Monique anging. Die wilderen Gesellen unter ihnen amüsierten sich weiterhin, als wäre nichts geschehen, während die Mitglieder des Adels eifrig über die wahre Ursache des „Unfalls" spekulierten. Doch niemand wirkte erschüttert über die Tatsache, dass eine tote Frau in der Bibliothek aufgefunden worden war.

„Man sollte sich die gute Laune nicht von einer Lappalie wie dem Tod verderben lassen", kommentierte Blackwood trocken und sprach somit Richards eigene Gedanken aus. „Wären meine

Söhne jetzt hier, würden sie sich die Augen ausheulen. Sie lieben das Astley's, und Madame Monique war eine ihrer Lieblingsakrobatinnen. Gott hab sie selig. Wie geht es eigentlich dir, alter Junge? Es war bestimmt nicht angenehm, sie zu finden."

Obwohl Kent angeordnet hatte, den übrigen Anwesenden Details des Falls vorzuenthalten, machten sie für enge Freunde wie die Blackwoods eine Ausnahme.

„Mir geht es gut." Als er sah, wie Violet den Raum betrat, straffte er die Schultern. Bei Gott, ihre Schönheit raubte ihm den Atem. Eine mittlerweile vertraute Sehnsucht erfasste ihn. Während des Dinners hatten sie diesmal nicht am selben Tisch gesessen, und er hatte ihre Gesellschaft vermisst. „Ich mache mir eher Sorgen um Miss Kent."

„Also hast du endlich deine Meinung über sie geändert?"

Richard errötete. Noch vor wenigen Monaten hatte er sich bei seinem Freund über Violet ausgelassen, und seine verhängnisvollen Worte waren von irgendwelchen Klatschmäulern aufgeschnappt worden und hatten sich in Windeseile verbreitet. Er schämte sich seiner eigenen Gedankenlosigkeit und wünschte sich sehnlichst, er könnte die unschönen Bemerkungen zurücknehmen.

„Ich lag falsch", gab er zu. „Eigentlich ist sie das genaue Gegenteil von dem, was ich dachte."

„Ach, daher weht also der Wind?" Blackwood hob die Brauen.

„Ich muss sie nur dazu bringen, meinen Antrag anzunehmen."

Im Moment zweifelte Richard stark an seinen Erfolgsaussichten. Den ganzen Nachmittag über hatte er im Haus und dem benachbarten Dorf nach Wickham gesucht, doch dieser blieb verschwunden. Um vor lauter Sorge und Frustration nicht verrückt zu werden, war er anschließend ausgeritten.

Während er auf Äolus' Rücken über die grünen Hügel des Anwesens galoppierte, ließ er in Gedanken seine Begegnungen mit Violet Revue passieren. Er hatte sich ihr gegenüber wirklich nicht vorbildlich verhalten. Eigentlich hatte er ihr nichts als Vorhaltungen gemacht und sie grundlos beschuldigt. Heftige Selbstvorwürfe plagten ihn. Sie verdiente so viel mehr als seine unbeholfen zusammengestotterte Entschuldigung.

Als er an ihre Tränen dachte und wie sehr sie darauf beharrte, keine Heulsuse zu sein, zog sich seine Brust schmerzhaft zusammen. Sie war eine temperamentvolle junge Frau, die ihr Herz nicht, wie ursprünglich angenommen, auf der Zunge trug. Hinter ihrer sorglosen Fassade verbargen sich tiefe Gefühle und Einfühlungsvermögen.

Während er nun missmutig beobachtete, wie Parnell, Goggs und andere Gentlemen sich um sie scharten, erkannte er, wie falsch er tatsächlich gelegen hatte. Sie flirtete nicht mit ihnen. Jetzt, da er nicht länger von seiner Voreingenommenheit geblendet war, sah er, dass sie keine der üblichen Allüren zur Schau stellte. Weder zwinkerte sie verführerisch noch lachte sie kokett oder spielte mit ihrem Fächer. Stattdessen behandelte sie die Wüstlinge genauso, wie sie Wick behandelte ... auf eine freundschaftliche, lockere Art. Teufel noch eins, gerade hatte sie Goggs spielerisch gegen den Arm *geboxt*.

Diese Kerle waren einfach nur ihre Freunde, was sie ihm ja von Anfang an klarzumachen versucht hatte.

Obwohl diese Tatsache ihn erleichterte, schürte sie auch seinen besitzergreifenden Instinkt. Er wollte nicht, dass sie mit anderen Männern verkehrte, auch wenn diese nur mit ihr befreundet waren. Er wollte sie ganz für sich allein haben. Sie sollte nur ihm gehören. Aber um das zu erreichen, musste er sie davon überzeugen, ihn zu heiraten. Wie er das anstellen sollte, wusste er jedoch nicht. Bislang hatten sämtliche Versuche, eine Frau zu umwerben, katastrophal geendet, und sein bisheriger Rapport mit Violet war ebenfalls alles andere als glänzend.

„Von hier aus angelst du sie dir sicher nicht", sagte Blackwood, der aussah, als müsse er ein Grinsen unterdrücken ... der Bastard. „Geh hinüber und sprich mit ihr."

Ein ungewohntes Gefühl von Panik überkam ihn. „Was, äh, soll ich denn sagen?"

Die einzigen Gesprächsthemen, die ihm einfielen, waren Mord, Intrigen und sein verschwundener Bruder ... keine passenden Aufhänger, um eine romantische Stimmung zu erzeugen.

Jetzt grinste Blackwood über das ganze Gesicht. „Sprich über das Wetter. Die schöne Musik. Wie bezaubernd du ihr Kleid findest."

„*Wessen* Kleid ist bezaubernd?", fragte Lady Blackwood, die sich soeben zu ihnen gesellt hatte.

Ihr Gemahl zog sie an sich und küsste sie sanft auf die Stirn. „Das von Miss Kent."

„Ah." Sie bedachte ihren Marquis mit einem wissenden Blick. „Also hatte ich recht?"

„Wie immer, meine Liebste."

„Das ist also dein wertvoller Rat ... Ich soll über ihr Kleid reden?", murmelte Richard.

„So wie ich Violet kenne, würde sie einen Tanz oberflächlicher Konversation vorziehen", sagte Lady Blackwood mit einem Lächeln. „Und sollte sich doch ein Gespräch ergeben, dann erwähnen Sie besser sportliche Aktivitäten statt belanglosem Firlefanz."

„Sport?" *Das* wiederum klang vielversprechend. Mit dieser Thematik kannte er sich aus, allerdings konnte er sich nicht erinnern, je eine Dame getroffen zu haben, die sein Interesse daran geteilt hätte. Neugierig fragte er: „Welche Sportarten gefallen Miss Kent denn?"

„Kommen Sie schon, Carlisle, Violet ist doch keine völlig Fremde", ermahnte die Marquise ihn sanft. „Seien Sie einfach Sie selbst und gehen Sie hinüber zu ihr."

Offensichtlich hatte sie keine Ahnung, wie desaströs es für ihn sein konnte, er selbst zu sein. Aber was sollte er sonst tun? Also gut, er würde eben sein Bestes geben müssen.

Während er sich einen Weg durch die Menge bahnte, redete er sich ein, dass Lady Blackwood recht hatte. Violet war keine dahergelaufene Fremde. Er hatte sie geküsst, sie in seinen Armen gehalten, während er sie zum Höhepunkt brachte. Aber genau darin lag ja das Problem: Was das Körperliche anging, hatte er keine Probleme mit Frauen. Dafür waren sie ihm in allen anderen Lebenslagen ein Rätsel. Er wusste nicht, was sie wollten, womit er sie zufriedenstellen konnte.

Plötzlich kam eine seit Langem unterdrückte Erinnerung in ihm hoch. Das Schlafgemach seiner Mutter, aus der Sicht seines dreizehnjährigen Ichs. Er war gerade aus Eton zurückgekehrt, um seine Eltern zu besuchen, und während er über das Anwesen spazierte, hatte er ein Narzissenfeld entdeckt. Die Schönheit der Blumen erinnerte ihn an seine Mutter, also hatte er ihr einen Strauß gepflückt, in der Hoffnung, ihr eine Freude zu machen. Die herabhängenden Blümchen in der schmutzigen Hand haltend, lief er aufgeregt zu ihrem Zimmer.

Sie saß an ihrem Frisiertisch und nahm das Geschenk mit spitzen Fingern entgegen. Ihr Gesicht strahlte dieselbe Kälte und Anmut aus wie die Diamanten, die an ihren Ohren und um ihren Hals funkelten. *Wie ... originell*, hatte sie in ihrem kultivierten Tonfall gesagt. *Sind deine Hände etwa schmutzig? Geh und säubere dich*. Damit hatte sie sich wieder ihrem Spiegel zugewandt.

Nur wenige Stunden später hatte er die Narzissen wiedergesehen. Sie lagen verwelkt auf einem Tablett, das eines der Dienstmädchen aus dem Zimmer seiner Mutter trug.

Missmutig schob er die Erinnerung beiseite. Warum dachte er ausgerechnet jetzt an etwas derart Törichtes? Violet hatte nicht das Geringste mit seiner Mutter gemein. Verdammt, sie war anders als alle Frauen, denen er je begegnet war.

Ihre Einzigartigkeit ließ ihn realisieren, dass er vielleicht sämtliche seiner Vorurteile beiseiteschieben sollte. Bisher hatten ihn seine Annahmen, was das weibliche Geschlecht betraf, nicht sonderlich weit gebracht. Wäre es stattdessen nicht klüger herauszufinden, was *Violet* wollte ... und diese Kenntnis zu nutzen, um sie für sich zu gewinnen?

Mit diesem Plan steuerte er entschlossen auf sie zu, wobei er andere Möchtegernverehrer beiseiteschob wie lästiges Ungeziefer. Vor ihr und ihrer Schwester angekommen, verneigte er sich.

„Eure Gnaden. Miss Kent."

„Guten Abend, Lord Carlisle." Die Begrüßung der Herzogin fiel weitaus freundlicher aus als erwartet. „Genießen Sie den Ball?"

„Ja, vielen Dank", erwiderte er, bevor er sich räusperte und, an Violet gewandt, fortfuhr: „Ihr Kleid ist bezaubernd."

Sie legte den Kopf schief und sah ihn ein wenig verwundert an. „Gefällt es Ihnen, Mylord?"

„In der Tat. Es ist äußerst ... gelb." Verflucht, er klang wie ein Narr.

„Ich glaube, die korrekte Bezeichnung dafür lautet Safran, Mylord."

Ihre goldbraunen Augen funkelten verschmitzt.

„Machen Sie sich etwa über mich lustig, Miss Kent?", erwiderte er langsam.

„Vielleicht ein wenig?"

„Dann steht es mir doch sicher zu, als Wiedergutmachung einen Tanz zu fordern", hörte er sich selbst sagen. „Mit Ihrer Zustimmung, Euer Gnaden?"

Die Herzogin lächelte. „Nur zu. Ich glaube, als Nächstes wird ein Walzer gespielt."

Und so war es zu seinem Glück auch.

Er bot Violet seinen Arm an. Ihre behandschuhten Finger waren so schlank und zierlich und passten perfekt in seine Armbeuge. Voller Stolz, als hätte er soeben eine ungeheure Heldentat vollbracht, geleitete er sie zur Tanzfläche. Vielleicht lag ihm das Brautwerben ja doch mehr, als er sich zugetraut hatte.

„Warum lächelst du so seltsam?", fragte Violet leise, nachdem sie außer Hörweite waren.

„Nur so. Ich, äh, fühle mich geehrt, dass du meinem Ersuchen nachgekommen bist."

„Oh." Sie senkte den Blick. „Es war sehr, ähm, nett von dir zu fragen."

Errötete sie etwa? Die Erkenntnis ermutigte ihn. „Das wollte ich schon so lange tun."

Sie rümpfte die Nase. „Von wegen. Noch vor ein paar Tagen konntest du doch kaum meinen Anblick ertragen."

„Das stimmt nicht." Er führte sie auf die überfüllte Tanzfläche, so weit entfernt von den anderen Paaren wie möglich. „Selbst wenn du mich zur Weißglut getrieben hast, hat dein Anblick mich erfreut."

Jetzt glühten ihre Wangen regelrecht. Da seine Direktheit ihr so gut zu gefallen schien, hatte er womöglich doch eine Chance. Seine Zuversicht wuchs mit jeder Sekunde.

„Ähm, ich habe Wick immer noch nicht zu Gesicht bekommen", sagte sie. „Du vielleicht?"

Richard hatte die letzten achtzehn Stunden damit zugebracht, halb ohnmächtig vor Sorge nach seinem Bruder zu suchen. Plötzlich überkam ihn der unbändige Wunsch, nur ein paar Minuten für sich zu haben. Einen einzigen sorglosen Tanz zu genießen. War das denn zu viel verlangt?

Die nächsten Worte, die aus seinem Mund kamen, überraschten selbst ihn. „Wick kann warten."

Er legte eine Hand an ihre Hüfte und spürte ihre auf seiner Schulter. Ihre freien Hände umschlossen einander. Obwohl sie bereits viel intimer gewesen waren, erfüllte ihn die Berührung mit knisternder Erwartung.

Ihr Zittern verriet ihm, dass es ihr genauso erging.

„Genießen wir einfach den Moment, ja?", flüsterte er.

Dann zog er sie an sich und drehte sich mit ihr zu den Klängen der Musik.

Mit Carlisle zu tanzen, war eine regelrechte Offenbarung.

Bisher war Wick ihr bevorzugter Tanzpartner gewesen, da er sich nicht scheute, sie in ausladenden Drehungen herumzuwirbeln. Sein wilder Tanzstil hatte ihr gefallen, weil sie nie wusste, ob sie im nächsten Moment mit jemandem zusammenstoßen würden. Die Gefahr machte den Anreiz aus.

Aber nun entdeckte sie einen noch viel größeren Nervenkitzel.

Carlisle drehte sie mit einer selbstsicheren Stärke, die ihr ein atemloses Lachen entlockte. Er besaß die Anmut eines geborenen Athleten und führte sie so leichtfüßig, als hätten sie schon hunderte Male zusammen getanzt. Gemeinsam flogen sie zum Takt der Melodie über die Tanzfläche, schneller und schneller, und ihr Herz raste, während sein stürmischer Blick sie gefangen hielt.

„Amüsierst du dich?", fragte er.

„Du bist ein hervorragender Tänzer."

„Überrascht dich das?"

„Ein wenig? Nicht, weil ich annahm, du hättest zwei linke Füße", beeilte sie sich zu sagen, „sondern weil ich dich noch nie habe tanzen sehen. Ich dachte, du fändest es vielleicht albern."

„Selbst wir Langweiler erfreuen uns hin und wieder an einem guten Tanz. Außerdem solltest du doch mittlerweile wissen, dass ich sämtliche Arten von körperlicher Aktivität genieße ... vor allem, wenn wir beide involviert sind."

Seine sinnlichen Worte ließen sie dahinschmelzen. Unter ihrem Mieder verhärteten sich ihre Brustwarzen. Verflixt, sie hatte schon seine mürrische, unnahbare Art anziehend gefunden, aber jetzt, da er mit ihr *flirtete*, war er geradezu unwiderstehlich.

Sie vergaß die Welt um sich herum. In diesem Moment gab es nur noch sie und Carlisle. Noch nie zuvor hatte sie sich in ihrer Haut so wohl gefühlt wie jetzt, an seiner Seite. Gebannt vom

Rhythmus der Musik und der rauchigen Intensität seiner Augen, überkam sie eine plötzliche Eingebung: Die Freude, die sie erfüllte, kam nicht durch den Nervenkitzel des Ungewissen, sondern davon, dass sie ihm *vertraute*.

Wickhams wilde Schritte konnten mit der perfekten Führung seines Bruders nicht mithalten. Carlisle war so beständig und selbstsicher. Er würde sie nie stolpern oder mit jemandem zusammenstoßen lassen. Seine Stärke war ihrer ebenbürtig, und deswegen fiel es ihr leicht, ihm die Kontrolle zu überlassen. Sich der Schönheit des Moments hinzugeben, erlaubte ihr, einen inneren Widerstand zu überwinden. In seinen Armen genoss sie den aufregendsten Tanz ihres Lebens.

Sie wünschte nur, er würde niemals enden.

Doch bald schon verlangsamte sich das Tempo der Musik, und Carlisle zog sie in eine letzte, schwindelerregende Drehung. Sobald sie aus ihrer Benommenheit erwachte, bemerkte sie, dass er sie auf einen der Balkone gebracht hatte.

„Wie sind wir denn hier gelandet?", fragte sie atemlos.

„Ich wollte einen Moment lang mit dir allein sein. Wenn das für dich in Ordnung ist?"

Sie nickte, da auch sie sich ein wenig Privatsphäre wünschte, bevor ihre Schwester sie aufspürte. Als sie die Arme auf der Brüstung abstützte, tat er es ihr gleich. Seite an Seite standen sie nebeneinander und genossen die Stille. Sterne funkelten wie Diamanten am samtschwarzen Himmel und kleine Lichter blinkten aus den Fenstern der umliegenden Gebäude. Die Schönheit dieser mondhellen Nacht erfüllte sie mit Bewunderung ... und Beklemmung.

Monique würde einen solchen Anblick nie wieder genießen können.

Er warf ihr einen Blick zu. „Geht es dir besser?"

„Ja, ich habe den ganzen Nachmittag über geschlafen." Sie räusperte sich. „Und du?"

„Ich habe mit Wicks Kumpanen gesprochen. Da sie ihn seit

der Vorführung gestern Nachmittag nicht mehr gesehen haben, suchte ich das Dorf nach ihm ab."

„Mit Erfolg?"

Er schüttelte den Kopf. Um seinen Mund lagen tiefe Sorgenfalten. „Ich hätte nie gedacht, dass er so lange untertaucht. Wohin könnte er sonst gegangen sein?"

Seine Worte beunruhigten sie. Auch sie wunderte sich über Wicks Verbleib. Nach kurzem Zögern brachte sie einen Gedanken zur Sprache, der sich nicht ignorieren ließ.

„Glaubst du, er war irgendwie daran beteiligt? An Moniques Tod?", flüsterte sie.

Unheilvolle Stille legte sich über sie, nur unterbrochen von der unpassend heiteren Orchestermusik.

Carlisle umklammerte mit seinen großen Händen die Steinbrüstung. „Wick würde niemals jemanden verletzten ... zumindest nicht wissentlich."

Sie schluckte schwer. Dasselbe hatte sie auch gedacht. „Aber was, wenn er und Monique zusammen waren und ... ein Unfall geschah? Und er aus Angst davongelaufen ist?"

Im Mondlicht war der Schmerz in seinen Augen unverkennbar.

„Ich würde meine Seele verkaufen, um diese Möglichkeit auszuschließen", erwiderte er mit heiserer Stimme.

Er wirkte so hoffnungslos, so verzagt, dass sie ihm tröstend eine Hand an die Wange legte. Sie spürte die rauen Stoppeln seines Bartschattens unter ihren Fingern.

„Du bist ein guter Mann, Carlisle", sagte sie. „Ein fürsorglicher Bruder."

„Ich habe Wick im Stich gelassen. Am Sterbebett trug mein Vater mir auf, mich um das Anwesen und die Familie zu kümmern, aber ich habe versagt."

Also stimmte es, was Wick ihr erzählt hatte ... Carlisle hatte das Familienvermögen verloren. Der Begegnung mit Turbett nach zu urteilen, wollte er seinen jüngeren Bruder tatsächlich mit dessen Tochter vermählen. Auch dieser Teil hinsichtlich der erzwungenen Ehe entsprach der Wahrheit.

Als sie jedoch die Selbstvorwürfe in seinem Blick sah, brachte sie es nicht übers Herz, ihn deswegen zur Rede zu stellen. Offensichtlich bereute er sein Verhalten. Außerdem wurde ihr zunehmend bewusst, wie erdrückend die Last seiner Pflichten war. Man hatte ihm die Verantwortung für alles und jeden übertragen, und nun stemmte er wie ein einsamer Titan das Gewicht seiner gesamten Familie.

„Niemand ist vollkommen", sagte sie leise.

„Sollte Wick etwas zustoßen, bräche es unserer Mutter das Herz. Er war schon immer ihr Liebling. Sie sähe es als mein persönliches Versagen an, wenn ich es nicht schaffe, ihn zu beschützen."

„Das wäre äußerst ungerecht", protestierte sie. „Wer hat dich denn zum König der Welt ernannt?"

„Wie bitte?"

„Zum König der Welt", wiederholte sie. „Du weißt schon, jemand, der glaubt, über alles und jeden zu herrschen. Der für alles die Verantwortung übernimmt ... obwohl es gar nicht seine Aufgabe ist."

Verwirrt blinzelnd starrte er sie an. Immerhin hatte sie es geschafft, ihn von seinen Selbstvorwürfen abzulenken. Um zu verhindern, dass er erneut in düstere Grübeleien verfiel, fügte sie hinzu: „Ich hatte mir noch einige andere Spitznamen für dich ausgedacht."

„Ach, tatsächlich?"

„Ja, allerdings nur im Stillen. Nun, vielleicht erwähnte ich sie ein paar Mal meiner Schwester Polly gegenüber", gestand sie ihm. „Wenn ich so richtig wütend war."

„Jetzt bin ich mir nicht mehr sicher, ob ich sie hören will." Mit unverhohlener Neugier fügte er hinzu: „Aber nur zu, verrate sie mir."

„Mein Favorit war ‚Vicomte Spielverderber', dicht gefolgt von

‚Lord Hochnäsigkeit in Person' oder alternativ auch ‚Lord von und zu Wichtigtuer'", erklärte sie freimütig. „Und dann gab es natürlich noch den altbewährten Klassiker."

Seine Lippen zuckten. „Der da wäre?"

„Aufgeblasener Schnösel."

Er legte den Kopf in den Nacken und lachte laut auf.

Der tiefe, kehlige Klang jagte ihr einen wohligen Schauer über den Rücken.

„Also ist ‚tyrannischer Troglodyt' nicht dabei?", fragte er mit einem Funkeln in den Augen.

„Was für ein hervorragender Einfall", erwiderte sie grinsend. „Das kommt sofort noch auf die Liste."

„Mit dir zusammen zu sein, ist Balsam für meine Seele, Violet", sagte er plötzlich mit einem Anflug von Verwunderung.

Etwas Ähnliches hatte er ihr schon einmal gesagt. Ihr Herz machte einen Satz. Noch nie zuvor hatte sie das Gefühl gehabt, dass jemand sie ... brauchte. Ihr Puls raste, und ein lustvolles Verlangen in ihr vermischte sich mit etwas Tieferem, Bedeutsamerem.

Ihre Blicke trafen sich. Langsam neigte er den Kopf zu ihr hinunter, doch bevor seine Lippen die ihren berühren konnten, nahm sie eine Bewegung aus dem Augenwinkel wahr. Ruckartig wandte sie den Kopf von ihm ab, um einen besseren Blick zu erhaschen. Ein Licht bewegte sich unten im Innenhof ... Ein Mann, der eine Laterne hielt.

„Äh, Violet?"

„Wick", hauchte sie.

„Wie hast du mich gerade genannt?", knurrte Carlisle missmutig.

„Nein, ich meine, da unten ist Wick!"

Er wirbelte herum und spähte ebenfalls über die Brüstung. Erleichtert stellte sie fest, dass es tatsächlich der verschollene Bruder war. In dem Versuch, unauffällig zu wirken, schlich er den

Gehweg entlang und betrat wenige Augenblicke später das Amphitheater.

„Was tut er da?", wunderte sie sich.

Carlisles Augen glühten vor Wut. „Keine Ahnung, aber ich werde es gleich herausfinden."

17

ENERGISCH STIESS RICHARD DIE TÜR ZUM AMPHITHEATER AUF. Er war allein. Violet war von ihrer Schwester aufgehalten worden, worüber er, ehrlich gesagt, froh war. Er wollte sie nicht dabeihaben, wenn er sich seinen Bruder vorknöpfte … Eigentlich hätte er sie am liebsten komplett aus dieser Angelegenheit herausgehalten, aber aufgrund ihrer Loyalität Wick gegenüber war sie in den Schlamassel hineingezogen worden.

Wickham schuldete ihm einige Erklärungen, und Richard würde die Antworten schon aus ihm herausbekommen, auf die eine oder andere Weise.

Trotz der schlechten Lichtverhältnisse entdeckte er seinen Bruder sofort. Dieser saß mitten auf der Bühne, mit dem Rücken gegen etwas lehnend, das wie ein massiver Eichenschrank aussah. Seine Kleidung war zerknittert, als hätte er darin geschlafen, und er schien sein Krawattentuch verloren zu haben. Die obersten Knöpfe seines Hemds waren geöffnet. Mit leerem Blick starrte er vor sich hin, während er sich einen silbernen Flachmann an die Lippen führte.

„Wo zum Teufel hast du gesteckt?", knurrte Richard.

Ruckartig hob Wick den Kopf. Mit trüben Augen versuchte

er, sich auf seinen Bruder zu fokussieren. „Oh, du bist es, Carlisle."

„Allerdings, und ich habe überall nach dir gesucht." Eilig erklomm er die Stufen zur Bühne, wo er sich vor Wickham aufbaute. „Also, wo zum Teufel warst du?"

„Auf der Straße ins Verderben, alter Knabe."

Als er den lallenden Tonfall seines jüngeren Bruders wahrnahm, entriss er ihm den Flachmann.

„Gib das zurück", protestierte Wick. „Das gehört mir."

„Du hattest bereits mehr als genug. Wir müssen uns dringend unterhalten, Freundchen. Wo warst du gestern Nacht?"

„Was geht dich das an?", gab er angriffslustig zurück. „Ich bin sechsundzwanzig, verdammt. Hör gefälligst auf, mich wie ein unmündiges Kind zu behandeln."

Dann verhalte dich verflucht noch mal nicht wie eines. Nur mit Mühe konnte Richard die Ruhe bewahren. „Jetzt hör mir mal gut zu. Gestern Nacht ist etwas Schlimmes geschehen. Weißt du, wovon ich spreche?"

„Schlimm ... ja. Wirklich schlimm", hickste Wick. „Ich w-war ein schlimmer Junge."

Eine eisige Faust schloss sich um Richards Herz. „Was meinst du damit?"

Mit gekrümmtem Finger bedeutete sein Bruder ihm, näherzukommen.

Er bekam eine Gänsehaut, ging jedoch neben Wick in die Hocke, um auf Augenhöhe mit ihm zu sprechen.

„Bin eingebrochen", flüsterte dieser ihm verschwörerisch zu.

„Wo?" *O Gott, bitte sag jetzt nicht, in die Bibliothek ...*

„In die Hütte des Holzfällers. Oder vielleicht war es die des Wildhüters, keine Ahnung." Betrübt schüttelte Wick den Kopf. „Jedenfalls irgendwo draußen im Wald."

„Und du warst die ganze Nacht über dort?"

„Bin vor dem Essen abgehauen. Wollte nicht länger hier sein." Noch bevor Richard erleichtert aufatmen konnte, fügte sein

Bruder missmutig hinzu: „Wollte schließlich nicht *ihm* in die Arme laufen.“

„Meinst du Garrity?“

„Wen sonst? Dieser Bastard.“

„Hat er dich angesprochen?“, wollte Richard wissen.

„Hatte keine Gelegenheit dazu. Habe mich direkt aus dem Staub gemacht.“ Ein Anflug von Selbstmitleid lag jetzt in Wicks Stimme. „Wie ein verdammter Köter, der den Schwanz einzieht.“

„Solange Garrity weiß, dass du deine Schulden fristgerecht zu begleichen gedenkst, hat er keinen Grund, dich einzuschüchtern. Es gibt nichts, wovor du dich fürchten musst, solange du an dem Plan festhältst, Turbetts Tochter zu heiraten.“

„Nichts zu befürchten ... und nichts, wofür es sich zu leben lohnt.“ Seine Stimme brach. „Wenn ich wirklich diesen leblosen Fisch heiraten muss ...“

„Entweder das, oder du stellst dich Garrity. Ganz, wie du willst“, erwiderte Richard ungerührt. „Und jetzt konzentriere dich, weil ich dir eine wichtige Frage stellen möchte ...“ Abrupt brach er ab, als er hinter sich Schritte vernahm.

Violet kam den Gang zur Bühne hinuntergeeilt. Ihr goldenes Kleid glänzte im Dämmerlicht.

Verdammt noch mal. „Was zur Hölle tun Sie hier?“, verlangte er zu wissen.

„Ihnen auch einen guten Abend“, erwiderte sie kess. „Ich habe Emma eine Migräne vorgegaukelt und gesagt, ich müsse mich hinlegen.“ Behände kletterte sie auf die Bühne und sank ebenfalls neben Wick zu Boden. „Wo hast du nur gesteckt? Wir haben uns solche Sorgen um dich gemacht ...“ Sie hielt inne und rümpfte die Nase. „Meine Güte, bist du etwa betrunken?“

„Er hat sich volllaufen lassen und ist anschließend in der Hütte des Wildhüters eingeschlafen“, mischte Richard sich ein.

„Des Holzfällers“, murmelte sein Bruder.

„Wie auch immer. Der springende Punkt ist, er war nicht hier“, sagte er, an Violet gewandt.

Sie stieß einen erleichterten Seufzer aus. „Also ist er unschuldig."

„Ich würde mich nicht gerade als *unschuldig* bezeichnen, Vi", lallte Wick und wackelte anzüglich mit den Brauen. „Wenn du verstehst, was ich meine."

Am liebsten hätte Richard ihm eine verpasst. „Lass das gefälligst, du Idiot ... Und ihr Name ist Miss Kent. Behandle sie mit etwas mehr Respekt."

Violet richtete sich auf und sah ihn an. „Er ist mein Freund und darf mich nennen, wie er will."

Es wurmte ihn, dass sie seinen Bruder in Schutz nahm, obwohl es doch *er* war, der ihre Ehre verteidigte. „Deshalb hat er noch lange nicht das Recht, Sie respektlos zu behandeln."

„Tut er ja auch nicht."

„Meiner Meinung nach schon. Verflucht, Violet, ich will doch nur Ihr Bestes."

„Ich kann selbst entscheiden, was das Beste für mich ist", gab sie schnippisch zurück.

„Hast du sie eben Violet genannt?", mischte Wick sich ein.

Gleichzeitig wandten sie sich ihm zu und riefen wie aus einem Mund: *„Sei still!"*

„Na schön. Dann gib mir wenigstens den Flachmann zurück", brummte sein Bruder. „Wenn ich mich schon diesem häuslichen Theater aussetzen muss, will ich zumindest ordentlich betrunken sein."

Richard holte tief Luft, um nicht die Beherrschung zu verlieren. Nachdem er sich gesammelt hatte, wollte er endlich Moniques Tod ansprechen, aber Violet kam ihm zuvor.

„Wick, wo ist dein Ring?", fragte sie.

Dieser errötete. „Äh, welchen meinst du?", fragte er, wenig überzeugend.

„Den verdammten Siegelring mit deinen Initialen", sagte Richard. „Wann war er zuletzt in deinem Besitz?"

„Was kümmert dich das?"

„Er wurde in der Hand einer toten Frau gefunden", zischte er. „Monique de Brouet hielt ihn umklammert, als Violet und ich sie heute Morgen in der Bibliothek entdeckten."

Wick starrte ihn an. „Monique ... ist tot?"

„In der Tat, und wenn du uns nicht schleunigst erklärst, wie sie in den Besitz deines Rings gekommen ist, könntest du ganz schnell zum Hauptverdächtigen eines Mordes werden", presste Richard hervor.

„Ich hätte ihr nie etwas angetan." Sein Bruder war wie betäubt. Der Schock in seiner Stimme war unüberhörbar. „Niemals. Ich ... ich mochte sie wirklich gern."

Teufel noch eins. Genau wie er befürchtet hatte.

„Ihr kanntet euch also?", fragte Violet leise.

„Wir haben uns letztes Jahr kennengelernt und waren für eine Weile ... involviert. Ist sie wirklich tot?"

„Konzentriere dich bitte. Wir sprachen von deinem Ring. Wie konnte er in Moniques Besitz gelangen?"

„Ich habe ihn ihr gegeben", flüsterte Wickham heiser. „Als ich die Sache zwischen uns vor zwei Wochen beendete. Es sollte ein Andenken an unsere gemeinsame Zeit sein."

Bei Gott, also war er noch vor Kurzem mit der Toten zusammen gewesen.

„Warum hast du die Beziehung beendet?", wollte Richard wissen.

„Weil du sagtest, ich müsse Miss Turbett heiraten, um meine Schulden bei Garrity begleichen zu können. Es sei der einzige Weg. Und du hattest recht."

„Moment mal, *deine* Schulden? Bei Garrity?" Erstaunt riss Violet die Augen auf. „*Deshalb* musst du diese Ehe eingehen?"

Wick warf ihr einen Blick zu, den Richard nicht ganz zu deuten vermochte, und nickte.

„Vergessen wir deine Schulden für den Augenblick", sagte er ungeduldig. „Wie verlief die Trennung von Monique?"

Sein Bruder fuhr sich mit der Hand durchs Haar. „Als ich ihr von der geplanten Heirat erzählte, rastete sie völlig aus. In der einen Minute schwor sie auf Rache, in der nächsten brach sie in Tränen aus. Mir war nicht einmal bewusst, dass sie überhaupt in Erwägung zog, wir könnten eine gemeinsame Zukunft außerhalb unseres, äh, Arrangements haben", murmelte er, wobei er Violet einen flüchtigen Blick zuwarf.

Diese runzelte die Stirn.

Richard nahm an, dass Wicks wenig schmeichelhaftes Eingeständnis ihr nun endlich die Augen hinsichtlich seines Charakters öffnen würde, doch ihre nächsten Worte zerschlugen seine Hoffnung.

„Ihr seid nicht im Guten auseinandergegangen? Oh, Wick", seufzte sie, „begreifst du nicht, welchen Anschein das erweckt?"

Damit sprach sie auch Richards größte Sorge aus.

„Aber ... ich würde ihr doch niemals wehtun", stammelte sein Bruder. „Das müsst ihr mir glauben!"

„Das tun wir ja. Aber *wir* sind nicht das Problem." Violet erhob sich und lief mit raschelnden Röcken vor ihm auf und ab. „Es geht darum, was alle anderen denken werden."

„Verdammt, suchen die etwa nach mir?" Ruckartig setzte Wick sich auf. „Sollte ich besser abhauen und mich verstecken ..."

„Niemand weiß etwas von deinem Ring. Violet und ich haben uns darum gekümmert", unterbrach Richard ihn kurz angebunden.

„Was soll das heißen?", fragte sein Bruder mit vor Hoffnung zitternder Stimme.

„Wir haben ihn an uns genommen und niemandem erzählt, dass wir ihn in Moniques Hand gefunden haben." Violet biss sich auf die Lippe. „Nicht einmal meinem Bruder, der die Ermittlung leitet."

Sie klang deutlich angespannt. Warum nur hatte er zugelassen, dass sie in dieses Desaster hineingezogen wurde?

„Ermittlung?" Wickham erblasste. Als er nach Violets Hand griff, verspannten sich Richards Schultern. „Bei Gott, Vi, wenn dir unsere Freundschaft etwas bedeutet, musst du mir *versprechen*, ihm kein Sterbenswort darüber zu verraten."

„Teufel noch eins, Wick, das kannst du nicht verlangen", knurrte er. „Und lass sie gefälligst los."

Sein Bruder tat, wie ihm geheißen, starrte sie aber weiterhin flehentlich an. „Komm schon, Vi, du weißt doch, dass ich es nicht getan habe. *Schwöre* mir, dass du mein Geheimnis hüten wirst. Ansonsten muss ich ... muss ich fliehen ..."

„*Nein*, das darfst du keinesfalls tun. Damit würdest du nur den Verdacht auf dich lenken." Sie holte tief Luft und fuhr fort: „Ich verspreche dir, dass ich Ambrose nichts von dem Ring verraten werde ... zumindest, bis wir deine Unschuld bewiesen haben. Dann spielt es ja keine Rolle mehr, oder?"

„Danke." Wick schenkte ihr ein schiefes Lächeln. „Du bist eine wahre Freundin."

„Weiß sonst noch jemand von dir und Monique?", fragte Richard.

Sein Bruder runzelte die Stirn. „Ich glaube nicht. Sie bestand auf äußerster Diskretion, also habe ich niemandem gegenüber etwas erwähnt."

Er holte den Siegelring aus seiner Tasche und reichte ihn seinem ursprünglichen Besitzer. „Dann verhalte dich weiterhin unauffällig."

„Was, wenn jemand fragt, wo ich war?" Mit zitternder Hand steckte Wick ihn sich an den Finger.

„Hat irgendwer dich gestern Nacht gesehen? Jemand, der dir ein Alibi verschaffen kann?", wollte Violet wissen.

Wickham stützte die Ellbogen auf den Knien ab und vergrub das Gesicht in den Händen. „Meine einzige Begleitung war eine Flasche Whiskey, die ich aus dem Billardzimmer habe mitgehen lassen. Da die Hütte des Holzfällers nicht verschlossen war, bin ich einfach hineingegangen. Ich habe mich bis tief in die Nacht betrunken und bin erst im Morgengrauen wieder zu mir gekommen."

„Das sind mehrere *Stunden*, in denen niemand für dich bürgen kann", schalt Violet ihn missmutig.

Richard fasste einen Entschluss. „Wenn dich jemand fragen sollte, dann behaupte, du seist unpässlich gewesen. Geh dabei nicht weiter ins Detail." Auf keinen Fall durfte sein Bruder sich in wilden Lügenmärchen verstricken. „Jetzt geh erst einmal auf dein Zimmer und mache dich frisch. Anschließend wirst du den Ball besuchen und so tun, als sei nichts geschehen, verstanden?"

„Ich werde mein Bestes geben." Wankend erhob Wick sich. „Aber was ist mit Garrity? Was soll ich tun, wenn er auf mich zukommt?"

„Dir bleiben noch drei Monate, um die Schulden zu begleichen", erwiderte Richard knapp. „Bis dahin wird er nichts tun, um die ausstehende Rückzahlung aufs Spiel zu setzen. Wenn du nicht auf den Kopf gefallen bist, wirst du deine Gutwilligkeit unter Beweis stellen und tun, weswegen du hier bist: um Miss Turbetts Hand anzuhalten."

„Du hast ja recht." Mutlos ließ Wickham den Kopf hängen. „Und das war schon immer so. Tut mir leid, dass ich so ... schwierig war. Du bist mir immer ein guter Bruder gewesen, ein viel besserer, als ich es verdiene."

Seine Worte versetzten Richard einen Stich ins Herz. So zerknirscht war Wick auch früher immer gewesen, wenn er etwas ausgefressen hatte. Damals war es ihm stets gelungen, seinem kleinen Bruder zu helfen, aber jetzt war dieser ein erwachsener Mann und musste sich nicht für einen albernen Streich verantworten, sondern womöglich für einen *Mord* ...

Energisch schob er seine Befürchtungen beiseite und legte Wickham eine Hand auf die Schulter. „Wir werden dir schon aus der Klemme helfen. Versprochen."

Dieser nickte verdrossen. Als er an Violet vorbeiging, beugte er sich zu ihr und flüsterte ihr etwas ins Ohr. Ihre Augen weiteten sich überrascht. Dann drückte er ihr freundschaftlich den Arm und verließ das Theater.

Richard wartete, bis die Tür sich hinter ihm geschlossen hatte. „Was hat er zu dir gesagt?"

„Er hat sich entschuldigt."

„Wofür?"

„Dafür, dass er mich in Bezug auf dich belogen hat." Sie blinzelte nervös. „Und jetzt muss ich dich um Verzeihung bitten. Anscheinend habe ich dich lange Zeit völlig falsch eingeschätzt."

Er runzelte die Stirn. „Inwiefern?"

„Wick erzählte mir, dass du ihn zwingen würdest, Miss Turbett gegen seinen Willen zu heiraten."

„Ganz gelogen war das nun auch wieder nicht ..."

„Aber laut ihm wolltest du dadurch Schulden abbezahlen, die *du* dir eingehandelt hast. Er sagte, du seist Fehlinvestitionen eingegangen, die dein Vermögen aufgefressen hätten. Angeblich sollte er für Geld heiraten, um *deinen* Fehler geradezubiegen."

Ihre Worte trafen ihn wie Giftpfeile. Ein stechender Schmerz durchfuhr seine Brust.

„Wick ... hat derartige Lügen über mich verbreitet?", fragte er mit belegter Stimme.

Sie nickte. „Und ich habe ihm geglaubt. Deshalb habe ich dich zu Unrecht verurteilt. Es tut mir aufrichtig leid."

„Das ist nicht deine Schuld. Du wusstest es ja nicht besser." Ungläubig schüttelte er den Kopf. Wie hatte sein Bruder ihn nur so hintergehen können? „Warum hat er solche Dinge über mich gesagt ...?"

„Er hat sich wohl geschämt", erklärte sie leise. „Sein Leben lang musste er sich an dir messen. Ich glaube, er fühlte sich dir unterlegen."

„*Mir?*" Die Erkenntnis schockierte Richard. „Aber er ist von uns beiden doch derjenige, der das gute Aussehen und den Charme geerbt hat."

Violet runzelte die Stirn. „Das stimmt nicht."

„Doch, tut es. Wick ist der Sonnenschein der Familie. Jedermanns Liebling. Er hätte alles tun und werden können, wonach ihm der Sinn stand." Verlegen rieb er sich den Nacken und fügte dann schroff hinzu: „Was äußere Erscheinung und Auftreten angeht, kann ich nicht mit ihm mithalten."

„Das ist doch *lächerlich*. Du bist äußerst attraktiv", widersprach sie ihm nachdrücklich.

Ruckartig hob er den Kopf. Sie schien es ernst zu meinen. „Findest du?"

Sie nickte vehement. „Wie kannst du nur daran zweifeln?"

Weil du die erste Frau bist, die diese Worte je zu mir gesagt hat.

Er hüstelte hinter vorgehaltener Hand. „Ich war mir nicht sicher, ob du mich wirklich anziehend findest."

„Ich küsse nicht einfach wahllos jeden dahergelaufenen Gentleman." Obwohl sie bis unter die Haarwurzel errötete, hielt sie seinem Blick stand.

„Nur mich." Eine wohlige Wärme machte sich in seiner Brust breit. Er legte einen Finger unter ihr Kinn. „Findest du womöglich Gefallen an mir, Violet?"

Ein besorgter Ausdruck trat in ihre goldbraunen Augen. „Dem mag so sein, Carlisle, aber vergessen wir nicht, wie falsch wir uns gegenseitig eingeschätzt haben. Wir sind einfach zu verschieden."

„Ganz gleich, welcher Art unsere Differenzen auch sein mögen, wir werden damit fertig. Wir müssen nur lernen, kompromissbereit zu sein", erwiderte er entschlossen.

„Kompromissbereitschaft", murmelte sie. „Davon hat auch Thea gesprochen."

„Du hast deiner Schwester von mir erzählt? Von uns?"

„Unter Auslassung gewisser Details, ja." Sie nagte an ihrer Unterlippe. Gott, wie gerne würde er das jetzt ebenfalls tun. „Schwestern reden eben, Carlisle. Bilde dir nicht zu viel darauf ein."

„Hast du je über andere Männer mit ihnen gesprochen?" Als sie den Kopf schüttelte, spürte er eine tiefe Genugtuung in sich aufsteigen. „Dann *hat* es etwas zu bedeuten." Er ergriff ihre Hände. „Violet, meine Liebste, gewähre mir die Chance, dich zu umwerben. Ich weiß, der Zeitpunkt ist ungünstig, in Anbetracht des Schlamassels mit Wick, aber sobald wir diese Angelegenheit aufgeklärt haben, würde ich mit deiner Zustimmung ...“

„Der Zeitpunkt ist perfekt.“

Verwirrt runzelte er die Stirn.

„Verstehst du es denn nicht, Carlisle? Das Schicksal hat uns aus einem bestimmten Grund zusammengeführt.“ Beschwörend sah sie ihn an. „Wir müssen *zusammenarbeiten*, um herauszufinden, was Monique zugestoßen ist. Um Wicks Namen reinzuwaschen. Dabei können wir einander besser kennenlernen und herausfinden, ob wir zueinander passen. Wenn du mich wirklich umwerben willst, dann lass mich bitte Teil dieser Ermittlung sein.“

Warum musste sie ausgerechnet die eine Sache von ihm fordern, die er nicht zulassen konnte?

„Weißt du nicht, wie gefährlich das ist?“, fragte er frustriert. „Du bist viel verletzlicher, als du annimmst. Ich will nicht riskieren, dass dir etwas zustößt.“

„Verflixt noch mal, ich bin kein zartes Mauerblümchen ...“

Sie brach abrupt ab, als herannahende Stimmen und Schritte ertönten.

Ihre Augen weiteten sich vor Schreck. „Wir dürfen nicht zu zweit erwischt werden, sonst reißt Emma mir den Kopf ab!“

Richard suchte den Raum nach möglichen Verstecken ab. Ihnen blieb nicht mehr genug Zeit, um die Bühne zu verlassen. Sein Blick landete auf dem Garderobenschrank ... er war kaum groß genug für zwei Personen. Trotzdem ergriff er ihre Hand und zog sie mit sich hinein, bevor er eilig die Tür hinter ihnen schloss.

Eng aneinandergepresst, verharrten sie in der Dunkelheit.

Gelächter erklang ... jemand hatte das Amphitheater betreten. Durch das schwere Holz waren die Stimmen zwar gedämpft, aber es handelte sich zweifellos um einen Mann und eine Frau. Er versuchte, etwas von dem Gespräch mitzubekommen, um abzuschätzen, wie lange sie in ihrem beengten Versteck ausharren mussten. Gleichzeitig wurde er von der süßen Qual abgelenkt,

Violet so nahe zu sein. Ihr weiblicher Duft stieg ihm in die Nase, ihre vollen Lippen waren nur wenige Zentimeter von seinen entfernt, ihre prallen Brüste gegen seinen Oberkörper gedrückt ...

„Ich spüre etwas Hartes", flüsterte sie.

Verdammt, nicht schon wieder.

Bevor er eine Entschuldigung herausbrachte, presste sie sich noch enger an ihn und reizte somit die Quelle ihres Unbehagens zu voller Härte.

„Es sticht mich in den Rücken. Ich glaube, ich kann es erreichen", murmelte sie. „Warte, ich schiebe es beiseite ..."

Noch während er sich wunderte, was der sonderbare Gegenstand sein könnte, ertönte ein leises Klicken ... und plötzlich öffnete sich der Boden unter ihren Füßen. Sie japste erschrocken auf und er legte schützend die Arme um sie, während sie in die Dunkelheit stürzten.

18

IN DER STICKIGEN DUNKELHEIT LIEGEND, VERSUCHTE VIOLET, zu Atem zu kommen. Plötzlich verspürte sie einen unbändigen Drang aus ihrem Bauch aufsteigen, der ihre Kehle wie sprudelnde Champagnerbläschen kitzelte ...

Gerade noch rechtzeitig legte sich eine Hand über ihren Mund, um ihr Kichern zu dämpfen.

„Still, du kleine Hexe", hauchte Carlisle gegen ihr Ohr. „Sonst hört man uns oben noch."

Er lag flach auf dem Rücken, und sie auf ihm. Sie befanden sich in einer Art verborgenen Kammer unter der Bühne. Die Falltür über ihnen hatte sich wieder geschlossen, nur ein dünner Lichtstrahl drang durch die Ritzen hindurch.

Mit zusammengekniffenen Augen untersuchte sie ihre Umgebung. Der enge Raum war nur wenig größer als das Priesterloch. An einer der niedrigen Wände lehnte eine kurze Leiter. Sie mussten etwa zwei Meter tief gefallen sein. Carlisle hatte sie während des Sturzes gedreht, sodass sie auf ihm landete.

„Geht es dir gut?", flüsterte sie.

„Alles in Ordnung. Unter mir liegt eine Matratze."

„Das hier muss zum berüchtigten Verschwindetrick des

Großen Nicoletti gehören. Der Schrank hat einen doppelten Boden … so löst er sich also in Luft auf. Und dann muss er einfach nur die Leiter hinaufklettern, um wieder zu erscheinen. Ich habe sein Geheimnis gelüftet!"

„Bravo", erwiderte Carlisle trocken.

Über ihnen ertönten Schritte. Er zog sie fester in seine Arme und deutete ihr an, sich nicht zu bewegen, als sie die Schrankscharniere quietschen hörten. Violet verharrte mit angehaltenem Atem.

„Siehst du, da drin ist niemand", sagte eine männliche Stimme.

„Aber ich habe definitiv etwas gehört." Der affektierte Tonfall gehörte eindeutig zu Mrs Sumner. „Bist du dir ganz sicher, dass niemand dort drin ist, Tobias?"

Tobias Price, einer von Billings' halsabschneiderischen Kunden. Ein bärtiger, breitschultriger Kerl.

„Sieh selbst nach, Schätzchen. Da ist keine Menschenseele."

„Du hast recht. Da sind wohl meine Nerven mit mir durchgegangen. Madame Moniques vorzeitiges Ende hat mich zutiefst schockiert."

„Klar, du bist ja auch 'ne echte Lady", knurrte Price. „Aber in meiner Nähe brauchst du keine Angst zu haben. Nicht mal der Teufel würde sich mit Tobias Price anlegen."

„Ich *liebe* starke Männer. Aber es ist nicht der Teufel, den ich fürchte." Mrs Sumner legte eine kokette Pause ein. „Kannst du ein Geheimnis für dich behalten?"

„Hatte die Jungfrau Maria Titten?"

„Also, ich hörte von meiner Kammerzofe, die es von einem von Billings' Bediensteten erfahren hat, dass einer der Lakaien mitbekam, wie *Lord Wormleigh* und Madame Monique sich am Abend ihres Todes stritten."

„Was, der aufgeblasene, alte Sack?", schnaubte Price verächtlich. „Der ist kein Mörder."

„Ich habe genug Kriminalromane gelesen, um zu wissen, dass es immer diejenigen sind, von denen man es am *wenigsten* erwartet. Außerdem sagte meine Zofe, Wormleigh sei später am Abend in der Bibliothek gesehen worden ... wo, wie wir wissen, Monique gefunden wurde", fügte Mrs Sumner triumphierend hinzu.

Wieder schnaubte ihr Begleiter. „Ich wette, es war einer ihrer Verehrer. Sie hatte 'nen ganzen Schwarm davon, und einige sollen sich auch auf dieser Feier rumtreiben. Von denen könnte es jeder gewesen sein."

„Du warst doch nicht etwa einer von ihnen, Tobias?", fragte Mrs Sumner neckisch.

Ein belustigtes Prusten. „Bist wohl eifersüchtig, was?"

„Ich bade nicht gerne in schmutzigem Wasser", erwiderte sie mit einem pikierten Schniefen.

„Zier dich doch nicht so. Ich glaube, du bist gar nicht so rein und unschuldig wie du tust ... sonst hättest du dich nicht an mich rangemacht. Jetzt komm her, Täubchen. Der gute Tobias will sein Unwesen mit dir treiben ..."

Die Tür des Eichenschranks knallte zu und man hörte nur noch gedämpftes Gelächter. Schritte entfernten sich von der Bühne, und bald darauf schallte leises Stöhnen und Grunzen von den Sitzreihen zu ihnen herüber.

„Hast du das gehört?", flüsterte Violet aufgeregt. „Über Wormleigh? Und Moniques *andere* Liebhaber?"

„Weitere Spuren, denen wir nachgehen können. Einstweilen müssen wir jedoch warten, bis Price und Mrs Sumner, äh, fertig sind."

In diesem Moment wurde ihr überaus bewusst, dass sie noch immer auf ihm lag und er nach wie vor die Arme um sie geschlungen hatte. Unter ihrer Wange spürte sie seinen kräftigen, regelmäßigen Herzschlag. Erregung und Übermut erwachten in ihr. Trotz seines irritierend ausgeprägten Beschützerinstinkts, waren sie wieder einmal in einem gemeinsamen Abenteuer gelandet.

Mit den Ellbogen auf seiner Brust richtete sie sich auf und stützte den Kopf in die Hände, um ihn zu betrachten. Im Halbdunkel konnte sie gerade so seine markanten Züge ausmachen. Seine erzgrauen Augen glühten sinnlich. War er wirklich davon überzeugt, sich nicht mit Wick messen zu können? Was für ein Unfug. Und doch war er ehrlich überrascht gewesen zu hören, dass sie ihn attraktiv fand.

Tatsächlich war er der unwiderstehlichste Mann, der ihr je begegnet war. Sie bewunderte einfach alles an ihm: sein Ehrgefühl, seine Stärke und seine Loyalität. Und die ganze Zeit über hatte sie geglaubt, er würde Wick schikanieren, obwohl er seinem Bruder nur helfen wollte! Von Reue erfüllt, beschloss sie, ihr Verhalten ihm gegenüber wiedergutzumachen. Gleichzeitig wollte sie ihm aber auch beweisen, dass sie kein zart besaitetes Ding war, das vom erstbesten Windhauch weggeblasen wurde.

Warum schlägst du nicht zwei Fliegen mit einer Klappe?

Der Gedanke erschien wie aus dem Nichts und weckte eine glühende Begierde in ihr. Sie war schon immer eine Frau der Tat gewesen. Warum sollte sie ihm also nicht *zeigen*, dass sie kein schwaches, hilfsbedürftiges Weiblein war? Dass sie ihm eine ebenbürtige Partnerin sein konnte ... in jeder Hinsicht? Obwohl sie nicht sehr erfahren war, was das Liebesspiel anbelangte, würde sie sich einfach ein Beispiel an ihm nehmen und ihn so verwöhnen wie er sie. An Einfallsreichtum mangelte es ihr definitiv nicht.

Von einem impulsiven Verlangen angetrieben, neigte sie sich zu ihm hinunter und presste ihre Lippen auf die seinen. Sie spürte seine Überraschung, sein lustvolles Erschaudern, und genoss die Tatsache, dass sie mit Leichtigkeit eine derart heftige Reaktion hervorrufen konnte. Als sie mit der Zunge über seine Unterlippe fuhr, atmete er scharf aus und öffnete den Mund.

Erregung vibrierte durch ihre Adern. Ihre Zungen vereinten sich zu einem sinnlichen Spiel, das ihr eine Gänsehaut bescherte und ihre Brustwarzen steif werden ließ. Doch als seine Hände zu ihren Hüften wanderten, hielt sie ihn auf.

„Nein. Jetzt bin ich an der Reihe", flüsterte sie.

Skeptisch hob er die Brauen, ließ die Hände jedoch zur Seite fallen.

Sie zerrte sich die Handschuhe von den Fingern, streichelte sanft seinen Kiefer und küsste ihn erneut, so leidenschaftlich, dass sie selbst kaum noch Luft bekam. Keuchend löste sie sein Krawattentuch und warf es achtlos beiseite. Dann vergrub sie ihr Gesicht in seinem Nacken und sog seinen berauschend männlichen Duft ein. Vorsichtig ließ sie ihre Zunge an seinem Hals über seinen harten Adamsapfel hinuntergleiten. Ein tiefes Stöhnen entrang sich seiner Brust.

Von ihrem Erfolg und der eigenen, wachsenden Erregung beflügelt, schickte sie sich an, die Knöpfe seiner Weste zu öffnen, wobei sie versehentlich den letzten abriss. Mit einem leisen Klirren verschwand er in der Dunkelheit. Sie zerrte das Hemd aus seinem Hosenbund und ließ ihre Finger unter den Stoff wandern.

„Meine ... Güte", flüsterte sie beeindruckt.

Seine Augen funkelten. „Nicht, was du erwartet hast?"

Da sie zum ersten Mal die nackte Brust eines Mannes berührte, wusste sie nicht, *was* sie überhaupt erwartet hatte. Die Kombination aus behaarter Haut und angespannten Muskeln erfüllte sie mit Staunen. Bewundernd ließ sie die Hände über seinen gut gebauten Oberkörper gleiten.

Mittlerweile war sie wie benommen vor Verlangen und wand sich auf seinem Schoß. Wie sehr wünschte sie sich, von ihm berührt zu werden ... Aber nein, jetzt war sie an der Reihe. Was sollte sie als Nächstes tun? Wie würde er fortfahren?

Als es ihr wieder einfiel, brachte sie die Fingerspitzen zu seinen harten Brustwarzen, und umkreiste eine davon mit dem Daumen. Ihr hatten seine Liebkosungen gefallen, aber es war offensichtlich, dass er nicht auf die gleiche Weise darauf ansprach.

„Mache ich etwas falsch?", flüsterte sie.

„Ich habe nichts zu meckern, Violet, aber für mich fühlt es sich einfach anders an als für dich." In seinem Tonfall schwang ein

Anflug von Belustigung mit. „Bist du jetzt fertig mit deinen Spielchen?"

„Ich spiele keine ..."

Weiter kam sie nicht, denn im nächsten Moment rollte er sie auf den Rücken und legte sich auf sie. Atemlos starrte sie hinauf in seine vor Lust glühenden Augen.

„Du bist fertig", verkündete er ihr mit heiserer Stimme. „Jetzt bin ich dran."

Begehren pulsierte durch seine Adern, als er sie fordernd küsste und sie vor Erregung leise wimmerte. Die kleine Hexe hatte ihn mit ihren unschuldigen, etwas unbeholfenen Berührungen beinahe um den Verstand gebracht. Selbst die erfahrenste Dirne vermochte sein Blut nicht derart in Wallung zu versetzen. Er wusste zwar nicht, was genau sie hatte bezwecken wollen, ließ sie jedoch gewähren, bis er entschied, dass sie beide genug von dem aufreizenden Vorspiel hatten.

Nun ließ er seine Lippen über die entblößte Haut ihres Dekolletés wandern, während er die Finger unter ihr Mieder schob. Bald schon würde er die Zeit haben, sie vollständig zu entkleiden und ihre herrlichen Brüste *stundenlang* zu liebkosen, sie zu küssen und an ihnen zu saugen, so viel er wollte. Aber fürs Erste musste er sich damit begnügen, ihre steifen Knospen zwischen den Fingerspitzen zu reiben, bis sie leise aufstöhnte.

Sie war so unglaublich empfänglich für seine Berührungen. Wie für ihn gemacht. Der Duft ihrer Haut steigerte seine Begierde, sie überall zu verwöhnen und zu spüren.

Er packte ihre Röcke und schob sie unsanft nach oben. Trotz der spärlichen Lichtverhältnisse sah er, dass jeder Zentimeter ihres Körpers, den er enthüllte, perfekt war.

„Gott, bist du schön", flüsterte er mit rauer Stimme.

Ehrfürchtig ließ er eine Hand an ihrem bestrumpften Bein

hinaufgleiten, von ihrem schlanken Knöchel über die wohlgeformte Wade bis zu ihrem nackten Schenkel. Ihre Haut war weicher und glatter als reine Seide. Er richtete sich auf, kniete sich zwischen ihre Beine und genoss den Anblick, der sich ihm bot.

„Carlisle ...“

Sie wand sich vor Verlegenheit, doch er hielt ihre Schenkel auseinandergedrückt.

„Ich bin hier, Liebling“, brummte er.

Er war genau dort, wo er sein wollte, wo er sich an der lieblichsten, kleinen Pussy sattsehen konnte. Erst atmete er ihren süßen, erdigen Duft ein, bevor er mit einem Finger über ihre samtige Spalte fuhr. Sein Schwanz begann, schmerzhaft zu pulsieren. Verdammt, sie war so feucht. Ihre Schamlippen waren von ihrem betörenden Nektar benetzt.

Er *musste* sie einfach kosten.

„Carlisle, was tust du da ... du kannst doch nicht ...“ Sie vergrub die Finger in seinem Haar. „Oh, *verflixt* ...“

Wäre sein Mund nicht anderweitig beschäftig gewesen, hätte er vergnügt aufgelacht. Wer hätte gedacht, dass Humor und Leidenschaft Hand in Hand miteinander gehen konnten? Mit Violet schien wirklich alles möglich zu sein. Doch kaum berührte der erste Tropfen ihrer Ambrosia seine Lippen, wurde er von einer alles verzehrenden Lust übermannt. Sie schmeckte *unglaublich*. In diesem Augenblick wusste er, dass er nie wieder genug von ihr bekommen würde.

Vorsichtig zog er ihre Schamlippen mit den Daumen auseinander und labte sich an ihrer geschwollenen Pussy. Seine Zunge glitt nach oben und umkreiste ihre kleine, feste Perle. Als er daran zu saugen begann, wölbte sie sich ihm zuckend entgegen und wimmerte gefährlich laut, während der Höhepunkt sie übermannte.

Schnell versiegelte er ihren Mund mit dem seinen, wobei er zwei seiner Finger in sie gleiten ließ und mit dem Daumen weiter über ihren Kitzler rieb, um ihren Orgasmus so lange wie möglich auszureizen. Seine Hoden pulsierten im Rhythmus ihrer engen Scheide. Sein Schwanz war so hart, dass er es kaum noch ertrug.

„Carlisle", hauchte sie gegen seine Lippen.

„Ja, Liebling?"

„Brauchst du, äh ..." Er zuckte zusammen und konnte kaum ein Stöhnen unterdrücken, als ihre Finger über seinen Schritt tanzten. „... Hilfe damit?"

Sei ein Gentleman. Zwinge sie zu nichts, das sie später bereuen könnte.

Sanft strich er ihr mit den Knöcheln über die Wange und versuchte, den Ausdruck in ihren Augen auszumachen. Wie weit durfte er bei ihr gehen? Bei den anderen beiden Frauen, die er zuvor umworben hatte, war er nicht über keusche Küsse hinausgegangen. Ansonsten hatte er sich mit bezahlten und erfahrenen Bettgefährtinnen vergnügt, die ihn tun ließen, was immer er wollte.

Aber Violet war anders als alle anderen ... eine Klasse für sich. Bisher passte sie in keine der Schubladen, in die er sie aufgrund seiner früheren Erfahrungen hatte stecken wollen. Vielleicht sollte er also einfach darauf vertrauen, dass sie ihm ihre Wünsche ehrlich mitteilte?

„Willst du das denn, Liebling?", fragte er heiser.

Als sie entschlossen nickte, pulsierte sein Schaft vor Erleichterung. Hastig öffnete er die Knopfleiste seiner Hose und befreite seine steinharte Erektion aus ihren Fesseln. Violet drehte sich leicht auf die Seite, um ihn anzusehen, während er ihre Hand zu seinem Glied führte.

„Er ist ziemlich ungeduldig, was?", fragte sie mit einem atemlosen Lachen, als sein Schwanz vor Erregung zuckte.

„Du hast ja keine Ahnung", murmelte er. „Violet, bist du dir sicher ...?"

„Sag mir, was ich tun soll."

Gott, sie war die Verkörperung all seiner Fantasien.

Er legte ihre schlanken Finger um seinen Schaft und zeigte ihr, wie schnell und stark er es mochte. Natürlich lernte sie schnell und widmete sich der Aufgabe mit einem weiblichen Eifer, der ihm völlig den Kopf verdrehte. Seufzend sank er auf seine Ellbogen zurück und gab sich ihren Berührungen hin, beobachtete lustvoll, wie ihre zarten Hände seinen steinharten Schwanz liebkosten.

„Du fühlst dich so hart und gleichzeitig so weich an", stellte sie bewundernd fest.

„Weich?" Unmöglich. Aktuell war sein Glied so dick und steif, dass sie ihn mit beiden Händen umfassen musste.

„Deine Haut ist wie Samt", erklärte sie. „Gehüllt um einen massiven Stock oder etwas dergleichen."

Mit Mühe unterdrückte er ein Lachen. „Wie ... poetisch von dir."

„Literatur war noch nie meine Stärke." Als sie mit dem Daumen über seinen Schlitz rieb, ließ er verzückt den Kopf in den Nacken fallen. „Warum bist du hier feucht?"

„Weil du deine Sache so gut machst, Liebling."

„Oh ... Also gefällt dir das?"

Meine Güte, merkte sie denn nicht, dass er spitzer war als ein Matrose bei Landgang?

Bereit, die Kanone abzufeuern.

Mehr als ein „ja", brachte er jedoch nicht heraus, weil sie neckisch seine geschwollene Eichel umkreiste und dabei die unablässig hervorquellenden Lusttropfen auf seiner Haut verteilte. Er bebte vor unterdrücktem Verlangen.

„Hier bist du besonders empfindlich", murmelte sie.

„Wie du an deiner Perle. Darin sind wir uns sehr ähnlich."

Um sein Argument zu verdeutlichen, ließ er eine Hand zwischen ihre Schenkel gleiten. Ein weiterer Tropfen quoll aus seinem Schlitz hervor, als er spürte, wie feucht und warm sie noch immer war. Seine Finger spielten mit ihrer harten Perle und sie stöhnte auf, umklammerte seinen Schaft fester.

„So ist es gut, Liebling. Härter und schneller", spornte er sie an.

Sie gehorchte ihm sofort, und bei *Gott*, ihre Hände waren wie geschaffen für ihn, für nichts anderes, als ihn zu befriedigen. Während sie ihn unaufhaltsam seinem Höhepunkt näherbrachte, pumpte er seine Finger in ihre enge Möse. Bald keuchten sie beide schwer, nur noch Augenblicke von ihrer Ekstase entfernt. Er spürte, wie seine Hoden sich anspannten und ein elektrisierendes Prickeln seinen Schwanz durchfuhr. Gleich darauf kam sie erneut, ihre Muskeln umklammerten ihn eisern, hielten ihn in ihr gefangen.

Er biss sich auf die Lippe, um nicht laut aufzuschreien, und konnte sein eigenes Blut schmecken, als er sich mit einem heftigen Schaudern über ihre Hände ergoss. Wieder und wieder spritzte sein heißer Samen heraus und lief zwischen ihren Fingern hindurch.

Erschöpft ließ er sich auf den Rücken fallen, zog sie in seine Arme und versuchte, zu Atem zu kommen. Völlig berauscht vor Wonne überlegte er, ob er ihr ein Taschentuch anbieten sollte, aber dazu müsste er sich bewegen, und er wusste nicht, ob das je wieder möglich wäre.

„Carlisle, das war einfach ...", flüsterte sie ihm atemlos ins Ohr, „ ... einfach *grandios*."

Ein Lächeln umspielte seine Lippen. Gott, sie hatte recht.

Mit ihr intim zu sein, war *wirklich* grandios.

❧ 19 ❧

AM DARAUFFOLGENDEN TAG NACH DEM MITTAGESSEN ERHIELT Violet die Erlaubnis, mit Carlisle im Hof spazieren zu gehen. Andere Gäste schlenderten ebenfalls den malerischen Kiesweg entlang, der von niedrigen Hecken und Marmorstatuen gesäumt war. Ein Stück entfernt entdeckte sie Wick, der zum Glück wieder ganz der Alte zu sein schien. Er machte Miss Turbett seine Aufwartung, während deren Vater ihnen auf dem Fuß folgte. Vor ihnen liefen Primrose und Polly her, in Begleitung von Parnell und Goggs, und amüsierten sich offenbar prächtig.

Emma, die auf einer Bank inmitten des viereckigen Innenhofs saß, behielt sie alle im Auge.

„Hat deine Schwester Verdacht geschöpft, dass du gestern Abend dein Zimmer verlassen haben könntest?“, fragte Carlisle leise.

Auf Außenstehende musste seine Miene teilnahmslos wirken. Die markanten Züge unter seinem Hut waren ernst, und in seinem tabakbraunen Gehrock und der beigen Hose, die ordentlich in seinen Stiefeln steckte, erweckte er ganz den Anschein eines anständigen Lords. Aber Violet bemerkte die glänzende

Intensität in seinen Augen, die ihr Herz wie Schokolade in der Sonne dahinschmelzen ließ.

Krampfhaft versuchte sie, nicht zu erröten. „Soweit ich weiß, nein. Ich habe vorsichtshalber einige Kissen unter die Bettdecke gestopft, um die Illusion einer schlafenden Gestalt zu erschaffen, falls sie nach mir gesehen hätte."

„Wie einfallsreich." Seine Lippen zuckten. „Darin hast du wohl Erfahrung?"

„Du bist der erste Gentleman, für den ich mich nachts aus dem Zimmer geschlichen habe", erwiderte sie aufrichtig.

„Ich meinte eher darin, deine Schwester hinters Licht zu führen." Er kniff die Augen zusammen. „Was das heimliche Treffen mit Männern angeht, bin ich der erste und auch letzte, Violet. Es gibt kein Zurück mehr. Wir müssen unsere Absichten schnellstens öffentlich bekannt geben."

Ihr Herz war zwischen Angst und Freude hin- und hergerissen. Einerseits ließ sich nicht leugnen, wie sehr sie sich zueinander hingezogen fühlten ... Ihr jüngstes Stelldichein im Amphitheater war nur ein Beweis dafür. Allein der Gedanke daran ließ ihren Puls in die Höhe schnellen. Andererseits war dieses Verlangen, ihre intime Kompatibilität, noch so neu und ungewohnt. Die längste Zeit über waren sie Feinde gewesen, keine Liebhaber.

Eine Ehe sollte nicht allein auf körperlicher Anziehungskraft beruhen. Freundschaft und Respekt waren ebenso wichtig. Aus Erfahrung wusste sie, dass sie nun einmal nicht zu ändern vermochte, wer sie war, und sie könnte es nicht ertragen, ihn nach der Heirat womöglich zu enttäuschen.

Sie ließ die behandschuhten Finger über eine der Hecken streifen, während sie einen Entschluss fasste. „Die Bedingungen, die ich dir gestern nannte, haben sich nicht geändert. Wenn du mich umwerben willst, musst du mich gleichzeitig dabei helfen lassen, Wicks Namen reinzuwaschen."

Frustriert runzelte er die Stirn. Sie machte sich auf seine Ablehnung gefasst.

„Warum willst du unbedingt in diese gefährliche Situation hineingezogen werden? Warum ist es dir so wichtig, dass wir zusammenarbeiten?" Er musterte sie eindringlich, als würde ihn ihre Meinung aufrichtig interessieren.

„Weil ich will, dass du mich magst", entfuhr es ihr.

„Aber das tue ich doch."

„Da bin ich mir nicht so sicher", erwiderte sie betrübt.

Er hob eine Braue. „Falls unsere intimen Erfahrungen im Priesterloch, in der Bibliothek und jüngst im Amphitheater dich bisher nicht überzeugt haben, bin ich gerne bereit, dir einen weiteren Beweis zu liefern."

Sie lief knallrot an. „Das meinte ich damit nicht."

„Was denn dann?" Nun klang er aufrichtig verwirrt.

„Die Art von Zuneigung, bei der du meine Stärken bewunderst und meine Ansichten respektierst", beeilte sie sich zu erklären. „Bei der wir gemeinsame Interessen teilen und, einfach ausgedrückt, *Freunde* werden können."

„Ich will nicht dein Freund sein", entgegnete er, „sondern dein Ehemann."

„Das schließt sich doch nicht gegenseitig aus. Jedenfalls möchte ich niemanden heiraten, mit dem ich nicht gerne Zeit verbringe." *Und ich will nicht, dass du die Heirat mit mir bereust.*

„Na schön", lenkte er ein. „Dann sind wir eben Freunde."

„Nur, weil du es *behauptest*, muss es noch lange nicht stimmen."

„Dann sage mir, was ich tun muss, um es wahr zu machen."

Seine gebieterische Beharrlichkeit ließ ihr Herz einen Schlag aussetzen. Vielleicht hatte sie deshalb nie zuvor wahres Verlangen gekannt, weil sie stets nur von jungen Kerlen umgeben gewesen war. Carlisle hingegen ... war ein ganzer Mann.

„Um festzustellen, ob wir wirklich zueinander passen, müssen wir einander besser kennenlernen, Geheimnisse miteinander teilen", erklärte sie. „Ich will, dass du mich wie einen Freund behandelst … wie Lord Blackwood, zum Beispiel."

„Das ergibt doch keinen Sinn. Natürlich würde ich dich nie so behandeln wie ihn", erwiderte er skeptisch. „Ich möchte mein Bett mit dir teilen, und nicht beim Billardspiel über die Jagd sprechen."

Bei der Erwähnung seines Bettes wurden ihre Knie schwach. „Warum lässt sich das eine nicht mit dem anderen vereinbaren?"

Kurz starrte er sie verblüfft an, fing sich jedoch gleich wieder. „Gut, wenn du es wünschst, soll es so sein."

„Aber abgesehen von der körperlichen Anziehung, vertraust du mir denn ebenso, wie beispielsweise Lord Blackwood?", beharrte sie. „Schätzt du meine Meinung genauso wie seine?"

„Das ist kein besonders fairer Vergleich. Immerhin kenne ich ihn schon seit Jahren."

„Stimmt auch wieder. Dann brauchen wir also mehr Zeit, um uns kennenzulernen", räumte sie ein.

„Wie viel Zeit denn?"

„Solange es eben dauert."

„Das ist keine Antwort." Jetzt klang er irritiert.

„Bist du sicher, dass du mir den Hof machen willst? Wir sind so grundverschieden."

„Ich bin mir sicher", erwiderte er kurz angebunden. „Du bist diejenige, die es zu überzeugen gilt."

„Und ich habe dir gerade erklärt, wie du das erreichen kannst."

Vor einer Statue des Herkules, die eine seiner Heldentaten darstellte, blieb er stehen. Sein Gesicht wirkte ebenso entschlossen wie das der Marmorfigur. „Also schön."

„Also schön?"

„Wenn du es wünschst, dann arbeiten wir zusammen."

Ein berauschendes Glücksgefühl übermannte sie, als hätte sie eine Flasche Champagner in einem Zug geleert. „Danke, vielen D…"

„Freu dich nicht zu früh. Es gibt gewisse Regeln."

Natürlich. Sie hätte es wissen müssen.

Er nahm ihre Hand und legte sie in seine Armbeuge, wo er sie vorsorglich mit der seinen bedeckte. Sie setzten ihren Weg fort. „Während der Ermittlung unterstehst du meiner Aufsicht. Du wirst meinem Rat folgen und dich nicht leichtsinnig verhalten. Und vor allem wirst du dich nicht in Gefahr begeben, hast du mich verstanden?" Sein eindringlicher Blick ruhte auf ihr.

„Verstanden", bestätigte sie aufgeregt.

„Dann wäre das also geregelt. Wann sollen wir mit deinem Bruder sprechen?"

„Äh ... worüber denn?"

„Über meine Absichten dir gegenüber", erwiderte er mit einem Anflug von Ungeduld.

Panik erfasste sie. Hatte er etwa nicht über eine private Übereinkunft nur zwischen ihnen gesprochen? Sie war noch nicht bereit dazu, ihre aufkeimende Beziehung der Öffentlichkeit preiszugeben.

„Dafür ist es noch zu früh. Es geschieht alles so schnell und ..."

„Wir sollten nicht unnötig Zeit vergeuden. Immerhin verbergen wir weiß Gott schon genug vor deiner Familie. Ich muss darauf bestehen, dich offiziell zu umwerben, wie es der Anstand gebietet."

Verzweifelt suchte sie nach einem Kompromiss, der Carlisle nicht zu einer Entscheidung zwingen würde, die er später womöglich bereute. „Warum warten wir nicht bis zum Ende der Veranstaltung und entscheiden dann, ob du mit Ambrose sprechen solltest?"

„Warum? Das ist nur unnötige Zeitverschwendung."

„Ist es nicht", protestierte sie. „Es geht hier um eine wichtige Entscheidung, die den Rest unserer Leben betrifft. Ich will nur, dass wir beide uns ganz sicher sind."

„Ich bin mir sicher", beharrte er stur.

„Wie kannst du das so zweifelsfrei sagen?"

„Weil ich nicht zum ersten Mal um jemandes Hand anhalte."

„Ach, *wirklich?*" Überrascht blieb sie stehen, doch er zog sie weiter. „Wann war das? Ich meine, alle behaupten doch immer, du seist ein eingefleischter Junggeselle. Niemand weiß etwas von einer früheren Beziehung."

„Es ist schon einige Jahre her, und beide Male sorgte ich dafür, dass die *ton* nichts davon erfährt."

„Beide Male ... *Plural?* Es geschah mehr als einmal?"

„Das ist zumindest die generelle Definition von Plural", erwiderte er schnippisch. „Ich will nicht ins Detail gehen. Es genügt zu sagen, dass ich mir der Zuneigung beider Damen zum jeweiligen Zeitpunkt sicher war. Die erste war die Schwester eines Freundes. Ich begleitete sie während ihrer ersten Ballsaison und half ihr mehr als einmal aus einer misslichen Lage heraus. Sie zeigte sich äußerst dankbar und wirkte von mir angetan ... zumindest dachte ich das. Doch als ich um ihre Hand anhielt, sagte sie mir, sie habe nie mehr in mir gesehen als einen Freund."

„Oh ... Das tut mir leid." Violet wusste nicht, was sie sonst darauf antworten sollte.

„Dein Mitleid kannst du dir sparen", erwiderte er abfällig. „Ich erzähle dir das nur, damit du meine Sicht der Dinge verstehst. Beim zweiten Mal lief es ähnlich ab. Zunächst erweckte die junge Dame den Anschein, an mir interessiert zu sein. Als ich ihr einen Antrag machte, willigte sie ein."

„Was geschah dann?"

„Sie wollte unsere Verlobung fürs Erste geheim halten. Angeblich hätte ihre Schwester sich gerade erst verlobt, und sie wollte ihr nicht die Schau stehlen." Seine Miene war undurchdringlich. „Nach einem Monat sagte ich ihr, ich wolle unsere Beziehung offiziell bekannt geben. Da gestand sie mir, dass sie sich in einen anderen Mann verliebt hätte. Eine Woche später brannte sie mit ihm durch."

Verflixt und zugenäht. Gleich *zweimal* hatte man ihn aufs Schäbigste hingehalten. Für einen so stolzen Mann wie ihn musste das ein schwerer Schlag gewesen sein. Nun begriff sie auch, wo seine anfänglichen Vorurteile ihr gegenüber herrührten.

Plötzlich kam ihr noch ein anderer Gedanke: Hatten diese Frauen ihm etwa beide Male das Herz gebrochen? Diese Vorstellung gefiel ihr überhaupt nicht.

„Warst du sehr ... verletzt?", fragte sie vorsichtig.

„Mein Stolz schon. Ich war eher wütend. Danach realisierte ich, dass ich das weibliche Geschlecht einfach nicht verstehe. Die Signale, die ihr aussendet, sind schwer zu deuten."

Die Erleichterung darüber, dass sein Herz nicht involviert gewesen zu sein schien, verblasste angesichts seines missmutigen Blicks.

Sie hob die Brauen. „Was siehst du mich da so an? Ich verstehe sie auch nicht."

„Ich bin kein Freund von Koketterie und Spielchen", fuhr er grimmig fort. „Daher habe ich mich seitdem vom Heiratsmarkt ferngehalten."

„Was hat dich in Bezug auf mich umgestimmt?" Hoffentlich würde er sagen, es seien ihr Charakter und ihr Charme.

„Im letzten Jahr wurde das Thema Ehe zunehmend unvermeidbar für mich. Finanziell gesehen."

Wie romantisch.

„Aber ... ich bin keine reiche Erbin." Ihr wurde bewusst, wie wenig sie über seine finanzielle Situation wusste und welche Art von Mitgift er von einer zukünftigen Braut erwartete. Nervös fügte sie hinzu: „Bestimmt könnten Ambrose und auch meine Schwäger ihren Einsatz etwas erhöhen, aber ..."

Carlisle lachte laut auf.

„Was ist denn so lustig?", wollte sie wissen.

„Das klingt, als seist du der Einsatz bei einem Kartenspiel, zu dem alle etwas beisteuern wollten." Zärtlich tätschelte er ihr die Wange.

„Aber für dich steht doch viel auf dem Spiel, oder nicht?"

Seine Belustigung verflog umgehend. „In der Tat", erwiderte

er nüchtern. „Letztes Jahr habe ich meinen persönlichen Besitz verkauft, um das Familienanwesen über Wasser zu halten. Ich habe meine Stallungen versteigern müssen, einschließlich des Zuchtprogramms, das ich im Begriff war aufzubauen."

In seiner Stimme klang ein Anflug von Wehmut mit. Obwohl er es nicht offen zugab, hatte Richard aus Pflichtbewusstsein seine eigenen Wünsche und Träume hintenangestellt. Ebenso selbstlos setzte er sich auch für seinen jüngeren Bruder ein.

Er ist ein wirklich anständiger Mann.

„Es tut mir leid, dass du deine Träume aufgeben musstest", sagte sie sanft.

Kurz wirkte er verlegen, dann zuckte er mit den Schultern. „Ich habe getan, was nötig war."

„Hast du vor, die Zucht eines Tages wieder aufzunehmen?"

„Vielleicht irgendwann einmal. Aber es gibt wichtigere Dinge zu berücksichtigen."

Seine knappe Antwort vermochte nicht den Funken Hoffnung in seinen Augen zu verbergen. So sehr er es sich und anderen auch weismachen wollte, war sein Traum noch nicht völlig zerplatzt.

„Was du willst, *ist* wichtig", beharrte sie.

Er seufzte. „So einfach ist das nicht, Violet. Ich muss an das Familienvermögen denken und alle, die davon abhängig sind."

„Wie steht es denn aktuell darum?"

„Im Moment ist die Lage stabil. Ich habe finanzielle Maßnahmen ergriffen, die, wie man mir sagte, drakonischer Natur seien. Meine Mutter ist deswegen immer noch wütend auf mich", erklärte er trocken.

„Wie kann sie dir das vorwerfen, wenn dir doch keine andere Wahl blieb?"

„Sie findet einen Weg."

Es gefiel ihr nicht, dass er die Vorwürfe ohne Weiteres akzeptierte. Die Last, die er zu tragen hatte, war noch viel schwerer als sie ursprünglich vermutete, und scheinbar erntete er kaum Dank für seine Mühen. Kein Wunder, dass er mitunter so ein Griesgram war. Als sie an die Lügen dachte, die Wick ihr über seinen älteren Bruder erzählt hatte, wurde sie sauer.

„Keine Sorge, du wirst keinen armen Bettler heiraten." Scheinbar hatte er ihr Schweigen falsch interpretiert, denn er fügte entschlossen hinzu: „Ich werde dafür sorgen, dass du ein angenehmes Leben führst."

„Ich mache mir nichts aus Geld", beeilte sie sich, ihm zu versichern. „Als ich jung war, besaß meine Familie nicht gerade viel. Ehrlich gesagt, ist mir ein einfaches Leben lieber."

Er nickte schroff. „Also sind wir uns einig?"

Romantik war wirklich nicht seine Stärke. Zum Glück fand sie seine Direktheit unwiderstehlich ... weitaus angenehmer als nichtssagende Schmeicheleien. Es verlieh ihr Hoffnung, dass er ihr von seiner Vergangenheit erzählt hatte und mit ihr zusammenarbeiten wollte, um Wick zu retten.

Kompromisse seien der Schlüssel zum Erfolg, hatte Emma gesagt. Aber beide Seiten mussten ihren Beitrag leisten.

„Also gut." Hoffentlich machte sie keinen Fehler. „Sprich mit meinem Bruder, Carlisle."

Er atmete tief aus. Als sie erkannte, dass er nervös die Luft angehalten hatte, machte ihr Herz einen Satz.

Langsam hob er ihre Hand an seine Lippen. „Du wirst es nicht bereuen. Allerdings muss ich dich um einen weiteren Gefallen bitten."

„Noch einen?" *Ups.* Sie hatte nicht so unhöflich klingen wollen.

„Ja", bestätigte er ernst. „Ich möchte, dass du mich Richard nennst."

„Oh. Äh, na schön, Richard."

In Anbetracht der körperlichen Nähe, die sie bereits mit ihm erlebt hatte, war es albern, dass sie so heftig auf seine Bitte reagierte. Doch unter seinem glühenden Blick wäre sie ihm am liebsten wie eine törichte Debütantin in die Arme gefallen.

Sie ermahnte sich, dass ihnen nicht mehr viel ungestörte Zeit blieb und es noch einiges zu besprechen gab. Also atmete sie tief durch. „Jetzt aber zu Wick. Was sollen wir als Nächstes tun?"

Der zärtliche Ausdruck in seinen Augen verhärtete sich. „Weißt du, wie das Gespräch zwischen deinem Bruder und dem Richter verlaufen ist?"

An diesem Morgen hatte sich bereits viel getan. Dr. Abernathy war eingetroffen, um den Leichnam zu untersuchen, und außerdem hatte Billings den zuständigen Beamten nicht länger hinhalten können. Richter Jones war mit einer Schar von Ordnungshütern eingetroffen. Vi war es gelungen, einen kurzen Blick auf ihn zu erhaschen: Im Vergleich zu ihm wirkte selbst der Sensenmann wie ein Ausbund an Fröhlichkeit. Bei seiner Ankunft hatten sich die übrigen Gäste – insbesondere die Halsabschneider unter ihnen – schleunigst aus dem Staub gemacht.

Der verzweifelte Bankier hatte Ambrose angefleht, unter vier Augen mit Jones zu sprechen.

„Laut Emma hat der Richter zwar ein paar ungehaltene Fragen gestellt, sich dank Ambroses tadellosem Ruf aber weitgehend zurückgehalten", erzählte Vi voll Stolz. „Er will unserem Bruder die Ermittlung überlassen, unter der Bedingung, dass man ihn auf dem Laufenden hält."

„Das sind doch gute Neuigkeiten, oder?"

Sie nagte an ihrer Unterlippe. „Die Sache ist nur, jetzt können wir Ambrose auf *keinen* Fall von Wicks Ring erzählen. Damit brächten wir ihn in furchtbare Bedrängnis. Entweder müsste er der Gerichtsbarkeit Beweismittel unterschlagen und könnte in große Schwierigkeiten geraten ... oder er berichtet Jones die Wahrheit, woraufhin Wick mit großer Wahrscheinlichkeit ins Gefängnis wandert. Oder noch schlimmer."

Seine angespannte Miene verriet ihr, dass er ihre Bedenken nur zu gut verstand.

„Es ist unzumutbar, dass du für Wick lügen musst", sagte er mit einem schweren Seufzer. „Aber leider ist das Beweismaterial gegen ihn unglaublich erdrückend. Nicht nur hatte er mit

Monique eine Liaison, die Beziehung endete auch noch vor Kurzem im Zwist. Außerdem kann niemand bezeugen, wo er sich zum Zeitpunkt ihres Todes aufgehalten hat. Und dann bleibt da noch die wichtigste Frage: Wie zur Hölle gelangte der Ring in Moniques Hand?"

Darüber hatte Vi auch schon nachgedacht. „Vielleicht trug sie ihn bei sich? Das Siegel eines Mannes ist unverkennbar. Der wahre Mörder hat ihn womöglich so offensichtlich platziert, um den Verdacht von sich abzulenken."

„Eine logische Schlussfolgerung." Sein anerkennender Tonfall war wie Balsam für ihre Seele. „Noch dazu haben wir eine neue Spur. Mrs Sumner erwähnte, dass Wormleigh zu Moniques Liebhabern gehörte."

„Wir könnten Ambrose erzählen, dass wir mitbekommen haben, wie andere Gäste sich darüber unterhielten. Er muss ja keine, äh, Details erfahren."

„Ich würde mich nur ungern mit ihm duellieren müssen", stimmte Carlisle ihr zu.

Violet beobachtete, wie Strathaven den Hof betrat und auf Emma zusteuerte. Dem aufgeregten Blick ihrer Schwester nach zu urteilen, musste es Neuigkeiten geben. Und tatsächlich kamen Em und Seine Gnaden kurz darauf zu ihnen herüber.

„Das war es wohl mit unserer Zweisamkeit", seufzte Carlisle.

„Wir finden bestimmt bald wieder ein wenig Zeit für uns."

Seine Augen funkelten. „Aber was ist mit deinem Ruf ...?"

„Seit wann interessiert dich mein Ruf?"

„Von Anfang an", erwiderte er würdevoll. „Wie du vielleicht bemerkt hast, wurden wir dank meiner Vorsichtsmaßnahmen noch nicht erwischt."

„Ich glaube, das liegt eher an dem Einfallsreichtum einer modernen Frau wie *mir*, Lord Hochnäsigkeit in Person", gab sie zurück. „Immerhin war *ich* diejenige, die den geheimen Hebel in dem Schrank fand."

„Gut, zugegebenermaßen besitzt du ein Talent dafür, mit

harten Gegenständen umzugehen." Obwohl er keine Miene verzog, lag ein teuflisches Funkeln in seinen Augen.

Sie spürte, wie ihr die Hitze in die Wangen stieg. Er lachte, gerade als Emma und Strathaven sich zu ihnen gesellten. Die beiden wirkten überrascht, zweifellos, weil man Carlisle sonst nie so gut gelaunt erlebte.

Die Männer verneigten sich knapp voreinander.

„Gibt es etwas Neues?", fragte Violet sofort.

Emma nickte. „Dr. Abernathy hat seine Untersuchung abgeschlossen und will uns seine Befunde mitteilen. Und ich habe mit Ambrose gesprochen: Er hat eingewilligt, dich helfen zu lassen … solange du vorsichtig bist und unter meiner Aufsicht stehst."

Begeistert fiel sie ihrer großen Schwester um den Hals. „Vielen Dank, Em!"

„Keine Ursache, Liebes." Emma warf Carlisle einen Blick zu. „Immerhin war ich einst in derselben Situation."

❦ 20 ❦

DAS GESPRÄCH MIT DR. ABERNATHY FAND IN BILLINGS' Arbeitszimmer statt. Violet, Richard, Emma und der Herzog wurden von zwei Lakaien, die vor dem Raum Wache standen, hineingeführt. Anschließend wurde die Tür hinter ihnen abgeschlossen. Offensichtlich wollte Billings nicht gestört werden und zudem verhindern, dass sich weitere Gerüchte unter den Gästen verbreiteten.

Wie gewohnt saß der Bankier an seinem Schreibtisch. Das Gemälde des toten Federviehs hinter ihm passte auf morbide Weise zu dem Thema der Versammlung. Ambrose und Marianne warteten ebenfalls bereits, und Dr. Abernathy, ein stämmiger Schotte mit buschigen Brauen, unterhielt sich gerade mit Thea sowie deren Gemahl, dem Marquis von Tremont.

Violet führte Richard zu ihnen hinüber, um sie miteinander bekannt zu machen.

„Es freut mich, Sie endlich kennenzulernen, Mylord." Theas haselnussbraune Augen funkelten wissend. „Meine kleine Schwester hat uns so viel über Sie erzählt."

„*Thea*", zischte Violet, peinlich berührt.

Eine leichte Röte überzog Richards Wangen. „Nur Gutes, will ich hoffen."

„Ausschließlich Gutes", bekräftigte Thea fröhlich.

Tremont, ein attraktiver Mann mit goldbraunem Haar und ernsten Augen, mischte sich nun ebenfalls ein. „Jeder, der mit Violet mithalten kann, hat meinen vollen Respekt."

Ihre leidgeprüften Schwäger hatten bereits mehr als einmal für sie Aufpasser spielen müssen.

„Meine Güte, ich bin dir doch nur das eine Mal entwischt", murmelte sie. „Willst du mir das etwa ewig vorhalten?"

„Jetzt, da wir vollzählig sind, sollten wir direkt zur Sache kommen", rief Ambrose, der neben dem Schreibtisch stand. „Dr. Abernathy ist freundlicherweise aus London angereist, um die Verstorbene, Monique de Brouet, zu untersuchen. Wenn Sie uns nun bitte Ihre Befunde mitteilen würden, Doktor?"

Der Angesprochene nickte kurz. „Vorab möchte ich darauf hinweisen, dass Mr Kent mich beauftragt hat, die Todesursache bei Madame de Brouet festzustellen. Da diese Wissenschaft allerdings noch in den Kinderschuhen steckt, kann ich keine Genauigkeit garantieren, sondern lediglich meine beste Einschätzung abgeben", erklärte er in seinem ausgeprägten, schottischen Akzent.

„Sie sind nun mal alles, was wir haben", fiel Billings mit einer wegwerfenden Handbewegung ein. „Immerhin besser als nichts."

Der Arzt straffte ungehalten die Schultern. „Meine Befunde basieren auf genauesten Beobachtungen und Einbeziehung aller Fakten. Das ist sogar weitaus besser als nichts."

„Bitte, fahren Sie fort, Doktor", sagte Ambrose mit einem warnenden Blick in Richtung ihres Gastgebers.

„Also schön. Ich entdeckte eine Wunde an der rechten Schläfe des Opfers, etwa drei Millimeter tief, zwei Zentimeter breit und fünf Zentimeter lang. Diese Abmessungen stimmen mit der Kante des Kamins in der Bibliothek überein. Das Blut an dem Sims stützt die Annahme, dass sie sich daran verletzt hat."

„Wir wissen doch längst, dass sie sich den Kopf gestoßen hat", warf Billings ein. „War es ein Unfall?"

„Das lässt sich anhand der physischen Beweise nicht bestimmen."

„Also sind wir keinen Schritt weitergekommen", knurrte der Banker entrüstet. „Wenn das so ist, will ich die Sache nicht weiter in die Länge ziehen. Kent, schließen Sie die Ermittlung ab und berichten Sie Jones, dass es ein Unfall war ...“

„Madame de Brouets Tod war keineswegs ein Unfall", unterbrach Dr. Abernathy ihn.

„Sie haben doch gerade gesagt, Sie wissen nicht, ob sie gegen die Kante gestürzt ist oder gestoßen wurde", konterte Billings ungeduldig.

„Das stimmt. Allerdings kenne ich die wahre Todesursache. Und diese war kein Unfall."

Vi begriff als Erste, worauf er hinauswollte. „Soll das heißen ... es war nicht der Schlag gegen den Kopf, der sie getötet hat?"

„Ganz genau, Miss Kent." Der Arzt nickte ihr anerkennend zu.

„Woran ist sie dann gestorben?", fragte Richard.

„Ersticken." In der schockierten Stille, die seiner Äußerung folgte, fügte Dr. Abernathy hinzu: „Ich denke, sie wurde erdrosselt."

***

Monique de Brouet war ermordet worden ... und hielt zum Todeszeitpunkt Wicks Ring umklammert?

Bei dem Gedanken gefror Richard das Blut in den Adern.

Kent runzelte die Stirn. „Können Sie genauer erläutern, wie Sie zu diesem Schluss gelangt sind, Doktor?"

„Natürlich." Dr. Abernathys belehrender Tonfall erinnerte Richard an seine ehemaligen Professoren aus Eton und Oxford. „Zunächst einmal bin ich nicht überzeugt, dass die Wunde an der

Schläfe tödlich war. Vielleicht hätte das Opfer ein wenig Blut verloren und möglicherweise auch für kurze Zeit das Bewusstsein, aber keinesfalls wäre sie daran gestorben. Also suchte ich nach anderen Hinweisen, die auf die Todesursache hindeuten könnten, und fand tatsächlich mehrere. Zum einen hatte die Verstorbene blutunterlaufene Augen, ein typisches Anzeichen für Erstickung. Außerdem fand ich Blutergüsse um Mund und Nase, was ebenfalls darauf hinweist, dass ihr die Luft abgedrückt wurde. Daraufhin untersuchte ich die Mundhöhle und entdeckte einige individuelle Fasern."

„Fasern wovon?", fragte Kent.

„Einer Art gelben Stoffs."

Der Ermittler rieb sich nachdenklich das Kinn. „Von einem Kissen, beispielsweise?"

„Das gängigste Mittel, um jemanden zu ersticken", bestätigte der Arzt. „Ich fand ein gelbes Kissen auf dem Sofa in der Bibliothek, zu dem die Fasern passen könnten. Aber da sich darauf kein Blut befindet, obwohl das Opfer eine blutende Wunde aufwies, scheint es mir nicht die Mordwaffe zu sein. Daraus schlussfolgere ich, dass der Mörder ein ähnliches Kissen verwendet und anschließend aufgrund der verräterischen Flecken mitgenommen hat."

„Von einem dekorativen Standpunkt aus gesehen würde es durchaus Sinn ergeben, zwei davon zu haben", gab Mrs Kent zu bedenken.

„Billings", wandte der Ermittler sich nun an den Gastgeber, „würden Sie Ihr Personal anweisen, nach dem anderen gelben Kissen zu suchen?"

Der Angesprochene nickte widerwillig.

„Also können wir annehmen, dass Monique sich den Kopf stieß, das Bewusstsein verlor, wieder zu sich kam ... nur, um gleich darauf mit einem Kissen erstickt zu werden?", fasste die Herzogin nachdenklich zusammen.

„Das wäre eine logische Schlussfolgerung, ja. Und da ist noch eine Sache." Abernathy holte ein gefaltetes Taschentuch hervor und legte es auf Billings' Schreibtisch. Er öffnete es und zog eine dünne Goldkette heraus, die er den übrigen Anwesenden präsentierte.

„Die hier hatte sich im Mieder des Opfers verheddert. Sie wurde abgerissen. Vielleicht passierte es während des Angriffs, aber dessen bin ich mir nicht sicher."

Plötzlich kam Richard ein beunruhigender Gedanke. Hatte Monique womöglich Wicks Ring an dieser Kette getragen? Wenn ja, könnte der Mörder ihn bemerkt und die einmalige Gelegenheit ergriffen haben ...

Mit entschlossener Miene stand Billings auf. „Nichts davon darf an die Öffentlichkeit gelangen."

„Aber um die Sicherheit der übrigen Gäste zu gewährleisten ...", setzte Kent an.

„Glauben Sie mir, meine Geschäftspartner können auf sich selbst aufpassen. Was die anderen betrifft, stelle ich eben weitere Wachen ein", sagte der Bankier mit einer abfälligen Handbewegung. „Außerdem hat Richter Jones ja darauf bestanden, seine Männer vor dem Eingangstor zu positionieren. Er behält jeden im Auge, der kommt und geht. Den Rest überlasse ich Ihnen, Kent ... aber bleiben Sie immer schön zartfühlend, ja?" Billings strich sich die Weste glatt. „Wenn Sie mich jetzt entschuldigen würden, ich muss mich um meine Gäste kümmern."

Nachdem er das Zimmer verlassen hatte, knurrte Kent missmutig: „Hat er mir gerade tatsächlich befohlen, einen Mordfall *zartfühlend* zu lösen?"

„Ich fürchte ja." Seine Frau legte ihm beschwichtigend eine Hand auf den Arm. „Vergiss ihn einfach, Liebling. Wir müssen uns auf die nächsten Schritte konzentrieren."

„In der Tat", stimmte Strathaven ihr zu. „Jetzt, da wir die Todesursache kennen, sollten wir vorrangig die Liste der Verdächtigen eingrenzen."

„Angefangen mit Miss Ashe", sagte die Herzogin. „Strathaven

und ich sprachen mit dem Zimmermädchen, Mary, die uns bestätigte, dass sie Miss Ashe bei der Abendtoilette und dem Zubettgehen half. Natürlich wissen wir nicht, ob sie die ganze Zeit über auf ihrem Zimmer blieb, aber zumindest hat sie ein Alibi zwischen ein und zwei Uhr nachts.“

„Wenn Monique wirklich ein bis zwei Stunden starb, bevor man sie fand, also zwischen ein und drei Uhr, wie ich vermutete, wäre Miss Ashe zumindest teilweise aus dem Schneider“, murmelte Kent. „Anhand Dr. Abernathys Befunden würde ich vorschlagen, eine neue Liste all derer zu erstellen, die eine Verbindung zu unserem Opfer hatten. Vielleicht finden wir so ein Mordmotiv.“

„Lord Wormleigh sollte an erster Stelle stehen“, platzte Violet heraus.

Kent starrte sie an. „Warum das?“

Sie wechselte einen flüchtigen Blick mit Richard. Hoffentlich wusste sie, was sie tat.

„Weil ich, äh, ein paar Damen auf dem Ball gestern darüber tratschen hörte. Ich konnte sie nicht genau sehen, weil zwischen uns ein Raumteiler stand. Aber sie, ähm, behaupteten, dass eine Bedienstete mitbekam, wie Lord Wormleigh und Monique sich am Abend ihres Todes stritten. *Und* Wormleigh wurde ein wenig später auch noch vor der Bibliothek gesichtet.“

„Hervorragende Beobachtungsgabe, meine Liebe.“ Die Herzogin klang beeindruckt.

Violet errötete und rutschte unruhig auf ihrem Platz hin und her. Offensichtlich bereitete es ihr Unbehagen, ihre Familie anzulügen. Andererseits konnte sie ihnen ja wohl kaum die Wahrheit erzählen: dass sie Mrs Sumner und Price belauscht hatte, während sie sich gemeinsam mit Richard unter der Bühne des Amphitheaters versteckt hielt.

„Gut gemacht, Vi. Dann setzen wir Wormleigh gleich ganz nach oben.“ Kent notierte sich etwas in sein kleines Buch.

„Cedric Burns sollte ebenfalls in Betracht gezogen werden", sagte Richard. „Immerhin war er Moniques Kollege."

Der Ermittler schrieb auch seinen Vorschlag auf. „Gibt es etwas Neues von der Kammerzofe des Opfers?"

Die Herzogin schüttelte den Kopf. „Das Schlafmittel, das die Haushälterin, Mrs Hopkins, ihr verabreichte, hat sie völlig ausgeschaltet. Heute Morgen schlief Jeanne noch tief und fest. Ich werde gleich nach der Besprechung nochmals nach ihr sehen."

„Ich komme mit. Wenn jemand die Geheimnisse einer Lady kennt, dann die Zofe", sagte Mrs Kent.

Plötzlich wurde Richard von Panik erfasst. In dem ganzen Durcheinander hatte er das Zimmermädchen völlig vergessen ... und was sie wissen könnte. Wick hatte zwar gesagt, dass niemand über seine Beziehung zu Monique im Bilde gewesen sei, aber vielleicht war ihm die Bedienstete dabei gar nicht in den Sinn gekommen. Kannte Jeanne die Liebhaber ihrer Herrin? Könnte sie Wick als einen von ihnen identifizieren?

„Darf ich euch ebenfalls begleiten?", fragte Violet schnell. „Ich habe Jeanne bereits kennengelernt. Vielleicht wäre sie gewillt, mit mir zu sprechen."

„Gute Idee", stimmte ihre Schwester zu.

Daraufhin warf Violet ihm einen Blick zu, der unmissverständlich war.

Überlass das nur mir. Ich schaffe das.

Da ihm nichts anderes übrig blieb, nickte er resigniert. Um ehrlich zu sein, fühlte es sich sogar gut an, jemanden zu haben, auf den er sich verlassen, dem er vertrauen konnte.

„Drei Befragungen sind doch schon mal ein guter Anfang", sagte Kent. „Außerdem habe ich Nachricht von meinen Partnern, Mr Lugo und Mr McLeod, erhalten. Sie kümmern sich um die Ermittlungen in London, wo sie Moniques Bekanntenkreis verhören sowie ihren Wohnsitz durchsuchen werden. Sie wollen sich in drei Tagen mit neuen Informationen melden."

Drei Tage. Richards Magen krampfte sich zusammen. Vielleicht würde man in London Beweise für Wicks Affäre mit der Akrobatin entdecken. Dann käme er ganz sicher auf die Liste der Verdächtigen. Es war, als läge eine unsichtbare Schlinge um den Hals seines Bruders, die sich immer weiter zuzog.

Als er Violet ansah, erkannte er dieselbe Angst in ihren Augen. Aber auch dieselbe Entschlossenheit. Der Sand im Stundenglas rieselte unerbittlich. Ihnen blieben drei Tage, um den wahren Mörder zu überführen und Wicks Unschuld zu beweisen.

❦ 21 ❦

Es wurde beschlossen, die Aufgaben untereinander aufzuteilen. Die Männer wollten sich um Wormleigh und Burns kümmern, während die Frauen mit Moniques Zofe sprachen. Thea und Tremont würden einstweilen auf Primrose und Polly aufpassen.

Ambrose flüsterte den beiden zu: „Tut mir leid, dass euch beiden die gefährlichste Mission von allen zufällt. Polly sollte kein großes Problem darstellen ... aber bitte seid so gut und behaltet meine Tochter im Auge, ja? In letzter Zeit zieht Rosie Ärger magisch an."

„Mach dir keine Sorgen", beschwichtigte Thea ihn und nickte lächelnd in Violets Richtung. „Wie viel schlimmer als Vi kann sie schon sein?"

Diese bemerkte die belustigten Blicke der anderen und widerstand dem Impuls, ihrer Schwester die Zunge herauszustrecken. Wie vernünftig sie doch wurde!

„Sehr witzig, Thea", erwiderte sie daher nur hochmütig und ließ es dabei bewenden.

Anschließend folgte sie Emma und Marianne zu den Dienstbotenquartieren. Sie war so gespannt, aber gleichzeitig auch besorgt. Was würde Jeanne wohl über Moniques Vergangenheit preisgeben? Kannte die Zofe deren Liebhaber, einschließlich Wick? Wenn ja, wie sollte Violet sich in diesem Fall am besten verhalten?

Em führte sie erst hinunter in die Küche. In dem großen Raum herrschte geschäftiges Treiben. Dienstmädchen und Lakaien eilten hin und her, hielten jedoch abrupt inne, als sie die drei Damen bemerkten, und verneigten sich hastig, sobald Vi und ihre Gefährtinnen sie passierten.

Kurzweilig wurde Violet von ihren Sorgen abgelenkt, als ihr der Duft von frischem Gebäck und Braten in die Nase stieg. Ihr Magen knurrte laut ... das Mittagessen lag bereits Stunden zurück! Sie hielt inne und beäugte einen Teller mit belegten Broten auf dem Küchentresen.

„Nehmen Sie sich ruhig eines, Miss", sagte die Köchin, eine freundliche Frau mit Brille und blütenreiner Schürze. „Es gibt mehr als genug davon."

Das musste sie sich nicht zweimal sagen lassen. Sie bedankte sich überschwänglich bei der Frau, wählte eines der dreieckigen Brote aus und biss herzhaft hinein. Butter, gepökelter Schinken und Chutney ... köstlich! Schnell schnappte sie sich ein zweites als Wegzehrung und eilte kauend den beiden anderen hinterer.

„Meine Güte, hättest du nicht bis zum Abendessen warten können?", tadelte Emma sie.

„Ich habe nun mal Hunger", verteidigte Vi sich.

„Tartaros", sagte Marianne mit einem Kopfschütteln.

Eine Frau in einem schwarzen Baumwollkleid kam auf sie zu und knickste höflich. Ihr gepflegtes sowie autoritäres Auftreten ließ darauf schließen, dass sie die Haushälterin sein musste.

„Guten Tag, Euer Gnaden. Verehrte Damen. Wie kann ich Ihnen behilflich sein?"

„Hallo, Mrs Hopkins", grüßte Emma. „Wir wollten noch einmal nach Jeanne sehen."

Die Haushälterin schüttelte den Kopf. „Eine furchtbare Geschichte. Man kann der Ärmsten ihren Schock wirklich nicht verdenken. Hoffentlich geht es ihr mittlerweile besser."

Em führte sie weiter durch den Speisesaal der Bediensteten, einen langen, schmalen Raum, in dessen Mitte sich ein großer, aufgebockter Tisch befand. An einer der Wände hing eine Reihe von kleinen Metallglöckchen, unter denen die Namen der anwesenden Gäste geschrieben standen. Wann immer eines von ihnen läutete, musste einer der Angestellten Tee und sonstige Aufgaben stehen lassen und sich um das Anliegen der entsprechenden Person kümmern.

Vi folgte Emma durch ein Labyrinth aus Gängen drei weitere Treppen hinauf, bis sie endlich ihr Ziel erreichten: das Dachgeschoss. Von dem engen Korridor gingen zu beiden Seiten mehrere Türen ab.

Ihre Schwester wandte sich der ersten zu und klopfte forsch. „Jeanne? Ich bin es, die Herzogin von Strathaven. Wir wollten uns erkundigen, wie es Ihnen geht."

Keine Antwort.

„Ob sie noch schläft?", wunderte Marianne sich.

„Die Wirkung des Trunks sollte inzwischen abgeklungen sein", erwiderte Emma stirnrunzelnd. Sie klopfte erneut.

„Versuch es mit dem Türknauf", schlug Vi vor.

Ihre Schwester rüttelte daran. „Verschlossen."

„Ich hole besser Mrs Hopkins", verkündete Marianne und machte sich sogleich auf den Weg.

„Beeil dich", rief Emma ihr hinterher. An Violet gewandt, flüsterte sie besorgt: „Ich habe ein ungutes Gefühl bei der Sache."

Dieser war ebenfalls ganz mulmig zumute.

Wenige Minuten später kehrte Marianne in Begleitung der Haushälterin zurück, die einen Schlüssel dabeihatte. Als sie jedoch die Tür aufschloss und aufzustoßen versuchte, bewegte diese sich keinen Zentimeter.

Vi versuchte es ebenfalls, allerdings ohne Erfolg. „Sie hat sie verbarrikadiert."

„Wir brauchen die Hilfe Ihrer stärksten Lakaien, Mrs Hopkins", sagte Emma.

Und so eilte die Frau wieder davon, während Em und Marianne die Zofe durch die Tür anflehten, sie einzulassen.

Violet hatte plötzlich einen anderen Einfall. Sie klopfte an der benachbarten Tür. Da niemand antwortete, drehte sie probehalber den Knauf und stellte erfreut fest, dass das Zimmer unverschlossen war.

Sie betrat den engen Raum und erblickte zwei schmale Pritschen, einen klapprigen Waschtisch und – hurra! – ein Mansardenfenster in der Dachschräge. Mit wenigen Schritten durchquerte sie die Kammer, schob die Fensterscheibe hoch und steckte den Kopf hinaus. Das Fenster zu Jeannes Gemach war ebenfalls geöffnet ... und weniger als zwei Meter entfernt. Fachkundig begutachtete sie die Neigung des abfallenden Dachs: der Vorsprung war beinahe waagerecht und leicht zu überqueren.

Gut, der Boden sah vom dritten Stock zwar relativ weit entfernt aus, aber Vi hatte schon wesentlich schwierigere Herausforderungen gemeistert. Im Gegensatz zu einem schmalen Ast oder dem Rücken eines galoppierenden Pferdes war das hier ein Kinderspiel. Entschlossen kletterte sie durch das Fenster hinaus. Dicht an die Wand gedrückt, näherte sie sich langsam und vorsichtig Jeannes Zimmer.

Ein Schritt ... zwei Schritte ... drei ...

„Ach, du meine Güte!"

Emmas Ausruf ließ sie aufschrecken und brachte sie zum Straucheln. Versehentlich trat sie einen der Ziegel los, der mit einem lauten Krachen unten auf dem Kies zersplitterte. Doch im nächsten Moment fing sie sich wieder, ihr Ziel fest vor Augen.

„Verflixt, bring mich nicht aus dem Konzept", rief sie. „Ich muss mich hier konzentrieren."

Hinter sich hörte sie, wie Emma ein Stoßgebet gen Himmel schickte.

Vier Schritte ... fünf ...

Endlich erreichte sie Jeannes Fenster, sprang schwungvoll hindurch und landete leichtfüßig in der kleinen Kammer.

„Sacré dieu!" Das Zimmermädchen stand mit dem Rücken zur Wand und starrte sie entsetzt an. Ihr Bett hatte sie gegen die Tür geschoben.

Beschwichtigend hob Vi die Hände und redete sanft auf die verschreckte Frau ein. „Keine Angst, Jeanne. Es gibt nichts, wovor Sie sich fürchten müssen."

Die alte, schwarz gekleidete Zofe war leichenblass. Ihr graues Haar hing ihr lose und wirr über die Schultern. „Wer sind Sie? Was wollen Sie von mir?"

„Wir haben uns bereits kennengelernt. Ich bin Violet Kent, wissen Sie nicht mehr? Eine von Moniques größten Bewunderinnen. Gestern hatte ich die Ehre, mich persönlich mit ihr zu unterhalten und ...“

Sie brach ab, als sie die Tränen in Jeannes geröteten Augen bemerkte. Zum ersten Mal schien jemand aufrichtig um die Akrobatin zu trauern.

Sie hat Monique wirklich gemocht, dachte sie betroffen.

„Mein tiefstes Beileid für Ihren Verlust", sagte sie leise.

Einen Moment lang herrschte betretenes Schweigen.

„Ich ... ich erinnere mich an Sie. Meine Herrin war ziemlich angetan von Ihnen."

„Wirklich?", fragte Vi überrascht.

„Oui. Jeanne, sagte sie zu mir, *Mademoiselle Kent est charmante et un peu farfelue."*

Charmante konnte sie problemlos verstehen. „Was bedeutet far-fell-lüh?"

„Ein wenig ... wie sagt man ... verrückt?"

Nun, man hatte sie schon weitaus Schlimmeres genannt. „Da

ich gerade durch Ihr Dachfenster geklettert bin, kann ich dem wohl nichts entgegensetzen."

Jeanne schluckte schwer. „Madame hätte genau dasselbe getan. Auch sie trat der Welt stets mit Mut und Einfallsreichtum entgegen. Sie hasste sinnlose Gepflogenheiten."

„Mut und Einfallsreichtum", wiederholte Vi. „Das gefällt mir. Klingt viel besser als impulsiv und leichtsinnig. Ehrlich gesagt habe ich nur kurz aus dem Fenster geschaut, und schon bewegte sich mein Körper wie von selbst."

„Madame war der Ansicht, man solle sich stets von den eigenen Impulsen leiten lassen ..."

„Violet, geht es dir gut?", ertönte Ems Stimme durch die verbarrikadierte Tür. „Lass uns rein!"

„Alles in Ordnung. Gib mir eine Minute!", rief sie zurück. Als sie bemerkte, dass Jeanne erneut zu zittern begonnen hatte, erklärte sie schnell: „Das ist meine Schwester, Emma. Sie würde gerne mit Ihnen über Monique sprechen ..."

„Aber ich will nicht mit ihr reden ... oder sonst irgendwem!" Angesichts der heftigen Reaktion, wich Violet einen Schritt zurück. „Ich werde nicht zulassen, dass man Madames Namen in den Schmutz zieht. Sie war die letzte Nachfahrin der noblen de Brouets, Gott habe sie alle selig. Niemand darf das Andenken ihrer wunderbaren Tochter besudeln."

„Wir wollen Madame Moniques Ruf keinesfalls schädigen", beteuerte Vi, „sondern lediglich Gerechtigkeit walten lassen ..."

„*Gerechtigkeit.*" Die Zofe spie das Wort aus wie eine Beleidigung. „Wissen Sie, wie viele Gräueltaten im Namen der Gerechtigkeit verübt wurden? Die Familie de Brouet, der ich seit meinem zwölften Lebensjahr treu ergeben diente, erhielt angeblich ihre *gerechte* Strafe ... Man zerrte sie aus dem Haus ihrer Vorfahren und führte sie einem betrunkenen Mob vor. Sie hörten nur noch das höhnische Gejohle dieser Barbaren, bevor die Guillotine auf sie hinabfiel."

Vi drehte sich der Magen um. In Jeannes Augen lag ein gequälter Ausdruck.

„Madame Monique ist der Revolution entkommen?", flüsterte sie.

„Natürlich nicht", schnauzte die Zofe sie an. „Meine Herrin war doch erst siebenundzwanzig, viel zu jung, um unter dem Regime dieses Teufels, Robespierre, gelebt zu haben. Wissen Sie denn gar nichts?"

Violet lief knallrot an. Geschichte war noch nie ihre Stärke gewesen. „Äh, stimmt ja. Tut mir leid."

Jeanne schnaubte ungehalten. „Moniques *maman* und ich konnten fliehen, mit nichts weiter als den Kleidern am Leib. Die *comtesse* musste die letzten Familienerbstücke zu einem Spottpreis verkaufen, um uns die Überfahrt nach England zu ermöglichen." Erneut traten ihr Tränen in die Augen. „Dort suchten wir Zuflucht, doch stattdessen fanden wir uns in einer anderen Art von Hölle wieder."

Vi entdeckte ein Taschentuch auf der Kommode neben sich und reichte es Jeanne. „Wie meinen Sie das?"

„Wir standen ohne Freunde und Geld da. Was blieb ihr anderes übrig? Was hätte sie sonst tun sollen?", murmelte die Bedienstete und wand das Stofftuch zwischen den Fingern.

„Was geht da drin vor sich?", verlangte Emma zu wissen.

Jeannes manischem Blick nach zu urteilen, war sie wohl etwas schwach im Oberstübchen. Violet musste die Ärmste schleunigst beruhigen, bevor die anderen sich Zugang verschafften.

„Ich brauche noch eine Minute", rief sie.

„Monique de Brouet wurde in der Hölle geboren, aber sie überlebte, weil sie eine Kämpferin war", fuhr die Zofe fort. Unverhohlener Stolz lag in ihrer Stimme, und sie breitete die Arme aus, als wollte sie davonfliegen. „Sie erbte die Schönheit und Eleganz ihrer *maman*, den *élan* ihrer Vorfahren, und wurde so zu einer großen Künstlerin. Geliebt und bewundert, wo auch immer sie auftrat."

„Sie war die großartigste Akrobatin, die ich je gesehen habe", stimmte Vi ihr zu.

„Die die *Welt* je gesehen hat." Von einer Sekunde zur anderen schlug Jeannes Stimmung um, und sie begann zu schluchzen. *„Comment cela pourrait-il arriver, ma petite?"*

Vorsichtig streckte Violet die Hand aus und tätschelte ihr sanft die Schulter. „Ist schon gut." Da die Zofe nicht zurückwich, schlug sie vor: „Warum setzen Sie sich nicht einen Augenblick?" Behutsam führte sie die weinende Frau zu einem Stuhl.

Anschließend schob sie hastig das Bett beiseite, um Emma und Marianne hereinzulassen. Die beiden betrachteten die völlig aufgelöste Bedienstete, die gar nicht zu bemerken schien, dass noch jemand das Zimmer betreten hatte.

„Wie geht es ihr?", flüsterte Em.

Vi verzog das Gesicht und tippte sich mit dem Finger gegen die Schläfe. *Die arme Frau ist nicht mehr ganz dicht*, sollte das bedeuten.

„Ich habe sie im Stich gelassen", jammerte Jeanne. „Und auch den Rest der Familie."

Emma ging zu ihr hinüber. „Das stimmt doch nicht, meine Liebe. Nichts davon ist Ihre Schuld."

Die Zofe ignorierte sie und fuhr fort: „Wir hätten in London bleiben sollen. Ich hätte sie davon abhalten müssen, hierherzukommen. Aber sie wollte nicht auf mich hören ... Nie hat sie auf mich gehört ..."

„Sie konnten doch nicht ahnen, dass etwas so Schreckliches passieren würde", widersprach Marianne sanft.

Ihre Worte schienen in Jeanne einen Schalter umzulegen. Mit einem Mal wurde sie ruhig und starrte mit gespenstisch ausdruckslosem Blick vor sich hin.

„Sie haben recht", sagte sie und strich das zerknitterte Taschentuch auf ihrem Schoß glatt. „Ich konnte es nicht wissen. Wie auch?"

„Also hören Sie auf, sich Vorwürfe zu machen. Wir müssen uns auf unsere Aufgabe konzentrieren", erklärte Em.

„Aufgabe?"

Emma nickte. „Leider hat sich herausgestellt, dass der Tod Ihrer Herrin kein Unfall war."

Vi machte sich auf eine weitere heftige Reaktion gefasst, aber die Zofe starrte ihre Schwester nur verständnislos an.

„Wir versuchen, mögliche Verdächtige zu identifizieren", fuhr diese fort. „Wenn Sie uns mitteilen könnten, wer von den Gästen Monique kannte, vor allem äh, intim ..."

Bitte, sag nicht Wick. Angespannt wartete Violet, um der Frau zur Not ins Wort zu fallen.

„Wie bitte?" Mit blitzenden Augen richtete Jeanne sich auf. „Monique de Brouet war kein dahergelaufenes Flittchen. Sie war eine feine Dame ... die Tochter einer *comtesse*."

„Selbst feine Damen haben doch Verehrer, oder nicht?", gab Emma zu bedenken.

„*Oui*. Aber Madame verhielt sich stets mit einer Anmut und Klasse, die ihrer Vorfahren würdig war." Jeanne reckte herausfordernd das Kinn vor. „Das ist meine unumstößliche Meinung."

Was auch immer die Zofe wissen mochte, sie würde Moniques Geheimisse niemals preisgeben. Violet atmete tief durch. Sie wusste nicht, ob sie erleichtert oder enttäuscht sein sollte.

„Wie sieht es mit Feinden aus?", fragte Marianne. „Gab es jemanden, der ihr Böses wollte?"

Plötzlich wirkte Jeanne verängstigt.

„Sie können es uns sagen", versicherte Emma ihr. „Wir werden Sie beschützen."

„Sicherheit ist eine Illusion. Am Ende holt einen die Dunkelheit immer ein", flüsterte die Bedienstete. „Flucht ist die einzige Rettung."

Wild sah sie sich um, wie ein Tier, das man in die Enge getrieben hatte. Vi befürchtete, sie könnte tatsächlich versuchen zu fliehen ... doch im nächsten Moment beruhigte sie sich wieder.

Die Ärmste ist wirklich geistig verwirrt, dachte sie mitleidig.

„Natürlich gab es diejenigen, die Madame um ihre Beliebtheit beneideten", sagte Jeanne schließlich. „Josephine Ashe und Cedric Burns, um nur zwei Beispiele zu nennen."

„Burns, sagen Sie?", wiederholte Violet. Miss Ashe hatte keinen Hehl aus ihrer Feindseligkeit gemacht, aber Burns schien der Akrobatin eigentlich freundlich gesinnt gewesen zu sein. „Er saß am ersten Abend bei Monique und mir am Tisch. Sie schienen keine angespannte Beziehung zu haben."

„Madame hätte sich nie öffentlich mit diesem Bastard gezankt", schnaubte Jeanne. „Aber er hat sie ständig privat belästigt. Er wollte wohl ein Stück von ihrem Ruhm abhaben, denn er drängte sie, gemeinsam mit ihm aufzutreten ... als wäre er ihrer würdig!"

„Außerdem hat er doch bereits eine Partnerin", sagte Vi verwirrt. „Was wäre mit Miss Ashe geschehen, wenn Monique einer Zusammenarbeit zugestimmt hätte?"

„Sie wäre aufgeschmissen gewesen", erwiderte die Zofe, nicht ohne Schadenfreude. „Aber Madame war nicht an ihm interessiert. Egal, wie oft er sie auch zu überreden versuchte, sie hat ihn jedes Mal abblitzen lassen."

„Wusste Miss Ashe von seinen Plänen?", fragte Emma.

„Je ne sais pas. Aber vor ein paar Monaten, als meine Herrin ihn das letzte Mal zurückwies, hatte sie beim Üben auf dem Hochseil beinahe einen Unfall. Das Seil drohte zu reißen, und sie hat es gerade noch bemerkt."

Marianne hob die Brauen. „Und Sie glauben, Mr Burns oder Miss Ashe könnten dahinterstecken?"

„Das Seil war neu. Es hätte sich nicht ohne Zutun aufgetrennt." Die Augen der Zofe funkelten feindselig. „Ohne Zweifel wurde es sabotiert."

„Sabotage?", flüsterte Violet. „*Verflixt und zugenäht.*"

„Dem werden wir auf jeden Fall nachgehen", versprach Emma.

„Fällt Ihnen sonst noch etwas ein, das uns bei der Suche nach dem Mörder helfen könnte?“

„*Non*. Madame war ein Engel. Diesen schrecklichen Tod hatte sie nicht verdient.“ Tränen strömten nun unablässig über Jeannes Wangen. „Jetzt, da sie von uns gegangen ist, bleibt mir nur eine letzte Pflicht: ihr Andenken zu beschützen. Das Vermächtnis der Monique de Brouet zu bewahren.“

GEMEINSAM MIT KENT UND STRATHAVEN WAR RICHARD AUF dem Weg zu dem Feld, wo Wormleigh sich angeblich gerade an der Jagd beteiligte. Es war sinnlos, sich Gedanken über die Befragung der Zofe zu machen. Außerdem war Violet dabei, und er musste darauf vertrauen, dass sie imstande war, die Situation zu meistern.

Zum ersten Mal in seinem Leben gab es jemanden, mit dem er seine Last teilen konnte. Sich auf eine andere Person zu verlassen, erfüllte ihn gleichermaßen mit Erleichterung wie auch mit Unbehagen ... vor allem, weil es sich um eine Frau handelte. Doch bisher hatte Violet sich als loyal und entschlossen erwiesen. Er hatte sich nun schon oft genug mit ihrer Hartnäckigkeit auseinandersetzen müssen, und so sehr dieser Wesenszug ihn auch irritierte, respektierte er sie auch dafür.

Sie war kein hilfloses, schwaches Ding, sondern stand zu ihren Worten und Taten.

Immer wieder musste er an ihren Tatendrang in der Dunkelheit des Amphitheaters denken, und eine pulsierende Hitze erfüllte seine Lendengegend. Der Eigensinn seiner Auserwählten hatte durchaus seine Vorzüge. Es gefiel ihm, dass sie ebenso leidenschaftlich war wie er. Und dass sie lernten, am gleichen Strang zu ziehen. Außerdem mochte er ihre Verspieltheit, die einen so vortrefflichen Kontrast zu seiner eigenen, ernsthaften Natur bildete. Ihre Eskapaden überraschten ihn immer wieder aufs Neue.

Es ließ sich nicht leugnen ... er hatte sie gern.

Wie absurd, dass sie seinen Respekt ihr gegenüber anzweifelte. Immerhin hatte er bereits einmal (beinahe zweimal) um ihre Hand angehalten. Sie war doch diejenige, die zögerte, den nächsten Schritt zu wagen. Seine früheren Erfahrungen kamen ihm in den Sinn und warnten ihn vor weiblicher Unentschlossenheit. Obwohl er Violet die Umstände der beiden missglückten Beziehungen grob erklärt hatte, ließ er doch die erniedrigenden Details seines eigenen Versagens außen vor.

Beispielsweise hatte Audrey Keane versucht, ihm Hörner aufzusetzen. Sie hatte seinen Antrag angenommen, obwohl sie bereits von einem anderen Mann schwanger war. An jenem Tag, als Richard ihr mitzuteilen gedachte, dass er die Verlobung öffentlich machen wollte, hatte er sie mit ihrem geheimen Liebhaber erwischt ... einem Soldaten, dessen Einheit vor Kurzem aus dem Ort abgezogen worden war.

Da Audrey, die sein Kind unter dem Herzen trug, nicht wusste, ob sie ihn je wiedersehen würde, schmiedete sie einen Notfallplan. Sie hielt Richard so lange wie möglich hin, in der Hoffnung, dass ihr Geliebter doch irgendwann zurückkehren würde. In gewisser Weise konnte Richard ihr diese Verzweiflungstat nicht verübeln. Stattdessen suchte er die Schuld bei sich, weil er so dumm gewesen war zu glauben, sie sei ihm tatsächlich verfallen und wolle ihn heiraten.

Und das, obwohl er doch hatte mit anhören müssen, wie seine erste Auserwählte, Lucinda Belton, ihren Freundinnen erzählte, was sie wirklich von ihm hielt.

Nein, Violet sollte keinesfalls erfahren, dass er sich nicht nur einmal, sondern gleich zweimal zum Narren gemacht hatte. Ein ungebetener Gedanke nagte an ihm: Was, wenn sie am Ende genauso war wie die anderen? Wenn sie seiner überdrüssig wurde? Zu der Einsicht kam, dass sie doch einen attraktiveren, aufregenderen Mann als ihn bevorzugte ...

Das wird verdammt noch mal nicht passieren.

In diesem Augenblick fasste er den Entschluss, ihrer Familie seine Absichten offenzulegen, ohne weiter Zeit zu vergeuden. Sowohl ihr Bruder als auch ihr Schwager waren anwesend, also sollte er die Gelegenheit beim Schopf packen. *Man muss das Eisen schmieden, solange es heiß ist.*

Er warf einen verstohlenen Blick auf die beiden Männer, die neben ihm hergingen, blieb stehen, und räusperte sich. „Ich würde gerne etwas mit Ihnen besprechen."

„Kann das nicht warten?", fragte Kent, die Augen auf mehrere Personen in der Ferne gerichtet. Die Jäger standen in einer Reihe, mit jeweils ein paar Metern Abstand voneinander, und wurden von Lakaien begleitet, welche die Schießausrüstung bereithielten. „Wir müssen uns Wormleigh vorknöpfen."

„Es dauert nicht lange. Ich möchte nur um Ihre Erlaubnis bitten." Nervös knetete Richard die Hände hinter dem Rücken. „Es ist meine Absicht, Miss Kent zu umwerben."

Ruckartig wandte ihr Bruder sich ihm zu. „Wie bitte?"

„Er möchte Violet den Hof machen", wiederholte Strathaven, ohne sonderlich überrascht zu wirken.

„Also habe ich mich doch nicht verhört." Kent runzelte die Stirn. „Warum?"

„Äh, Verzeihung, was meinen Sie mit *warum*?"

„Warum ausgerechnet meine Schwester? Wie ich hörte, scheinen Sie keine sehr hohe Meinung von ihr zu haben. Korrigieren Sie mich, wenn ich mich irre."

Schweißtropfen bildeten sich unter Richards Kragen. Damit waren eindeutig die Gerüchte über Violet gemeint, die er vor einigen Monaten unbeabsichtigt in Umlauf gebracht hatte. In den letzten Tagen hatten sich seine Gefühle für sie so radikal geändert, dass er sich kaum noch an seine frühere Einstellung erinnern konnte. Plötzlich wurde ihm klar, dass seine damalige Feindseligkeit von einer wachsenden Anziehungskraft herrührte. Er hatte versucht, dieser mit aller Kraft zu widerstehen ... jedoch vergeblich.

Was für ein Narr er doch gewesen war.

Er holte tief Luft. „Ich habe mich aufrichtig bei Miss Kent für mein unangebrachtes Verhalten entschuldigt. Es war wirklich nicht meine Absicht, Gerüchte in die Welt zu setzen." Kurz hielt er inne, um nach den richtigen Worten zu suchen. „Jeder Moment, den ich in Miss Kents Gegenwart verbringe, steigert meine Reue ins Unermessliche. Ich habe sie völlig falsch eingeschätzt, und ich habe nichts weiter zu meiner Verteidigung hervorzubringen, außer der Zusicherung, dass ich sie zukünftig mit dem Respekt und der Bewunderung behandeln werde, die sie verdient."

Angespannt wartete er auf eine Antwort.

„In Anbetracht der Tatsache, dass Violet Sie in den Champagnerbrunnen geschubst hat, sind Sie beide wohl quitt", kommentierte Strathaven trocken.

„Was?" Entgeistert starrte Kent den Herzog an. „Dafür war *Violet* verantwortlich?"

„Sie hat ihren Schwestern gestern alles gestanden. Natürlich hat Emma es mir erzählt ... sie hat keine Geheimnisse vor mir", erklärte Seine Gnaden mit einem Anflug von Genugtuung. „Also sollten wir Carlisle wohl dafür danken, dass er unsere liebe Vi vor einem Skandal bewahrt hat."

„Nicht nötig. Ich hatte es nicht anders verdient", murmelte Richard.

„Jeder Mann, der nach einem solchen Affront nicht das Weite sucht, hat meine Wertschätzung", sagte Strathaven mit einem amüsierten Zucken um die Mundwinkel. „Wie siehst du das, Kent?"

Der Ermittler wirkte nachdenklich, seine Miene angespannt.

„Ich will ehrlich mit Ihnen sein, Carlisle. Meine Schwester ist eine außergewöhnliche, junge Frau. Sie ist nicht wie andere Damen, lässt sich in keine Schublade stecken. Sie hingegen scheinen mir ein traditionsbewusster Mann zu sein. Ich bin mir nicht sicher, ob sie zu Ihnen passen würde, Mylord."

„Ehrlich gesagt hatte ich ähnliche Bedenken", gab Richard unumwunden zu. „Aber wo ein Wille ist, ist auch ein auf Kompromissen basierender Weg. Ich bin mehr als gewillt, alle zukünftigen Differenzen zu überbrücken, um Miss Kent glücklich zu machen, Sir." Er beschloss, seine Karten ganz offen auf den Tisch zu legen. „Ich habe die feste Absicht, mir eine gemeinsame Zukunft mit ihr aufzubauen. Wenn es nach mir ginge, würde ich bei Ihnen direkt um ihre Hand anhalten, anstatt Sie um Erlaubnis zu bitten, ihr den Hof machen zu dürfen. Aber sie wünscht sich mehr Zeit, damit wir einander besser kennenlernen können, bevor sie eine Entscheidung trifft, und ich würde ihr niemals einen Wunsch abschlagen. Also muss ich mich heute damit begnügen, Ihnen zu versichern, dass meine Absichten ehrenhafter Natur sind."

„Aufrichtige Worte", murmelte Strathaven. „Komm schon, Kent, lass dich erweichen. Sieh dir den armen Kerl doch nur an ... so viel wie heute hat er in seinem gesamten Leben noch nicht gesprochen. Hast du je zuvor einen solch ernsthaften Antrag gehört? ... Doch, warte! Wie war das noch gleich, als wir uns kennenlernten?"

Kent funkelte ihn irritiert an. „Bring mich nicht dazu, meine Zustimmung zu deiner Ehe mit Emma zu bereuen."

„Als hättest du sie davon abhalten können, das zu tun, was sie wollte."

Ungeduldig mischte Richard sich in das Wortgefecht ein. „Habe ich nun Ihre Erlaubnis, Kent?"

Nach kurzem Zögern murmelte der Ermittler: „Also gut. Wenn auch nur, weil Sie kaum schlimmer sein können als mein gegenwärtiger Schwager."

„Damit meint er natürlich Tremont", erklärte Strathaven amüsiert.

Kents Miene verfinsterte sich. „Können wir uns jetzt endlich wieder unserer eigentlichen Aufgabe widmen?"

„Gerne", sagte Richard erleichtert, und fügte eilig hinzu: „Ich danke Ihnen beiden."

Als sie sich Wormleigh näherten, zweifelte er jedoch daran, ob es so klug war, einen Verdächtigen zu befragen, der eine geladene Waffe in der Hand hielt. Wormleigh, dessen Jagdkleidung aus Tweed sich um seinen beachtlichen Bauch spannte, zielte mit der Schrotflinte auf das Waldgebiet etwa fünfzig Meter entfernt. Neben ihm stand ein Lakai, der einen großen Weidenkorb voller Flinten bereithielt, während ein gelangweilt dreinblickender Jagdhund vor ihm auf dem Boden lag.

„Lord Wormleigh, hätten Sie einen Augenblick Zeit?", fragte Kent.

„Ruhe bitte, mein Herr", erwiderte der Angesprochene, ohne sich umzudrehen. „Die Treiber sind wieder unterwegs."

Richard bemerkte die Männer, die sich durch das dichte Gestrüpp schlugen, um das Wild mit ihren Stöcken und Fahnen aus der Deckung zu treiben. Wenige Sekunden später flatterte eine Schar aufgeschreckter Fasanen auf, deren Geschrei von dem lauten Knallen der Gewehre übertönt wurde.

Wormleigh drückte ab, fluchte, schnappte sich die nächste Flinte aus dem Korb und schoss erneut.

Die Vögel erhoben sich unbeschadet in die Lüfte.

„Verdammt", schrie ihr Verdächtiger mit hochrotem Kopf. „Ich hätte schwören können, einen erwischt zu haben!"

„Mehr Glück beim nächsten Mal", sagte Strathaven gedehnt.

„Wir müssen mit Ihnen sprechen, Mylord", versuchte Kent es erneut. „Allein, wenn möglich."

Wormleigh schickte den Bediensteten fort, der gerade die benutzten Gewehre nachlud. Der rotbraune Jagdhund zu seinen Füßen gähnte nur und döste weiter.

„Also, was ist los?", wollte er wissen, während er einen silbernen Flachmann hervorholte.

„Es geht um Madame Monique", erklärte Kent. „Ich wurde damit beauftragt, ihren Tod zu untersuchen, und würde Ihnen gerne ein paar Fragen stellen, wenn Sie es gestatten."

„Sagte Billings nicht, es sei ein Unfall gewesen? Dem habe ich nichts hinzuzufügen." Er nahm einen tiefen Schluck. „Ich habe die Frau kaum gekannt."

„Wie mir zugetragen wurde, haben Sie sich am Tag ihres Todes mit der Verstorbenen gestritten, Mylord", wandte der Ermittler ein.

Wormleigh verschluckte sich und spuckte seinen Kognak aus. „Wer hat das behauptet?"

„Mehrere Quellen", erwiderte Kent mit neutraler Miene. „Laut einer von ihnen wurden Sie zudem später an besagtem Abend in der Nähe der Bibliothek gesehen. Wo man die Verstorbene entdeckte."

„Wollen Sie damit etwa andeuten, *ich* hätte etwas mit ihrem Tod zu tun ...?" Wormleigh lief puterrot an. „Ich sollte Sie umgehend zum Duell herausfordern, Sir!"

„Oder Sie beantworten einfach seine Frage", mischte Strathaven sich mit hochgezogener Braue ein. „Es sei denn, Sie haben etwas zu verbergen, Mylord?"

„Ganz und gar nicht!"

„Warum weigern Sie sich dann, mit uns zu sprechen?", fragte Richard ruhig.

Wild blickte der dickbäuchige Mann um sich, wie ein in die Enge getriebenes Tier. Er studierte Kents standhafte Haltung sowie Strathavens gelangweilte, aber bedrohliche Miene, dann wanderte sein Blick zu Richard. Kurz schien er dessen Größe und Stärke abzuschätzen, bevor er schließlich einknickte.

„Was ich Ihnen jetzt sage, muss unter uns bleiben", murmelte er. „Geben Sie mir Ihr Ehrenwort unter Gentlemen."

„Ich verspreche Ihnen, so diskret wie möglich zu sein. Sollten

Ihre Informationen sich jedoch als wertvolles Beweismaterial herausstellen, kann ich für nichts garantieren", sagte der Ermittler.

„Raus mit der Sprache, Wormleigh", fügte Richard hinzu. „Je länger Sie die Sache hinauszögern, desto verdächtiger wirken Sie."

„Ich hatte nichts mit dem Tod dieses Flittchens zu tun", protestierte Wormleigh.

„Aber Sie kannten sie", stellte Kent fest.

In der Ferne ertönten erneut Schüsse und Vogelgeschrei.

„Wir waren flüchtige ... Bekannte."

„Was für eine Art von Bekanntschaft war das?", hakte Richard nach.

„Verflucht, Carlisle, müssen Sie so taktlos sein?", schnaubte Wormleigh ungehalten. „Monique war meine Geliebte, wenn Sie es unbedingt wissen müssen. Die Affäre hielt nicht lange an, nur ein paar Monate Anfang letzten Jahres."

„Was ist passiert?", fragte Kent.

Wormleigh nahm einen weiteren Schluck von seinem Kognak. „Sie war eine verlogene Hure."

„Erklären Sie das bitte genauer."

„Ich fand Gefallen an ihr, nachdem ich sie im Astley's auftreten sah. *Eine Frau, die auf einem Hochseil balancieren kann, hat bestimmt auch gewisse Talente im Bett*, dachte ich mir. Das kleine Kostümchen überlässt kaum noch etwas der Fantasie, nicht wahr?" Auf die eisigen Blicke hin, die seine Worte quittierten, grunzte er nur und fuhr fort: „Also stellte ich mich bei ihr vor und bekam schon bald, was ich wollte. Wir trafen eine Vereinbarung. Im Gegenzug für Miete und ein kleines Taschengeld – was nicht gerade wenig war, glauben Sie mir –, sah ich mich berechtigt, exklusive Gefälligkeiten einzufordern."

Kent musterte ihn eindringlich. „Was geschah dann?"

„Nach etwa zwei Monaten kam mir der Verdacht, dass ich womöglich nicht der einzige Hengst in ihrem Stall war, wenn Sie verstehen. Ganz sicher war ich mir zwar nicht – sie war äußerst gerissen –, aber ein Mann spürt doch, wenn seine Stute auch von anderen zugeritten wurde."

„Wissen Sie, wer die anderen Männer waren?", fragte Strathaven. Panik legte sich wie eine eisige Hand um Richards Herz.

„Als ich sie zur Rede stellte, stritt sie alles ab und nannte mich einen eifersüchtigen Narren. Ich sagte ihr, dass Eifersucht nichts damit zu tun habe, dass kein Gentleman sich nun einmal gerne mit abgenutzten Gütern begnüge, woraufhin sie wütend wurde. Wir stritten uns, und damit war die Sache erledigt. Die Gute war äußerst temperamentvoll. Sehr französisch", schloss Wormleigh mit einem Anflug von Wehmut.

Kent hatte sich die ganze Zeit über Notizen gemacht. „Wie lange ist das etwa her?"

„Letzten Februar, glaube ich. Seitdem habe ich sie nicht mehr gesehen ... bis zu dieser Veranstaltung."

„Worum ging es dann bei dem Streit gestern Abend?", wollte Richard wissen.

Wormleigh scharrte mit den schmutzigen Stiefelspitzen über den Boden. „Ich hatte etwas zu viel Wein beim Abendessen und war gut angetrunken. Als ich ihr im Gang über den Weg lief, schlug ich ihr vor, unsere, äh, Bekanntschaft wiederaufleben zu lassen. Keine Ahnung, warum sie so wütend wurde ... Ich wollte sie für ihre Dienste sogar bezahlen. Aber sie hat völlig überreagiert."

„Warum nur?", kommentierte der Herzog spitz.

Wormleigh, dem der Sarkasmus in seinem Ton wohl entgangen war, nickte bekräftigend. „Ziemlich hochnäsig, wenn Sie mich fragen. Dabei dürfen Bettler doch nicht wählerisch sein. Und da Monique sich nach dem Dinner angeregt mit ihrem guten alten Freund Garrity unterhielt, bin ich mir sicher, dass sie es sich eigentlich nicht leisten konnte, ein paar ehrlich verdiente Münzen abzulehnen. Aber so war sie nun mal: Heißblütig und stolz, ohne viel Verstand."

Richard stellten sich die Nackenhaare auf. „Welche Art von Beziehung hatte sie zu Garrity?"

„Es ging nur ums Geschäft. Sie steckte immer in Geldnot, und er verleiht eben welches. Damals, als ich für ihre Ausgaben aufkam, beglich ich eine ihrer Schuldverschreibungen bei ihm. Das war ebenfalls keine unbedeutende Summe, sage ich Ihnen. Soweit ich weiß, haben sie schon seit Jahren geschäftlich miteinander zu tun."

„Warum waren Sie in der Tatnacht in der Bibliothek?", wollte Richard wissen.

„Ich bin nie *hinein*gegangen, sondern nur vorbeigelaufen." Grinsend fügte er hinzu: „Ich war auf dem Weg zu einer Verabredung, wenn Sie verstehen."

Strathaven hob die Brauen. „Eine Verabredung?"

„Ein erfahrener Gentleman sichert sich immer mehrere Bettgefährtinnen für Feierlichkeiten dieser Art. Monique war nicht meine einzige Option."

„Also waren Sie in dieser Nacht mit jemandem zusammen?", hakte Kent nach.

„Die *ganze* Nacht über. Erfreulicherweise stellte sie sich als ausgezeichnete Stute heraus. Ein wenig zu dürr für meinen Geschmack, aber gut zu dressieren", bestätigte Wormleigh mit einem anzüglichen Zwinkern.

„Ich brauche einen Namen, Mylord." Obwohl der Ermittler weiterhin professionell wirkte, konnte er die Abneigung in seinem Tonfall nicht ganz verbergen.

„Das geht leider nicht. Ich habe ihr versprochen, nichts zu verraten." Wormleigh reckte stolz die Brust heraus. „Gab ihr mein Ehrenwort, Sir."

„Sie ist Ihr einziges Alibi", sagte Richard.

„Josephine Ashe", kam die Antwort wie aus der Pistole geschossen.

„Verstehe." Kent schrieb sich den Namen auf und hielt das

Notizbuch dann weiterhin geöffnet. „Möchten Sie sonst noch etwas hinzufügen?"

Wormleigh zögerte kurz. „Da wäre tatsächlich noch eine Sache. Als ich die Bibliothek passierte, hörte ich Stimmen aus dem Inneren. Es muss etwa kurz nach zwei Uhr gewesen sein."

Das Zeitfenster, in dem Monique ermordet wurde, dachte Richard angespannt.

„Konnten Sie ausmachen, zu wem diese Stimmen gehörten?", fragte Kent scharf.

Der Befragte schüttelte den Kopf. „Sie sprachen ziemlich leise, und die Worte drangen nur gedämpft durch die Tür. Es waren allerdings ein Mann und eine Frau ... Ein Liebespaar, vermutlich."

„Warum nehmen Sie das an?", wollte Richard wissen.

„Wer sonst würde sich um diese Zeit allein in der Bibliothek herumtreiben?", schnaubte Wormleigh. „Ein Wort habe ich tatsächlich verstanden: *Gretna*. Die Narren wollten wohl gemeinsam durchbrennen, im Namen der Liebe oder aus einem ähnlich albernen Grund."

„Dem werde ich nachgehen", sagte Kent. „Vielen Dank, Mylord ..."

„Hallo!"

Als Richard sich umdrehte, sah er Violet auf sie zukommen. In ihrem blauen Mantel und der dazu passenden Haube mit gelben Federn, die sanft in der Brise flatterten, versprühte sie regelrecht Lebensfreude. Wenige Schritte hinter ihr folgte die Herzogin.

„Guten Tag, die Herren", grüßte sie mit einem höflichen Knicks.

„Was für eine Augenweide Sie doch sind, meine Teure", erwiderte Wormleigh schmeichlerisch und küsste ihr zu Richards Unmut die Hand. „Eine farbenfrohe Offenbarung in dieser trostlosen Einöde."

„Vielen Dank. Hoffentlich verschrecke ich nicht die Vögel."

Wormleigh grinste breit. „Mit Ihren hübschen Federn werden sie Sie für eine von ihnen halten."

„Dann schießen die Jäger hoffentlich nicht auf *mich*", gab Violet zurück.

Krampfhaft lächelnd suchte der alternde Dandy nach einem weiteren Kompliment. Um dessen Annäherungsversuchen Einhalt zu gebieten, mischte Richard sich ein.

„Was tun Sie denn hier?", fragte er sie.

„Wir sind bereits fertig. Das Gespräch verlief ohne Zwischenfälle."

Die Bedeutung hinter ihren Worten war eindeutig: Wicks Geheimnis war sicher. Richard atmete erleichtert aus.

„So würde ich es nicht bezeichnen", murmelte Ihre Gnaden. „Zumindest nicht, was deine Aktionen angeht, Vi."

Bevor Richard fragen konnte, was ihre Schwester damit meinte, deutete sie schnell zu der Waldfläche hinüber und rief: „Sehen Sie nur, die Treiber machen sich erneut bereit, das Wild aufzuscheuchen! Wollen Sie nicht noch einmal schießen, Lord Wormleigh?"

„Die Mühe spare ich mir, meine Teure", erwiderte dieser großspurig. „Die Waffen sind allesamt defekt."

„Wirklich?", fragte Violet mit einem Blick auf die Gewehre. „*Jedes* einzelne?"

Teufel noch eins. Richard hatte genug von dem Geplänkel, marschierte hinüber zu der Ausrüstung, schnappte sich eine doppelläufige Flinte – ein erstklassiges Jagdgewehr – und setzte zum Schuss an. Sein Finger am Abzug sowie seine Haltung blieben dabei völlig entspannt. Der rotbraune Hund erhob sich und trottete zu ihm hinüber. Sobald die aufgeschreckten Vögel in den grauen Himmel stoben, drückte er ab. Eines der Tiere fiel leblos zu Boden. Er warf die leere Flinte beiseite, griff sich die nächste aus dem Korb und feuerte erneut. Wieder ein Treffer.

Der Jagdhund flitzte freudig über das Feld, um ihm die gefallene Beute zu bringen.

„Doppelschlag", verkündete Strathaven. „Bravo, Carlisle!"

„Donnerwetter, Sie sind ein echter Meisterschütze!", rief Violet aus. „Gut gemacht!"

Die Bewunderung in ihren Augen war Balsam für sein Ego. Was für ein Glück, dass er diesmal eine Frau gefunden hatte, die mehr auf seine Schießkünste gab als sein Geschick für gepflegte Konversation.

Er hielt ihr den Arm hin und fragte schroff: „Wollen wir, Miss Kent?"

❦ 23 ❦

Nach dem Gespräch mit Wormleigh zog sich die Gruppe unter das Laubdach einer großen Eiche zurück, um ungestört über die eben geführten Verhöre sprechen zu können. Vi überließ Emma den Bericht ihrer Unterhaltung mit Jeanne. Zu ihrer Erleichterung erwähnte sie Violets Balanceakt über das Dach nicht, sondern sagte lediglich, deren „Einfallsreichtum" habe ihnen Zutritt verschafft. Anschließend fasste Ambrose zusammen, was sie von Wormleigh erfahren hatten.

Als dessen Alibi erwähnt wurde, hob Em die Brauen. „Wer im Glashaus sitzt, sollte wahrlich nicht mit Steinen werfen. Wenn man bedenkt, dass Miss Ashe Monique als Flittchen beschimpfte, weil diese Liebhaber hatte."

„Sünder sind meist diejenigen, die am lautesten predigen", sagte Strathaven.

„Und geläuterte Wüstlinge geben die besten Philosophen ab, wie ich sehe?", neckte seine Frau ihn.

Der Herzog flüsterte ihr etwas ins Ohr, das sie bis unter die Haarwurzel erröten ließ.

„Jedenfalls können wir Miss Ashe von der Liste der Verdächtigen streichen", erklärte Ambrose. „Sie mag Monique beneidet haben, aber sowohl das Dienstmädchen, Mary, als auch Wormleigh, können bezeugen, wo sie sich in jener Nacht aufhielt.“

„Dafür haben wir zwei neue Verdächtige“, sagte Richard grimmig. „Garrity und Burns.“

Nach einem kurzen Blick auf seine Taschenuhr seufzte Ambrose tief. „Um die beiden kümmere ich mich nach meiner täglichen Besprechung mit Richter Jones.“

„So schlimm?“, fragte Emma.

„Sagen wir einfach, Jones sieht Gerechtigkeit als schwarz oder weiß, obwohl wir uns im realen Leben oft in einer Grauzone bewegen.“ Ihr ältester Bruder wirkte ziemlich zermürbt. „Zwischen seiner Unnachgiebigkeit, was rechtliche Unklarheiten anbelangt, und Billings‘ Forderung nach Diskretion, ist es nicht einfach, eine Ermittlung zu führen.“

„Das schaffst du schon. Immerhin bist du der beste Detektiv in ganz London“, versuchte Em ihn aufzumuntern.

Mit wachsendem Schuldbewusstsein sah Violet ihrem Bruder nach, während dieser sich entfernte. Wie lange würde sie ihm die Wahrheit noch vorenthalten können? Sie wechselte einen raschen Blick mit Richard. Dieser schien ähnliche Gedanken zu hegen. Aber es war *unmöglich*, Ambrose zu diesem Zeitpunkt von Wicks Ring zu erzählen. Ein kompromissloser Mann wie Jones würde ihren Freund zweifellos für schuldig erklären. Man würde ihn ins Gefängnis sperren ... oder noch schlimmer.

„Gehen wir doch wieder ins Haus“, schlug Emma vor.

Zu viert schlenderten sie zurück über das Feld. Ihre Schwester und Strathaven gingen voraus, um Vi und Richard ein wenig Privatsphäre zu gewähren.

„Wie genau hast du dir Zutritt zu Jeannes Kammer verschafft?“, fragte er sie mit gerunzelter Stirn.

Verflixt. „Ich, äh, kann ziemlich einfallsreich sein, wenn ich will.“

„Das bezweifle ich nicht", erwiderte er trocken. „Worin genau lag denn dein *Einfallsreichtum?*"

„Ach, das ist unwichtig", sagte sie ausweichend. Um das Thema zu wechseln, fuhr sie betont fröhlich fort: „Wir konnten heute wirklich viel in Erfahrung bringen, nicht wahr? Zwei neue Verdächtige ... Und ich frage mich, wen Wormleigh in der Bibliothek gehört hat. Das angebliche Liebespaar."

„Vielleicht hat er sich diesen Part nur ausgedacht. Der Kerl gibt mehr heiße Luft von sich als ein fliegender Ballon."

„Das stimmt. Wie kann man eine doppelläufige Manton-Flinte von bester Qualität nur defekt nennen?"

Überrascht sah er sie an. „Du kennst dich mit Gewehren aus?"

„Gut genug, um zu wissen, dass das Problem bei Lord Wormleigh lag."

„Aber woher ...?"

„Mein Bruder Harry hat mich einiges über Waffen gelehrt." Plötzlich merkte sie, wie sehr sie ihren zweitältesten Bruder vermisste. Wenn er doch nur hier wäre, um Richard kennenzulernen. Die beiden würden sich sicher prächtig verstehen.

„Geht er gerne jagen?"

„Nicht wirklich. Ihn interessieren eher Explosionen."

„Das verstehe ich nicht so ganz."

„Harry ist Wissenschaftler. Das Genie unserer Familie", erklärte sie stolz. „Er macht gerade seinen Abschluss in Cambridge und wird danach bestimmt Professor. Jedenfalls hat er schon immer gerne Dinge in die Luft gejagt, seit er klein war. Dabei hat er oft mit Steinschlossgewehren experimentiert, um mehr Wucht zu erzeugen." Sie grinste wehmütig. „Aber beim Zielschießen war ich stets besser als er."

„Du kannst *schießen?*"

„Ja, schon, allerdings habe ich noch nie auf ein bewegliches Ziel geschossen. Nur auf Äpfel und Flaschen. Nein, das stimmt nicht ganz", korrigierte sie sich im selben Atemzug. „Einmal habe ich Tabitha getroffen."

Richard blieb wie angewurzelt stehen. „Du hast eine *Frau* angeschossen?"

„O nein, Tabitha ist Emmas Katze. Und es war auch kein Gewehr, sondern eine Steinschleuder." Als sie seinen perplexen Blick bemerkte, fügte sie hastig hinzu: „Ich wollte Tabby nicht erwischen, es war ein Unfall! Sie ist in letzter Sekunde einfach vor das eigentliche Ziel gelaufen."

„Verstehe." Sein Tonfall verriet ihr, dass dem nicht so war. „Hast du sonst noch versteckte Talente, von denen ich wissen sollte?"

Sie war versucht, die Wahrheit zu beschönigen, doch ein Teil von ihr wünschte sich sehnlichst, dass er alles über sie wusste. Wie aber sollte das gehen, wenn sie nicht ehrlich war? Besser, sie enttäuschte ihn jetzt, als nach der Hochzeit, wenn es kein Zurück mehr gab.

Also nahm sie ihren ganzen Mut zusammen. „Ich kann reiten, schießen und Kricket spielen. Außerdem schwimme ich gerne und beherrsche Akrobatik. Wenn ich eine Hose trage, klettere ich schneller und höher auf Bäume als jeder andere."

Unter seinem starren Blick wurde sie zunehmend nervös. Sie wollte ihn nicht vergraulen, aber auch nicht ihr wahres Ich verstecken. In diesem Fall war es nicht einfach, einen Kompromiss zu finden.

„Würdest du diese Aktivitäten gerne mit mir gemeinsam unternehmen?", fragte er plötzlich.

Jetzt starrte sie ihn fassungslos an. „Wie bitte?"

„Würdest du gerne mit mir ausreiten, schießen üben und anderen Sportarten nachgehen?" Im Sonnenlicht schimmerten seine dunklen Augen hypnotisierend. „Ich könnte dir beibringen, wie man jagt ... beziehungsweise auf bewegliche Ziele schießt, wenn du es wünschst."

Das meinte er doch nicht ernst.

„Veräppelst du mich?", fragte sie argwöhnisch.

„Keineswegs."

„Du würdest mich wirklich auf die Jagd mitnehmen?"

„Da ich ziemlich geschickt darin bin, könnte ich dir ein wenig Hilfestellung geben."

Ziemlich geschickt? Nie zuvor hatte sie jemanden gesehen, der eine doppelläufige Flinte mit einer solchen Kompetenz und Selbstsicherheit führte. Dass er tatsächlich vorgeschlagen hatte, sie zu unterrichten ...

„Wie steht es mit deinen Fechtkünsten? Bogenschießen?", erkundigte er sich.

Benommen schüttelte sie den Kopf. „Ich habe beides noch nie probiert."

„Ich schon. Wenn du möchtest, könnte ich dir die Grundlagen beibringen."

Donnerwetter. Vor Aufregung konnte sie kaum noch an sich halten. „Das würdest du wirklich tun? Obwohl es, äh, unüblich wäre?"

„Wer bitte bestimmt, was Eheleute in ihrer Freizeit tun dürfen?"

Als ihr die Bedeutung hinter seinen Worten bewusst wurde, durchfuhr sie ein elektrisierender Schock. „Willst du mich etwa *bestechen*, dich zu heiraten, Carlisle?"

„Richard, bitte. Ich versuche nur, dir das Angebot schmackhafter zu machen. Wenn wir verheiratet sind, könntest du sogar gelegentlich deine Hose tragen ... solange es in meiner Anwesenheit geschieht."

Unverhohlene Begierde lag in seinem Blick.

Vor lauter Freude war sie sprachlos.

Er legte ihre Hand in seine Armbeuge und führte sie auf Emma und Strathaven zu, die stehen geblieben waren und auf sie warteten. „Wenn du meine Frau wirst, erwartet dich ein Leben voller Vergnügungen. Tanzen, Schießen, Reiten ... wir werden alles gemeinsam unternehmen. Ganz zu schweigen von den körperlichen Abenteuern im Schlafgemach."

Bei dieser intimen Anspielung wurden ihr die Knie weich.

„Jetzt wirst du aber verrucht", brachte sie hervor.

„Ich möchte nur sämtliche Vorzüge anpreisen", erwiderte er mit einem leichten Lächeln. „Übrigens habe ich mit deinem Bruder und Strathaven gesprochen."

„Oh." Ihr Herz machte einen Satz. „Wie ist es gelaufen?"

„Sie haben mir ihre Zustimmung gegeben. Nicht, dass ich etwas anderes akzeptiert hätte." Er drückte ihre Hand fester gegen seinen Arm. „Sieh es ein, Violet: Früher oder später wirst du ganz mir gehören."

Diesmal erfüllten seine Worte sie nicht mit Auflehnung, sondern mit einem unbändigen Glücksgefühl.

Zurück im Anwesen verkündete Emma, sie wolle ein Schläfchen halten, was Violet seltsam vorkam, da ihre Schwester sich sonst tagsüber nie hinlegte. Ohne eine Anstandsdame, musste sie sich von Richard verabschieden. Em und Strathaven begleiteten sie ein Stück des Weges auf der Suche nach Polly. Das Nesthäkchen der Familie saß in ihrem Wohngemach, wo sie mit Gabby und Rosie Tee trank.

Sobald sie Violet abgeliefert hatten, zogen Emma und der Herzog sich umgehend zurück.

Kaum war die Tür hinter ihnen ins Schloss gefallen, merkte Gabby stirnrunzelnd an: „Hoffentlich überanstrengt meine Feier die Gäste nicht zu sehr. Jeder scheint heute erschöpft zu sein."

„Thea und Tremont haben vorhin auf uns aufgepasst, aber sie haben sich ebenfalls auf ihr Zimmer zurückgezogen", erklärte Polly.

Angesichts ihrer eigenen jüngsten Erfahrungen mit körperlicher Intimität, glaubte Violet kaum, dass ihre Geschwister Schläfchen hielten ... allerdings wollte sie auch nicht weiter über ihre Schwestern und „Intimität" nachdenken. Igitt! Aber sie konnte es ihnen nicht verübeln, ein wenig ungestörte Zeit mit ihren

Ehemännern verbringen zu wollen, wo doch ihre Gedanken ebenfalls ständig um Richard kreisen.

Was für ein herrliches Leben das wäre, sich jeden Tag zu lieben und gemeinsam Sport zu treiben, dachte sie verträumt.

Andererseits sollte man eine Ehe nicht überstürzt eingehen. Hatte sie Emma nicht erst kürzlich versprochen, vorsichtiger zu sein? Ihr erster Kuss mit Carlisle war noch keine drei vollen Tage her ... obwohl sie ihn schon weitaus länger anziehend fand, wie sie sich jetzt eingestehen musste. Womöglich sogar seit dem Vorfall mit dem Champagnerbrunnen. Die Intensität ihrer wachsenden Beziehung in den letzten Tagen vermittelte ihr das Gefühl, sie würden sich schon ewig kennen. Was natürlich nicht stimmte ...

Verflixt, ihre Gedanken drehten sich unablässig im Kreis, wie ein Hund, der seinem Schwanz nachjagte.

Zu viel Gegrübel macht mich hungrig.

Eine Auswahl an Gebäck auf dem Kaffeetisch erregte ihre Aufmerksamkeit. Daneben standen Schüsseln mit Schlagsahne und verschiedenen Konfitüren. Gabby reichte ihr eine Tasse duftenden Tees, zu dem sie sich vergnügt einen Teller mit Köstlichkeiten volllud.

Gerade hatte sie sich einen großen Bissen genehmigt, als Rosie ungeduldig herausplatzte: „Jetzt spann uns nicht länger auf die Folter. Erzähl uns alles, und lass bloß nichts aus."

„O ja, ich würde zu gerne wissen, wie die Ermittlungen vorangehen", pflichtete Gabby ihr bei. „Vater erzählt mir überhaupt nichts."

„Ich meinte doch nicht die Ermittlung, sondern Vicomte Carlisle", sagte Rosie. „Jedem hier ist aufgefallen, dass er dir besondere Aufmerksamkeit schenkt, Vi."

„Habt ihr beiden eure Differenzen überwunden?", fragte Polly leise.

Violet betrachtete die drei neugierigen Gesichter vor sich und spülte ihren Bissen mit einem Schluck Tee hinunter. „Zur Ermittlung darf ich sowieso nichts sagen. Wir mussten Ambrose versprechen, Stillschweigen zu bewahren.“

„Damit bezog er sich doch sicher nicht auf die *Familie*“, schmollte Rosie.

Die Worte ihres Bruders schossen Vi durch den Kopf: *Sämtliche Details dieser Ermittlung müssen unter Verschluss gehalten werden ... auch vor den Mädchen. Ich will nicht, dass sie sich mit einer so düsteren Thematik befassen. Vor allem kein Sterbenswörtchen zu Rosie ... sonst weiß jeder Anwesende bis zum Abendessen genauestens Bescheid.*

Damit hatte er nicht übertrieben. Was Gerüchte anging, war seine Ziehtochter wie eine Elster: Mit Vorliebe sammelte sie glänzende Informationsbrocken und prahlte damit vor jedem, der gewillt war, ihr zuzuhören. Aufgrund ihrer allgemeinen Beliebtheit, war sie ein nie enden wollender Quell an Ondit.

Glücklicherweise flossen die Informationen jedoch nicht nur in eine Richtung.

„Was sagen denn die Gäste?“, erkundigte Violet sich daher beiläufig. „Über Moniques Tod, meine ich.“

„Oh, die übliche Mischung aus Fakten, Geschichten und Spekulationen“, erwiderte Rosie leichthin. „Es ist schwer zu sagen, was der Wahrheit entspricht. Obwohl Gabbys Vater das Ganze als Unfall deklarierte, kursieren natürlich alle möglichen Gerüchte.“

„Welche zum Beispiel?“

Rosie tippte sich mit einem Finger gegen das Kinn. „Manche behaupten, Monique sei gestorben, als sie in der Bibliothek ein haarsträubendes neues Kunststück einübte. Andere sagen, sie habe zu viel getrunken und sich den Kopf gestoßen. Einige sind sogar der Meinung, sie wurde von einem *eifersüchtigen Liebhaber gestoßen*“, beendete sie ihren Bericht in einem dramatischen Flüsterton.

Violets Puls begann zu rasen. „Wo hast du das gehört?“

„Weiß ich nicht mehr. Vielleicht von Goggston oder Parnell.“ Rosie runzelte die Stirn. „Oder von einem der anderen Jungs?“

„Sie kann ihre zahlreichen Verehrer kaum mehr auseinanderhalten“, kicherte Gabby.

„Die sind doch auch alle gleich“, erwiderte das blonde Mädchen keck. „Es geht immer nur um Pferde, Sport und – wenn wir nicht anwesend sind, da bin ich mir sicher – irgendwelche *Weibergeschichten*.“

„Immerhin reden wir in ihrer Abwesenheit ja auch über sie“, gab Violet zu bedenken.

Rosie schürzte die Lippen. „Das ist etwas anderes. Wir drücken uns bei Weitem nicht so abfällig aus. Bei Kerlen geht es wirklich immer nur um das Eine.“

Polly runzelte die Stirn. „Ich bin mir sicher, nicht alle Gentlemen sind lasterhafte Flegel. Ambrose ist jedenfalls keiner.“

„Nein, Papa ist anders“, lenkte Rosie ein, und unverhohlene Bewunderung lag in ihren grünen Augen. „Er ist ein waschechter Prinz unter Männern.“

„Hoffentlich gibt es mehr als nur einen von seiner Sorte. Bisher habe ich nämlich nur Frösche kennengelernt“, seufzte Gabby und steckte sich ein mit Konfitüre bestrichenes Törtchen in den Mund.

„Wo wir gerade von Fröschen sprechen“, sagte Rosie beiläufig, „hast du Carlisle eigentlich schon geküsst, Vi?“

Diese war völlig überrumpelt von der unerwarteten Frage. Ohne dass sie es verhindern konnte, lief sie knallrot an. Ihre Hände wurden klamm, und ihr Puls begann zu rasen.

„O mein Gott, du hast es getan!“, kreischte Rosie. „Du hast ihn geküsst!“

„*Nicht so laut*, verflixt noch mal“, zischte Violet verzweifelt. „Oder willst du, dass das gesamte Haus dich hört?“

„Also magst du ihn doch.“ Pollys aquamarinblaue Augen funkelten triumphierend. „Ich wusste es!“

„Er ... ist nicht übel.“

„Wie romantisch“, kicherte Rosie.

Vi warf Gabby, die schweigend dasaß, einen besorgten Blick

zu. Störte es sie, dass *Violet* nun mit ihm anbandelte, obwohl sie mehr als einmal beteuert hatte, nicht an Richard interessiert zu sein?

Die Freundin starrte sie mit großen Augen an. „Bist du sicher, dass du Gefühle für *Carlisle* hast?"

„Ganz sicher. Ich habe ihn völlig falsch eingeschätzt. Er und ich haben viel mehr gemeinsam, als ich mir je hätte vorstellen können. Hinter seiner schroffen Fassade steckt ein durch und durch anständiger Kerl."

„Dann freue ich mich wirklich sehr für dich."

Erleichtert atmete Vi auf. „Vielen Dank, Gabby."

„Nein, ich danke *dir*", grinste die Freundin. „Jetzt kann Papa mich nicht mehr zu einer Zukunft mit ihm zwingen, in der ich todunglücklich wäre ... Oh, äh, tut mir leid."

„Schon gut. Ich weiß, nicht jeder kommt mit seiner Art zurecht", sagte Violet achselzuckend.

„Dürfen wir deine Brautjungfern sein?", mischte Rosie sich ein. „Ich liebe Hochzeiten! Theas Feier war bezaubernd. Erinnerst du dich noch an den Moment, als du den Brautstrauß gefangen hast, Vi? Du hast ihn mitten aus der Luft gegriffen ... zur Enttäuschung sämtlicher unverheirateter Damen, die anwesend waren."

„Wolltest *du* den Strauß etwa fangen, Rosie?", fragte Polly, bevor Violet etwas erwidern konnte.

„Natürlich nicht, Dummchen. Ich will ja nicht selbst heiraten, sondern mich auf den Feiern *anderer* vergnügen ..."

„Immer schön langsam", unterbrach Vi sie mit einem Anflug von Panik. „Zäume das Pferd nicht von hinten auf! Noch ist nichts entschieden, daher wäre ich euch dankbar, wenn ihr über Carlisles und meine Beziehung vorerst Stillschweigen bewahren würdet."

„Selbstverständlich", sagte Rosie und setzte einen Unschuldsblick auf. „Wann habe ich je ein Geheimnis ausgeplaudert?"

Verflixt und zugenäht, ich bin dem Untergang geweiht.

❧ 24 ❧

NACHDEM RICHARD SICH VON VIOLET VERABSCHIEDET HATTE, machte er sich auf die Suche nach seinem Bruder. Zu seiner Erleichterung fand er Wick im Hauptsalon vor, wo er in Gesellschaft von Miss Turbett Erfrischungen einnahm. Deren Vater beobachtete die beiden scharf aus der Nähe.

Richard suchte sich einen stillen Platz in der Ecke, von wo aus er das Geschehen ebenfalls im Auge behalten konnte. Oberflächlich betrachtet wirkte Wickham aufmerksam und interessiert. Sein goldbrauner Lockenkopf war Miss Turbett zugeneigt. Doch Richard bemerkte die subtile Anspannung um seine Mundwinkel.

Miss Turbett schien ebenfalls wenig begeistert zu sein. Ihr hellgrünes Kleid betonte ihre kränkliche Blässe nur noch zusätzlich, und sie hatte die Lippen fest aufeinandergepresst. Hin und wieder wanderte ihr Blick zu einem nahe gelegenen Fenster, von dem aus das Amphitheater zu sehen war. Sie erweckte den Eindruck, als wäre sie am liebsten meilenweit entfernt ...

Richard wünschte, es gäbe eine andere Lösung für Wicks Geldprobleme, aber daran durfte er im Moment nicht denken. Erst galt es, seinen Bruder aus einer weitaus verzwickteren Situation zu retten.

„Guten Tag, Lord Carlisle! Wie schön, Sie zu sehen!"

Als er sich zu der näselnden Stimme umdrehte, sah er Miss Anne Wrotham in einem Ungetüm aus Spitze und Schleifen auf sich zusteuern, und seufzte innerlich auf. Sie war in Begleitung ihrer Großmutter, Lady Ainsworthy, einer Grafenwitwe, die in der *ton* als berüchtigte Spießerin galt. Richard kannte die beiden nur flüchtig ... was ihm mehr als genügte.

Der säuerliche Blick der Matriarchin verriet ihm, wie sehr ihr die gegenwärtige Situation missfiel. Angeblich hatte sie die Einladung zu dieser Feier nur angenommen, weil das Vermögen ihres Sohnes von Billings' finanziellem Wohlwollen abhing. Selbst wohlhabende Witwen mussten also gelegentlich über ihren Schatten springen. Miss Wrotham, eine große, dürre Junggesellin Mitte vierzig, hatte sich wahrscheinlich bereit erklärt, ihre Großmutter zu begleiten, da sie in den Augen der Gesellschaft zum alten Eisen gehörte und daher nicht sonderlich wählerisch sein durfte, was ihre Aussichten auf eine geeignete Partie anbelangte.

„Lord Carlisle", säuselte sie nun. „Ich hatte ja *so* gehofft, Sie heute zu sehen."

Das lauernde Funkeln in ihren Augen gefiel ihm ganz und gar nicht.

„Warum?", fragte er nur.

Ihr schrilles Lachen zerrte an seinen Nerven. „Wie humorvoll Sie doch sind, Mylord. Gewiss verstehen Sie, worauf ich hinauswill. Wir Gäste *von Stand und Adel* müssen uns zusammentun." Abfällig betrachtete sie die übrigen Anwesenden.

Richard waren eingebildete Wichtigtuer zuwider. „Mir gefällt die gegenwärtige Gesellschaft, Miss Wrotham."

„Was Sie nicht sagen. Sie sind heute wohl besonders übermütiger Laune, Mylord." Kichernd klopfte sie mit ihrem Fächer gegen seinen Arm. „Aber unter alten Freunden darf man sich natürlich gerne einen Scherz erlauben."

Er war keineswegs zu Scherzen aufgelegt und wusste auch nicht, was er daraufhin erwidern sollte, also schwieg er. Die peinliche Stille zog sich in die Länge, bis die Stimme seines Bruders ihn zu seiner maßlosen Erleichterung erlöste.

„Da bist du ja, Carlisle", rief Wick gut gelaunt und stellte sich neben ihn. „Könnte ich kurz mit dir sprechen? Natürlich nur, wenn deine bezaubernde Begleiterin dich entbehren kann?"

Miss Wrotham strahlte geschmeichelt. „Ach, Mr Murray, Sie alter Charmeur."

„Komm, Anne, überlassen wir die Gentlemen ihren Geschäften", mischte die Witwe sich ein.

„Gesellen Sie sich ruhig wieder zu uns, sobald Sie fertig sind!", rief Miss Wrotham ihm über die Schulter zu, während ihre Großmutter sie fortzerrte.

„Danke für die Rettung", murmelte Richard, an Wick gewandt.

„Nicht der Rede wert, nach allem, was du für mich getan hast." Sein Bruder wirkte ungewöhnlich ernst. „Wirklich, Richard. Ich weiß, wie tief ich in deiner Schuld stehe. Für alles."

„Zwischen Brüdern gibt es keine Schuld." Doch plötzlich fiel ihm wieder ein, welche Lügen Wick Violet über ihn erzählt hatte, und sein Magen verkrampfte sich.

„Du bist ein größerer Mann als ich. Und ein besserer." Wickham fuhr sich mit der Hand durch die zerzausten Locken. Der Siegelring glänzte an seinem Finger. „Deshalb habe ich Violet die Wahrheit über meine Geldprobleme verschwiegen, weißt du. Ich schämte mich ... und war neidisch auf dich." Er holte tief Luft. „Ich werde nie so ehrbar und anständig sein wie du."

Sie hatte also recht gehabt, was die Motive seines Bruders angingen.

Seufzend erwiderte er: „Das stimmt nicht, Wick. Du hast viele Vorzüge und eine erfolgreiche Zukunft vor dir. Es gibt immer die Möglichkeit, einen Neuanfang zu wagen. Dein Werben um Miss Turbett ist der erste Schritt in die richtige Richtung."

„Besser spät als nie", erwiderte sein Bruder mit einem

schrägen Grinsen. „Jetzt aber genug von mir. Die Sache zwischen dir und Violet ist also ernst, was?"

Er nickte. „Ich muss sie nur noch davon überzeugen, mich zu heiraten."

„Das sollte nicht allzu schwer werden. Ihr beide seid wie füreinander geschaffen."

Richard war derselben Ansicht und hoffte, dass seine Auserwählte diese Tatsache ebenfalls bald einsehen würde. Sie mit sportlichen Aktivitäten zu ködern, war ein wahrer Geniestreich gewesen. Um ehrlich zu sein, erfüllte ihn die Vorstellung, sein Leben gemeinsam mit ihr zu gestalten, mit ihr zu spielen und zu wetteifern, mit Erstaunen ... und beinahe schon peinlicher Vorfreude.

Er musste sich zusammenreißen, immerhin war er ein erwachsener Mann. Außerdem war er zu dem Schluss gekommen, dass Violet sich nicht seiner Gefühle unsicher war, sondern ihrer. Es war doch offensichtlich, dass *er* sie mochte. Verdammt, er hatte es ihr ganz unumwunden gesagt. Wie viel deutlicher konnte er noch werden?

Also musste sie an ihren eigenen Gefühlen zweifeln. Wieder einmal nagten die Wunden der Vergangenheit an ihm. Die aufrichtige Zuneigung einer Frau zu gewinnen, war noch nie seine Stärke gewesen. Doch mit Violet war es etwas anderes. Angesichts der anfänglichen Feindseligkeit zwischen ihnen, war ihr Zögern mehr als verständlich. Wie oft hatte sie ihn beschuldigt, spießig und traditionell zu sein ... ein aufgeblasener Langweiler?

„Wenn ich ihr doch nur zeigen könnte, wie geschaffen wir füreinander sind", murmelte er.

Hephaistos hatte sein Glück doch auch gefunden. Nachdem der bescheidene Gott sich von Aphrodite trennte, war es ihm gelungen, Aglaia, die Göttin der Anmut, für sich zu gewinnen. Aber das war nichts weiter als ein Mythos, hierbei jedoch ging es um das echte Leben. Wie sollte ein Normalsterblicher wie er eine lebhafte, junge Frau davon überzeugen, dass er kein tödlicher Langweiler war?

„Vermutlich hast du es mit den üblichen Überzeugungskünsten versucht?", fragte Wick.

So etwas gab es? „Äh, was meinst du damit?"

„Du weißt schon, Dichtung und Poesie, dieser ganze Quatsch. Ein Schmuckstück als Zeichen deiner Zuneigung."

Ein Strauß verwelkter Narzissen kam ihm in den Sinn. Mit Geschenken hatte er noch nie richtig gelegen. Weder Lucinda Belton noch Audrey Keane waren je von seinen kleinen Aufmerksamkeiten beeindruckt gewesen. Und dann auch noch Gedichte?

Das kam nicht in Frage! Er könnte seinem Spiegelbild nie wieder in die Augen sehen.

Wick, der seinen Unmut zu spüren schien, fügte hastig hinzu: „Das Geschenk selbst ist gar nicht so wichtig. Für Violet zählt allein der Gedanke. Sie freut sich bestimmt über alles."

Richards Ohren glühten, als ihm bewusst wurde, dass er ihr noch kein *einziges* Zeichen seiner Zuneigung hatte zukommen lassen. Bisher bestand sein Werben hauptsächlich aus Wortgefechten und intimen Momenten. Dabei wusste selbst er, dass ein Mann mehr vorweisen sollte als ein lustvolles Gemüt. Aber was konnte er ihr schon bieten ...?

Plötzlich durchfuhr ihn die Antwort wie ein Geistesblitz. Ihm war das *perfekte* Geschenk eingefallen ... und wie er es Violet auf romantische Weise überbringen konnte.

„Oh-oh", murmelte Wick.

Kent hatte den Raum betreten und steuerte geradewegs auf sie zu.

„Ich verschwinde besser", sagte sein Bruder. „Halte mich auf dem Laufenden."

Richard nickte. Wick mischte sich unter seine Freunde, bevor Kent sie erreicht hatte.

„Wie ist die Besprechung mit Jones gelaufen?", fragte er den Ermittler anstelle einer Begrüßung.

„Wie erwartet." Kent wirkte erschöpft. „Immerhin hat der Richter meinem Vorschlag zugestimmt, seine Beamten die umliegenden Bahnhöfe unter die Lupe nehmen zu lassen, ob dort Tickets nach Gretna verkauft wurden. Wenn Wormleigh die Wahrheit über das angebliche Liebespaar in der Bibliothek erzählt hat, müssen irgendwo Aufzeichnungen existieren. Es ist eine weit hergeholte Vermutung, aber wir sollten nichts unversucht lassen."

Nicht zum ersten Mal war Richard von der Gewissenhaftigkeit und dem Scharfsinn des Ermittlers beeindruckt. Er respektierte Kent, konnte ihn sogar gut leiden. Tatsächlich mochte er jeden aus Violets Familie.

„Ich bewundere Ihre Gründlichkeit, Sir", sagte er.

„Das gehört nun mal zum Beruf. Wo sind denn die anderen?"

„Miss Kent hat sich zu ihren Schwestern gesellt, soweit ich weiß. Der Herzog und die Herzogin halten einen Nachmittagsschlaf."

„Ein Schläfchen", seufzte Kent wehmütig. „Dann will ich sie nicht stören. Übrigens bin ich eben Billings begegnet. Als ich ihm von Burns und Garrity berichtete, beharrte er darauf, dass wir letzteren nicht auf eigene Faust verhören sollen. Er arrangiert für morgen früh eine *Audienz* bei ihm."

„Hat er so große Angst vor Garrity?"

„Man sollte dem Geldverleiher wohl besser nicht auf den Schlips treten. Aber mir soll es recht sein. Ich habe sowieso keine große Lust, mich mit seinen Halsabschneidern herumzuschlagen, nur um mit ihm zu reden."

„Dann bleibt uns fürs Erste nur Burns. Wollen wir ihn suchen gehen?"

„Nicht nötig. Wenn man vom Teufel spricht." Kent deutete mit dem Kinn in Richtung Tür.

Der Schausteller hatte soeben den Raum betreten. Obwohl er sofort von einer Schar weiblicher Bewunderer umringt wurde, wirkte er zerstreut. Er reckte den Hals, als hielte er nach jemandem Ausschau ... und riss erschrocken die Augen auf, als er Richard und Kent erblickte. Hastig entschuldigte er sich und verließ den Salon wieder.

Die beiden Männer eilten ihm hinterher. Draußen im Gang beobachtete Richard, wie Burns im Billardzimmer verschwand. Er nickte Kent zu, bevor er auf die weiter entfernt gelegene Tür zusteuerte, während der Ermittler sich der vorderen näherte. Auf diese Weise würden sie dem Jongleur den Weg abschneiden.

Als Richard die Tür aufstieß, prallte er beinahe mit Burns zusammen.

„Sind Sie in Eile?", fragte er den blonden Mann.

„N-nein, Mylord." Langsam wich Burns vor ihm zurück. „Ich, äh, habe nur nach meiner Partnerin gesucht. Miss Ashe und ich müssen unseren Auftritt proben und ... *ups!*"

Er war gegen Kent gestolpert, der sich im leise von hinten genähert hatte. Da die meisten männlichen Gäste noch auf der Jagd waren, hielt sich niemand sonst in dem nach Zigarrenrauch und Leder riechenden Zimmer auf. Nervös zwischen seinen Gegnern hin und her blickend, rettete der Jongleur sich hinter den Billardtisch, der mittig im Raum stand.

Richard und Kent traten ihm gegenüber an die andere Tischseite.

„Wir würden uns gerne mit Ihnen unterhalten, Sir", erklärte der Ermittler ruhig. „Es geht um den Tod von Monique de Brouet."

„Darüber weiß ich nichts", sagte Burns schnell.

„Das Ableben Ihrer Kollegin scheint Ihnen nicht allzu nahezugehen", stellte Richard fest.

Der Schausteller errötete bis unter die Haarwurzel. „Doch, natürlich. Eine tragische Geschichte. Ich wollte damit nur ausdrücken, dass es völlig überraschend und unverhofft geschah."

„Wie würden Sie Ihre Beziehung zu der Verstorbenen beschreiben?", fragte Kent.

„Rein beruflicher Natur." Burns griff nach einer der Billardkugeln und rollte sie geschickt über die grüne Spielfläche. „Wie Sie wissen, arbeiteten wir beide im Astley's."

„Uns wurde zugetragen, dass Sie gerne mehr als nur ein Kollege gewesen wären", sagte Richard.

„Das ist eine dreiste Lüge." Die Augen des Jongleurs blitzten erzürnt auf. „Ich hatte kein persönliches Interesse an Monique. Flittchen wie sie gefallen mir nicht. Ich bevorzuge eher Damen aus gutem Hause."

„Ich meinte damit, Sie wollten ihr Partner werden ... bei einer neuen Akrobatiknummer."

Jetzt wirkte Burns wieder nervös. „Daraus wurde nichts. Es war nur eine Idee, ein Weg für uns beide, von der Zusammenführung unseres Publikums zu profitieren."

„Für Sie hätte es sich weitaus mehr gelohnt, da Monique berühmter war als Sie", merkte Kent an.

„Wie auch immer. Ich habe sie gefragt, und sie hat abgelehnt. Ende der Geschichte."

Richard hob eine Braue. „Sie haben ihr gegenüber keine Feindseligkeit gehegt, nachdem Sie abgewiesen wurden?"

„Hören Sie, Geschäft ist Geschäft. Monique hat ihre eigenen Interessen verfolgt, was ich ihr nicht verübeln kann." Burns umklammerte die Tischkante. „Ich weiß, wie steinig der Weg nach oben ist. Ziele vor Augen zu haben, die schier unerreichbar scheinen. Gut, vielleicht habe ich Monique de Brouet beneidet, aber ebenso habe ich sie respektiert."

„Also hatten Sie nichts mit ihrem beschädigten Hochseil zu tun?", fragte Kent.

Das höhnische Lachen des Jongleurs überraschte Richard. „Lassen Sie mich raten, das haben Sie von der Zofe gehört, nicht wahr?"

Kent nickte knapp.

„Die alte Schreckschraube hat nicht mehr alle Tassen im Schrank. Hat sich eingebildet, dass die ganze Welt hinter ihr und ihrer Madame her sei." Der Schausteller verschränkte die Arme vor der Brust. „Seile nutzen sich ab. Das war nichts weiter als ein Unfall. Ich hatte nichts damit zu tun."

„Eine letzte Frage noch." Kent musterte den Mann eindringlich. „Fällt Ihnen irgendjemand ein, der Monique den Tod gewünscht haben könnte?"

Burns schluckte schwer. „Nein, niemand", sagte er mit zitternder Stimme.

Daraufhin ließen sie ihn gehen.

„Was halten Sie davon?", fragte Kent Richard.

Dieser schüttelte den Kopf. „Für einen Unschuldigen ist er ziemlich nervös. Aber ich kann nicht mit Sicherheit sagen, dass er es getan hat."

„Dem stimme ich zu. Fürs Erste bleibt er auf der Liste", seufzte Kent. „Hoffentlich haben wir mit Garrity morgen mehr Glück."

❧ 25 ❧

Später an diesem Abend lag Marianne Kent bereits lesend im Bett, als ihr Ehemann das Schlafgemach betrat. Seine erschöpfte Miene beunruhigte sie. Sein attraktives Gesicht wirkte angespannt und sein Haar sah aus, als hätte er es sich unablässig gerauft.

Sie legte ihr Buch nieder und ging auf ihn zu. „Ein langer Tag, nicht wahr, Liebling?"

„Bisher ist dieser Urlaub nicht sehr entspannend", erwiderte er trocken.

Sie streifte ihm den Gehrock von den breiten Schultern. „Wie lief die Besprechung mit Richter Jones?"

„Wie erwartet. Er wird mir weiter im Nacken sitzen, bis der Fall abgeschlossen ist." Ambrose legte seine Krawatte ab und begann, seine Weste aufzuknöpfen. „Aber er ist meine geringste Sorge."

Als Marianne ihm dabei zusah, wie er sein Hemd auszog, durchfuhr sie ein wohliger Schauer. Selbst nach über zehn Jahren Ehe war sie seines Anblicks nicht überdrüssig. Ihre Brustwarzen verhärteten sich, während ihr Blick über seinen muskulösen Oberkörper wanderte, bis hinunter zu den dunklen Haaren, die unter seinem Hosenbund verschwanden, und ihr Geschlecht begann vor Erregung zu pulsieren.

Viel zu lange schon hatten sie keine Zeit mehr für sich gehabt. Ständig schienen sie sich mit neuen Desastern herumschlagen zu müssen. Sie hatte gehofft, die Tage hier würden ihnen ein wenig Ruhe und Entspannung verschaffen … doch stattdessen waren sie in einem Mordfall gelandet, den es aufzuklären galt. Ambrose war offensichtlich erschöpft, und sie wollte ihn nicht noch mehr ermüden.

Zumindest nicht, bis er sich etwas erholt hatte.

„Warum legst du dich nicht hin und erzählst mir alles, während ich dir den Rücken massiere?“, schlug sie vor.

Seine bernsteinfarbenen Augen leuchteten auf. „Das ist das Beste, was ich heute gehört habe.“

Schnell entledigte er sich seiner restlichen Kleidung. Der Anblick ließ ihr das Wasser im Mund zusammenlaufen. Selbst in schlaffem Zustand hing sein Schwanz dick und schwer zwischen seinen Schenkeln. Er ging zum Bett hinüber und ließ sich bäuchlings auf die Matratze fallen. Gute Güte, er war so verdammt attraktiv.

Sie schwang ein Bein über ihn und ließ sich auf ihm nieder. Dann begann sie, seine muskulösen, verspannten Schultern zu kneten.

„Gott, du weißt gar nicht, wie gut das tut“, murmelte er in das Kissen.

„Erzähl mir, was dir durch den Kopf geht“, flüsterte sie sanft.

„Violet, allem voran. Carlisle hat mich heute um Erlaubnis gebeten, ihr den Hof machen zu dürfen.“

Der missmutige Tonfall in seiner Stimme war nicht zu überhören. „Du bist nicht damit einverstanden?“

„Ich weiß nicht, was ich davon halten soll. Erst scheinen sie einander nicht ausstehen zu können, und plötzlich will er sie heiraten? Das ergibt doch keinen Sinn.“

Armer Ambrose. Wie immer war er ein Gefangener seiner Logik.

„Liebe ergibt selten Sinn. Weißt du nicht mehr, wie es mit uns anfing, Liebling?"

Er stöhnte genüsslich auf, als sie die Knoten in seinem Nacken bearbeitete. „Das war etwas anderes. Wir hatten gute Gründe, einander die ganze Wahrheit vorzuenthalten."

„Aber vielleicht steckt auch mehr hinter Violet und Carlisles Geschichte, als uns klar ist."

In Anbetracht der unterschwelligen Signale, die die beiden aussandten, steckte ihrer Meinung nach sogar *einiges* mehr dahinter. Doch sie wollte Ambrose nicht unnötig aufregen. Er liebte seine Schwestern und besaß, wie jeder große Bruder, einen ausgeprägten Beschützerinstinkt.

„Genau das macht mir Sorgen. Bei Vi weiß man nie, was wirklich vor sich geht. Selbst nach all den Jahren verstehe ich sie immer noch nicht ganz."

Marianne wusste genau, was er meinte. Hinter Violets unbekümmerter Fassade verbarg sich eine gewisse Sprunghaftigkeit, ein Widerwille, ihre wahren Gefühle zu zeigen. Sogar Ambrose, einer der scharfsinnigsten Männer, die sie kannte, wurde aus ihr nicht schlau.

Sie lehnte sich nach vorne und presste ihre Handballen in seinen Rücken. „Ich glaube, sie muss einfach ihren eigenen Weg finden ... und ihren eigenen Gemahl. Vielleicht ist Carlisle genau das, was sie braucht."

„Meinst du?" Ihr Liebster klang schon viel entspannter. Genüsslich hatte er den Kopf auf die gefalteten Arme gelegt.

„Er ist ihr perfektes Gegenstück. Beständig, ernst. Er schafft es, sie im Zaum zu halten, während sie sein bisweilen finsteres Gemüt erhellen kann."

„Mmm."

Marianne setzte ihre Massage fort. „In vielerlei Hinsicht sind sie sich aber auch ähnlich. Eigensinnig, unabhängig ... und beide haben eine Vorliebe für körperliche Aktivitäten."

„Mmm."

Da sie gerade von körperlichen Aktivitäten sprach ... Sie ließ sich von seinem Rücken gleiten und kniete sich neben ihn auf das Bett, um sich seinem straffen Hintern sowie den muskulösen Schenkeln und Waden zu widmen. Bald jedoch war sie des Vorspiels überdrüssig. Verlangen pulsierte ungeduldig durch ihre Adern.

Sie streckte sich neben ihm aus und flüsterte ihm verführerisch ins Ohr: „Warum massierst du zur Abwechslung nicht mich ... und zwar von innen?"

Keine Antwort.

Sie runzelte die Stirn. „Ambrose?"

Ein leises Schnarchen ertönte.

War er etwa ... eingeschlafen?

Einen Moment lang war sie zwischen Ungehaltenheit und Besorgnis hin- und hergerissen. Schließlich siegte letztere. Seufzend zog sie die Decke über ihn und sich selbst und löschte das Licht.

$\maltese$ 26 $\maltese$

VIOLET KONNTE BEIM BESTEN WILLEN NICHT EINSCHLAFEN. Trotz des sanften Prasselns eines leichten Regens, der nach dem Abendessen eingesetzt hatte, wälzte sie sich unruhig in ihrem Bett hin und her. Es war ein ruhiger Abend gewesen, und viele Gäste hatten sich früh auf ihre Zimmer zurückgezogen. Sie hatte Richard nirgends entdecken können und fragte sich, wo er wohl steckte. Allerdings erhielt sie die Gelegenheit, sich kurz mit Wick auszutauschen.

„Vergibst du mir, dass ich dich wegen meiner Schulden belogen habe?“, hatte er sie leise gefragt.

Die Scham und Reue in seinem Blick hatten ihr die Brust zugeschnürt. Sie wusste, was der Grund für seine Lügen gewesen war: Er fühlte sich unzulänglich ... ein Gefühl, das sie selbst nur zu gut kannte. Es war nicht leicht, sich ständig mit kompetenten, scharfsinnigen Geschwistern messen zu müssen.

„Natürlich vergebe ich dir.“ Sie nahm seine Hand und drückte sie kurz. „Aber ich bin nicht diejenige, die du um Vergebung bitten solltest.“

„Ich habe bereits mit Carlisle gesprochen. Wir haben uns versöhnt.“

„Das freut mich. Ihm liegt wirklich viel an dir, Wick."

„An dir ebenfalls." Sein wissender Blick ließ sie erröten. „Also werden wir bald nicht mehr nur im Geiste Bruder und Schwester sein."

Sein kameradschaftlicher Ton berührte ihr Herz und brachte sie dazu, ihm ihre Unsicherheit anzuvertrauen. „Ich weiß nicht, Wick."

„Du magst ihn doch, oder nicht?"

„Natürlich ... aber wir sind einfach so verschieden."

„Wenn ich dir einen Rat geben darf: Lass dich davon nicht verunsichern. Er kann zwar bisweilen etwas schroff und anmaßend sein, aber es gibt keinen anständigeren Mann als ihn." Wick zögerte kurz. „Auch wenn er bisher kein großes Glück bei den Damen hatte."

„Ich weiß. Er hat mir von seiner Vergangenheit erzählt."

„Ach, tatsächlich? Das hat er bisher niemandem gegenüber getan." Ihr Freund klang überrascht. „Dann muss er dich *wirklich* gernhaben."

Hoffnung stieg in ihr auf. „Glaubst du das wirklich? Du kennst mich, Wick. Ich kann nun mal nicht ändern, wer ich bin." Sie biss sich auf die Lippe. „Es lässt sich nicht leugnen, dass ich ein Wildfang bin und ständig die Anstandsregeln ignoriere. Ich gerate beinahe täglich in Schwierigkeiten, handle unüberlegt ... Was, wenn ich ihn enttäusche?"

Wick starrte sie einen Moment lang an ... und brach dann in schallendes Gelächter aus.

„Was ist daran so lustig?", wollte sie pikiert wissen. Es fiel ihr nicht leicht, über ihre Gefühle zu sprechen, verflucht.

„Du, meine Liebe", erwiderte er gutmütig. „Verstehst du es denn nicht? Gerade *weil* ihr so verschieden seid, fühlt Richard sich zu dir hingezogen. Er braucht jemanden mit deinem Esprit und deiner Lebensfreude, sonst endet er wirklich noch als einsamer, alter Langweiler. Glaub mir."

Während sie sich nun schlaflos im Bett herumwälzte, dachte

sie unablässig über Wicks Worte nach. Brauchte Richard sie wirklich? Er trat doch stets so stark und selbstsicher auf. Aber dann erinnerte sie sich auch an die Verletzlichkeit, die sie hinter seiner Fassade erblickt hatte. Wie überrascht er gewesen war, dass sie ihn attraktiv fand. Wie einsam er gewirkt hatte, als er über die Pflichten gegenüber seiner Familie sprach, die schwer auf seinen Schultern lasteten. Dass er ihre Gegenwart beruhigend fand. Der Gedanke brachte ihr Herz zum Schmelzen.

Klopf, klopf.

Ein leises Geräusch riss sie aus ihren Grübeleien. Sie setzte sich auf und strich sich die Haare aus der Stirn. War da jemand vor ihrer Tür?

Erneut klopfte es zweimal ... aber es kam vom *Balkon*. Hastig sprang sie auf und eilte hinüber. Als sie die Vorhänge zurückschob, verschlug das, was sie sah, ihr beinahe die Sprache: *Richard* stand draußen in der Dunkelheit. Schnell öffnete sie die Glastüren. Der regenfeuchte Wind bauschte die Vorhänge und ihr Nachtgewand auf.

„Meine Güte, was tust du denn hier?", rief sie aus.

„Nicht so laut! Es muss doch nicht gleich jeder mitbekommen, dass ich hier bin. Können wir uns drinnen unterhalten?", erwiderte er angespannt.

Sie zog ihn in ihr Schlafgemach. Sobald sie die Türen wieder verschlossen hatte, wandte sie sich um und betrachtete ihn. Sein markantes Gesicht war nass, die dunklen Locken klebten ihm an der Stirn. Er war von Kopf bis Fuß durchnässt und tropfte unablässig auf ihren Teppich.

„Was tust du hier?", wiederholte sie flüsternd.

„Ich bin gekommen, um dir etwas zu geben", sagte er und fuhr dann missmutig fort: „Würde es dir etwas ausmachen, wenn ich mich erst kurz vor dem Kamin aufwärme?"

„Himmel, du musst ja völlig durchgefroren sein! Hier, lass mich dir aus deinem Mantel helfen."

Gemeinsam schafften sie es, ihn aus dem klatschnassen Kleidungsstück zu befreien. Nachdem sie Mantel und Weste zum Trocknen über einen Stuhl gehängt hatte, brachte sie ihm ein Handtuch von ihrem Waschtisch. Inzwischen hatte er das Feuer nachgeschürt und stand nun mit ausgestreckten Händen davor.

Das flackernde Licht warf tiefe Schatten über seine noblen Züge. Sein feuchtes Hemd klebte an seinen breiten Schultern und seiner definierten Brust. Er hatte das Krawattentuch ausgezogen, und unter dem geöffneten Kragen spitzten sein kräftiger Hals sowie ein wenig Brusthaar hervor. Seine Schuhe und Socken lagen neben ihm auf dem Teppich, seine großen Füße waren entblößt. Die nasse Hose schmiegte sich wie eine zweite Haut an seine muskulösen Schenkel. Der Anblick jagte ihr einen wohligen Schauer über den Rücken.

Er war so umwerfend männlich und attraktiv. Was zum Henker hatte ihn nur dazu bewogen, in einer stürmischen Regennacht wie dieser auf ihren Balkon zu klettern? Sinnliche Erwartung breitete sich wie warmer Honig in ihrem Körper aus. Wortlos reichte sie ihm das Handtuch.

Mit gewohnter Effizienz trocknete er sich ab. Anschließend legte er es sich um den Hals und musterte sie. „Habe ich dich geweckt?"

„Nein, ich, äh, ich konnte nicht schlafen." Warum brachte sie plötzlich kaum noch einen Ton heraus?

Angespannte Stille legte sich über sie.

„Hoffentlich habe ich dich nicht zu sehr erschreckt", sagte er abrupt. „Heute Morgen hattest du dir ein wenig Zeit für uns allein gewünscht. Deshalb bin ich hier."

Eine leichte Röte überzog seine Wangen, und seine Schultern waren angespannt. War er etwa nervös?

„Ich freue mich, dass du gekommen bist", platzte sie heraus.

Er blinzelte überrascht. „Wirklich?"

„Ich, äh, hatte heute Abend keine Gelegenheit, mit dir zu sprechen. Über das Verhör mit Burns."

„Oh." Er runzelte die Stirn. „Nun, er wirkte zwar wie ein

Gauner, aber weder dein Bruder noch ich halten ihn für den Mörder."

„Und Garrity?"

„Wir treffen uns morgen früh zu einem Gespräch mit ihm."

„Oh. Das ... ist gut."

Wieder herrschte peinliches Schweigen. Ihr Puls raste.

„Ich habe dir etwas mitgebracht", verkündete er plötzlich, ging zu seinem Mantel hinüber und zog etwas aus einer der Taschen. Dann trat er an sie heran und drückte ihr ein feuchtes, mit Papier umwickeltes Päckchen in die Hand, als wolle er es so schnell wie möglich loswerden.

„Ähm, was ist es denn?"

„Mach es auf", erwiderte er in einem ernsten, beinahe schon resignierten Ton.

Das Päckchen war so lang wie ihr Unterarm und merkwürdig geformt. Vorsichtig öffnete sie es ... und starrte verwirrt auf die Gegenstände in ihren Händen. Einer bestand aus zwei Holzstäben, die zu einem „T" zusammengebunden waren. Die Enden einer kurzen Schnur waren mit der Vorderseite des Ts verbunden, der mittlere Teil war straff gezogen und an einen hölzernen Anschlag gehakt. Außerdem befanden sich drei kleine, stumpfe Holzpfeile in dem Paket.

Mit einem Mal begriff sie, worum es sich handelte.

„Donnerwetter", hauchte sie. „Eine kleine *Armbrust*. Woher hast du sie?"

„Ich habe sie früher oft für Wick und mich gebaut", erklärte er nüchtern. „Wir versteckten sie unter unseren Pulten und schossen während des Unterrichts Pfeile ab, um unsere Lehrer zu ärgern."

Überwältigt vor Emotionen, brachte sie kein Wort heraus.

Unsicher zog er die Schultern hoch. „Ich dachte nur, da du ja gerne schießt ... Ach, vergessen wir es. Es ist ein idiotisches Geschenk für eine Frau ..."

„Ich liebe es!"

Behutsam legte sie die Armbrust auf einem Stuhl ab und warf sich ihm mit solcher Wucht in die Arme, dass es einen schwächeren Mann glatt umgehauen hätte. Doch Richard blieb wie angewurzelt stehen und zog sie mit festem Griff an sich.

„Wirklich?", fragte er heiser, beinahe ... hoffnungsvoll?

Sie sah ihm tief in die Augen. „Es ist das *beste* Geschenk, das ich je erhalten habe."

Das war es tatsächlich. Nicht nur, weil sie gerne Schießübungen machte, sondern weil hinter seiner Geste so viel mehr steckte. Er *verstand* sie, akzeptierte ihre Schwächen und Marotten. Es war offensichtlich, dass er sie wirklich mochte!

Sie konnte ihre Gefühle nicht länger zurückhalten und ließ sich von ihnen leiten.

Sobald ihre Lippen die seinen berührten, entflammte ein heißes Verlangen zwischen ihnen. Ineinander verschlungen, sanken sie zu Boden, wobei sie einander die restlichen Kleider vom Leib rissen. Achtlos warf er ihr Nachtgewand beiseite und drückte ihren entblößten Rücken gegen den weichen Teppich. Über sie gebeugt, labte er sich am Anblick ihres nackten Körpers. Unter seinem bewundernden Blick löste ihre Verlegenheit sich in Luft auf.

„Mein Gott", knurrte er mit tiefer Stimme. „Nie zuvor habe ich etwas so Schönes wie dich gesehen."

Sie ließ ihre Finger über seine harten Brustmuskeln wandern. „Dasselbe wollte ich auch gerade sagen."

Seine erzgrauen Augen glühten. „Womit habe ich dich nur verdient?"

Bevor sie etwas Scherzhaftes erwidern konnte, senkte er den Kopf hinunter zu ihren Brüsten. Sie biss sich auf die Lippe, um nicht laut aufzustöhnen, während sie sich seinem warmen Mund entgegenwölbte, der genüsslich an einem ihrer harten Nippel saugte.

„Deine Brustwarzen sind so hübsch", flüsterte er heiser. „So fest und hart. Seit einer Ewigkeit habe ich mich danach gesehnt, sie zu küssen und zu liebkosen."

Seine Worte erregten sie beinahe ebenso sehr wie seine geschickte Zunge. Während er an ihren Brüsten leckte und saugte, begann ihre intimste Stelle heißer und heißer zu pulsieren.

Als er seine Finger zwischen ihre feuchten Falten gleiten ließ, stöhnte er laut auf. „Gott, du bist so klatschnass für mich."

Sie errötete. „Ich ... ich kann nichts dafür."

„Kein Grund, sich zu schämen. Ich will, dass deine Pussy vor Verlangen trieft. So ist es gut, Liebling", flüsterte er, ohne den lustvollen Blick von ihr abzuwenden.

Seine Finger drangen tiefer in sie hinein, und sie stöhnte vor Wonne, kaum noch fähig, einen klaren Gedanken zu fassen. Während er rhythmisch in sie hineinpumpte, ließ er seinen Daumen über ihren Kitzler kreisen. Kaum schloss sich sein Mund erneut um eine ihrer steifen Brustwarzen, gab sie sich bebend ihrer Ekstase hin.

Schwer atmend starrte Richard hinab auf Violets glühendes Gesicht. Sie lächelte ihn schläfrig und befriedigt an, während ihr weiblicher Nektar noch an seinen Fingern glänzte. Genugtuung erfüllte ihn, doch gleichzeitig pulsierte sein Schwanz schon beinahe schmerzhaft vor Erregung in seiner Hose.

Anstandshalber sollte er sich nun besser zurückziehen. Er war gekommen, um ihr ein Geschenk zu überbringen, und nun hatte sie sogar gleich zwei erhalten. Es war unmöglich zu sagen, welche Reaktion ihn mehr erfreute: ihre Begeisterung über die Armbrust (glücklicherweise ein Volltreffer) oder wie ihre enge Pussy seine Finger umklammerte, als sie ihren Höhepunkt erreichte.

Der Gedanke war nicht gerade hilfreich, um seine heftige Erektion zu beruhigen. Eigentlich hatte er ihr doch beweisen wollen, dass er sie mit mehr als nur Intimität und Leidenschaft zu umwerben gedachte. So betrachtet, war sein nächtlicher Besuch wohl ein Reinfall ... allerdings beschwerte sie sich auch nicht darüber.

Er musste sich ein Grinsen verkneifen, beugte sich zu ihr hinunter und küsste sie auf die Nasenspitze. „Ich gehe jetzt besser, bevor man uns noch erwischt.“

Als er sich aufsetzte, um nach seinem Hemd zu greifen, legte sie ihm eine Hand auf die Brust. Sie hatte sich ebenfalls aufgerichtet und kniete nun neben ihm. „Moment mal!“

Er blinzelte. „Was denn?“

„Jetzt bin ich an der Reihe.“

„Äh, womit?“

„Ich will den Gefallen erwidern, Carlisle.“

Gerade wollte er sie daran erinnern, ihn Richard zu nennen ... als ihm plötzlich die Luft wegblieb. Ihre Finger zerrten ungeduldig an seiner Hose.

Sie sollte jedoch nicht denken, dass er eine Gegenleistung von ihr erwartete. „Liebling, es reicht mir völlig, dich zu verwöhnen ...“

Er musste ein lautes Stöhnen unterdrücken, als ihre Hände endlich seine steinharte Erektion befreiten. Sein Schwanz pulsierte erwartungsvoll in ihren schlanken Fingern, während diese sanft über die prominenten Venen in seinem dicken Schaft glitten.

„Ich habe nachgedacht“, sagte sie.

„Hmm?“ Gott, wie er ihre Hände liebte. Sie waren wie geschaffen dafür, ihn zu befriedigen.

„Weißt du noch, was du neulich im Amphitheater mit mir gemacht hast?“

Teufel noch eins! Sie meinte doch nicht etwa ...?

Er schluckte hart. „Was genau meinst du?“

„Du weißt schon ... Als du mich geküsst hast ... dort unten?“

Unbändige Lust durchfuhr ihn. „Als ich deine Pussy geleckt habe?“

Sie nickte mit hochroten Wangen. „Kann ich ... dasselbe für dich tun?“

Verdammt. Vor lauter Erregung konnte er kaum antworten. Ein fetter Lusttropfen, den sie beide fasziniert beobachteten, quoll aus seiner geschwollenen Eichel. Dann, wie in einem lustvollen Fiebertraum, beugte sie sich hinunter, um die salzige Flüssigkeit abzulecken.

Gott, verflucht.

Ein heftiges Lustgefühl übermannte ihn und drang bis in die tiefsten Fasern seines Körpers. Ihre Zunge liebkoste ihn zaghaft, sanft, und doch war er härter und erregter als je zuvor in seinem Leben. Bisher hatte er für solche Gefälligkeiten immer bezahlt. Nie hätte er sie von einer Dame erwartet ... noch dazu einer, die er zu seiner Frau machen wollte. Aber während er Violet beobachtete, wie sie sich eifrig seinem stahlharten Schaft widmete, wusste er, dass es kein Zurück mehr gab.

Wieso sollte er sich sträuben, wenn sie offen dafür war? Hatte er ihr nicht gesagt, dass ihnen niemand vorschreiben könne, was zwischen Eheleuten angemessen sei und was nicht? Verdammt, sie würden ihre eigenen Regeln aufstellen.

Außerdem wollte er ihr doch sowieso diverse Sportarten näherbringen ... Warum sollten sie nicht mit dieser beginnen? Zitternd vor Begierde ließ er die Finger durch ihre seidigen Locken gleiten und führte ihren Kopf näher an seinen Schwanz heran.

„Nimm mich in den Mund“, flüsterte er heiser.

Sie verstand sofort, worauf er hinauswollte. Ihre Lippen umschlossen ihn und raubten ihm den restlichen Verstand. Gott, sie war wie geboren dafür, ihn oral zu befriedigen. Was ihr an Erfahrung fehlte, machte sie durch ihren Enthusiasmus und ein naives Geschick wieder wett. Seine Finger krallten sich fester in ihre Haare, während sie ihn immer tiefer in sich aufnahm und unaufhaltsam seinem Höhepunkt entgegenbrachte.

Seine Hoden pulsierten heiß und erwartungsvoll.

Doch er wollte nicht alleine kommen.

In ein und derselben Bewegung ließ er sich auf den Rücken sinken und zog ihre Hüften über sein Gesicht. Sie stöhnte überrascht auf, als seine Lippen ihre warme, samtige Möse fanden. Gierig leckte er über ihre feuchte Spalte und ließ seine Zunge tief in sie gleiten, während seine Finger mit ihrer Perle spielten. Schamlos rieb sie sich gegen seinen Mund, ohne von seinem Schwanz abzulassen. Es kam ihm so vor, als wollte sie ihn mit Haut und Haaren verschlingen.

Es war zu viel. Wild vor Lust jagte er seiner Ekstase entgegen.

„Liebling, ich komme gleich", warnte er sie. „Lass los …"

Aber sie hörte nicht auf ihn, sondern ließ ihn noch tiefer in ihre heiße Mundhöhle gleiten, bis seine Eichel ihren Rachen berührte. Seine Hoden zogen sich zusammen, heißer Samen schoss durch seinen pulsierenden Schaft hinaus zwischen ihre wartenden Lippen. Im gleichen Moment spürte er ihren süßen Nektar über seine untere Gesichtshälfte fließen. Überwältigt von seinem Orgasmus, labte er sich an ihr wie ein Verhungernder.

Nach ein paar Minuten zog er sie in seine Arme und küsste sie leidenschaftlich. Es war unglaublich erotisch, sein eigenes salziges Aroma auf ihren Lippen zu schmecken … aber auch ein wenig beunruhigend.

„Violet … war das wirklich in Ordnung?"

„Ich weiß nicht." Sie lächelte ihn verträumt an. „Vielleicht sollten wir es besser noch mal versuchen?"

Mit einem erleichterten Grinsen hob er sie hoch und trug sie zum Bett hinüber, wo er sie sanft zudeckte.

„Geh nicht", murmelte sie. „Bleib bei mir, Richard."

„Zeit zu schlafen, Liebling."

„Ich bin gar nicht müde", erwiderte sie und gähnte laut. „Wir könnten … uns unterhalten …"

Zärtlich strich er ihr über die Wange. „Ruh dich aus. Wir reden morgen."

Statt einer Antwort schnarchte sie leise.

Seine Lippen zuckten amüsiert. Endlich einmal hatte er das letzte Wort behalten.

❧ 27 ❧

AM DARAUFFOLGENDEN VORMITTAG UM ELF UHR BEGLEITETE Richard Kent zu Garritys Gemächern. Gerade, als sie eintrafen, verließ ein anderer Gast das Zimmer ... ein angesehenes Parlamentsmitglied. Der Edelmann ging mit gesenktem Kopf an ihnen vorbei und murmelte einen flüchtigen Gruß.

Zwei stämmige Wachmänner flankierten die Tür des Geldverleihers. Einer von ihnen, ein Kerl mit einer prominenten Narbe am Kinn, ließ sich ihre Namen geben und befahl ihnen, einen Augenblick zu warten, bevor er im Zimmer verschwand.

„Eine Audienz beim König zu erhalten, ist weniger aufwändig", murmelte Richard.

„Allerdings." Kent zückte sein Notizbuch und blätterte durch die Seiten. „Dieses Gespräch wird kein Kinderspiel. Hoffentlich haben Sie gut geschlafen?"

Hitze schoss Richard ins Gesicht. Ob der Ermittler ahnte, was er gestern Nacht getrieben hatte? Nein, Kent war in seine Aufzeichnungen vertieft. Offensichtlich wollte er nur höfliche Konversation betreiben.

„Einigermaßen gut, danke." Richard räusperte sich. „Und Sie?"

„Wie ein Toter."

Schließlich erschien der Handlanger wieder und winkte sie hinein. „Mr Garrity wird Sie jetzt empfangen."

Die geräumigen Gemächer des Geldverleihers waren nur ein weiterer Beweis für seinen Einfluss und gesellschaftlichen Status. Die luxuriösen Seidentapeten, der herrliche Ausblick über die Felder sowie ein stattlicher Balkon ließen darauf schließen, dass diese Räumlichkeiten einst ein Prunkzimmer waren. Garrity, der einen purpurnen Hausmantel aus Samt trug, erwartete sie wie ein König in seinem hochlehnigen Stuhl vor dem Kamin.

Mit einer lässigen Handbewegung wies er sie an, ihm gegenüber Platz zu nehmen.

„Gentlemen", begrüßte er sie freundlich. „Wie kann ich Ihnen helfen?"

Obwohl Richard ihm bereits einmal zuvor begegnet war – während des angespannten Besuchs in seinem Büro, um Wicks Schulden zu diskutieren –, erwähnte der Geldverleiher mit keinem Wort ihre Bekanntschaft. Zu Richards Erleichterung schien Garritys berühmt-berüchtigte Diskretion auch diese Situation zu umschließen. Kent musste nun wirklich nicht mit den Schwierigkeiten seines Bruders konfrontiert werden.

„Billings möchte, dass ich die Umstände bezüglich Madame Moniques Tod untersuche", setzte der Ermittler an.

Garrity hob die dunklen Brauen. „War das nicht ein Unfall?"

„Es gilt noch ein paar ungelöste Fragen zu klären, deshalb spreche ich mit allen, die in irgendeiner Beziehung zu der Toten standen", erklärte Kent höflich.

„Ich verstehe. Und Sie wollten mit mir sprechen, weil ...?"

„Sie sollen eine langjährige Geschäftsbeziehung zu Monique de Brouet unterhalten haben."

Garrity legte die Fingerspitzen aneinander. Seine Miene war aalglatt. „Über geschäftliche Details spreche ich nicht, Mr Kent."

„In diesem Fall können Sie sicher eine Ausnahme machen. Immerhin ist Ihre Klientin tot."

„Das geht leider nicht. Diskretion hat oberste Priorität. Nur so kann man ein Unternehmen erfolgreich führen."

„Es wäre dem Geschäft ebenfalls zuträglich, nich unter Mordverdacht zu geraten." Trotz seines gelassenen Tonfalls strahlte Kent stählerne Entschlossenheit aus.

„Ach, also ist es plötzlich doch Mord." Der Geldverleiher klang eher resigniert als überrascht. „Wie ... bedauerlich. Und Sie glauben, ich hätte meine Finger im Spiel?"

„Ich möchte nur die Fakten erfahren, Sir. Vorher kann ich keine Schlüsse ziehen."

Garrity trommelte mit den Fingern auf der Armlehne herum. „Na schön. Dann werde ich Ihre Fragen hypothetisch beantworten, und Sie können daraus schließen, was immer Sie wollen. Falls Monique de Brouet also meine Klientin war – und das seit mehreren Jahren, wie Sie behaupten –, warum sollte ich sie dann umbringen? Man tötet doch nicht die Gans, die goldene Eier legt."

„Was, wenn sie ihre Schulden nicht länger begleichen konnte?", fragte Richard leise.

„Wer zahlungsunfähig wird, bleibt nicht lange mein Klient." Garrity grinste gefährlich. Die Bedeutung hinter seinen Worten war unmissverständlich. „Meine langjährigen Kunden sind eine auserlesene Gruppe. Ich sehe sie als Kapitalanlagen, wie preisgekrönte Nutzpflanzen, die immer wieder aufs Neue Ertrag abwerfen. Diese Beziehungen hege und pflege ich." Er hielt kurz inne. „Hin und wieder gibt es auch außergewöhnliche Fälle, Personen, die sozusagen als Botschafter meines guten Willens fungieren und meine Dienste in den höheren Gesellschaftskreisen anpreisen, an die ich nicht so leicht herankomme. Im Gegenzug erlasse ich ihnen gewisse Schuldenanteile oder zahle sogar eine kleine Provision. Rein hypothetisch wäre eine Frau mit gesellschaftlichen Beziehungen wie Madame Monique eine wertvolle Bereicherung für mich gewesen. Sie zu töten hätte bedeutet, einen wichtigen

Geldhahn zuzudrehen ... was ich niemals tun würde, das versichere ich Ihnen", sagte er kühl.

Seine Erklärung ergab Sinn. Zwar zweifelte Richard nicht an seiner Kaltblütigkeit, aber sein Instinkt sagte ihm, dass der Geldverleiher *niemals* eine profitable Quelle versiegen lassen würde. Wenn es also stimmte, was er sagte, hatte er kein Motiv gehabt, Monique zu ermorden, ganz im Gegenteil. Vielmehr war es in seinem besten Interesse, dass die Akrobatin lebte, um weitere Kundschaft für ihn an Land zu ziehen.

„Sind Sie deshalb zu dieser Veranstaltung erschienen?", fragte Kent. „Um Ihre ... wertvolle Bereicherung im Auge zu behalten? Hypothetisch gesprochen."

„Sir, ich treffe auf so gut wie jeder Feier – wahrscheinlich sogar an jeder Straßenecke in ganz London – auf potenzielle Kunden", schnaubte Garrity. „Daher lautet die Antwort nein. Natürlich war es unvermeidlich, auch hier ein paar geschäftlichen Angelegenheiten nachzugehen, aber ich bin nicht mit dem Ziel hergekommen, neue Klienten anzuwerben."

„Weshalb sind Sie dann hier?", wollte Richard wissen.

„Um mich zu vergnügen." Ein berechnender Ausdruck trat in Garritys Augen. „Selbst ein viel beschäftigter Mann wie ich muss sich bisweilen ein wenig Vergnügen gönnen."

„Vielen Dank für Ihre Zeit, Sir." Kent erhob sich, und Richard tat es ihm gleich. „Ich melde mich, falls ich noch weitere Fragen habe."

Der Geldverleiher nickte kurz. „Ich helfe gerne. Wer auch immer Monique de Brouet ermordet hat, ist für den Verlust eines meiner wertvollsten Instrumente verantwortlich." Er sah Richard direkt an. „Es liegt in meiner Natur, dafür zu sorgen, dass Schulden beglichen werden."

Die subtile Drohung nagte an Richard, während er Kent zurück zum Haupthaus folgte.

„Na wunderbar, noch eine Sackgasse", seufzte der Ermittler.

„In diesem Fall geht aber auch gar nichts vorwärts. Mein Instinkt sagt mir, dass wir etwas übersehen ... aber was?"

Resolut verdrängte Richard die aufsteigenden Schuldgefühle. „Gibt es schon etwas Neues bezüglich des gelben Kissens?"

Kent schüttelte den Kopf. „Die Bediensteten wurden angewiesen, die Augen offenzuhalten, aber bisher hat niemand etwas gefunden. Womöglich hat der Mörder es verbrannt oder außerhalb des Hauses versteckt." Nach einer kurzen Pause fügte er frustriert hinzu: „Hoffentlich kommen meine Kollegen in London besser voran."

In der Eingangshalle trennten sich ihre Wege. Kent begab sich zu einer weiteren Besprechung mit dem Richter, während Richard gerade rechtzeitig zum Mittagessen den Speisesaal betrat. Er entdeckte Wick in Gesellschaft der Turbetts und steuerte auf ihn zu, um seinem Bruder moralischen Beistand zu leisten ... und um seine Kumpane, Parnell und Goggs, die am gleichen Tisch saßen, notfalls in ihre Schranken zu weisen. Obwohl es noch früh am Tag war, wirkten die beiden Unruhestifter bereits gut angetrunken. Auf keinen Fall durften sie Wickhams zukünftigen Schwiegervater verärgern.

Auf dem Weg durch den Saal erblickte er Violet an einer anderen Tafel. Als ihre Blicke sich trafen, lächelte sie ihm zu. Verdammt, allein der Anblick ihrer süßen, vollen Lippen ließ seinen Puls vor Verlangen in die Höhe schnellen.

Später, schwor er sich.

Nachdem er seinen Bruder und dessen Tischgenossen begrüßt hatte, ließ er sich auf dem freien Platz zwischen Parnell und Turbett nieder. Er hatte etwa die Hälfte seines Hummersoufflés verspeist, als Parnell den Kaufmann, der lauthals mit seinem Handelsgeschick prahlte, entnervt unterbrach. „Gibt es nicht irgendein interessanteres Thema als Ihre *Arbeit*? Sie verderben mir noch den Appetit."

Verflucht.

Turbett erstarrte. „Ihrem Magen wäre mit Enthaltsamkeit weitaus mehr geholfen, Mylord."

Parnell nahm einen demonstrativen Schluck von seinem Weinglas. „Besser voll bis obenhin mit dem Nektar der Trauben als verschrumpelt wie eine alte Trockenpflaume, nicht wahr, Goggs?"

„Allerdings." Sein Freund prostete ihm zu.

Richard legte seine Gabel nieder. „Gewiss finden wir ein Thema, das alle anspricht ..."

„Riechst du das, Goggs?", unterbrach Parnell ihn und reckte die lange, spitze Nase in die Luft.

Verwirrt runzelte sein pausbäckiger Kumpan die Stirn. „Äh, was denn?"

„Das ist der Gestank von ... ja, ganz eindeutig ... von *Geschäftlichem* ..."

Turbett warf seine Serviette auf den Tisch. „Ich lasse mich nicht länger von zwei mittellosen Nichtsnutzen beleidigen! Komm, Amelia, wir gehen."

Ungehalten zerrte er seine Tochter mit sich fort.

„Vielen Dank auch", sagte Wick mit vor Sarkasmus triefender Stimme.

„Du *solltest* uns dankbar sein", erwiderte Parnell und nippte erneut an seinem Wein. „Wir bewahren dich immerhin vor einer schmachvollen Zukunft."

Wick ergriff das Wort, bevor Richard etwas sagen konnte. „Wenn ich meine Verbindlichkeiten nicht begleichen kann, *habe* ich bald keine Zukunft mehr."

Gut so, geige ihnen die Meinung. Anerkennend nickte er seinem Bruder zu.

Parnell verdrehte genervt die Augen. „Sei doch nicht so dramatisch, Murray. Goggs und ich verfallen ja auch nicht in Panik, und unsere Schulden sind mindestens genauso hoch wie deine."

„Vielleicht solltet ihr euch besser ebenfalls nach einer reichen Erbin umsehen", konterte Wick.

„Vater wird sich schon darum kümmern", sagte Parnell achselzuckend. „Und wenn nicht, stelle ich mich meiner Verantwortung auf die altbewährte Weise ... indem ich aufs Festland fliehe. Nicht wahr, Goggs?"

Dessen Blick flatterte nervös zwischen seinen Freunden hin und her. „Äh, ganz, wie du meinst."

Kopfschüttelnd erhob Wick sich und verließ den Tisch. Richard folgte ihm.

„Du hast die Situation eben gut gemeistert", lobte er.

Sein Bruder seufzte nur. „Suchen wir besser die Turbetts, um die Dinge wieder ins Lot zu bringen."

Sobald der Frieden wiederhergestellt war, gesellte Richard sich zu Violet. Aufgrund des schlechten Wetters wurde den Gästen ein umfangreiches Programm im Hause angeboten. Es gab eine Zaubervorführung im Amphitheater, eine Art wissenschaftliches Experiment mit einer elektrischen Maschine in der Bibliothek sowie ein Wurfringspiel im Vorhof.

Violet unterhielt sich gegenwärtig mit den Blackwoods im Kartenspielzimmer.

„Ah, Carlisle, jetzt sind wir genug Leute für eine Partie Whist", rief Lady Blackwood. „Sie spielen doch mit, oder?"

Er nickte, und so ließen sie sich an einem freien Tisch in der Ecke des Raumes nieder. Die Marquise entschied, dass die Damen gegen die Herren spielen sollten. Violet bot an, die Karten auszugeben.

Während sie mit geschickten Fingern das Deck mischte, erkundigte sie sich leise: „Verlief Ihr Gespräch heute Morgen erfolgreich?"

Er schüttelte den Kopf. „Und wie haben Sie sich bislang die Zeit vertrieben?"

„Ich habe Polly und Rosie die Armbrust gezeigt", berichtete

sie begeistert. „Wir haben Äpfel abgeschossen. Jetzt wollen die beiden unbedingt ebenfalls eine haben."

„Eine Armbrust?", mischte Lady Blackwood sich ein. „Das klingt gefährlich."

„Es ist nur eine Miniaturanfertigung. Damit kann man sich nicht verletzen", versicherte Violet ihr. „Allerdings haben wir die Äpfel damit problemlos vom Tisch gefegt."

„Wie sind Sie nur an ein derartiges Gerät gekommen?"

„Es war ein Geschenk. Carlisle hat sie für mich angefertigt", erklärte Violet stolz.

„Ach, tatsächlich?" Die Marquise bedachte Richard mit einem amüsierten Blick.

Blackwood, der verräterische Bastard, schmunzelte ebenfalls. „Wie, äh, überaus charmant von dir, Carlisle."

Hitze schoss ihm ins Gesicht. „Spielen wir jetzt Whist oder nicht?"

Violet lächelte verstohlen. Während sie die Karten austeilte, funkelten ihre Augen vergnügt.

Nach drei Runden, in denen Richard und sein Spielgefährte eine Niederlage nach der anderen einstecken mussten, hegte er langsam den Verdacht, dass etwas nicht mit rechten Dingen zuging. Mit zusammengekniffenen Augen beobachtete er, wie Violet fachmännisch mischte.

„Soll ich diese Runde ausgeben?", fragte er plötzlich.

„Ach, das mache ich doch gerne", antwortete sie lässig. *Viel* zu lässig. Langsam merkte er, wenn sie bluffte. Aber als Gentleman konnte er sie nicht ohne Beweise der Schummelei bezichtigen, daher lehnte er sich zurück und wartete auf die passende Gelegenheit.

Erneut verteilte sie die Karten so professionell, dass jede vor dem jeweiligen Spieler landete.

Unauffällig hob Richard die Ecke seiner ersten Karte an. Eine Kreuz-Zwei. Niedriger ging es nicht.

Zu seiner Linken gab Lady Blackwood einen seltsam

erstickten Laut von sich, nachdem sie ihre zugeteilte Hand betrachtet hatte.

„Alles in Ordnung, Liebling?", fragte ihr Gemahl argwöhnisch.

„Oh, alles bestens." Die veilchenblauen Augen der Marquise funkelten.

Als Nächstes erhielt Richard eine weitere Zwei, diesmal Karo.

Die dritte Karte war eine Herz-Zwei. Nun konnte er sich wirklich nicht mehr länger zurückhalten. „Einen Moment mal, Sie kleine Hexe ..."

Violet brach in schallendes Gelächter aus, in das Lady Blackwood mit einstimmte.

„Offensichtlich wurden wir übers Ohr gehauen, Carlisle", merkte der Marquis trocken an.

Seine Frau betupfte sich die Augen mit einem Taschentuch. „Es hat ja lange genug gedauert, bis der Groschen gefallen ist." Dann drehte sie ihre Karten um und zeigte ihnen die drei Asse, die Violet ihr zugespielt hatte.

„Donnerwetter, wo haben Sie gelernt, so zu geben? Moment ... ich weiß schon." Richard warf ihr einen resignierten Blick zu. „Von Ihrem berüchtigten Bruder Harry, nicht wahr?"

„Er ist ein Quell an nützlichem Wissen", bestätigte sie fröhlich.

„Zweifellos. Mit diesen Fertigkeiten könnte der Gute sich seine gesamte Ausbildung in Cambridge finanzieren", sagte Blackwood.

„Harry würde nie unehrlich um Geld spielen." Geschickt mischte sie das Deck einhändig durch. „Für ihn ist alles nur ein wissenschaftliches Experiment. So bleibt sein Verstand scharf, sagt er."

Richard hob die Brauen. „Und für Sie?"

„Mir macht es einfach nur *Spaß*", erwiderte sie frech.

„Genau das bewundere ich an Ihnen, Miss Kent", sagte Lady Blackwood lächelnd. „Sie betrachten die Welt aus einem einzigartigen Blickwinkel, ungetrübt von auferlegten Konventionen. So sehen Sie stets Möglichkeiten, die anderen entgehen."

Violet erstarrte und riss die Augen auf.

Besorgt runzelte Richard die Stirn. „Stimmt etwas nicht?"

„Hoffentlich habe ich Sie nicht beleidigt, meine Liebe", fügte die Marquise hastig hinzu. „Meine Worte waren als Kompliment gemeint."

„Nein, keine Sorge. Sie haben mich nur auf eine Idee gebracht."

Vi lächelte ausweichend und begann erneut, die Karten auszuteilen, diesmal ohne zu mogeln.

Allerdings bemerkte Richard, dass ihre Hände vor Aufregung zitterten.

Nach dem Spiel führte er sie hinüber zu einer Anrichte, auf der ein kaltes Büfett kredenzt wurde. Sofort lud sie sich von allem etwas auf ihren Teller. Gott, er fand sogar ihren Appetit anziehend.

„Was war eben los?", fragte er sie ohne Umschweife.

„Ich verrate es dir … aber nur, wenn du mir versprichst, es für dich zu behalten."

Verflucht, er hatte ein mieses Gefühl bei der Sache. „Na schön."

„Also, ich frage mich schon die ganze Zeit, was Monique in jener Nacht überhaupt in der Bibliothek zu suchen hatte."

„Darauf weiß ich auch keine Antwort."

„Ich womöglich schon. Seit ich ein kleines Mädchen war, habe ich versucht, Madame Monique nachzuahmen. Sie war mein größtes Vorbild, und so bin ich seit jeher bestrebt, wie sie zu handeln und zu denken. Da kam mir die Idee, dass wir ihre Schritte zurückverfolgen und die Welt aus *ihrem* Blickwinkel betrachten müssen, wenn wir den Mordfall lösen wollen … und ich denke, ich bin dafür am besten geeignet."

„Wofür genau?"

„Heute Nacht werde ich mir Moniques Schlafgemach einmal

genauer ansehen."

„Auf gar keinen Fall!" Als er bemerkte, wie sie erstarrte, fügte er schnell hinzu: „Dein Bruder hat es doch bereits durchsucht und dir befohlen, dich von dem Zimmer fernzuhalten."

„Und wie du weißt, halte ich mich immer an Befehle", erwiderte sie und verdrehte die Augen. „Meine Intuition *sagt* mir, dass es in ihren Gemächern Hinweise gibt, Richard. Und ich werde sie finden, weil ich mich in Monique hineinversetzen kann. Sogar Jeanne ist das aufgefallen."

Ihre Augen funkelten entschlossen. Vor nicht allzu langer Zeit hätte er noch versucht, sie von ihrem Vorhaben abzubringen, aber inzwischen wusste er, dass es zwecklos war, sich mit ihr anzulegen. Sie würde sowieso tun, was sie sich in den Kopf gesetzt hatte. Außerdem würde sein Einspruch ihn kaum einem erfolgreichen Heiratsantrag näherbringen. Nur ein Wahnsinniger würde versuchen, ihr Einhalt zu gebieten.

Aber noch viel wichtiger war, dass er ihr versprochen hatte, gemeinsam an dem Fall zu arbeiten. Er musste eben einen Weg finden, sie vor ihrem eigenen Leichtsinn zu beschützen. Wenn ihr irgendetwas zustoßen sollte ... Allein bei dem Gedanken daran schnürte es ihm die Brust ab. Nein, das würde er nicht zulassen. Er wollte seine zukünftige Vicomtesse um jeden Preis vor Schaden bewahren.

„Was genau hast du vor?", fragte er daher leise.

„Sobald alle anderen zu Bett gegangen sind, werde ich mich zu ihrem Zimmer begeben und nach Hinweisen suchen, die möglicherweise übersehen wurden." Trotzig hob sie das Kinn an. „Und du wirst mich nicht daran hindern."

Das wollte er auch gar nicht. Er hatte seine Entscheidung getroffen.

„Ist mir recht, denn ich begleite dich."

Er schnappte sich eine Scheibe Schinken von ihrem Teller, steckte sie sich genüsslich in den Mund und genoss ihren völlig verdutzten Blick.

❧ 28 ❧

VIOLETS STRAHLENDES LÄCHELN, DAS DEN SCHWACH beleuchteten Gang regelrecht erhellte, bestätigte Richard, dass er die richtige Entscheidung getroffen hatte. Es war bereits nach zwei Uhr morgens, und sie wartete vor Moniques Schlafgemach auf ihn. Sie trug noch immer ihr rosafarbenes Abendkleid. Das Licht ihrer Kerze warf verführerische Schatten auf ihr Dekolleté.

„Ich war mir nicht sicher, ob du auch wirklich kommen würdest", flüsterte sie.

„Warum sollte ich dir den ganzen Spaß überlassen?"

„Dass ich dich je einen Langweiler genannt habe, nehme ich zurück." Grinsend reichte sie ihm die Kerze und zog ein paar Haarnadeln aus ihrer Hochsteckfrisur. „Die Tür ist verschlossen, aber hiermit müsste ich sie problemlos öffnen können."

„Da du von Harry unterrichtet wurdest, zweifle ich nicht an deinem Geschick, aber hiermit geht es vielleicht einfacher." Er zog den Generalschlüssel aus seiner Tasche.

„Donnerwetter, woher hast du den denn?"

„Eventuell habe ich ihn mir vorhin ausgeborgt, als ich mich in den Hauswirtschaftsraum verirrte." Wenn er sich schon kopfüber ins Abenteuer stürzte, dann wenigstens gut vorbereitet.

„Du hast ihn gestohlen?" Bewundernd nahm sie den Schlüssel an sich, wie jede andere Frau teuren Schmuck entgegennehmen würde. „Gut gemacht!"

Er musste ein Lachen unterdrücken.

Nachdem sie sich vergewissert hatte, dass sie allein waren, schloss sie die Tür auf, die sie sogleich leise hinter sich zudrückten, sobald sie das Zimmer betreten hatten. Richard besaß zwar keine sehr rege Fantasie, aber die Stille im Raum kam ihm beinahe ein wenig unheimlich vor. Das kalte Mondlicht, das zwischen den Vorhängen hindurchfiel, verstärkte die gruftartige Atmosphäre.

Violet fröstelte.

Schützend legte er ihr einen Arm um die Schultern und flüsterte: „Bist du sicher, dass du das durchziehen willst?"

„Mir bleibt keine andere Wahl. Wir haben keinerlei Spuren mehr." Der Mond erleuchtete ihre entschlossenen Züge. „Ich fange beim Bett an und arbeite mich im Uhrzeigersinn vor. Suchst du solange in entgegengesetzter Richtung?"

Er stimmte ihrem Vorschlag zu.

Mehrere Minuten widmeten sie sich schweigend ihrer Aufgabe. Gelegentlich hörte er sie ein *Verflixt* oder *Donnerwetter* murmeln, was die düstere Stimmung ein wenig aufhellte. Während er eine Schreibtischschublade durchwühlte, wurde ihm bewusst, dass ein Leben mit Violet immer von Humor und Lebendigkeit geprägt sein würde, egal, wie erdrückend es auch bisweilen sein mochte.

Gott, wie sehr er sich nach einer solchen Zukunft sehnte.

„Carlisle, ich glaube, ich habe etwas gefunden!"

Er folgte ihrem aufgeregten Flüstern zu einem erhabenen Kleiderschrank, aus dessen geöffneten Türen Seide und Spitze hervorquoll. Auf Zehenspitzen stehend, reckte sie den Hals, um jeden Winkel im Inneren inspizieren zu können.

Schließlich zeigte sie auf das höchste Regal, das vollgestopft war mit Modewaren. „Dort, hinter dieser Haube da, ist etwas, aber ich komme nicht dran.“

Richard schob die störende Kopfbedeckung beiseite und tastete mit der Hand nach einem schweren, rechteckigen Gegenstand, den er vorsichtig herunterhob.

Es war eine Schatulle aus Mahagoniholz, deren Deckel mit Perlmutt eingelegt war.

„Schmuckkästchen sind für gewöhnlich viel kleiner“, sagte Violet aufgeregt. „Was wohl hier drin sein mag?“

Er stellte das Behältnis auf dem Bett ab.

„Mach es auf“, ermutigte er sie.

Voller Erwartung hob sie den Deckel an und ließ ihn zurückfallen. Auf der obersten Ablage befanden sich ein Chinoiserie-Beutel aus grüner Seide sowie etwas, das wie ein filigranes Goldkettchen aussah. Als Violet letzteres herausnahm, spürte Richard, wie ihm die Hitze ins Gesicht schoss.

Stirnrunzelnd hielt sie das Kettchen zwischen Daumen und Zeigefinger hoch. An beiden Enden befanden sich kleine, mit Juwelen besetzte Klemmen, die wie zwei Pendel hin und her schwangen.

„Was für eine sonderbare Halskette“, sagte sie.

Er war sich ziemlich sicher, dass es sich nicht um ein Schmuckstück handelte. „Äh, leg das am besten wieder hinein ...“

Sie war zu beschäftigt mit den Klemmen, um auf ihn zu achten. „Vielleicht ist sie kaputt? Der Verschluss ist wirklich seltsam. Die Enden passen *überhaupt* nicht zusammen.“

„Ähm, Violet ...“

Achtlos war sie das Kettchen auf die Bettdecke und griff nach dem Seidenbeutel. „Ganz schön schwer. Was da wohl drin ist?“

Bevor er sie aufhalten konnte, entleerte sie den Inhalt auf ihre Handfläche.

„Was ist das denn?“ Sie hielt zwei kleine, goldene Bälle hoch, die sinnlich zwischen ihren Fingern hin und her rollten.

Er schluckte schwer.

„Oh, ich weiß!" Ihre Augen weiteten sich.

„Ach, tatsächlich?"

„Bestimmt hat sie mit ihnen jongliert. Allerdings sind sie winzig, es muss schwer sein, sie aufzufangen." Probehalber schüttelte sie die beiden Bälle. „Und sie haben merkwürdige Gewichte in sich ..."

„Du solltest sie wirklich besser wieder zurücklegen."

„Warum? Vielleicht kann ich sie auf die gleiche Weise verwenden wie Monique."

Gott. So sehr er sich auch zu beherrschen versuchte, wurde er bei der Vorstellung steinhart.

„Oh, sieh mal. Darunter ist ja noch ein Fach." Während sie die Liebeskugeln weiter in einer Hand hielt, zog sie mit der anderen die nächste Ablage heraus. „Ob das noch mehr Zirkusausrüstung ist? Das hier hat eine äußerst seltsame Form ..."

Sie hob einen Jadedildo heraus.

Augenblicklich wurde er von einer Welle der Erregung erfasst. Starr vor Lust beobachtete er, wie sie den großen, gemeißelten Phallus in ihrer Hand studierte, von der geschwollenen Eichel über den von Adern durchzogenen Schaft bis hin zu den beachtlichen Hoden. Plötzlich schien ihr ein Licht aufzugehen. Beinahe hätte er über den Ausdruck auf ihrem Gesicht gelacht, wenn seine schmerzhaft pulsierende Erektion ihn nicht mit jeder Sekunde weiter um den Verstand bringen würde.

Erschrocken schnappte Violet nach Luft und schleuderte den künstlichen Phallus aufs Bett. Leider vergaß sie dabei die Kugeln in ihrer anderen Hand, die nun mit lautem Poltern zu Boden fielen und darunter rollten.

„Verflucht! Ich ... ich muss sie da wieder hervorholen!", rief sie panisch aus.

Sie legte sich flach auf den Teppich und fuchtelte mit einem Arm unter der Matratze herum. Richard musste die Augen schließen, um beim Anblick ihrer schlanken Fußknöchel, der ansehnlichen Waden sowie ihres prallen Hinterns, den sie in die Luft reckte, nicht die Beherrschung zu verlieren.

„Mist, ich komme nicht dran ..." Sie robbte weiter unter das Bett, wobei ihre Röcke nach oben rutschten und den Blick auf ihre Strumpfhalter und ein wenig nackte Haut preisgaben.

Halb ohnmächtig vor Verlangen wollte er sich abwenden, als sie plötzlich leise seinen Namen rief.

„Carlisle ... Ich habe noch etwas gefunden!"

Gott schien seine Selbstbeherrschung wirklich auf die Probe stellen zu wollen. „Was denn?"

„Ich habe versehentlich auf eine der Bodendielen gedrückt und sie hat sich gelockert. Darunter steckt ein Blatt Papier ..."

Sie kroch wieder unter dem Bett hervor, einen gefalteten Zettel in der Hand haltend. Nachdem er ihr auf die Beine geholfen hatte, gingen sie zum Schreibtisch hinüber und strichen das Blatt unter dem Schein der Tischlampe glatt. Es war eine Zeichnung.

Eingehend studierte er die detaillierte Darstellung. „Das ist ein Gebäudeplan dieses Hauses."

„Was wollte Monique denn damit?", wunderte Violet sich.

Er deutete auf einen der eingezeichneten Räume. „Sieh nur, das ist die Bibliothek. Jemand hat dort etwas mit roter Tinte eingekreist."

Sie beugte sich näher heran. „Das muss der Kamin sein. Was bedeuten diese zwei verschmierten, roten Zeichen am Rand daneben? Sieht aus wie kleine Wolken ..."

„Keine Ahnung. Aber schau, hier drüben." Mit einem Finger fuhr er die rote Linie entlang, die am Kamin begann und weiterführte bis zum ...

„Das kann doch nicht stimmen." Violet runzelte die Stirn. „Diese Linie verläuft durch die Wand zwischen der Bibliothek und dem Arbeitszimmer. Aber soweit ich mich erinnere, gab es keine Tür zwischen den beiden Räumen."

Plötzlich fiel der Groschen bei ihm. „Nein, aber diese Karte zeigt uns, dass es womöglich einen anderen Zugang gibt."

„Du meinst ... einen Geheimgang?" Erstaunt riss sie die Augen auf. „Oh, Richard, was wollte Monique nur mit diesem Gebäudeplan anfangen?"

„Es gibt nur einen Weg, das herauszufinden", erwiderte er grimmig.

Als sie die schwach erleuchtete Bibliothek betraten, kam es Violet so vor, als hätte sie ein Déjà-vu-Erlebnis. Während Richard sich umsah, um sicherzugehen, dass sie allein waren, fiel ihr Blick auf die Stelle, an der sie Monique gefunden hatten, und ihr Magen verkrampfte sich. Obwohl sie unbedingt den wahren Mörder ausfindig machen wollte, mischte sich ein wenig Unbehagen unter ihre Aufregung: Was würden sie bei der Verfolgung von Moniques Spuren entdecken?

Nervös umklammerte sie die Karte, die sie unter dem Bett der Akrobatin gefunden hatte.

Richard kehrte an ihre Seite zurück. „Wir sind allein. Lass uns keine Zeit verlieren."

Gemeinsam gingen sie hinüber zu dem alten Kamin. Der Sims war zwar vom Blut gesäubert worden, aber trotzdem durchfuhr sie ein Schauer, als ihr Blick darauf fiel.

Richard ließ die Finger über den kunstvoll verzierten Stein wandern, entlang der aufwendig gemeißelten Flora und Fauna.

„Such die umliegenden Wände nach verborgenen Öffnungen ab", wies er sie an.

Vi legte die Karte nieder und inspizierte die Holzverkleidung links und rechts des Kamins. Sie presste die Handflächen gegen die Formleisten, konnte aber keinen geheimen Eingang entdecken. Scheinbar hatte Richard ebenfalls keinen Erfolg, da er erneut die Zeichnung zu Rate zog.

„Irgendetwas übersehen wir", murmelte er.

Gemeinsam besahen sie sich den Gebäudeplan. Etwas an den verwischten Zeichen am Seitenrand ließ ihr keine Ruhe. Sie zeigte darauf. „Was bedeuten die nur?"

„Vielleicht sind es nur Tintenflecke."

„Das glaube ich nicht." Sie kniff die Augen zusammen. „Die Tinte ist zwar verschmiert, aber ich sehe deutliche Rundungen. Es sind Skizzen von Wolken oder ..."

„*Blumen*", stellten sie gleichzeitig fest und sahen einander aufgeregt an.

„Die Rosen auf dem Kaminsockel", hauchte sie.

Er nahm sich den Sockel auf der rechten Seite vor, sie den auf der linken. Sorgfältig untersuchte sie die steinernen Blumen: es waren drei an der Zahl, von denen eine nach vorne gerichtet war und zwei zur Seite. Sie strich mit den Fingern über die kühlen Blüten. Weder an der mittleren Rose noch an der, die nach links zeigte, konnte sie etwas Auffälliges entdecken. Doch an einem der Blütenblätter der nach innen zur Feuerstelle geneigten Blume befand sich ein hauchdünner, kaum sichtbarer Riss.

Ein unvermeidbares Zeichen der Zeit ... oder steckte etwas anderes dahinter?

„Hier drüben ist nichts", sagte Richard und trat hinter sie. „Bei dir?"

Sie drückte gegen das Blütenblatt, versuchte, es zu bewegen, doch nichts rührte sich. „Wahrscheinlich ist es nichts, aber hier ist ein winziger Sprung ..."

„Lass mich mal sehen."

Sie rückte beiseite, um ihm Platz zu machen.

„Ich verstehe, was du meinst." Auch er drückte an der Stelle herum, doch nichts geschah. Er ging in die Knie, um die Unterseite der Rose zu untersuchen. „Interessant. Hier ist noch ein Riss an einer anderen Blüte ..."

Eingehend betrachtete er die Blume, bevor er beide Blütenblätter gleichzeitig presste.

Mit angehaltenem Atem beobachtete Violet, wie die Stellen im Stein einsanken. Ein leises Klicken ertönte ... dann schwang ein breites Stück der Holzverkleidung zur Linken des Kamins auf.

Aufgeregt eilte sie zu der Öffnung hinüber. „Du hast ihn gefunden! Den Geheimgang."

Er hob die Kerze an, die sie mitgebracht hatten. Deren flackerndes Licht erleuchtete einen engen Tunnel. „Der Gang scheint hinter der Wand bis zum Arbeitszimmer zu verlaufen."

„Finden wir es heraus ..." Abrupt brach sie ab, als Gelächter vor der Tür zur Bibliothek ertönte.

„Verdammt. Schnell, in den Tunnel."

„Moment! Die Karte." Eilig rannte sie hinüber zum Kamin, vor dem sie die Zeichnung abgelegt hatte. Mit dem wertvollen Stück Papier in Händen kehrte sie zu ihm zurück, und er schob sie vor sich hinein in den Gang, bevor er die Holzverkleidung hinter sich zuzog ... gerade noch rechtzeitig.

Die Tür zur Bibliothek öffnete sich, und die Stimmen wurden lauter. Eine der Personen war Mrs Sumner. Violet war sich nicht sicher, wer deren männliche Begleitung sein könnte, aber der gehobenen Ausdrucksweise nach zu urteilen, war es unmöglich Tobias Price. Anscheinend bevorzugte die Witwe abwechslungsreiche Gesellschaft. Schon bald stellte Vi mit hochrotem Kopf fest, dass die Unterhaltung der beiden anderweitiger Beschäftigung gewichen war.

„Die sind bestimmt eine Weile beschäftigt", flüsterte Richard ihr ins Ohr. „Sehen wir doch einstweilen nach, ob die Zeichnung akkurat ist und der Tunnel tatsächlich ins Arbeitszimmer führt."

Vi atmete tief durch, nickte und ging voran. Er folgte dicht hinter ihr, und sie war sich seiner warmen, beruhigenden Nähe nur zu bewusst.

Sie drehte sich zu ihm um und fragte leise: „Wie lang dieser Gang wohl sein mag?"

„Keine Ahnung." Er hatte den Kopf eingezogen, um ihn sich nicht an der niedrigen Decke zu stoßen. „Meine Güte, ein bisschen mehr Platz hätte man schon einplanen können."

„Offensichtlich wurde dieser Gang für kleine Priester erbaut. Er ist nicht für einen Mann deiner Größe ausgelegt."

„Haben Sie etwa ein Problem mit meiner Größe, Miss Kent?"

Der neckische Ausdruck in seinen Augen brachte sie zum Schmelzen. Die stickige Luft in dem Tunnel wurde plötzlich um einiges wärmer. Schnell drehte sie sich wieder um, damit er nicht bemerkte, wie verlegen sie war. „Hör auf, nach Komplimenten zu fischen. Wir haben Wichtigeres zu ... *uff!*"

Ihr Fuß war an etwas Klirrendem hängen geblieben, und sie stolperte vorwärts. Bevor sie unsanft auf dem Boden landete, fing Richard sie gerade noch rechtzeitig auf und drückte sie fest gegen seinen muskulösen Körper.

„Sei vorsichtig", murmelte er ihr ins Ohr.

Sie versuchte, zu Atem zu kommen. „Ich ... ich bin über etwas gestolpert."

Er hob die Kerze an und entdeckte ein dunkles Täschchen, das ein paar Meter entfernt lag. Sie bückte sich und hob es auf. Es war aus weichem Leder und schien mehrere harte Gegenstände zu beinhalten. Unwillkürlich musste sie an den Inhalt der Schatulle in Moniques Zimmer denken. Obwohl sie den Sinn und Zweck der Objekte nicht ganz verstanden hatte – was zum Henker wollte man mit der Statue eines ... männlichen Dings anfangen? –, ahnte sie, dass diese eher schlüpfriger Natur waren.

Schnell drückte sie Richard das Täschchen in die Hand. „Öffne du es."

Seine Mundwinkel zuckten belustigt. Wortlos reichte er ihr die Kerze und zog mehrere dünne Metallstäbchen aus der Ledertasche. Jedes von ihnen hatte ein unterschiedlich geformtes Kopfstück.

„Dietriche“, stellte er knapp fest.

„Woher stammen die wohl?“

„Wahrscheinlich hat Monique sie hier liegen lassen“, sagte er grimmig. „Nachdem sie bekommen hat, wonach sie suchte.“

„Was wollte sie denn?“

Er deutete den Gang hinunter auf eine Holzverkleidung, die der aus der Bibliothek ähnelte.

„Hier ist das Arbeitszimmer, also vermute ich, sie war hinter etwas her, das sich darin befand. Etwas, wofür man diese hier brauchte.“ Er hob die Dietriche hoch.

Plötzlich ging ihr ein Licht auf. „Du glaubst, in dem Zimmer befindet sich ein eiserner Geldschrank?“

„Das muss Billings uns sagen ...“

Hinter der Holzverkleidung wurde eine Tür mit solcher Wucht aufgestoßen, dass die Wände wackelten. Gedämpfte Männerstimmen ertönten. Violets Puls raste vor Schreck.

Richard legte die Arme um sie und murmelte: „Ganz ruhig, Liebling.“

Sie konnte nicht verstehen, was im Arbeitszimmer gesagt wurde, aber der Tonfall der Männer klang feindselig. Einer der beiden war Billings, den anderen vermochte sie nicht zu identifizieren.

Richard steckte die Dietriche ein, nahm ihre Hand und führte sie wortlos zurück in Richtung Bibliothek. Auf halbem Weg wurde ihnen bereits anhand des Stöhnens und Grunzens klar, dass auch dieser Raum noch immer belegt war.

„Wir sitzen wohl fest.“ Sein warmer Atem kitzelte ihr Ohr. „Es bleibt uns nichts anderes übrig, als zu warten.“

Sie nickte. Ein erwartungsvoller Schauer durchfuhr sie.

Er stellte die Kerze auf dem Boden ab und zog sie erneut in seine Arme. Sie legte den Kopf an seine Brust, während er ihr zärtlich über den Rücken streichelte. „Keine Angst, Liebling. Wir kommen hier sicher bald heraus.“

Offensichtlich hatte er ihre Reaktion falsch aufgefasst. Was sie trotz der Aufregungen dieser Nacht verspürte, war keine Furcht ... sondern eine ganz andere Art von Erregung. Obwohl seine Berührungen sie gewiss beruhigen sollten, entfachten sie stattdessen ihr Verlangen.

Um sich abzulenken, sprach sie den erstbesten Gedanken aus, der ihr in den Sinn kam. „Die Gegenstände, die wir vorhin in Moniques Zimmer fanden ... wozu braucht man die?"

Seine Hand erstarrte auf ihrem Rücken. „Das sollten wir wahrscheinlich besser nicht besprechen."

Jetzt war ihre Neugier umso mehr geweckt.

Sie legte den Kopf in den Nacken und sah zu ihm auf. „Warum besaß Monique die Statue eines männlichen ... Du-weißt-schon-was?"

„Eines Du-weißt-schon-was?" Seine Augen funkelten amüsiert.

„Na, eines ... Dings eben."

Er bebte vor unterdrücktem Gelächter.

„Was ist denn daran so lustig? Du weißt doch ganz genau, was ich meine ..."

Seine breiten Schultern zuckten so heftig, dass sie fürchtete, er würde jeden Moment laut loslachen und sie verraten. Schnell legte sie ihm eine Hand auf den Mund und japste auf, als er leicht an ihren Fingern knabberte.

Im nächsten Augenblick hatte er sie gegen die Wand gepresst. In dem engen Tunnel nahm sie nichts anderes mehr wahr als ihn, seine starke, männliche Präsenz.

„Derartige Diskussionen bringen uns nicht weiter. Wenn du wirklich wissen willst, wofür diese Gegenstände benutzt werden, müssen wir zunächst dein Vokabular erweitern. Bist du dafür bereit, Violet?"

Fasziniert von seinem sinnlichen, kehligen Tonfall, nickte sie.

„Dann fangen wir bei der goldenen Kette mit den Klemmen an."

Ihr Puls schnellte in die Höhe, als seine Finger am Rand ihres tief ausgeschnittenen Mieders entlangfuhren und schließlich unter den rosafarbenen Stoff glitten, um ihre rechte Brustwarze zu umkreisen. Sie musste ein lautes Stöhnen zurückhalten.

„Eine der Klemmen würde hier an deinem lieblichen Nippel befestigt werden", flüsterte er und kniff sanft in die steife Spitze, sodass sie überrascht die Augen aufriss, „während man die zweite am anderen anbringt." Nun rieb und zwickte er leicht ihre andere Knospe. Ein elektrisierender, leicht schmerzhafter Schock durchfuhr sie.

„Würde das nicht ... wehtun?", fragte sie mit glühenden Wangen.

„Ein wenig, ja. Aber fühlt es sich nicht auch gut an?"

Das ließ sich nicht leugnen. Vor Erregung stockte ihr der Atem.

„Jetzt stell dir vor, jemand würde leicht an der Kette ziehen", murmelte er, woraufhin ihre Brustwarzen zu pulsieren begannen. „Könnte dir das gefallen?"

„Ich weiß es nicht. Das klingt so verrucht", brachte sie heraus.

„O ja. Aber längst nicht so verrucht wie die Kugeln, mit denen du gespielt hast."

Sie fuhr sich mit der Zunge über die Lippen. „W-wozu sind die gut?"

Statt einer Antwort küsste er sie hart, fordernd. Ihre Finger krallten sich in sein Krawattentuch, zogen ihn näher zu sich heran. Sie bekam einfach nicht genug von seinem Aroma, dem dominanten Drängen seiner Zunge. Als er sich plötzlich zurückzog, stöhnte sie enttäuscht auf.

Schwer atmend und gegen die Wand gepresst, betrachtete sie seine männlichen Züge, seine eisengrauen, glühenden Augen, und wurde sich einer unweigerlichen Tatsache bewusst: Kein Mann, der ihr zukünftig begegnete, würde Richard das Wasser reichen können. Er war alles, was sie sich je erträumt hatte.

Sie hatte sich Hals über Kopf in ihn verliebt.

„Liebling", sagte er mit rauer Stimme, „wolltest du nicht den Zweck der Kugeln erfahren?"

Kugeln? Was für Kugeln?

Mit einer geübten Handbewegung schob er ihre Röcke hoch und hielt sie an der Hüfte fest. Sie atmete scharf ein, als die kühle Luft ihre nackten Schenkel und ihre feuchte Scham berührte. Mit seiner anderen Hand ergriff er eine der ihren und führte sie hinunter zu ihrer intimsten Stelle. Sie biss sich auf die Lippe und spürte, wie ihre Wangen zu glühen begannen, als er ihre verflochtenen Finger gegen ihre pulsierende Scheide drückte.

Es war so verrucht ... und so unglaublich *gut*.

„Spürst du, wie feucht deine Pussy ist?", knurrte er ihr leise ins Ohr. „Wie geschwollen und bereit du für mich bist? Gefällt es dir, auf diese Weise berührt zu werden?"

Sie schüttelte jegliches Schamgefühl ab, schloss die Augen und gab sich dem sinnlichen Strudel ihrer Empfindungen hin.

„Ja. O ja", seufzte sie.

Mit einer Fingerspitze umkreiste er ihre Spalte, tauchte kurz ein, reizte sie bis zum Äußersten. „Die Kugeln werden hier eingeführt ... Du würdest sie bei jeder Bewegung in dir spüren, wie sie dich stimulieren und erregen."

Donnerwetter. Sie riss die Augen auf. „Das ist mehr als verrucht."

„Allerdings." Seine Nasenflügel bebten vor Verlangen. Als sie versuchte, ihre Hand wegzuziehen, hielt er sie fest und führte sie weiter hoch zu ihrer empfindlichen Perle. „Reibe deine Finger darüber ... Ja, genau so. Ich will, dass du dich selbst befriedigst, während ich dir den verruchtesten Teil demonstriere."

Ging es denn *noch* sündhafter?

Seine Worte vernebelten ihr die Sinne, sie konnte kaum noch klar denken. Schamlos spielte sie weiter mit sich selbst, während ein vertrauter Druck sich in ihr aufbaute.

„Hör nicht auf", wiederholte er leise, bevor er seine Hand wegzog.

Benommen vor Erregung gehorchte sie ihm und beobachtete, wie er seine Hose öffnete und sein Gemächt herausholte. Der

Anblick seines riesigen, langen Schafts raubte ihr den Atem. Stolz und steif ragte er hinauf bis zum untersten Knopf seiner Weste. Seine Hoden hingen schwer zwischen seinen Beinen, in einem Nest aus dunklem, männlichem Schamhaar.

Wie gebannt sah sie zu, wie er mit der Hand von der Wurzel bis zur Spitze und wieder zurück fuhr. Sie erinnerte sich an das heiße und erwartungsvolle Pulsieren seines Schwanzes, seinen berauschenden, salzigen Geschmack auf ihrer Zunge, und spürte, wie ihr eigenes Geschlecht vor Lust triefte.

„Weißt du noch, was du als Letztes aus der Schatulle geholt hast?"

Sie konnte nichts erwidern, konnte den Blick nicht von seiner Hand abwenden. Fasziniert bemerkte sie, wie ein milchiger Tropfen aus seiner geschwollenen Eichel quoll.

„Einen Schwanz, aus Jade gemeißelt. Man nennt es einen künstlichen Phallus." Seine heißen, sinnlichen Worte jagten ihr einen Schauer über den Rücken. „Er dient den Frauen dazu, sich selbst zu befriedigen."

Ihr wurde schwindlig. Sie war gefangen in einem Wirbel aus blankem, berauschendem Begehren. Jeder Zentimeter ihres Körpers prickelte vor Wonne.

„Nicht, dass du je einen brauchen wirst. Mein Schwanz wird dir völlig genügen. Stell dir vor, wie er deine enge, kleine Pussy ausfüllt", flüsterte er. „Wie würde sich das wohl anfühlen?"

Immer schneller ließ sie ihre Finger über ihre Perle kreisen. „Gut. *So* gut", hauchte sie.

„Allerdings." Unerbittlich pumpte er seinen Schaft mit festem Griff. Sie sah seinen angespannten Bizeps unter dem Stoff seines Jacketts, beobachtete, wie dieser sonst so reservierte Lord sich selbst mit einer wilden Hemmungslosigkeit berührte, die sie ihm kaum zugetraut hätte. Zwischen ihren Schenkeln pulsierte es heiß.

„Ich habe dich bereits mit Fingern und Zunge verwöhnt. Ich weiß, wie süß du schmeckst, wie eng und feucht du bist", flüsterte er heiser. „Gott, ich kann es kaum erwarten, dich um meinen Schwanz zu spüren, wie du mich umklammerst und melkst.“

Mit zitternden Knien ließ sie sich von seinen Worten berauschen, merkte, wie ihr die Kontrolle entglitt.

„Sobald du die meine bist, will ich es Tag und Nacht mit dir treiben“, knurrte er ihr ins Ohr. „Ich will pausenlos in dir sein, dich komplett ausfüllen und lieben ...“

Es war zu viel. Ihre Sicht verschwamm, und mit einem heftigen Zucken ließ sie ihre Ekstase über sich hereinbrechen.

Er fing sie auf, drückte sie gegen die Wand, küsste sie leidenschaftlich und fordernd. In der nächsten Sekunde spürte sie etwas Warmes, Nasses an ihrem Oberschenkel. Er stöhnte auf, und sein harter Körper erbebte.

Tiefe Befriedigung erfüllte sie, während sie sich an ihn klammerte und versuchte, wieder zu Atem zu kommen. Ihre Herzen schienen im Einklang zu schlagen.

Er hob den Kopf und sah sie an. Trotz ihrer Benommenheit versetzte sein glühender Blick ihr Blut erneut in Wallung.

„Spann mich nicht länger auf die Folter“, verlangte er heiser. „Sag, dass du mich heiraten wirst, Violet.“

In diesem Moment ließ sie ihr Herz für sich sprechen. „Ich will deine Frau werden, Richard.“

Seine Augen funkelten triumphierend. Er neigte sich zu ihr und flüsterte ihr etwas ins Ohr.

Nur mit Mühe konnte sie ein Kichern unterdrücken.

„Nein, ich habe meine Meinung geändert“, murmelte sie zurück. „Ich denke, den Titel Vicomte Spielverderber können wir getrost über Bord werfen.“

❧ 30 ❧

Früh am nächsten Morgen begleitete Richard Violet zu ihrem Bruder. Sie wollten ihm nicht verschweigen, was sie in der Nacht zuvor entdeckt hatten. Kent wirkte alles andere als begeistert über die Tatsache, dass die beiden unbeaufsichtigt zusammen herumspioniert hatten, aber zum Glück war seine Frau anwesend, um ihn zu beschwichtigen.

„Was geschehen ist, ist geschehen, Liebling", murmelte sie ihrem Gemahl zu. „Reg dich nicht unnötig auf."

Bei dieser Gelegenheit hielt Richard auch gleich offiziell um Violets Hand an. Er konnte immer noch nicht glauben, dass sie eingewilligt hatte, dass sie tatsächlich die seine werden würde. Und das alles nur dank der knisternden Leidenschaft zwischen ihnen. Dabei war er bei Weitem kein Casanova. Die verruchte Seite an ihm, die gestern im Tunnel zum Vorschein kam, hatte selbst ihn überrascht. Seine Zukünftige schien seine wildesten Instinkte zu wecken, und er fühlte sich in ihrer Gegenwart seltsam ... befreit.

Sie sollte tatsächlich *seine* Vicomtesse werden. Wärme durchflutete ihn, als er ihr anmutiges, errötendes Gesicht betrachtete. Gott, er war so ungeduldig wie ein Vollblüter vor dem Startschuss

... und ebenso nervös. So sehr er sich über ihre Einwilligung freute, erfüllte sie ihn auch mit einer sonderbaren Besorgnis.

Er stand so kurz davor, sein Ziel zu erreichen ... doch noch war nichts endgültig. Noch war sie nicht seine Frau. Sie könnte ihr Versprechen immer noch brechen, es wäre nicht das erste Mal, dass eine Auserwählte ihre Meinung änderte.

Violet hat Ja gesagt. Belass es dabei und freu dich einfach.

Nach einer kurzen Diskussion mit den Kents wurde beschlossen, die Verlobung bis zum Ende der Feierlichkeiten unter Verschluss zu halten. Vorher gab es einfach noch zu viel zu tun. Beispielsweise mussten sie dringend mit ihrem Gastgeber sprechen.

Also machten sie sich in Begleitung der Strathavens auf den Weg zu Billings' Arbeitszimmer.

„Mit großer Wahrscheinlichkeit wissen wir nun, warum Monique sich in der Bibliothek aufhielt", verkündete Kent ohne Umschweife. „Und warum sie ermordet wurde."

„Dann spucken Sie es schon aus", erwiderte der Bankier.

„Zuerst muss ich Sie etwas fragen: Bewahren Sie Wertsachen in diesem Zimmer auf?"

Billings' argwöhnischer Blick sprach Bände. „Warum wollen Sie das wissen?"

„Weil wir glauben, dass Monique etwas aus diesem Raum gestohlen haben könnte."

Ihr Gastgeber schmunzelte höhnisch. „Unmöglich. Einer meiner Lakaien hält Tag und Nacht vor dem Eingang Wache."

„Zumindest vor einem der Eingänge", merkte Kent an.

„Was soll das heißen? Es gibt ja auch nur diesen einen."

„Ihres Wissens nach", mischte Richard sich ein. „Gestern Nacht haben wir einen Geheimgang zwischen der Bibliothek und dem Arbeitszimmer entdeckt. Er befindet sich dort in der Wand neben dem Kamin."

„Sie scherzen doch", sagte Billings ungläubig.

Richard ging hinüber zu dem Kamin, der beinahe genauso

aussah wie der in der Bibliothek, und untersuchte die eingemeißelten Rosen. Als er gegen zwei der Blütenblätter drückte, ertönte ein leises Klicken ... und die Wandverkleidung schwang auf.

„Meine Güte, wie aufregend", hauchte die Herzogin.

„Könnte man so sagen, Liebling", erwiderte Strathaven amüsiert.

Billings wurde leichenblass. Wortlos trat er hinter seinen Schreibtisch an das Gemälde der toten Fasanen heran und betätigte einen versteckten Mechanismus am Rahmen. Es schwang zur Seite und gab den Blick auf einen eisernen Tresor in der Wand frei.

Der Bankier zog einen Schlüssel aus der Tasche und schob ihn in das Schloss.

Im Inneren des Fachs lagen mehrere Samtschachteln. Er holte eine nach der anderen heraus und platzierte sie auf dem Schreibtisch. Dann öffnete er die Deckel. Unter jedem kamen wertvolle Schmuckstücke zum Vorschein: funkelnde Halsketten, Armreifen und sogar ein Diadem. Im Licht der Morgensonne schillerten die prachtvollen Juwelen in allen Farben des Regenbogens.

Billings tupfte sich die Stirn mit einem Taschentuch. „Alles ist vollständig. Ich habe diese Sammlung für Gabriella ersteigert, und dabei sämtliche Mitglieder des Hochadels überboten." Genugtuung schwang in seiner Stimme mit. „Ich glaube, es wurde sogar in *The Times* erwähnt."

„Ja, ich erinnere mich daran", sagte Mrs Kent. „Eine wahrhaft spektakuläre Sammlung."

Während sie den Schmuck betrachtete, wich Billings ihr nicht von der Seite, als fürchtete er, sie würde mit dem Schatz davonlaufen. Ihr Mann verfolgte alles mit angespannter Miene.

„Wenn nichts fehlt, ist Monique der Diebstahl womöglich nicht gelungen", gab die Herzogin zu bedenken. „Vielleicht war sie doch nicht so geschickt im Umgang mit einem Dietrich?"

„Das glaube ich nicht." Eingehend begutachtete Mrs Kent ein

Collier aus Saphiren. Miss Billings hatte es während des ersten Dinners getragen. „Irgendetwas stimmt hier nicht.“

„Wie bitte?“, fragte der Bankier.

„Darf ich mal?“

Auf sein Nicken hin nahm sie die Halskette aus der Schachtel. Alle drängten sich neugierig um sie. Die großen, facettierten Edelsteine funkelten in einem lupenreinen Blau. Auch die Diamanten, die sie miteinander verbanden, schimmerten auf ähnliche Weise. Richard kannte sich zwar nicht sonderlich gut mit Schmuck aus, aber auf ihn wirkte das Collier makellos.

Die Herzogin legte den Kopf schief. „Was soll damit nicht stimmen? Die Saphire strahlen doch schön klar, oder nicht?“

„Genau, und darin liegt das Problem, Liebling“, erklärte Strathaven. An Mrs Kent gewandt, bat er: „Darf ich?“

Sie reichte ihm das Schmuckstück. Auch er untersuchte es eingehend aus jedem Blickwinkel. „Keine erkennbaren Einschlüsse. Die Steine sind im Inneren viel zu durchsichtig. Die Farbe ist schwach, eintönig.“

„Soll das heißen ... es ist eine Fälschung?“, fragte seine Gemahlin.

„Ja, allerdings eine hochwertige“, erwiderte er und wandte sich dann an Mrs Kent. „Findest du nicht auch, Marianne?“

„In der Tat“, stimmte diese ihm zu. „Eine äußerst überzeugende Nachbildung.“

„Gott sei Dank bist du derjenige, der meinen Schmuck auswählt, Liebster“, rief Ihre Gnaden. „Ich würde mich von jedem Stückchen geschliffenen Glases blenden lassen, das hübsch glitzert.“

Der Herzog schmunzelte amüsiert und legte ihr eine Hand an die Wange. „Du kannst eben keinem Schnäppchen widerstehen.“

„Einen Moment mal“, meldete Billings sich wütend zu Wort. „Ich habe diese Juwelen von einem Fachmann authentifizieren lassen. Er versicherte mir, dass jedes einzelne Schmuckstück, einschließlich dieser Halskette, echt sei.“

„Die übrigen hier sind keine Fälschungen. Auch das Collier, das Ihre Tochter neulich zum Abendessen trug, war echt", erklärte Mrs Kent. „Aber die Kette, die wir hier vor uns sehen, ist eine Nachbildung aus Glas."

„Monique hat sie ausgetauscht", stellte Kent fest. „Der Diebstahl war von Anfang an geplant. Sie erschien auf der Party mit einer Karte des Anwesens, einer Fälschung der Halskette und Utensilien, um den Tresor aufzubrechen."

„Aber dann muss etwas Unerwartetes geschehen sein", murmelte seine Frau. „Nach dem Raub kehrte sie in die Bibliothek zurück, wo ihr Mörder auf sie wartete. Ist diese Person ein Komplize ... oder liefen sie einander zufällig in die Arme?"

„Das wissen wir nicht", erwiderte der Ermittler. „Nehmen wir einmal an, er oder sie schubst Monique gegen den Kaminsims, sie stößt sich den Kopf, stirbt jedoch nicht. Der Täter muss die Sache irgendwie zu Ende bringen, also erstickt er sie mit einem Kissen und schleift sie zwischen die Bücherregale. Dann schnappt er oder sie sich das Collier und verschwindet."

Richard runzelte die Stirn. „Das klingt durchaus logisch, aber ich verstehe nicht so ganz, warum Monique nicht auch den Rest der Juwelen hat mitgehen lassen."

„Vielleicht war sie einfach vorsichtig", gab Mrs Kent zu bedenken. „Ein einzelnes Schmuckstück durch eine Fälschung zu ersetzen ist weitaus unauffälliger, als eine komplette Sammlung auszutauschen. Außerdem ist die Halskette das mit Abstand teuerste Stück."

„Wie viel ist sie denn wert?", fragte Violet.

„Nach meiner Schätzung mindestens neuntausend Pfund", erwiderte ihre Schwägerin.

„Über zehntausend", korrigierte Billings sie mit zitternder Stimme. „Dem Fachmann zufolge."

Violet stieß einen beeindruckten Pfiff aus. „Meine Güte, das ist eine beachtliche Summe. Aber warum würde Monique alles dafür riskieren?"

„Laut Garrity war sie eine verlässliche Klientin, die ihre Schulden stets rechtzeitig zurückzahlte", sagte Richard. „Sie schienen eine gute Geschäftsbeziehung zu pflegen. Doch wer weiß, bei wem sie sonst noch verschuldet war?"

„Vielleicht weiß Jeanne, ihre Zofe, etwas darüber", überlegte die Herzogin. „Jetzt, da wir diese Beweise vorliegen haben, sollten wir noch einmal mit ihr sprechen."

„Dem stimme ich zu." Kent schickte einen der Lakaien los, um die Bedienstete herbringen zu lassen.

Kaum hatte sich die Tür wieder geschlossen, knurrte Billings: „Mir ist völlig egal, *warum* dieses französische Flittchen mich bestohlen hat, ich will nur wissen, *wo* meine verdammten Juwelen jetzt sind!"

„Bitte, gedulden Sie sich ein wenig, Sir. Zwischen diesen beiden Fragen besteht ein Zusammenhang. Die Lösung der ersten führt womöglich zur Aufklärung der zweiten."

Der Bankier lief vor Wut puterrot an. „Ich wurde um *zehntausend Pfund* betrogen. Das ist völlig inakzeptabel, hören Sie?"

„Das gesamte Haus kann Sie hören", erwiderte Strathaven trocken. „Waren Sie nicht derjenige, der auf Diskretion beharrte, Billings?"

Dieser rang ganz offensichtlich um den letzten Funken Beherrschung. Geld war wohl das Einzige, das sein Blut so richtig in Wallung zu bringen vermochte.

„Natürlich müssen wir bei der Suche nach dem Dieb diskret vorgehen." Der Bankier strich sich das Revers glatt. „Die Männer, mit denen ich Geschäfte mache, explodieren schon bei der leisesten Provokation."

„Wenn Sie glauben, Halsabschneider seien empfindlich, versuchen Sie mal, eine Witwe des Diebstahls anzuklagen", murmelte Mrs Kent.

„Sie dürfen niemandem zu nahetreten", beharrte ihr Gastgeber. „Finden Sie das Collier, ohne gegen die Anstandsregeln zu verstoßen."

„Vorausgesetzt, die Juwelen sind noch hier", merkte Violet an.

„Mein Instinkt sagt mir, dass sie sich noch auf dem Anwesen befinden." Kent trommelte mit den Fingern auf die Tischplatte. „Ich gehe davon aus, dass der Täter im Affekt gehandelt hat, als er auf Monique traf. Er oder sie war nicht darauf vorbereitet, ein unschätzbar wertvolles Schmuckstück an sich zu nehmen. Seit dem Mord hat niemand das Grundstück verlassen, und die Kette ist zu kostbar, um sie einfach zu verschicken ... Der Mörder würde sie bestimmt nicht aus den Augen lassen. Also muss sie irgendwo im Haus oder den umliegenden Ländereien versteckt sein."

Richard erwog, wie weitläufig Traverstoke war. „Sie zu finden, wird kein leichtes Unterfangen werden."

„Allerdings", bekräftigte Kent. „Wir sollten mit den offensichtlichsten Orten beginnen – den Gästezimmern – und uns von dort aus vorarbeiten."

„Und wie wollen Sie das anstellen, ohne den Verdacht der Gäste zu wecken? Sie dürfen nichts mitbekommen", sagte Billings nachdrücklich.

„Wir brauchen ein Ablenkungsmanöver", schlug Strathaven vor.

„Etwas, das alle aus dem Haus lockt", ergänzte die Herzogin nachdenklich. „Vielleicht ein Ausflug ins Dorf? Ein organisiertes Programm, dem alle beiwohnen wollen."

„Wie wäre es mit einer Art Jahrmarkt?", fragte der Bankier.

„Das ist eine großartige Idee!", erwiderte Ihre Gnaden.

Ihr Gastgeber nickte knapp. „Überlassen Sie das mir. Ich bereite alles für morgen vor."

„Sie können innerhalb eines Tages einen ganzen Rummel auf die Beine stellen?", fragte Violet beeindruckt.

„Mit Geld lassen sich Berge versetzen, Miss Kent", entgegnete der Bankier. „Was ist da schon ein kleiner Jahrmarkt?"

„Kein schlechter Einfall", stimmte auch Strathaven zu. „Aber jemand muss die Gäste begleiten und im Auge behalten. Auf keinen Fall darf unser Täter von der Sache Wind bekommen und sich heimlich davonstehlen."

„Ich rede mit Jones. Er kann alle Wege rund um das Dorf bewachen lassen … natürlich *diskret*", beeilte Kent sich zu sagen. „Es wird wohl niemand Verdacht schöpfen, wenn ein paar Beamte zugegen sind, um die Besucher vor Taschendieben und sonstigem Gesindel zu beschützen."

„Dann mache ich mich direkt ans Werk", stimmte Billings zu.

Sobald er den Raum verlassen hatte, fuhr Kent sich frustriert mit der Hand durchs Haar. „Verdammt, ich wünschte, ich könnte Haus und Gäste einfach durchsuchen, ohne auf Diskretion achten zu müssen."

„So ungern ich es auch zugebe, Billings hat recht. Bei seiner Klientel sollte man Vorsicht walten lassen", warf der Herzog ein.

„Stimmt auch wieder. Es wird auch so schon ein ziemlicher Aufwand werden, dieses Anwesen zu durchkämmen", murmelte der Ermittler.

„Könnte die Gerichtsbarkeit nicht auch hierfür ein paar Männer entbehren?", fragte seine Frau.

„Ein paar mit Sicherheit. Aber der Großteil muss das Dorf absichern."

„Die Blackwoods könnten ebenfalls helfen", sagte Richard.

„Ich rede mit ihnen. Gott weiß, wir brauchen jede Unterstützung, die wir kriegen können." Tiefe Sorgenfalten bildeten sich um Kents Mund. „Übrigens wäre es auch zu verdächtig, wenn wir alle morgen hierblieben. Wir müssen uns aufteilen. Ein paar von uns sollten sich unter die anderen Gäste mischen." Er seufzte tief. „Und natürlich Polly und Primrose im Auge behalten."

„Das übernehme ich", bot Violet an. „Dann kann der Rest von euch sich der Suche widmen."

„Ich komme mit", sagte Richard.

Kent kniff missbilligend die Augen zusammen. Obwohl er in Verpflichtungen zu ersticken drohte, ließ er sich nicht von seiner

Rolle als großer Bruder abbringen. „Das halte ich für keine gute Idee", entgegnete er steif.

„Komm schon, Liebling, die beiden sind praktisch verlobt", raunte seine Frau ihm zu. „Und es werden so viele andere Gäste anwesend sein. Ich spreche mit Lady Ainsworthy, sie liebt Anstandsregeln und wird die beiden bestimmt mit Freuden beaufsichtigen."

Nach kurzem Zögern gab Kent schließlich nach. „Na schön. Aber keine leichtsinnigen Abenteuer mehr, hörst du, Violet? Du darfst nicht auf eigene Faust losziehen."

„Verstanden." Sie warf ihrem Bruder einen unschuldigen Blick zu.

Dieser verdrehte nur resigniert die Augen.

Plötzlich klopfte es an der Tür.

„Das muss die Zofe sein. Höchste Zeit, dass sie uns die wahren Motive ihrer ehemaligen Arbeitgeberin verrät", murmelte Kent, bevor er laut rief: „Herein!"

Der junge Lakai trat ein. Ohne Begleitung.

„Wo ist die Kammerzofe?", verlangte der Ermittler zu wissen.

„Ich konnte sie nirgends finden, Sir." Ratlos zuckte der livrierte Angestellte mit den Schultern. „Sie war nicht auf ihrem Zimmer. Von ihr und ihrem Gepäck fehlt jede Spur."

❧ 31 ❧

WIEDER EINMAL TEILTE DIE GRUPPE SICH AUF, UM JEANNES Verschwinden nachzugehen. Ambrose befragte in Begleitung der übrigen Männer die Wachen vor den Toren, während Violet gemeinsam mit Emma und Marianne den Bedienstetenflügel aufsuchte, um mit dem Personal zu sprechen. Laut der Haushälterin, Mrs Hopkins, hatte eine ihrer Mägde Jeanne am Tag zuvor das Frühstück aufs Zimmer bringen wollen, doch diese wies die junge Frau an, das Tablett vor der Tür abzustellen. Seitdem hatte niemand mehr etwas von der Französin gehört.

Auch in ihrer Dachkammer fand man keinen Hinweis auf ihren Verbleib. Sie hatte ihre spärlichen Besitztümer mitgenommen. Nur das leere Tablett verriet, dass jemand noch vor Kurzem dieses Zimmer bewohnte.

Nachdenklich sah Emma sich in der kleinen Stube um. „Wohin könnte sie nur gegangen sein? Und *warum* ist sie so überstürzt aufgebrochen? Ob sie etwas zu verbergen hatte?"

„Du glaubst doch nicht etwa, *Jeanne* hat Monique getötet und die Halskette an sich genommen?" Der Gedanke erschien Violet völlig absurd. „Sie hat ihre Herrin vergöttert und war aufrichtig bestürzt über deren Tod. Ihr ganzes Leben war der Familie de Brouet gewidmet.“

„Geld ändert Vieles“, wandte Marianne leise ein. „Und wir reden hier immerhin von zehntausend Pfund.“

„Ich glaube trotzdem nicht, dass Jeanne zu so etwas fähig wäre“, beharrte Violet.

„Also gut, konzentrieren wir uns darauf, wohin sie gegangen sein könnte“, sagte Em. „Auf welchem Weg kann man das Haus am ehesten unbemerkt verlassen?“

Vi dachte darüber nach. Was würde sie tun? „Indem man aus dem Fenster klettert?“

„Lass es mich anders formulieren: Auf welchem Weg würde eine *normale* Person, die keine Todessehnsucht verspürt, das Haus verlassen?“, konterte Emma trocken. „Noch dazu eine, die nicht mehr die Jüngste ist.“

„Ich würde den Weg des geringsten Widerstands wählen und einfach durch die nächstbeste Tür marschieren“, sagte Marianne. „Wenn jemand mich fragen sollte, wohin ich unterwegs sei, würde ich mir eine Ausrede einfallen lassen.“

„Gut mitgedacht. Die nächste Tür liegt in dieser Richtung.“ Mit raschelnden Röcken führte Emma die beiden anderen Frauen die Treppe hinunter. Geschäftige Lakaien und Dienstmädchen, die verschiedene Gegenstände herumschleppten, wichen ihnen hastig aus, während sie durch die schmalen Gänge zurück zur Küche schritten.

Dort gelangten sie durch eine Tür hinaus ins Freie, und Violet erkannte, dass sie sich nun hinter dem Bedienstetenflügel befanden, außer Sichtweite des Haupthauses. Gerade waren einige Arbeiter aus dem Dorf dabei, Vorräte abzuladen, während die Pferde vor ihren Karren geduldig warteten. Der Anblick frischer Milch und in Tücher gehüllter Käselaibe ließ Vi das Wasser im Mund zusammenlaufen.

„Denkst du, was ich denke?“, fragte Emma sie.

„Dass wir eine kleine Stärkung vertragen könnten?“

Mariannes smaragdgrüne Augen funkelten amüsiert. „Ich glaube, Emma meinte eher, dass sich hier eine gute Fluchtmöglichkeit vom Gelände bietet.“

Jetzt fiel auch bei Vi der Groschen. „Jeanne könnte sich also auf einem der Karren versteckt haben?“

„Möglich wäre es“, erwiderte ihre Schwägerin. „Die Wachen vor dem Tor inspizieren die Gefährte der Lieferanten nicht nach blinden Passagieren. Sie behalten nur die Gäste im Auge.“

„Fragen wir doch die Köchin, welche Lieferungen gestern eintrafen“, schlug Vi vor.

„Gute Idee“, stimmte Emma ihr zu.

Glücklicherweise konnte die freundliche Angestellte ihnen nicht nur Informationen liefern, sondern bot Violet zudem frisches Korinthenbrot mit Butter an. Während Marianne und Emma die Frau zum gestrigen Ablauf befragten, saß sie am Tresen und verschlang genüsslich ihren Leckerbissen.

„Lassen Sie mich mal überlegen“, sagte die Köchin und wischte sich die Hände an der Schürze ab. „Die meisten Lieferungen trafen vormittags ein. Nur der Metzger war spät dran, erschien etwa ein bis zwei Stunden nach dem Mittagessen. Sagte, ihm sei unterwegs die Achse gebrochen. Kurz nach ihm kam dann der Gemüsehändler vorbei, mit feinem Spargel und Lauch im Angebot.“

„Könnten Sie mir bitte ihre Adressen nennen?“, bat Em. Nachdem sie die Angaben notiert hatte, fügte sie hinzu: „Vielen Dank. Damit sind Sie meinem Bruder auf der Suche nach der Verschwundenen eine große Hilfe.“

Vi schob sich den letzten Bissen in den Mund und sprang auf die Füße. „Und vielen Dank für diese köstliche Stärkung.“

Die Köchin strahlte erfreut.

Nach dem Abendessen begab Richard sich auf der Suche nach Violet ins Musikzimmer. In ihrem lavendelfarbenen Kleid entdeckte er sie sofort: Sie saß neben Wick und seinen Kumpanen. Sowohl Gäste als auch professionelle Musiker traten heute Abend auf. Gerade verzauberte Violets Schwester, die Marquise von Tremont, das Publikum mit einer Sonate von Beethoven.

Trotz ihrer zarten Erscheinung beherrschte die junge Frau das Klavier perfekt. Selbstsicher entlockte sie den Tasten eine fesselnde, leidenschaftliche Melodie. Ihr Gemahl, der etwas abseits stand, beobachtete sie mit unverhohlenem Stolz.

Sobald der letzte Ton verklungen war, brachen die Zuhörer in begeisterten Beifall aus. Während die Marquise sich verneigte, bahnte er sich seinen Weg zu Violet hinüber.

Er verneigte sich und deutete auf den freien Platz neben ihr. „Darf ich mich setzen?"

„Gerne. Ich habe ihn extra für dich freigehalten."

Die Wärme in ihren honigfarbenen Augen ließ sein Herz höher schlagen. Seltsam, dass eine simple Geste wie diese – ihm einen Platz neben sich zu reservieren – ihn derart tief berührte. Nie zuvor hatte jemand sich auf diese Weise Gedanken um ihn gemacht, hatte verrückte Abenteuer und Leidenschaft mit ihm geteilt ... wie eine richtige Partnerin.

„Guten Abend, Carlisle", begrüßte sein Bruder ihn, der auf Violets anderer Seite saß.

Obwohl Wickham wieder ganz der Alte zu sein schien, bemerkte Richard sofort die Anspannung in dessen Zügen. Er wünschte, er könnte ihm seine Sorgen abnehmen. „Wie geht es dir?"

„So gut es einem in dieser Situation gehen kann", erwiderte Wick leise.

„Mach dir keinen Kopf", flüsterte Violet. „Mein Bruder hat alles unter Kontrolle. Außerdem unterstützen Carlisle und ich ihn, wo wir nur können."

Sie drückte ihm freundschaftlich den Arm und er schenkte ihr ein schwaches Lächeln.

Richard wusste, dass sie ihn nur trösten wollte, aber die Wärme und Vertrautheit zwischen den beiden gefiel ihm ganz und gar nicht. Bei dem Anblick des jungen, modischen Paars, das sie abgaben, fühlte er sich kurzzeitig wieder wie ein Außenseiter.

Sei kein eifersüchtiger Narr, schalt er sich selbst. *Sie ist deine Verlobte. Du bist derjenige, den sie heiraten wird.*

„Was wird denn da getuschelt?", mischte Parnell sich ein, der mit Goggs und ein paar anderen Wüstlingen hinter ihnen Platz genommen hatte. Wie immer gab der junge Edelmann sich betont gelangweilt. „Gibt es aufregende Gerüchte? Wenn ja, immer raus damit. Dieser Abend langweilt mich sonst noch zu Tode."

„Du hast wie immer recht, Parnell", grinste Goggs.

„Geht es vielleicht um Madame Monique?", fragte sein Freund.

„Warum wollen Sie das wissen?", gab Richard zurück und drehte sich zu den beiden Männern um.

Parnell hob die spärlichen Brauen. „Weil Gerüchte sich hier wie Lauffeuer verbreiten. Jeder weiß doch mittlerweile, dass Moniques Tod kein Unfall war. Miss Primrose prahlt damit, dass ihr Vater kurz davor steht, den Mörder zu fassen ... und zwar unter Mithilfe unserer guten Violet. Was sagst du dazu, Vi?"

„Ich muss dringend ein ernstes Wörtchen mit Rosie reden", murmelte diese.

„Komm schon Vi... Miss Kent", korrigierte Parnell sich auf einen warnenden Blick von Richard hin. „Wir sind doch Freunde. Du kannst uns vertrauen. Jetzt sag schon: Wurde Monique wirklich von einem Liebhaber umgebracht?"

„In den Kriminalromanen sind es immer die Liebhaber", fügte Goggs hinzu.

Als Richard die Verzweiflung in den Augen seiner Verlobten bemerkte, schritt er ein. „Hören Sie auf, sie zu belästigen. Mord ist kein albernes Spiel, sondern eine ernste Angelegenheit."

„Was sind Sie doch für ein Spielverderber, Carlisle", schniefte Parnell abfällig. „Ein Wunder, dass unsere Violet sich mit Ihnen abgibt. Sie ist eindeutig die Schöne und Sie das Biest."

Bevor er dem unverschämten Flegel den Kopf abreißen konnte, erklangen mehrere schräge, laute Akkorde und lenkten seine Aufmerksamkeit wieder auf die Bühne. Violet drehte sich ebenfalls um und legte ihm beschwichtigend eine Hand auf den Arm.

„Ignorier Parnell einfach", flüsterte sie ihm zu. „Er will dich nur reizen."

Richard nickte knapp und versuchte, sich auf die Darbietung zu konzentrieren. Miss Wrotham trällerte eine Ballade über Liebeskummer, während Miss Turbett sie auf dem Klavier begleitete. Er bemühte sich, nicht das Gesicht zu verziehen, obwohl die Tonlage der selbst ernannten Sängerin zunehmend schiefer und quietschender wurde. Der nervenzehrende Katzenjammer wurde von Miss Turbetts disharmonischen Akkorden untermalt und drohte, sein Trommelfell platzen zu lassen.

Doch selbst dieses höllische Duett konnte ihn nicht davon abhalten, in Grübeleien zu verfallen. Parnells spitze Bemerkung über die Schöne und das Biest hatte eine Erinnerung in ihm wachgerufen: Er hörte Miss Lucinda Beltons Stimme, wie sie auf einem Ball über ihn herzog, während sie ihn außer Hörweite glaubte, nicht ahnend, dass er hinter dem orientalischen Wandschirm neben ihr stand ...

„Natürlich habe ich abgelehnt", erzählte sie in ihrer gewohnt hellen Stimmlage, „aber es war unglaublich peinlich. Er war vor mir auf die Knie gegangen und wirkte so furchtbar überrascht, als ich nein sagte."

„Hat er wirklich geglaubt, du könntest ihn lieben?", fragte eine andere weibliche Stimme mit unverhohlener Verachtung. „Du bist ein Juwel erster Güte, Lucy! Er hingegen ... Nun ja, er ist eher wie ein Stück Kohle."

Lucinda kicherte gehässig. „Seine Manieren sind ziemlich ... ungeschliffen, nicht wahr?"

„Ganz zu schweigen von seinem Aussehen", fügte ihre Freundin hinzu.

„Zum Glück muss unsere Aphrodite sich diesmal nicht mit dem alten Hephaistos begnügen", schnaubte eine männliche Stimme ...

„Woran denkst du gerade, Carlisle?"

Violets Frage riss ihn aus seinen finsteren Gedanken. Zu spät bemerkte er, dass die Vorstellung längst geendet hatte. Als er in ihr anmutiges Gesicht blickte, schalt er sich wieder einmal für seine Selbstzweifel. Dennoch kam er nicht umhin, sich zu wundern: Könnte sie ihn wirklich aufrichtig lieben?

Bisher hatten sie noch nie über diese Art von Gefühlen gesprochen, da er sich für gewöhnlich nicht viel daraus machte. Seiner Erfahrung nach war die Liebe für die meisten Frauen nichts weiter als eine flüchtige Laune. Selbst Audrey Keane hatte ihm einst ihre innige Zuneigung gestanden, nur um sich dann von ihm abzuwenden. Nein, auf die Liebe war kein Verlass. Viel wichtiger war, was ihn mit Violet verband ... Leidenschaft, gegenseitiger Respekt und gemeinsame Interessen. Oder etwa nicht?

Wie zur Hölle sollte er ihr seine verqueren Gedanken nur begreiflich machen, wo er sich doch zutiefst dafür schämte, überhaupt über derart alberne Dinge nachzugrübeln? Auf keinen Fall wollte er ihr mehr über seine erniedrigende Vergangenheit anvertrauen.

„Ich habe nur an morgen gedacht", sagte er daher leise.

„Ich auch." Flüchtig sah sie sich im Zimmer um, bevor sie mit gedämpfter Stimme hinzufügte: „Jeder hier verhält sich so normal. Es ist schwer vorstellbar, dass sich ein Mörder unter uns befinden könnte."

So hatte er das noch gar nicht betrachtet. Die Feststellung war wirklich beunruhigend.

Richard ließ den Blick über die übrigen Anwesenden schweifen und fragte sich, ob jemand von ihnen tatsächlich fähig gewesen war, Monique de Brouet zu ersticken und ihr anschließend die Halskette zu entwenden. Wormleigh stand in einer Ecke des Zimmers und umschmeichelte gerade Mrs Sumner. Ganz in seiner Nähe versuchte Tobias Price, eine ältere Dame seines eigenen Standes zu umgarnen. Vor der Bühne bereiteten Ashe und Burns sich auf ihren bevorstehenden Auftritt vor.

In der ersten Reihe saß Garrity, wie immer makellos herausgeputzt. Doch nicht die Aufmachung des Geldverleihers erregte seine Aufmerksamkeit, sondern dessen Begleitung.

„Ich weiß. Die Sache gefällt mir ganz und gar nicht", sagte Violet, als hätte sie seine Gedanken gelesen. „Gabby ist viel zu nett, um sich mit einem wie ihm abzugeben."

Miss Billings schien aufmerksam an Garritys Lippen zu hängen. *Wie eine Maus, die von einer Schlange hypnotisiert wird*, dachte Richard grimmig. Er erinnerte sich an die Worte des Halsabschneiders: *Selbst ein hochbeschäftigter Mann wie ich muss sich ab und zu ein wenig Vergnügen gönnen.*

Sein Interesse an Miss Billings war wohl kaum seinem Vergnügen geschuldet ... außer man zählte seine Profitgier dazu. Aber das war nicht Richards Problem. Der Vater der jungen Frau beobachtete die beiden ebenfalls mit angespannter Miene.

Mittlerweile hatten Ashe und Burns ihre Darbietung unter tosendem Beifall beendet.

„Ich habe das Gefühl, dass wir morgen so einige Überraschungen erleben werden", flüsterte Violet.

Auch Richard überkam eine unheilvolle Vorahnung. Ein Sturm zog auf.

$\maltese$ 32 $\maltese$

AM DARAUFFOLGENDEN MORGEN WURDEN DIE GÄSTE IN EINER Karawane aus Kutschen und Pferden ins nahe gelegene Dorf gebracht. Violet hatte sich für einen lebhaften Apfelschimmel aus Billings' Stallungen entschieden. Neben ihr saß Richard auf seinem stolzen Vollblut, Äolus, dessen kastanienbraunes Fell in der Sonne glänzte.

Bewundernd stellte sie fest, wie ähnlich sich Ross und Reiter doch waren, zwei edle Hengste von unfassbarer Anmut und Stärke. Richard wirkte so selbstsicher im Sattel, sein muskulöser Körper bewegte sich in völliger Harmonie mit seinem treuen Pferd.

Plötzlich fiel ihr die Idee wieder ein, die ihr seit dem Gespräch über seine Stallungen im Kopf herumschwirrte. Vor lauter Aufregung angesichts der letzten Tage hatte sie völlig vergessen, ihm davon zu berichten. Nun schien die Gelegenheit günstig.

„Ich habe über Züchtigung nachgedacht", begann sie, noch halb in Gedanken versunken.

„Wie bitte?" Überrascht zog er die dunklen Brauen hoch.

Als sie ihren peinlichen Versprecher bemerkte, lief sie knallrot an. „*Züchtung*, meinte ich. Pferde züchten!"

„Ah." Obwohl er sich um eine gefasste Miene bemühte, funkelten seine Augen anzüglich. „Schade. Ich hatte gehofft, du wolltest auf etwas anderes hinaus."

„Lass den Unfug. Ich meine es ernst!"

„Das sind ja ganz neue Anwandlungen. Also schön. Was ist mit der Pferdezucht?"

„Warum baust du dein Gestüt nicht wieder auf und verwendest den Gewinn für die Instandhaltung deines Landsitzes?"

Ihre Frage schien ihn ernsthaft zu verblüffen. „So einfach ist das nicht. Um ein Zuchtprogramm auf die Beine zu stellen, braucht es Zeit, ganz zu schweigen von Geldmitteln. Oft lässt der Erfolg Jahre auf sich warten ... wenn er sich überhaupt einstellt. Viele Gentlemen stecken Unmengen von Geld in dieses Hobby und stehen am Ende mit nichts weiter als einem teuren Gestüt und ein paar Pferden da. Unser letzter König war ein Paradebeispiel dafür."

„Aber *du* würdest es besser machen." Der Gedanke, er könnte sein Vermögen sinnlos vergeuden, war lachhaft.

Er legte den Kopf schief. „Du klingst sehr überzeugt, wenn man bedenkt, dass du keine Ahnung von meinen Fertigkeiten als Züchter hast."

„Aber ich kenne *dich*. Du bist ein Mann, der weiß, was er will. Du bist methodisch, verlässlich und scharfsinnig. Immerhin warst du derjenige, der den Generalschlüssel für Moniques Zimmer besorgt hat", fügte sie mit einem Grinsen hinzu.

Statt ihr Lächeln zu erwidern, starrte er sie an, als wäre ihr soeben ein zweiter Kopf gewachsen.

„Was ist?" Sie tastete nach ihrem Reiterhelm mit dem hübschen, bernsteinfarbenen Gesichtsschleier, um festzustellen, ob er womöglich verrutscht war. „Sitzt etwas schief?"

„Ganz im Gegenteil." Noch immer starrte er sie an, inzwischen mit einer glühenden Intensität, die ihren Puls in die Höhe schnellen ließ. „Alles an dir ist ... perfekt.“

Sie war sprachlos. Noch nie hatte jemand sie *perfekt* genannt.

Er schien sich wieder zu fangen und räusperte sich. „So schmeichelhaft deine Zuversicht in mein Geschick auch sein mag, wäre es ein zu riskantes Unterfangen. Ich kann unmöglich die Zukunft des Familiensitzes davon abhängig machen.“

„Es ist nur dann ein Risiko, wenn du an dir selbst zweifelst.“

„Ich glaube durchaus, dass ich imstande wäre, ein erfolgreiches Zuchtprogramm auf die Beine zu stellen“, erwiderte er. „Und würde es ohne zu zögern tun, wenn nur meine eigene Zukunft davon abhinge. Aber es geht um so viel mehr. Meine Mutter, Wick, die Pächter ... sie alle sind auf das finanzielle Wohl meines Anwesens angewiesen. Ihretwillen muss ich das Richtige tun.“

„Das Richtige? Was soll das sein?“

Er runzelte die Stirn. „Als Vicomte Carlisle habe ich Verpflichtungen anderen gegenüber.“

„Aber du bist so viel mehr als das. Du bist *du*, Richard, mit eigenen Wünschen und Träumen. In meinen Augen bist du nicht nur anderen gegenüber verpflichtet, sondern auch dir selbst.“

Schweigend ritten sie eine Weile nebeneinander her. „So habe ich das noch nie gesehen“, sagte er schließlich.

„Damit will ich nicht behaupten, dass deine Familie unwichtig sei. Aber mir scheint es, als würdest du dich ausschließlich um dein Anwesen und andere kümmern“, erklärte sie. „Was ist mit *dir*? Hast du nicht auch das Recht, dir deine Wünsche zu erfüllen?“

„Das habe ich vor.“

„Also willst du doch wieder ein Zuchtprogramm ins Leben rufen?“, fragte sie erfreut.

„Nein, ich werde dich heiraten“, korrigierte er sie. „Es gibt nichts auf der Welt, was ich mir sehnlicher wünsche.“

Seine ruhige Entschlossenheit raubte ihr den Atem. So offen hatte er noch nie über seine Gefühle für sie gesprochen. Ihr Herz machte einen freudigen Satz. Sie wollte etwas erwidern, doch ihr kam lediglich ein gehauchtes „Oh" über die Lippen.

Er lächelte verstohlen. „Was die Pferdezucht angeht … Ich werde darüber nachdenken."

Obwohl ihre Gedanken immer wieder zu ihren Geschwistern auf Traverstoke und der Suche nach dem Collier zurückwanderten, kam Violet nicht umhin, das bunte Treiben auf dem Rummelplatz zu genießen. Sie liebte die Farben und ausgelassene Stimmung eines Jahrmarkts. Das laue Sommerwetter zog zahlreiche Besucher an.

Auf dem Dorfplatz drängten sich Holzbuden und Karren aneinander. Es gab ein breites Angebot an Frischwaren, über Einmachgläser gefüllt mit Marmelade und Honig bis hin zu handgefertigten Gütern aus der Umgebung. Ein Geigenspieler sorgte für musikalische Untermalung. Der Duft von gerösteten Nüssen lag in der Luft. Vor der Dorftaverne hatte der Wirt Tische und Stühle aufgestellt, sodass seine Gäste das Spektakel bei einem erfrischenden Getränk genießen konnten.

Während der ersten Stunde schlenderte Vi in Richards Begleitung durch die Menge. Unter Lady Ainsworthys Argusaugen mussten sie jedoch höllisch aufpassen, worüber sie sich unterhielten. Violet bemerkte Tobias Price, Arm in Arm mit Mrs Summer (allem Anschein nach verstanden sie sich wieder prächtig), sowie Lord Wormleigh, der einer jungen Dame Gesellschaft leistete, deren Name ihr entfallen war. Miss Wrotham strahlte über das ganze Gesicht, als Cedric Burns ihr etwas von einem der Straßenhändler kaufte.

Amelia Turbett stand in Begleitung ihres Vaters neben den Töpferwaren und wirkte alles andere als glücklich. Mr Turbett starrte wütend zur Taverne hinüber, wo Wick und seine Freunde sich prächtig zu amüsieren schienen. Am Tisch nebenan saßen

Gabby und ihr Vater mit Mr Garrity. Während der quirlige Rotschopf angeregt plapperte, blickte Mr Billings tief besorgt drein. Der Geldwäscher hingegen sah äußerst selbstzufrieden aus.

Und so verlief der Nachmittag ohne nennenswerte Ereignisse.

Irgendwann schnappte Violet sich Polly und Primrose, um ein paar Kostproben abzustauben. Nachdem sie sich durch sämtliche Geschmacksrichtungen eines Konditors gefuttert hatte, stellte sie fest, dass ihre Gefährtinnen längst wieder im Gedränge verschwunden waren. Lady Ainsworthy saß ein wenig abseits auf einer Bank und fächelte sich missmutig Luft zu. Sehnsüchtig warf Vi einen Blick auf den bisher noch nicht erkundeten Teil des Dorfes: Über einem kleinen Friedhof ragte eine interessant wirkende Turmspitze auf.

„Den Blick kenne ich. Du bist kurz davor, in Schwierigkeiten zu geraten", sagte Wick, der auf sie zustolziert kam. In der Hand hielt er einen Zinnbecher. „Darf ich mitmachen?"

Sie grinste ihn an. „Ich wollte mich nur ein wenig umsehen."

Er reichte ihr das Getränk. „Hier, nimm erst einmal einen Schluck. Geht auf die Jungs und mich." Mit dem Daumen deutete er über seine Schulter in Richtung Taverne, von wo aus seine Freunde zu ihnen herüberwinkten.

Vi winkte zurück und trank den Becher in einem Zug leer. Der kühle Cider befeuchtete ihre ausgetrocknete Kehle, allerdings verzog sie bei dem bitteren Nachgeschmack das Gesicht. Dann stellte sie das Gefäß ab und fragte: „Wollen wir?"

Es war wie in den guten alten Zeiten. Während der nächsten Viertelstunde erkundeten Wick und sie ausgelassen das Gelände um die alte Kirche. Der Lärm des Rummels wurde von Vogelgezwitscher und Grillenzirpen übertönt. Der Friedhof war von einer ausgebleichten Steinmauer umgeben. Zahlreiche, bröckelnde Grabsteine, überwuchert von Efeu, reihten sich dicht aneinander. Der Ort kam ihr vergessen, beinahe schon unwirklich vor, wie aus einem Traum entsprungen. Und irgendwie fühlte sie sich auch ein wenig ... benommen.

Sie stolperte, konnte sich aber gerade noch fangen.

„Alles in Ordnung?" Wick war neben sie getreten.

„Es ist nichts. Muss wohl an der Hitze liegen." Ihr wurde bewusst, wie *warm* es war. Das Blut in ihren Adern glühte wie fließende Lava. Plötzlich fühlte sie sich seltsam eingeengt in ihrer Kleidung.

Wick musterte sie besorgt. „Wir bringen dich besser wieder zurück."

Als er sie in Richtung Eingangstor führte, überkam sie erneut ein Anfall von Schwindel. Hätte ihr Freund sie nicht festgehalten, wäre sie vornübergekippt. Verwirrt ließ sie sich gegen ihn fallen.

„Was ist denn los mit dir, Vi?" Seine behandschuhten Finger umschlossen ihr Gesicht. Das Gefühl des weichen Leders jagte ihr einen wohligen Schauer über den Rücken. Eingehend betrachtete er sie. „Meine Güte, du bist ja ganz rot ..."

Sie schwankte nach vorne, auf ihn zu.

„Was zur Hölle geht hier vor sich?", knurrte eine vertraute Stimme. Es war Richard.

❦ 33 ❦

Benommen starrte Violet Richard an. Bebend vor Wut stand er unter dem Torbogen, durch den man den Friedhof betrat, und wirkte äußerst bedrohlich ... wie damals bei ihrer ersten Begegnung.

Was für eine Laus ist ihm denn über die Leber gelaufen?, dachte sie verwirrt.

„Lass sie sofort los, Wickham", befahl er mit eisiger Stimme.

„Bist du noch bei Sinnen, Carlisle? Sieh sie dir an, sie ist ...“

Plötzlich spürte sie, wie sie aus Wicks Armen gerissen und an Richard gedrückt wurde. Bei der ruckartigen Bewegung wurde ihr nur noch schwindliger. Sie klammerte sich fest an ihn, um sich aufrecht zu halten.

„Verschwinde, bevor ich noch etwas tue, das ich bereuen könnte", knurrte er seinen Bruder an.

„Ich lasse sie nicht allein. Ganz offensichtlich geht es ihr nicht gut, du Narr. Ich wollte doch nur ...“

„Verzieh dich!“

Das laute Gebrüll pochte schmerzhaft in Violets Schläfen.

„Ist schon in Ordnung, Wick", murmelte sie. „Es geht mir gut.“

Ihr Freund schüttelte den Kopf. „Ich lasse dich nicht mit diesem eifersüchtigen Dummkopf allein ...“

„Ich bring dich um.“ Richards tödliche Drohung durchbrach den Nebel in ihrem Kopf, und sie flehte: „Bitte, geh einfach, Wick. Ich komme schon zurecht. Es ist besser, ich rede allein mit deinem Bruder.“

„Bist du dir sicher?“ Er musterte sie besorgt.

Sie nickte, obwohl die Bewegung ihr Schmerzen verursachte.

Mit einem letzten abfälligen Blick auf Richard verließ Wickham den Friedhof.

Bevor Vi etwas sagen konnte, wurde sie unsanft herumgewirbelt und landete mit dem Rücken an der Steinmauer. Richard stützte die Hände neben ihren Schultern ab und versperrte ihr somit den Weg.

Sein glühender Blick bohrte sich in den ihren. „Also war das alles doch nur ein Spiel für dich?“

Ein Spiel? „Was in aller Welt meinst du damit?“

„Du bist genau wie alle anderen Weiber. Eine Kokette. Ein mieses Flittchen.“

Trotz ihrer Benommenheit wurde sie wütend. „Jetzt halt aber mal die Luft an ...“

„Nein, du bist sogar noch viel gerissener, verdammt. Eine viel bessere Lügnerin, geschickt darin, Männer zu täuschen und zu verführen.“

„Wovon zur Hölle sprichst du? Besser als wer?“ Sie war so verwirrt. Warum waren sie beide auf einmal so wütend? Und warum reagierte ihr Körper plötzlich so heftig auf seine imposante Nähe? „Du glaubst doch nicht etwa, dass Wick und ich ...“

„Er wollte dich küssen“, knurrte Richard. „Ich habe es mit eigenen Augen gesehen.“

„Sei nicht albern. Es ging mir nicht gut.“ Nervös fuhr sie sich mit der Zunge über die Lippen, als sie sah, wie seine Nasenflügel vor Zorn bebten. „Vielleicht lag es an dem Cider, den Wick mir gegeben hat. Irgendwie schmeckte der seltsam. Jedenfalls war er nur besorgt um mich. Jeder gute Freund hätte so reagiert."

„O ja, ich weiß genau, wie *freundlich* du werden kannst, also halte mich gefälligst nicht zum Narren. Du bist nicht unpässlich, sondern *erregt*, verdammt noch mal. Ich kenne diesen Ausdruck in deinen Augen. Die Röte in deinen Wangen. Diese *Komm-und-nimm-mich*-Aura, die du ausstrahlst."

Plötzlich wurde ihr bewusst, dass er recht hatte. Der Nebel in ihrem Kopf lichtete sich, und darunter verspürte sie mit eindeutiger Klarheit ein glühendes, zehrendes ... *Verlangen?*

„Das ... das verstehe ich nicht." Warum sollte Wick derartige Gefühle in ihr auslösen? Sie begehrte ihn nicht.

Mit wutverzerrtem Gesicht neigte Richard sich dicht an sie heran. „Ach, nein? Ich würde mein Vermögen verwetten, dass deine Brustwarzen gerade ganz steif sind und deine Pussy vor Erregung trieft."

Schwer atmend starrte sie ihn an. Verflucht, schon wieder lag er richtig.

Seine Augen glühten wild. Er fluchte laut, dann presste er seine Lippen fordernd gegen die ihren. Der Kuss war nicht sanft, sondern hart und rücksichtslos, doch sie wollte ihn so sehr, dass es ihr egal war. Sie wurde von einer Welle der Lust übermannt. Hemmungslos saugte sie an seiner Zunge, klammerte sich an ihn, verlangte keuchend nach mehr.

Sie spürte, wie er ihre Röcke hochschob, die warme Luft an ihren entblößten Schenkeln. Gleichzeitig stöhnten sie auf, als er ihre Möse berührte. Sie war so feucht für ihn, sehnte sich danach, von ihm ausgefüllt zu werden.

„Sag mir, dass du nur auf mich so reagierst, nicht auf ihn." In seinem Blick lag etwas Hungriges, Gequältes. „Los, sag es ...."

Kaum glitten seine Finger in sie hinein, erreichte sie mit einem heftigen Zucken ihren Höhepunkt.

„Meine Güte, was für ein Schauspiel", drang plötzlich eine weibliche Stimme durch den Schleier der Befriedigung.

Als Violet den Kopf drehte, erblickte sie Mrs Sumner, die in Begleitung von Lord Wormleigh am Eingang des Friedhofs stand. Beide grinsten anzüglich hinsichtlich der Szene, die sich ihnen bot.

Hastig zerrte Richard Vis Röcke herunter und wich einen Schritt zurück.

Aber es war zu spät. Mrs Sumner und Wormleigh entfernten sich bereits aufgeregt, zweifellos, um ihre Entdeckung mit einem willigen Publikum zu teilen.

Vergeblich kämpfte Violet gegen einen Strudel aus Hoffnungslosigkeit und Verzweiflung an.

Wortlos sah Richard zu, wie Lady Ainsworthys Kutsche Violet und ihre jüngeren Geschwister in einer Staubwolke aus dem Dorf fuhr. Schuldgefühle übermannten ihn. Was hatte er sich nur dabei gedacht?

Die Wahrheit lautete: gar nichts. Violet in Wicks Armen zu sehen, hatte eine bisher nie gekannte Wut in ihm entfacht, die jegliche Vernunft ausschaltete. Er spürte sie auch jetzt noch in sich brodeln ... begleitet von einer tiefen Unruhe.

Wormleigh und Sumner waren üble Klatschmäuler. Natürlich hatten sie sämtlichen Jahrmarktsbesuchern umgehend von ihrer skandalösen Entdeckung berichtet.

Violets Ruf war ruiniert.

Mit hochrotem Kopf wurde er sich der Schaulustigen bewusst, die ihn umringten. Am liebsten würde er seine Faust durch eine Wand rammen, aber damit wäre niemandem geholfen, vor allem nicht Violet. Verdammt, diesen Fehler würde er durch nichts wieder gutmachen können. So wütend er über ihren Treuebruch auch war, am meisten hasste er sich selbst dafür, sie verletzt zu haben. Und dafür, dass er sich erlaubt hatte zu hoffen ...

Das spielt jetzt keine Rolle. Du wirst sie heiraten.

Nun blieb ihm sowieso nichts anderes mehr übrig. Bekümmert stellte er fest, dass er sie trotz allem noch immer zu der seinen machen wollte ...

„Was zur Hölle hast du angerichtet?", schrie Wickham, der sich unsanft einen Weg durch die Menge bahnte. „Du verdammter Narr!"

Richard ballte die Hände zu Fäusten. „Halte dich bloß zurück."

Wick funkelte ihn wütend an. „Nicht, bevor ich dir ein wenig Vernunft eingebläut habe."

Das reicht. Nun sah Richard wirklich rot. Ohne ein weiteres Wort holte er zum Schlag aus.

Sein Bruder wich zurück. „Violet ist meine *Freundin* ... Nein, mehr noch, sie ist praktisch meine Schwester."

„Du wolltest sie *küssen*." Angriffslustig umkreiste Richard ihn.

„Wollte ich nicht, verdammt! Sie fühlte sich nicht gut. Der Cider muss sie trunken gemacht haben."

„Also hast du ihren Zustand ausnutzen wollen!" Erneut setzte er zu einem Kinnhaken an, dem Wick gerade noch ausweichen konnte.

„Warum sollte ich das tun, du Dummkopf? Sie liebt doch *dich*."

Richard wurde von seinen Gefühlen übermannt. Brüllend stürzte er sich auf seinen Bruder und warf ihn zu Boden. Endlich landete er einen Treffer in dessen Flanke.

Wick grunzte vor Schmerz. „Na los, verprügel mich ruhig. Das ändert nichts an der Tatsache, dass Violet in dich verliebt ist."

„Halt endlich die Klappe!" Diesmal traf der Schlag ihn ins Gesicht.

„Oder daran, dass du sie ebenfalls liebst", keuchte Wick. „Und dass diese Gefühle dich zu Tode ängstigen."

Die Worte durchdrangen Richards rotglühenden Zorn. Seine Faust verharrte wenige Zentimeter vor Wicks Nase. „Was zum Teufel hast du da gerade gesagt?"

„Vor lauter Angst, dass sie dich wie die anderen zurückweisen könnte, gehst du bei ihr direkt vom Schlimmsten aus. Du willst einfach nicht begreifen, dass sie dich aufrichtig liebt, also stößt du sie von dir weg, anstatt ihr zu vertrauen. Und deshalb bist du ein Narr!"

Die Wahrheit traf Richard heftiger als ein rechter Haken.

Wick ... hatte recht. Mit allem. Er fürchtete sich so sehr davor, dass die Vergangenheit sich wiederholen könnte, dass er an der Frau, die er liebte, zweifelte. An ihren Gefühlen für ihn. Aufgrund seiner eigenen Unsicherheit hatte er sich wie ein verdammter Bastard verhalten.

Mit einem Mal war seine Wut wie weggefegt.

„Verflucht", flüsterte er heißer. „Ich *bin* ein Narr."

„Genau. Und jetzt geh endlich runter von mir!" Wick funkelte ihn ungehalten an. „Wir haben hier schon für genug Unterhaltung gesorgt."

Plötzlich wurde er sich der raunenden Menge um sie herum bewusst. Beschämt sprang er auf die Füße und hielt seinem Bruder die Hand hin.

„Ich muss mich bei dir entschuldigen", sagte er schroff.

Wick betastete seine geschwollene Wange und verzog das Gesicht. „Spar dir das Flehen um Gnade für Violet auf. Du wirst es brauchen."

Richard schluckte schwer. Gott, er hatte ihr nicht vertraut, sie ungerecht behandelt ... und ihren Ruf *ruiniert*. Eigentlich sollte man ihn dafür auspeitschen.

„Ich muss auf der Stelle zurück nach Traverstoke", sagte er eindringlich. „Um die Dinge wieder geradezubiegen."

Sein Bruder klopfte sich mürrisch den Staub von der Weste. „Ich komme mit, du Ochse. Aber nur, weil ich sicherstellen will, dass Violet dich heiratet und meine Schwester wird. Dann habe ich wenigstens ein Familienmitglied, das nicht völlig geistesge- stört ist."

❧ 34 ❧

GEMEINSAM RITTEN DIE BEIDEN BRÜDER ZURÜCK ZUM
Anwesen, während die Sonne allmählich zwischen den mächtigen
Eichen versank. Richard konnte kaum einen klaren Gedanken
fassen. Wie sollte er sich je wieder mit Violet versöhnen? Warum
war sie vorhin auf dem Friedhof so erregt gewesen? Obwohl ihm
vieles nach wie vor ein Rätsel war, wusste er doch, dass er ihr
Unrecht getan hatte. Er spornte Äolus zu einem rasanten
Tempo an.

Je eher sie zurückkamen, desto schneller konnte er versuchen,
seinen Fehler wiedergutzumachen. Notfalls würde er sogar um
Gnade flehen.

Als sie sich dem Haus näherten, bemerkte er eine Gruppe von
Gästen vor dem Brunnen stehen. Unter ihnen befanden sich
Violet, Kent und dessen Frau, sowie zwei unbekannte Männer.
Ein paar Meter entfernt luden mehrere Lakaien Koffer auf eine
Kutsche. Richard stieg ab und steuerte schnurstracks auf Violet
zu, dicht gefolgt von seinem Bruder.

Ihr Gesicht war gerötet, und deutliche Tränenspuren zeichneten sich auf ihren Wangen ab. Ein übermächtiges Gefühl von

Reue durchfuhr ihn. Noch bevor er jedoch etwas sagen konnte, stellte Lady Ainsworthy sich ihm in den Weg.

„Da ist ja der schamlose Verführer", zischte sie empört. „Dass Sie es wagen, sich hier blicken zu lassen, Sir! Kaum habe ich eine Sekunde nicht hingesehen, haben Sie die Gelegenheit beim Schopf gepackt und dieses arme Ding ruiniert ..."

„Danke, Mylady, diese Angelegenheit regeln wir unter uns", mischte Kent sich ein. „Wären Sie so freundlich, meiner Familie ein wenig Privatsphäre zu gewähren?"

Die unterschwellige Drohung, die von ihm ausging, ließ die Witwe innehalten. Schnaubend machte sie auf dem Absatz kehrt und begab sich zurück ins Haus. Kaum war sie außer Sichtweite, fuhr Kent fort: „Lord Carlisle, Mr Murray. Würden Sie mir bitte ein paar Fragen beantworten?"

Bei seinem kühlen, unpersönlichen Tonfall sträubten sich Richard die Nackenhaare. Ging es etwa nicht um Violet? Und warum musste auch Wick sich einer Befragung unterziehen? Plötzlich begriff er, wer die anderen beiden Gentlemen waren: *Kents Partner!* Der muskulöse, braunhaarige Kerl war sicherlich Mr McLeod, der stattliche, dunkelhäutige Mann neben ihm Mr Lugo.

Ein ungutes Gefühl überkam ihn. Er spürte die Anspannung seines Bruders und mahnte diesen in Gedanken, ruhig zu bleiben. Was genau hatten die Ermittler in Erfahrung gebracht?

„Mr Murray, bitte erklären Sie uns, in welcher Beziehung Sie zu Monique de Brouet standen", forderte Kent.

Teufel noch eins, wie hatten sie die Verbindung zwischen Wick und der Toten herausfinden können?

Richard warf Violet einen flüchtigen Blick zu. Sie wirkte ebenso perplex wie er.

Wick lief knallrot an. „Ich ... ich hatte keine Beziehung zu ihr", stammelte er wenig überzeugend.

„Sie waren also nicht ihr Liebhaber? Und Sie haben sich nicht zwei Wochen vor dieser Veranstaltung im Zwist von ihr getrennt?

Monique de Brouet hat nicht damit gedroht, sich dafür zu rächen, wie Sie sie behandelt haben?"

„Woher wissen Sie ...?" Fassungslos starrte Wick Violet an. „Du hast mir hoch und heilig *versprochen*, deinem Bruder nichts von meinem Ring zu erzählen", presste er hervor.

„Ich habe ihm nichts verraten", erwiderte sie mit zitternder Stimme.

„Ring?" Erzürnt wandte Kent sich seiner Schwester zu. „Was für ein verdammter Ring?"

Als er die Panik in ihren Augen bemerkte, schritt Richard ein.

„Sie trifft keine Schuld. Ich allein bin dafür verantwortlich" sagte er. „Wir entdeckten Madame de Brouets Leichnam genau so, wie wir es beschrieben haben ... Allerdings erwähnten wir nicht, dass wir Wickhams Siegelring in ihrer Hand fanden. Ich war mir sicher, dass mein Bruder nichts mit dem Mord zu tun hatte – er war zum Tatzeitpunkt nicht einmal im Haus –, aber ich fürchtete, der Ring könnte ihn fälschlicherweise belasten. Um ihn zu beschützen, habe ich Ihnen dieses Detail vorenthalten. Miss Kent hatte rein gar nichts mit dieser Entscheidung zu tun."

„Richard", flüsterte Violet, „das stimmt doch nicht ..."

„Kein Wort mehr von dir", knurrte Kent mit vor Zorn lodernden Augen.

Sie biss sich auf die Unterlippe und verstummte.

An Richard gewandt, fuhr der Ermittler fort: „Ich sollte Sie und Ihren Bruder umgehend der Gerichtsbarkeit übergeben. Nicht nur haben Sie einem Mordverdächtigen geholfen, Sie haben auch noch meine Schwester in diesen Schlamassel hineingezogen!"

„D-die Gerichtsbarkeit?", stammelte Wick. „Weiß Richter Jones etwa von mir?"

„Ja, ich habe ihm alles erzählt", zischte Kent. „Es ist meine Pflicht, Verbrecher dingfest zu machen."

Panik stieg in Richard auf, doch er bemühte sich um Haltung. „Wickham ist kein Verbrecher. Er hat Monique de Brouet nicht getötet", wiederholte er ruhig, aber bestimmt. „Ja, sie hatten eine Affäre, und als diese beendet wurde, behielt sie seinen Ring als Andenken. Aber wie Sie sich vielleicht erinnern, fand Dr. Abernathy eine kaputte Halskette an der Leiche. Wer auch immer sie getötet hat, muss ihr den Ring, den sie um den Hals trug, abgerissen und in die Hand gelegt haben, um Wick die Tat in die Schuhe zu schieben ..."

„Und versteckte derjenige auch die Mordwaffe im Zimmer Ihres Bruders?", mischte Mr McLeod sich ein, der die Arme vor der breiten Brust verschränkt hatte. „Die haben wir nämlich dort gefunden."

Richard gefror das Blut in den Adern. „Welche Waffe?"

„Das verschwundene Kissen. Der gelbe Stoff ist identisch mit den Fasern, die Abernathy auf dem Opfer entdeckte. Außerdem befinden sich Blutspritzer daran", sagte Kent. „Vor etwa einer Stunde fanden wir das Kissen unter Mr Murrays Bett."

Das Herz schlug ihm bis zum Hals.

„I-ich weiß nichts von einem Kissen", stotterte Wick verzweifelt. „Ich habe es definitiv nicht dort versteckt!"

„Zudem brachten Lugo und McLeod dieses Beweismittel aus London mit." Kent zeigte ihnen ein in Leder gebundenes Buch. „Bei der Durchsuchung von Madame de Brouets Wohnsitz fiel ihnen ihr Tagebuch in die Hände. Darin beschreibt sie ihre Beziehung zu Wickham Murray bis ins kleinste Detail. Vielleicht hat sie ihn damit erpresst, um ihn davon abzuhalten, eine wohlhabende, junge Erbin zu heiraten, durch die er seine Schulden begleichen könnte." Als hätte er Richards Gedanken erraten, fügte der Ermittler kühl hinzu: „Ja, ich weiß von Ihrem Abkommen mit Turbett. Er macht keinen Hehl daraus, dass er sich in eine Adelsfamilie einkaufen will."

Gelähmt vor Hilflosigkeit wusste Richard nicht mehr, wie er seinen Bruder noch beschützen sollte.

„Und jetzt erfahren wir auch noch, dass Mr Murrays Ring an der Toten gefunden wurde", zischte Kent leise. „*Und* dass Sie uns dieses Beweisstück vorenthalten haben. Begreifen Sie nicht, wie verdächtig das alles wirkt?"

„Nein", flüsterte Wick und trat einen Schritt zurück. *„Nein."*

Bevor Richard ihn aufhalten konnte, drehte er sich um, rannte panisch auf sein Pferd zu, schwang sich in den Sattel und jagte die Einfahrt hinunter. Unter den wütenden Rufen der Ermittler eilte Richard zu Äolus hinüber, um Wickhams verzweifelte Flucht zu verhindern ...

Doch sein Fuß steckte noch nicht einmal im Steigbügel, als eine Schar Wachtmeister wie aus dem Nichts erschien und seinem Bruder den Weg versperrte. Sie umkreisten ihn, während hinter ihnen eine schwarze Kutsche vorfuhr, aus der Richter Jones mit wehendem Umhang ausstieg.

„Wickham Murray", rief er grimmig. „Hiermit verhafte ich Sie wegen des Mordes an Monique de Brouet."

Richard wollte zu ihnen hinüberstürmen, doch Kents Partner hielten ihn zurück.

„Beruhigen Sie sich", sagte Lugo in warnendem Tonfall. „Sie können jetzt nichts mehr für ihn tun."

„Er ist mein *Bruder.* Und er ist unschuldig", schrie Richard.

Unwirsch versuchte er, sich aus dem Griff der beiden Gentlemen zu befreien, jedoch vergeblich. Hilflos musste er mit ansehen, wie man Wick von seinem Pferd zerrte und ihm eiserne Handschellen anlegte. Dann schubste einer der Wachmänner ihn unsanft in die Kutsche.

„Wick", brüllte Richard ihm nach. „Keine Panik! Verlier nicht die Hoffnung. Ich werde den wahren Mörder finden und deinen Namen reinwaschen ...“

Der Wagen fuhr von Jones‘ Gefolgschaft eskortiert davon.

Sobald der Staub sich gelegt hatte, ließen Lugo und McLeod ihn los. Verzweiflung und Hoffnungslosigkeit schnürten ihm die Kehle zu. Als er sich Violet zuwenden wollte, bemerkte er, dass sie und drei weitere Mitglieder ihrer Familie bereits in eine andere Kutsche verfrachtet worden waren. Gerade schloss sich die Tür hinter ihr.

„Violet! Warte ...“

Er steuerte auf das anrollende Gefährt zu, doch Kent und seine Geschäftspartner versperrten ihm den Weg.

„Halten Sie sich fortan von meiner Schwester fern“, befahl der Ermittler ihm in einem Tonfall, der keinen Widerspruch duldete. „Sonst fordere ich Sie zum Duell.“

Richards Herz verkrampfte sich schmerzhaft. „Aber ich liebe sie ...“

„Das ist mir egal. Sie sind ein Lügner und ein Schuft. Ich will Sie nicht mehr in ihrer Nähe wissen.“

Schweigend sah er zu, wie die drei Gentlemen sich entfernten. Der Mann hatte ja recht ... er *war* ein Schuft. Ein Narr, der sowohl Wickham als auch Violet enttäuscht hatte. Einsam starrte er der Kutsche hinterher, die seine Hoffnungen und Träume in die Abenddämmerung entführte.

‏‎ ❧ 35 ☙

RESIGNIERT LIESS VIOLET SICH GEGEN DAS POLSTER SINKEN. SIE war krank vor Sorge um Wick und Richard. Außerdem hing ihre eigene Schmach wie eine dunkle Wolke über der Kutsche und trübte die Stimmung. Rosie saß ungewöhnlich schweigsam mit ihrer Mutter auf der Sitzbank gegenüber und starrte hinaus in die Dunkelheit. Neben Vi spielte Polly nervös mit den Schnüren ihres Pompadours.

Schließlich hielt sie die bedrückende Stille nicht länger aus.

„Warum hat man uns weggeschickt?", platzte sie heraus. „Ich muss zurück nach Traverstoke ... Wick braucht meine Hilfe. Warum lässt Ambrose mich die Umstände nicht wenigstens erklären?"

„Kein Wort gegen deinen Bruder", erwiderte Marianne scharf. „Er tut alles, um den Skandal einzudämmen, den du verursacht hast. Man zerreißt sich die Mäuler darüber, wie Carlisle dich ruiniert hat, und je länger ihr unter demselben Dach verweilt, desto schlimmer wird die Lage. Emma und Thea sind zwar vor Ort geblieben, um den Schaden einzugrenzen, aber Gott weiß, ob dein Ruf jemals wiederhergestellt werden kann."

„Mein Ruf ist gerade die geringste meiner Sorgen ..."

„Dann denke wenigstens an Ambrose." Ihre Schwägerin atmete tief durch. „Reize ihn nicht noch mehr, Violet. Wenn nötig, *wird* er Carlisle herausfordern."

Scham und Entsetzen machten sich in ihr breit. Verflucht, sie hatte wirklich alles vermasselt. Selbst wenn ihr Bruder sie anhören würde, wusste sie nicht, *wie* sie ihm ihr schändliches Verhalten erklären sollte.

Obwohl sie schon immer ein impulsiver Mensch gewesen war, konnte sie sich keinen Reim auf ihre plötzliche Erregung machen. Es hatte sie wie ein Sommersturm überrascht. Im einen Moment war sie wütend über Richards grundlose Anschuldigungen gewesen, im nächsten hatten sie sich geküsst ... und waren noch viel weiter gegangen.

Auch jetzt noch spürte sie einen seltsamen Nachklang dieser Lust ... was überhaupt keinen Sinn ergab, in Anbetracht der Katastrophe, die über sie und ihre Liebsten hereingebrochen war. Sie schluckte schwer. Man hatte Wick in Handschellen abgeführt. Seine Zukunft war mehr als ungewiss. Und nun musste Richard sich allein um das Chaos kümmern, und ihrem übereilten Aufbruch nach zu urteilen, würde Ambrose sie vielleicht nie wieder in seine Nähe lassen.

„Es war nicht Richards Schuld", sagte sie verzweifelt. „Ich trage ebenso die Verantwortung."

„Worauf genau beziehst du dich?", fragte Marianne mit hochgezogenen Brauen. „Auf die Zurückhaltung von Beweismitteln ... oder auf deine öffentliche Blamage?"

„Äh ... beides?" Betreten senkte Vi den Blick. „Natürlich hat er alle Schuld auf sich genommen, weil er ein Gentleman ist, aber mir lag genauso viel daran, Wick zu beschützen ..."

„Und deshalb hast du deinen Bruder belogen? Du hast nicht nur sein Vertrauen missbraucht, sondern auch seine professionelle Seriosität und seinen Ruf gefährdet." Ihre Schwägerin musterte sie missbilligend. „Was glaubst du, wie er dastünde, wenn je herauskäme, dass ein Mitglied seiner eigenen Familie eine Ermittlung sabotiert hat?"

Wieder einmal hat die törichte Schwester alles vermasselt ... Nur diesmal war es kein alberner Streich, sondern eine waschechte Katastrophe.

Violet ließ den Kopf hängen und flüsterte: „Es tut mir leid. Ich wollte nur das Richtige tun und es war nie meine Absicht, Ambrose über einen so langen Zeitraum zu belügen. Ursprünglich wollte ich ihm den Ring nur verschweigen, bis ich mit Wick gesprochen hatte ... Aber dann mischte Richter Jones sich in die Ermittlungen ein und ich wusste, dass dieser angesichts der erdrückenden Beweislage nicht mit sich reden lassen würde. Und mir war klar, dass Ambrose es als seine Pflicht erachten würde, Jones von dem Ring zu erzählen. Ich wollte ihn nicht in die Zwickmühle bringen. So gesehen habe ich also versucht, auch ihn zu beschützen", schloss sie betrübt.

„Ach, Violet, dein Bruder ist durchaus imstande, die richtige Entscheidung zu treffen." Mariannes Stimme klang nicht mehr ganz so eisig. „Jetzt musst du darauf vertrauen, dass er das Richtige tut."

„Wick hat Monique nicht ermordet. Das *weiß* ich. Nicht nur, weil er mein Freund ist, sondern weil er in der Tatnacht nicht einmal im Haus war. Er ist völlig betrunken in der Hütte des Holzfällers eingeschlafen. Von Moniques Tod wusste er überhaupt nichts, bis Richard und ich ihn am nächsten Abend darüber informierten", erklärte Vi. „Bitte, du musst Ambrose davon überzeugen, weiter nach dem wahren Mörder zu suchen. Sonst wird ein unschuldiger Mann für ein Verbrechen hängen, das er nicht begangen hat."

Ihre Schwägerin runzelte die Stirn. „Ambrose ist der beste Ermittler in ganz London. Du musst auf sein Urteilsvermögen vertrauen."

„Das tue ich ja. Es war ein schwerer Fehler, mich nicht von Anfang an auf ihn zu verlassen", erwiderte Vi ernst. „Aber was geschehen ist, lässt sich nun einmal nicht mehr rückgängig machen. Sobald Ambrose sich beruhigt hat und die Beweise erneut durchgeht, wird er feststellen, dass Wick nicht der Täter sein kann. Es würde ihn ewig verfolgen, wenn er dazu beitrüge, den falschen Mann zu verurteilen …"

„Ist ja gut", seufzte Marianne. „Wir erreichen bald unseren Gasthof für die Nacht. Von dort aus werde ich ihm eine Nachricht schreiben."

„Oh, vielen Dank …"

„Aber halte dich während der restlichen Heimfahrt bloß aus Ärger raus, hörst du?"

Richard saß auf seinem Bett, den Kopf in die Hände gestützt, und versuchte, einen klaren Gedanken zu fassen.

Was soll ich jetzt nur tun? Wie kann ich Wick helfen? Werde ich Violet je zurückgewinnen?

Vor seiner Tür herrschte reges Treiben. Wilde Gerüchte kursierten über die Verhaftung seines Bruders und Violets ruinierte Unschuld. Da der Fall nun als abgeschlossen galt, bereiteten die meisten Gäste sich auf die Abreise am folgenden Morgen vor. Anscheinend hatten alle genug von dieser Höllenfeier.

Panik überkam Richard. Er raufte sich die Haare, vergrub die Fingernägel in seinem Skalp. Der Schmerz war eine willkommene Ablenkung. Zum ersten Mal in seinem Leben wusste er nicht, wie er das Problem lösen sollte. Er sah keine Möglichkeit mehr, seinen Bruder zu retten. Der Einzige, der Wicks Namen noch reinwaschen könnte, war Kent. Aber diese Brücke hatte er hinter sich abgerissen.

Auf ein Klopfen an seiner Tür hin, hob er den Kopf. Wer ließ sich dazu herab, ihn zu besuchen? Aktuell war er in aller Augen die Persona non grata: Verführer einer unschuldigen Dame und Bruder eines Mordverdächtigen.

„Herein", rief er.

Es waren die Blackwoods. Richard erhob sich, als sie eintraten und die Tür hinter sich schlossen.

„Wie schlägst du dich, alter Junge?", fragte der Marquis.

Ihm war gar nicht bewusst gewesen, wie sehr er sich nach einem freundlichen Gesicht gesehnt hatte.

„Ging mir schon besser", murmelte er.

„Wir wissen über alles Bescheid und wollen helfen", sagte Lady Blackwood.

„Vielen Dank, Mylady", flüsterte er und fügte voller Demut hinzu: „Das bedeutet mir mehr, als Sie sich vorstellen können."

„Wir haben gerade mit Kent gesprochen. Er zweifelt an der Schuld deines Bruders. Tatsächlich hat er seine Partner losgeschickt, um andere Spuren zu verfolgen." Blackwoods aufmunternde Worte weckten seine Hoffnung. „Aber er hielt es nun einmal für seine Pflicht, Jones über den Ring und das Kissen zu informieren, und daraufhin hat der Richter die Sache selbst in die Hand genommen."

„Mir ist klar, dass Kent nur seine Pflicht getan hat. Ich hätte ihm das Beweisstück nicht vorenthalten dürfen." Resigniert ließ Richard die Schultern hängen. „Ich respektiere ihn dafür, ungeachtet seiner persönlichen Gefühle das Richtige zu tun."

„Sie stehen gerade wahrlich nicht in seiner Gunst", merkte Lady Blackwood trocken an. „Abgesehen von der Lüge über den Ring ... Was haben Sie sich nur dabei gedacht, Violets Ruf derart zu gefährden?"

Zählt ein Narr zu sein als triftiger Grund?

Frustriert fuhr er sich mit der Hand durchs Haar. „Ich habe eine Situation zwischen ihr und meinem Bruder falsch aufgefasst und glaubte, sie hätten ein ... Rendezvous. Da wurde ich wütend und habe sie mir vorgeknöpft."

„Sie haben sich ihr aufgezwungen?", fragte die Marquise scharf.

„*Nein*. Nein, nichts dergleichen!" Mit hochroten Wangen versuchte er, den Sachverhalt zu erklären. „Ich habe mich zwar wie ein hirnloser Schuft aufgeführt, aber sie war die ganze Zeit über ... willig."

Sogar mehr als das. Es verwunderte ihn immer noch, wie erregt sie gewesen war. Und zwar schon *vor* seiner Ankunft. Die Wangen gerötet, die Augen glasig, und sie hatte so schnell und flach geatmet ... Sie in diesem Zustand zu sehen, hatte seine rasende Eifersucht in Sekundenschnelle entfacht und ihn verleitet, falsche Schlüsse zu ziehen. Aber wenn Wick nicht der Grund für ihre lustvolle Benommenheit gewesen war, was dann ...?

„Wie konnte sie willig sein, wenn Sie sie angefahren und beschuldigt haben?", wollte Lady Blackwood wissen.

Gute Frage. Hatte sie nicht irgendetwas erwähnt? Richard runzelte die Stirn. Den Cider ... Auch Wick hatte davon gesprochen.

Aber wurde man wirklich von einem einzigen Becher betrunken? Und ihr Verhalten kam ihm nicht gerade wie Trunkenheit vor, sondern vielmehr als wäre sie ...

Plötzlich fiel es ihm wie Schuppen von den Augen.

„Unter Drogen gesetzt", murmelte er.

„Wie bitte?", fragte Blackwood.

„Ich glaube, jemand hat Violet ein Rauschmittel verabreicht, ihr eines dieser Pulver ins Getränk gemischt, die das Bewusstsein erweitern ..."

Sein Freund runzelte die Stirn. „Meinst du etwa ein Aphrodisiakum?"

„Genau." Das würde zumindest ihren merkwürdigen Zustand erklären, und warum sie so wollüstig gewesen war ...

„Fühlte sie sich benommen? Waren ihre Wangen gerötet? Ihre Pupillen geweitet?", wollte die Marquise wissen.

Für eine feine Dame war sie Richards Meinung nach ziemlich weltgewandt.

„Ja, und sie sagte mir, sie habe zuvor Cider getrunken, der irgendwie komisch schmeckte."

„Wer hat ihr das Getränk gegeben?", fragte Blackwood.

„Wick ... aber er würde sie niemals unter Drogen setzen", sagte Richard.

„Wer war es dann? Und warum?" Argwöhnisch kniff Lady Pandora die Augen zusammen.

Dass ausgerechnet Violet zum Angriffsziel einer solchen Tat wurde, konnte kein Zufall sein. „Womöglich hängt das Ganze mit dem Mord und dem Juwelendiebstahl zusammen", folgerte er langsam. „Erst versucht jemand, meinem Bruder die Schuld zuzuschieben, und dann wird Violet, die in den Ermittlungen große Fortschritte gemacht hat, plötzlich in einen Skandal verwickelt und gerät in Verruf."

„Ablenkung und das Stiften von Verwirrung sind die besten Strategien, um die Wahrheit zu verschleiern", stimmte Lady Blackwood ihm zu. „Bleibt nur die Frage: Wer steckt wirklich dahinter?"

Richard warf seinem Freund einen flüchtigen Blick zu, doch diesen schien die Scharfsinnigkeit seiner Frau nicht zu überraschen. Im Gegenteil, er strahlte regelrecht vor Stolz und Bewunderung.

Genauso empfinde ich für Violet.

Der Gedanke entfachte ein Feuer in ihm.

„Ich höre mich unter Wicks Kumpanen um", verkündete er. „Sie waren mit ihm in der Taverne, vielleicht wissen sie noch, wer mit dem Cider in Berührung kam."

„Wir sprechen inzwischen mit Kent und erklären ihm alles", sagte Blackwood. „Hoffentlich können wir ihn mit ins Boot holen."

Richard war bereits auf dem Weg zur Tür. „Vielen Dank! Ich brauche wirklich jede Hilfe, die ich kriegen kann."

Nachdem er Parnell und Goggston nirgends finden konnte, versuchte Richard es bei deren Schlafgemächern, wo er zumindest letzteren erwischte. Goggs wirkte nervös, sein dünnes, braunes Haar war zerzaust. Dem Kleiderhaufen und dem geöffneten Koffer auf seinem Bett nach zu urteilen, schien er gerade zu packen.

„Ich wollte rechtzeitig aufbrechen, um dem Trubel morgen früh zu entgehen", erklärte der rundliche junge Mann mit hochrotem Kopf. „Äh, das mit Wick tut mir übrigens leid. Kaum zu glauben, dass er ... Also, wenn ich irgendetwas tun kann ...“

„Ich habe Sie heute auf dem Jahrmarkt mit meinem Bruder gesehen", fiel Richard ihm ins Wort. „Vor der Taverne.“

„Ja, ich und ein paar andere waren dort. Wir haben nur etwas getrunken.“ Nervös fuhr er sich mit der Zunge über die Lippen. „Um die Langeweile zu vertreiben.“

„Wick hat Violet einen Becher Cider gebracht. Erinnern Sie sich daran?“

Goggs blinzelte schnell. „Äh, kann sein.“

„Wer kam mit dem Getränk in Berührung?“

„In Berührung? Was meinen Sie denn damit?“

„Wissen Sie, durch wessen Hände der Cider wanderte, bevor er Violet übergeben wurde?“

Der junge Lord runzelte die Stirn. „Warum ist das wichtig?“

Langsam verlor Richard die Geduld. „Beantworten Sie einfach die Frage.“

Goggs dachte einen Moment nach. „Also ... Wick hatte ihn in der Hand.“

Verdammt, das führt doch zu nichts ...

„Aber Parnell hat das Getränk gekauft, glaube ich. Ja, jetzt fällt es mir wieder ein! Er dachte, Violet könnte eine Erfrischung gebrauchen und schlug Wick vor, ihr einen Becher zu bringen.“

Parnell. Dem Bastard würde Richard es durchaus zutrauen,

jemanden unter Drogen zu setzen ... oder zu ermorden und anschließend zu bestehlen.

„Wo hält er sich jetzt auf?"

„Er, äh, wollte die Nacht im Dorf verbringen ..."

Goggs trat unbehaglich von einem Bein aufs andere.

„Raus mit der Sprache", forderte Richard.

„Also gut, ihm stand der Sinn nach ein wenig Bettsport. Er wollte das örtliche Angebot ... verköstigen."

Verdammt. Dann schnell zurück ins Dorf.

Gerade, als Richard sich zum Gehen wandte, fügte Goggs hinzu: „Übrigens ... Tut mir echt leid, was mit Violet geschehen ist." Er hielt den Blick auf seine verkrusteten Stiefel gerichtet. „Sie ist eine gute Freundin. Ich hätte mich gerne von ihr verabschiedet, bevor sie nach London zurückgeschickt wurde."

Richard nickte knapp und eilte davon.

$$\text{❧ } 36 \text{ ❧}$$

ES DAUERTE DREI STUNDEN, BIS ER PARNELL ENDLICH FAND.
Anscheinend hatte der Bastard sich den ganzen Abend lang auf
dem Rummel vergnügt und war anschließend mit ein paar Wüstlingen aus dem Ort ins benachbarte Dorf weitergezogen. Dort
betrank er sich in einer der Kneipen und ging schließlich mit
einem seiner neuen Freunde sowie einer dem Ruf nach freigie-
bigen Kellnerin nach Hause.

Richard stand vor der besagten Adresse, die der Besitzer der
Taverne ihm genannt hatte, und hämmerte gegen die Tür, bis ein
lautes Stöhnen von innen ertönte.

„Verdammt, ich komme ja schon. Hör auf mit dem höllischen
Lärm ...“

Ein junger Kerl mit verquollenen Augen und zerzaustem,
blondem Haar öffnete ihm. Er trug einen fleckigen Morgenmantel, den er sich offensichtlich gerade eilig übergezogen hatte.

Pikiert starrte er Richard an. „Wer zum Henker sind Sie
denn?“

„Ich suche nach Parnell.“

„Kenn ich nicht. Verschwinden Sie besser wieder ...“

Bevor er die Tür schließen konnte, klemmte Richard seinen Fuß dazwischen und stieß sie mit solcher Wucht auf, dass der junge Mann den Halt verlor und rückwärts stolperte. Unbeirrt betrat Richard die kleine Hütte, nahm sich eine Kerze von einem Beistelltisch und marschierte den Gang entlang. Es gab nur zwei Schlafkammern. Parnell befand sich in der hinteren.

Der Bastard lag splitternackt im Bett neben einer kurvigen Brünetten ... zweifellos die Kellnerin. Beide schnarchten leise. Das Kissen auf der anderen Seite der Frau wies ebenfalls eine offensichtliche Einbuchtung auf.

Richard stellte die Kerze ab und rüttelte Parnell unsanft an der Schulter. „Aufwachen, Sie Mistkerl."

Doch dieser schmatzte nur und schlief seelenruhig weiter.

Hinter ihm betrat der blonde Mann den Raum. „Das hier ist mein Haus, Sie können nicht einfach ..."

Richard drängte sich an ihm vorbei und steuerte auf den Waschtisch zu, wo er einen Krug mit Wasser befüllte und zum Bett hinüberbrachte, um den Inhalt über Parnell zu entleeren.

Laut fluchend richtete der junge Lord sich auf. „W-was zur Hölle?"

Die Kellnerin rollte sich unbeeindruckt auf die andere Seite.

„Haben Sie Violet das Rauschgift verabreicht?", knurrte Richard.

Parnell, der offensichtlich völlig verkatert war, starrte ihn aus blutunterlaufenen Augen an.

„Carlisle? Sind Sie das?", fragte er lallend. „Was zum Henker tun Sie denn hier?"

„Haben Sie Violet das Rauschgift verabreicht?" Erneut rüttelte Richard ihn an der Schulter.

„Gift? Wovon reden Sie da?", stöhnte der junge Mann. „Und hören Sie um Himmels willen mit dieser Rüttelei auf, sonst übergebe ich mich noch."

„Ich werde Ihnen den Kopf abreißen, wenn Sie nicht endlich

gestehen. Goggs hat mir bereits alles erzählt. Sie haben Violet gestern den Cider gekauft."

„Ich habe ihr überhaupt nichts gekauft", protestierte Parnell. „Der Idiot hat mal wieder alles verwechselt. *Er* hat ihr das Getränk besorgt."

Eine eisige Hand legte sich um sein Herz. „Das ist eine Lüge. Sie haben ihr ein Rauschmittel ins Getränk gemischt."

„Rauschmittel? Was meinen Sie ... *oh*." Parnells Augen funkelten hämisch. „Hat man Sie beide deshalb am helllichten Tag dabei erwischt, wie Sie es miteinander getrieben haben?"

„Sie geben also zu, dass Sie es waren." Richard stieß den Kopf des anderen gegen das Holz des Kopfteils.

„Autsch! Lassen Sie das! Ich habe es überhaupt nicht nötig, dieses Zeug zu verwenden ... Sehe ich etwa so aus?" Parnell deutete auf seine Bettpartnerin. „Ich bin nicht so verzweifelt wie Goggs."

Richard erstarrte. „Goggs?"

„Wie bringt er wohl die ganzen Weiber dazu, mit ihm zu schlafen, hm? Er glaubt, niemand kennt sein kleines Geheimnis, aber ich habe es schon vor Ewigkeiten herausgefunden." Der junge Lord grinste anzüglich. „Fragt sich nur, warum in aller Welt er es Violet verabreicht hat?"

Richards Puls schnellte in die Höhe. Er griff nach der Kleidung, die über einem Stuhl in der Nähe hing, und warf sie Parnell zu. „Ziehen Sie sich an. Wir brechen sofort auf."

***

Knapp eine Stunde vor Tagesanbruch erreichten sie Traverstoke. Der Rückweg wäre wesentlich schneller verlaufen, wenn Parnell sich unterwegs nicht zweimal hätte übergeben müssen. Ungerührt zerrte er den blassen Schuft hinein in die Vorhalle. Obwohl es noch so früh war, traf er dort auf Kent, der sich mit McLeod zu beraten schien.

Richard hielt zögernd inne. War es den Blackwoods gelungen, die Wogen zu glätten?

Der Ermittler bemerkte ihn sofort. „Wir haben das Liebespaar gefunden."

„Wie bitte?", fragte er verwirrt.

„Die Liebhaber, die Wormleigh in der Bibliothek gehört hat ... Offenbar entsprach seine Behauptung der Wahrheit. Im Gegensatz zu den Beamten des Richters hat McLeod es geschafft, an einem Bahnhof zwei Dörfer weiter den Kauf von Tickets nach Gretna nachzuverfolgen. Sie wurden vor einer Woche im Namen von Mr und Mrs Cedric Burns erworben."

„Sie wollten eigentlich an dem Morgen abfahren, an dem diese Französin ermordet wurde. Doch dem Kassenbuch zufolge hat das Paar die Reise nicht angetreten", berichtete McLeod.

„Erst weigerte Burns sich, mit uns zu sprechen", fuhr Kent fort. „Aber als Amelia Turbett von dem Verhör Wind bekam, eilte sie ihrem Liebhaber zur Rettung."

Richard riss die Augen auf. „Miss Turbett, sagen Sie?"

Kent nickte. „Anscheinend hatten sie und Burns seit Monaten ein heimliches Verhältnis. Sie hat uns alles gestanden. Wie Monique die beiden in der Bibliothek belauschte, ihnen mit Erpressung drohte. Die Situation eskalierte, und Miss Turbett versetzte ihr einen Stoß, woraufhin sie sich den Kopf am Kamin aufschlug. Es sei nur ein Unfall gewesen. Aber sie und Burns glaubten, Monique getötet zu haben, verfielen in Panik und beschlossen, vorerst nicht durchzubrennen, bis Gras über die Sache gewachsen war."

Richards Gedanken überschlugen sich. „Dann haben sie die Halskette?"

„Burns behauptet, er wisse nichts von den gestohlenen Juwelen", entgegnete Kent. „Wir haben die Zimmer und das Gepäck der beiden durchsucht, ohne Ergebnis."

„Wir vermuten, dass jemand anderes Monique ohnmächtig in der Bibliothek vorfand", fügte McLeod hinzu. „Diese Person nahm die Kette an sich und erstickte das Opfer mit dem Kissen."

„Dann sollten wir schnellstens Goggs ins Verhör nehmen", sagte Richard scharf.

Kent runzelte die Stirn. „Goggston? Warum ..."

Hastig fasste Richard zusammen, was er über das Rauschmittel und den Cider erfahren hatte.

„Außerdem ist der Typ hoch verschuldet", erklärte er grimmig. „Parnell hier hat mir bestätigt, dass sowohl er als auch sein Freund im letzten Jahr mehrmals mit Geldverleihern aneinandergeraten sind. Natürlich ist Parnell durch das Vermögen seines Vaters abgesichert, aber Goggs wurde scheinbar vor Monaten der Geldhahn abgedreht. Er steckt gehörig in der Klemme."

„Also hatte er ein Motiv, Monique die Juwelen zu entwenden", folgerte Kent. „Verdammt, schnappen wir ihn uns."

Richard ließ Parnell in McLeods Obhut und machte sich in Begleitung von Kent auf den Weg zu Goggstons Schlafgemach. Als dieser auf mehrfaches Klopfen hin nicht öffnete, trat er kurzerhand die Tür auf. Dicht gefolgt von Kent, stürmte er in das Zimmer ... Doch die Stille und das ungemachte Bett bestätigten seine Befürchtungen. Sie durchsuchten die Räumlichkeiten, fanden jedoch nichts, das auf eine Spur hinwies, also versuchten sie es als Nächstes bei den Ställen. Goggs hatte sein eigenes Pferd zurückgelassen und stattdessen eine von Billings' Kutschen genommen.

„Er wird nicht weit kommen", sagte der Ermittler. „Ihm bleiben nur wenige Stunden Vorsprung. Ich lasse alle Hauptstraßen nach ihm absuchen ..."

„Warum hat er sich für die Kutsche entschieden?", fragte Richard grimmig. „Zu Pferd wäre er wesentlich schneller unterwegs."

„Worauf wollen Sie hinaus?"

„Er weiß, dass wir ihm auf den Fersen sind ... Deshalb hat er mich angelogen und meinen Verdacht auf Parnell gelenkt. Ihm ist durchaus bewusst, dass er uns nicht lange entkommen kann." Goggs' letzte Worte spukten ihm durch den Kopf. *Ich hätte mich gerne von ihr verabschiedet, bevor sie nach London zurückgeschickt wurde.* „Und er weiß, wohin Violet unterwegs ist."

Kent wurde blass. „Verdammt. Der Bastard braucht ein Druckmittel. Er ist hinter ihr her."

WUSCH. DER HOLZPFEIL TRAF DEN APFEL GENAU IN DER MITTE und fegte ihn mit voller Wucht vom Tisch. Mit einem dumpfen Aufprall landete er auf dem Boden.

Seufzend ließ Violet ihre Armbrust sinken und schickte sich an, die gefallene Frucht aufzuheben. Da sie nicht schlafen konnte, versuchte sie sich mit Schießübungen abzulenken. Nur leider erinnerte die Tätigkeit sie an Richard und die Ungewissheit ihrer gemeinsamen Zukunft.

Wie sollten sie Wick jetzt noch retten? Würde Ambrose ihr je vergeben, dass sie ein Beweismittel unterschlagen hatte? Und warum war Richard auf dem Friedhof so unangemessen wütend geworden? Gab es etwas, das er ihr über seine Vergangenheit verschwiegen hatte? Ihr kam es nämlich so vor, als könnten seine beiden gescheiterten Beziehungen für seine heftige Reaktion verantwortlich sein ...

Sie platzierte den Apfel erneut auf dem Tisch und schoss ihn mit einem gezielten Pfeil hinunter.

„Herrgott noch mal, wirst du denn *niemals* müde?", ertönte Rosies ungehaltene Stimme aus der Schlafkammer, die an das

Wohnzimmer angrenzte. Violet teilte sich die Gemächer mit ihr und Polly.

„Entschuldige", sagte sie betreten. „Ich habe versucht, leise zu sein."

Sie erhielt nur ein mürrisches „Grmpf" als Antwort.

Da sie ihre Zimmergenossinnen nicht weiter stören wollte, beschloss sie, die Schießübungen draußen fortzusetzen. Der Himmel färbte sich bereits gräulich, es war also noch früh genug, dass niemand sie beachten würde. Schnell schlüpfte sie in ein Mieder mit Frontschnürung sowie ihr schlichtestes Kleid, über das sie ihren blauen Mantel anzog. Anschließend steckte sie die Armbrust und Holzpfeile in eine gehäkelte Tasche und verließ auf Zehenspitzen den Raum.

Angesichts der frühen Stunde waren die Gänge des Gasthofes menschenleer. Unbemerkt schlich sie sich an dem dösenden Rezeptionisten vorbei ins Freie. Draußen atmete sie tief ein. Die frische, nach Laub duftende Luft erinnerte sie an ihre Heimat, Chudleigh Crest. Ein wenig zuversichtlicher machte sie sich auf den Weg in den Garten, doch als sie um die nächste Ecke bog, blieb sie wie angewurzelt stehen. Eine vertraute Gestalt stand unweit von ihr entfernt und hantierte am Äußeren einer schlammigen Kutsche herum.

„Goggs?", fragte sie überrascht. „Bist du das?"

Er wirbelte zu ihr herum. Sein rundliches Gesicht war schweißüberströmt. „Violet! Gott, hast du mich erschreckt."

„Entschuldige, das wollte ich nicht." Sie lief auf ihn zu. „Was tust du denn hier?"

Sein Blick huschte nervös durch die Gegend, dann zog er seine Weste zurecht, die über seinen beachtlichen Bauch gerutscht war. Ihr fiel auf, dass seine Hände voller Dreck waren.

„Ich habe nach dir gesucht."

„Nach mir? Warum das?"

„Carlisle ... hat mich hergeschickt. Er hat nämlich einen Plan, um Wick zu retten, aber dazu braucht er deine Hilfe."

Freudige Aufregung durchfuhr sie. Richard hatte nach ihr geschickt ... und er wusste, wie sie Wick helfen konnten!

„Was soll ich tun?", fragte sie eifrig.

Goggs öffnete ihr die Tür der Kutsche. „Steig ein, ich erkläre dir alles auf dem Weg."

Sie warf ihre Tasche in die Karosse und wollte gerade hinterherklettern, als ihr ein Gedanke kam. *Du kannst nicht einfach verschwinden, ohne den anderen Bescheid zu sagen, Dummchen.*

Sie drehte sich um. „Moment, ich muss erst Marianne informieren ..."

„Keine Zeit. Wir müssen sofort aufbrechen."

„Aber meine Familie wird sich Sorgen machen." Etwas in Goggs' Miene ließ sie innehalten. „Warum ... warum hat Richard mich nicht selbst abgeholt?"

„Du stellst zu viele Fragen."

Seine sonst so freundliche Stimme klang mit einem Mal unwirsch. Ein seltsamer, harter Ausdruck war in seine Augen getreten. Plötzlich kam er ihr vor wie ein Fremder. Panik stieg in ihr auf, doch bevor sie um Hilfe rufen konnte, traf etwas Hartes sie an der Schläfe. Halb ohnmächtig vor Schmerz, bekam sie gerade noch mit, wie er sie in die Kutsche schubste, dann wurde alles schwarz.

Richard traf als Erster am Roten Löwen ein. Der Gasthof lag direkt auf dem Weg nach London und war die offensichtliche Wahl für Mrs Kent und ihre Schützlinge, um die Nacht über Rast zu machen. Zweifellos würde Goggs hier zuerst nach ihnen suchen. Mit rasendem Puls warf Richard die Zügel seines Pferds einem Stallburschen zu, während Kent und McLeod nun ebenfalls herangeritten kamen. Gemeinsam betraten sie die Unterkunft. Nach einem kurzen Wortwechsel mit dem Gastwirt begaben sie sich zu Mrs Kents Gemächern.

Sie öffnete nach dem dritten Klopfen, wobei sie sich hastig den seidenen Morgenmantel zuband.

„Es geht dir gut", stellte ihr Mann erleichtert fest. „Wo sind die Mädchen?"

„Nebenan", erwiderte sie und runzelte die Stirn. „Was ist denn los, Ambrose?"

Dieser klopfte bereits laut an der benachbarten Tür.

Nach dem vierten Hämmern rief Richard ungeduldig: „Gehen Sie beiseite."

„Ich kann das verdammte Ding auch selbst eintreten", gab Kent gereizt zurück.

Gerade, als er ausholen wollte, öffnete sich die Tür.

„Papa?", fragte seine Tochter, Primrose, und rieb sich verschlafen die Augen. „Warum um alles in der Welt machst du so einen Krach?"

„Du bist in Sicherheit, Gott sei Dank!" Der Ermittler atmete sichtlich erleichtert auf, als seine Schwester Polly hinter ihr im Türrahmen erschien. „Ich nehme an, Violet ist auch bei euch?"

„Nein, ist sie nicht."

Die Worte ließen Richard das Blut in den Adern gefrieren.

„Wo ist sie dann?", fragte er schroff.

Primrose runzelte die Stirn. „Ich weiß es nicht genau. Sie war schon fort, als ich eben aufwachte. Aber sie konnte die ganze Nacht über nicht schlafen und hat uns alle mit ihrer verflixten Armbrust wachgehalten. Vielleicht ist sie zum Schießen nach draußen gegangen?"

Panik übermannte Richard. „Sie ist hinausgegangen? *Allein?*"

„I-ich bin mir nicht sicher", stammelte die junge Frau. „Ich habe sie nicht weggeschickt ..."

„Konzentriere dich, Rosie", unterbrach Kent sie. „Wann genau hat Violet das Zimmer verlassen?"

„Vielleicht ... vor etwa einer Stunde? Keine Ahnung." Ihre Unterlippe zitterte unheilvoll. „Ich war doch noch im Halbschlaf, Papa."

Richard verlor die Geduld und steuerte ohne Umschweife auf den nächsten Ausgang zu. Hinter sich hörte er Kent noch sagen: „Bleib bei den Mädchen, Marianne, und verschließt die Tür. Strathaven wird in Kürze eintreffen, um euch zurück nach Traverstoke zu begleiten."

Draußen umrundete Richard eine Seite des Gasthofs, während McLeod die andere Richtung übernahm, bis sie sich neben dem Gebäude trafen. Der große Schotte bückte sich, um die Abdrücke im getrockneten Schlamm zu untersuchen.

Richard spähte ihm angespannt über die Schulter. „Fußspuren?"

„Zwei Paar, eines größer, das andere kleiner. Letztere scheinen vom Hotel her zu kommen. Und sehen Sie, wie verwischt sie sind?"

„Ein Kamp." Richard schlug das Herz bis zum Hals.

„Daneben sind frische Radspuren." McLeod deutete auf die Markierungen im Boden, als Kent sich zu ihnen gesellte. „Es muss eine große, schwere Kutsche gewesen sein. Die fährt auf keinen Fall schneller als zehn Kilometer pro Stunde."

Kent folgte ihnen bis zum Ende der Einfahrt. „Sieht aus, als hätten sie den Weg Richtung London genommen."

„Dann holen wir sie locker ein", versicherte sein Partner ihm.

Richard eilte bereits hinüber zu den Ställen und riss dem Pferdeburschen die Zügel aus der Hand. Mit einem Satz schwang er sich in den Sattel.

„Los, Äolus", rief er. „Wir müssen Violet retten!"

Sein treues Vollblut wieherte und schüttelte die Mähne.

Dann galoppierten sie in einem Höllentempo davon.

$$\text{❧}\quad 38 \quad \text{❧}$$

VIOLET ÖFFNETE DIE AUGEN … UND STÖHNTE LAUT AUF, ALS EIN stechender Schmerz ihre Schläfen durchfuhr. Verflucht, ihr dröhnte der Schädel! Und warum wackelte die Welt um sie herum so irritierend? Wo war sie überhaupt? Sie konnte ein Sitzpolster aus Samt sowie schmutzige Fenster und Lederriemen ausmachen …

Plötzlich fiel es ihr wieder ein: *Goggs*.

Er hatte ihr eine übergezogen … und sie dann in die Kutsche gestoßen. Goggs, mit dem sie doch so gut befreundet war, hatte sie *entführt*! Aus welchem Grund sollte er so etwas tun? Ihr fiel nur eine logische Erklärung ein: Er war der Täter. Er hatte Monique getötet und die Halskette gestohlen, und nun war er auf der Flucht, mit Violet als Geisel.

Der elende *Schurke*.

Beflügelt durch die in ihr aufsteigende Empörung, griff sie nach einem der Halteriemen und zog sich hoch in eine aufrechte Position. Als die Kutsche über einen größeren Stein holperte, wurde ihr kurz schwindlig, aber sie atmete tief durch und versuchte, sich zu konzentrieren.

Denk nach, Violet. Du musst hier irgendwie rauskommen.

Sie rüttelte am Türgriff. Er bewegte sich nicht. *Verflixt.* Sie versuchte, durch die Fenster zu spähen, aber Goggston hatte sie mit Schlamm beschmiert, sodass niemand von draußen hereinsehen konnte. *Seit wann ist der Kerl so gewieft?*

Als sie den Rahmen des größeren Fensters abtastete, stellte sie fest, dass auch dieses von außen abgeriegelt war. *Mist.*

Ohne große Hoffnung drückte sie gegen das schmalere Fenster daneben ... und riss freudig überrascht die Augen auf, als es unter ihrer Berührung nachgab. Sie presste die Hände noch fester dagegen und spürte plötzlich einen kühlen Luftzug an ihrer Wange. Durch die Öffnung passste sie zwar nicht hindurch, aber zumindest konnte sie den Kopf hinausstrecken, um sich zu orientieren.

Auf dem Kutschbock entdeckte sie Goggs, und allein der Anblick seines Profils brachte ihre Wut zum Überkochen. Er war auf die steinige Straße fokussiert und schien sie nicht zu bemerken. Sie ließ den Blick über die umliegenden Felder und Waldgebiete schweifen, sah jedoch weder Gehöfte noch Menschen, die ihre Hilferufe hätten hören können.

Sie zog den Kopf zurück und überlegte, welche Möglichkeiten sie hatte. Natürlich könnte sie warten und hoffen, dass ein Wagen sie passierte ... Aber wer wusste schon, wann das wäre und ob die Passagiere darin ihre Not überhaupt bemerken würden?

Außerdem hasste sie es, zu warten.

Also brauchte sie einen anderen Plan. Ob es ihr gelänge, das Fenster mit irgendetwas einzuschlagen? Sie sah sich in der Karosse nach einem geeigneten Gegenstand um ... Da fiel ihr Blick auf etwas, das zu ihren Füßen lag. *Ihre Häkeltasche.*

Erleichtert bückte sie sich, um sie aufzuheben. Sie hatte die Tasche in das Gefährt geworfen, bevor Goggs sie überwältigte. Offensichtlich hatte er dem, was sie bei sich trug, keine große Beachtung geschenkt – oder vielleicht war es ihm auch einfach nicht aufgefallen. Welche Gefahr stellte schon das modische Anhängsel einer Dame dar?

Grinsend zog sie ihre Armbrust heraus. Manche Männer überhäuften ihre Angebeteten mit Schmuck oder Liebesgedichten, aber nur der Richtige verstand es, das perfekte Geschenk zu machen.

Gott, wie ich dich liebe, Richard.

Sie zählte ihre Munition: drei Pfeile. Mit ihren stumpfen Spitzen würden sie Goggs zwar nicht ernsthaft verletzen, ihn aber zumindest ablenken können. Vielleicht gelang es ihr ja, ihn so weit zu reizen, dass er am Wegrand anhielt, um ihr das Geschoss abzunehmen. Dann könnte sie einen Fluchtversuch wagen.

Entschlossen legte sie den ersten Pfeil ein, lehnte sich so weit wie möglich aus dem Fenster und zielte auf den Kopf ihres Entführers.

„Autsch!", brüllte dieser und fuhr sich mit der Hand über die Wange. „Was zum Henker ...?"

Voller Genugtuung bemerkte sie das Blut, das ihm übers Gesicht hinunter zum Kiefer lief. Verwirrt sah er sich um, bis sein Blick auf ihrer Waffe landete. Er kniff die Augen zusammen.

„Lass das, du Miststück, sonst wird es dir noch leidtun!"

„Dann lass du mich gefälligst gehen, oder ich schieße weiter auf dich!", konterte sie.

„Wage es ja nicht, mir zu drohen, du Flittchen ..."

Vi zog den Kopf ein und lud die Armbrust nach, lehnte sich wieder nach draußen und drückte ab. *Wusch.*

Diesmal traf sie ihn mit voller Wucht am Ohr.

„Ich bring dich um, wenn es sein muss!" Ein wildes Funkeln trat in seine Augen. „Genauso wie diese französische Kuh, hörst du? Sie hat mich ausgelacht, verspottet, als ich ihr die Halskette abnehmen wollte ... und jetzt ist sie *tot*. Also pass lieber auf, wenn du nicht das gleiche Schicksal erleiden möchtest!"

Ein drittes Mal lud Violet ihre Waffe nach, zielte, und drückte ab. Im selben Moment drehte Goggs sich, wüste Beschimpfungen ausstoßend, zu ihr um ... und der Pfeil traf ihn mitten ins Auge.

Ups.

Ein gellender Schmerzensschrei hallte durch die Luft. Er nahm beide Hände von den Zügeln und presste sie gegen die Stelle, an der ihr Geschoss eben abgeprallt war.

„Donnerwetter", hauchte sie.

Weiter kam sie nicht, denn die Kutsche rollte über einen großen Stein und kippte schlingernd zur Seite.

Richards Herz krampfte sich zusammen, als er das umgekippte Gefährt am Wegrand entdeckte. Die Pferde hatten sich befreit und waren nur noch als kleine Punkte in der Ferne zu erkennen. Er hielt an, sprang von Äolus' Rücken und rannte auf die Kutsche zu.

Die Tür stand offen.

„Violet!", brüllte er und steckte den Kopf hinein.

Leer. Keine Spur von ihr.

Verzweifelt ließ er den Blick über die umliegenden Felder schweifen ... Da! Dort drüben waren sie. Violet sprintete durch das kniehohe Gras, Goggs war ihr dicht auf den Fersen. Seine anfängliche Erleichterung darüber, sie am Leben zu wissen, wandelte sich schlagartig in unbändige Wut.

Im Handumdrehen schwang er sich zurück auf sein Vollblut und jagte ihnen hinterher. Irgendwer hinter ihm rief seinen Namen, aber er ritt unbeirrt weiter, nur ein Ziel vor Augen: *Ich muss meine zukünftige Frau beschützen.*

Äolus galoppierte über das Feld auf Violet und ihren Verfolger zu. Goggs musste ihn gehört haben, denn er wirbelte erschrocken zu ihm herum. Ohne sein Tempo zu verlangsamen, stürzte er sich vom Pferd aus auf seinen Gegner und brachte ihn unsanft zu Boden.

Sofort gewann Richard die Oberhand und schlug wie wild auf den Bastard ein, wobei dieser nicht nur einen brutalen Kinnhaken abbekam.

„Gestehe auf der Stelle, was du getan hast, du mieser Schurke!", knurrte er.

Abwehrend hob Goggs die Arme und versuchte vergeblich, sich zu schützen. „Aufhören! Bitte. Ich war es ... Monique, die Juwelen, einfach alles!"

„Dann ist der hier ist für meinen Bruder." Richard verpasste ihm einen weiteren Schlag gegen den Unterkiefer. „Für alles, was du deinem *Freund* angetan hast!"

„Wick hat immer bekommen, was er wollte! Er sieht gut aus und ist ein echter Frauenheld", heulte Goggs. „Das ist so ungerecht!"

Der nächste Schlag brach ihm den Kieferknochen. „Und der hier ist für Violet. Dafür, dass du sie unter Drogen gesetzt, entführt und durch ein verdammtes Feld gejagt hast!"

Goggs stöhnte leise, dann sackte sein Kopf zur Seite.

Jemand riss Richard an der Schulter zurück. Wütend versuchte er, sich aus Kents und McLeods Griff zu befreien.

„Beruhigen Sie sich, Carlisle", ermahnte Kent ihn streng. „Wir wollen doch einen weiteren Mord um jeden Preis vermeiden. Außerdem ist der Kerl bereits ohnmächtig."

„Mir egal", knurrte er, noch immer im Blutrausch gefangen. „Ich werde ihm sämtliche Gliedmaßen einzeln ausreißen."

„Dagegen hätte ich persönlich nichts einzuwenden", murmelte McLeod, „aber Sie haben nicht nur uns als Publikum." Er deutete auf jemanden zu seiner Rechten.

Da stand Violet ... erschienen wie aus dem Nichts, ein Traum, den er für immer verloren geglaubt hatte. Eine Welle von Gefühlen übermannte ihn, als er ihr schmutziges Gesicht und die zerzausten Locken wahrnahm.

„Violet", brachte er schwer atmend hervor. „Geht ... geht es dir gut?"

„Ja, alles in Ordnung", erwiderte sie mit zitternder Stimme. „Ich habe ihn mit der Armbrust abgeschossen, Richard! Ein Pfeil traf ihn *mitten* ins Auge, und deshalb verlor er die Kontrolle über die Kutsche. Als sie zur Seite kippte, flog die Tür auf und ich konnte entkommen. Dann hat der Schuft mich verfolgt ... aber zum Glück bist du mir rechtzeitig zu Hilfe geeilt."

Richard schluckte schwer, hin- und hergerissen zwischen Erleichterung und Scham.

Denn nun, da die Gefahr gebannt war, überkam ihn wieder das schlechte Gewissen bezüglich seines schändlichen Verhaltens ihr gegenüber. Würde sie ihm je vergeben können, dass er an ihr gezweifelt und sie zu Unrecht beschuldigt hatte?

Er bereute sein Benehmen wirklich zutiefst. Da die beiden Ermittler gerade mit Goggs beschäftigt waren, beschloss er, die Gelegenheit beim Schopf zu packen.

Nach einem verlegenen Räuspern setzte er an: „Violet ... kannst du mir je verzeihen? Ich habe mich auf dem Friedhof wirklich furchtbar benommen und weiß, dass ich eigentlich keine zweite Chance verdient habe, aber ..."

Sie stürzte sich auf ihn, und er schaffte es gerade noch rechtzeitig, die Arme zu öffnen, um sie aufzufangen. Ein Hoffnungsschimmer erwachte in ihm. Sie erlaubte ihm, sie zu berühren. Das musste doch ein gutes Zeichen sein ... oder?

„Warum warst du so wütend?", fragte sie, das Gesicht gegen seine Brust gepresst. „Etwa wegen deiner beiden früheren Beziehungen?"

Natürlich hatte sie ihn längst durchschaut. Seine Auserwählte war nun einmal nicht auf den Kopf gefallen.

„Ich habe dir nicht die ganze Wahrheit erzählt", gestand er ihr. „Die erste Lady wies mich ab, weil sie mich zu unattraktiv und nicht charmant genug fand. Die zweite wollte mir Hörner aufsetzen. Sie war bereits schwanger mit dem Kind ihres Liebhabers und beabsichtigte, mich nur zu heiraten, falls er nicht zu ihr zurückkehrte. Zu unser aller Glück tat er das jedoch und brannte mit ihr durch."

„Donnerwetter." Violet starrte ihn mit großen Augen an. „Warum hast du mir das denn nicht gleich gesagt?"

Er schluckte schwer. „Ich wollte nicht, dass du mich für einen Versager hältst. Du bist so wunderschön und voller Lebensfreude ... könntest jeden Mann haben, den du willst. Ich hingegen ...“

„Du bist derjenige, den ich liebe“, fiel sie ihm ins Wort. „Der stärkste, leidenschaftlichste und unwiderstehlichste Mann, der mir je begegnet ist! Richard, du bist alles, was ich mir immer gewünscht habe.“

Ihr Geständnis wärmte ihn wie ein heller Sonnenstrahl. Er sog ihre strahlende Liebe in sich auf, bis sie auch die letzten Schatten seiner Vergangenheit vertrieben hatte und ihm den Weg in eine glückliche Zukunft leuchtete.

Sein Herz schlug ihm bis zum Hals. „Heißt das ... du vergibst mir?“

„Natürlich!“ Nachdenklich biss sie sich auf die Unterlippe. „Und ich habe mich ja tatsächlich merkwürdig benommen. Das hatte aber rein gar nichts mit Wick zu tun, Ehrenwort! Ich weiß auch nicht, was plötzlich über mich kam ...“

„Du standest unter Drogen, Liebling“, erklärte er ihr. „Goggs hat dir ein Pulver unter den Cider gemischt, das diese Reaktion hervorrief. Er wollte Verwirrung stiften, um uns von seiner Fährte abzulenken.“

Schockiert starrte sie ihn an, bevor sie dem ohnmächtigen Bastard einen wütenden Blick zuwarf. „Verdammt, ich hätte ihm gleich zwei blaue Augen verpassen sollen!“

„Weißt du eigentlich, wie sehr ich dich vergöttere?“ Sanft nahm er ihr Gesicht in seine Hände, überwältigt von den Gefühlen, die er für sie empfand. „Meine tapfere, loyale und erschreckend einfallsreiche Violet. Du bist wirklich einzigartig, und ich liebe dich von ganzem Herzen, jetzt und für alle Ewigkeit. Willst du mich heiraten?“

Tränen schimmerten in ihren Augen. „Ich habe doch schon längst Ja gesagt.“

„Dann sag es noch einmal. Ich will aus deinem Mund hören, dass du die meine wirst.“

„Ich werde nur dir gehören", flüsterte sie. „Für den Rest unseres Lebens."

Ohne den Blick von ihr abzuwenden, richtete er das Wort an ihren Bruder: „Irgendwelche Einwände, Kent?"

„Ich will mich da gar nicht einmischen", konterte dieser trocken.

Strahlend betrachtete Richard seine zukünftige Braut. „Wir werden so glücklich miteinander werden."

„Ich weiß." Sie lächelte ihn verschmitzt an. „Also, küsst du mich jetzt endlich?"

„Du bist wirklich eine vorlaute kleine Hexe."

„Genau das liebst du doch an mir."

Dem hatte er nichts entgegenzusetzen. Er neigte sich zu ihr hinab und bedeckte ihre Lippen mit den seinen, gab sich ganz der feurigen Leidenschaft ihres Kusses hin ...

Bis Kent sich laut räusperte und McLeod grinsend sagte: „Ich habe zwei Worte für Sie, Carlisle: *Erzbischof* und *Sondergenehmigung*."

❧ 39 ❧

NACH EINER ERHOLSAMEN NACHT IN TRAVERSTOKE versammelte Violet sich am frühen Nachmittag mit Familie und Freunden in einem privaten Salon. Richter Jones und Billings waren ebenfalls anwesend. Ambrose war gerade dabei, seinen Bericht der gestrigen Vorfälle abzuschließen.

„Was also zunächst als Unfall begann, führte zu einem Verbrechen aus Gelegenheit", fasste der Richter, der in einem hochlehnigen Stuhl am Kopf der Runde saß, zusammen. „Miss Turbett versetzte Monique de Brouet einen Stoß, wobei diese unbeabsichtigt verletzt wurde. Als Goggston die bewusstlose Frau entdeckte, fiel ihm die gestohlene Halskette auf, und er wollte sie ihr abnehmen. Doch sie kam zu sich, wehrte sich gegen ihn, und daraufhin hat er sie erstickt."

„Das ist in etwa der springende Punkt, Sir", bestätigte Ambrose. „Offenbar wurde Goggston von den Halsabschneidern bedroht, von denen er sich Geld geliehen hatte, um mit dem extravaganten Lebensstil seiner Freunde mitzuhalten zu können. Die Juwelen schienen ihm die Lösung all seiner finanziellen Probleme zu sein."

„Wer hätte gedacht, dass Goggs zu solchen Gräueltaten fähig ist?", flüsterte Emma Violet zu.

Dieser spukten die Worte ihres Entführers durch den Kopf: *Sie hat mich ausgelacht, verspottet, als ich ihr die Halskette abnehmen wollte ... und jetzt ist sie tot. Also pass lieber auf, wenn du nicht das gleiche Schicksal erleiden möchtest ...*

In jenem Moment war Vi viel zu sehr auf ihre Flucht konzentriert gewesen, um Angst zu haben, aber nun fuhr ihr ein eisiger Schauer über den Rücken. Wie hatte sie sich nur dermaßen in Goggs täuschen können? Äußerlich wirkte er stets so freundlich und harmlos, doch tief in seinem Inneren ...

Als sie eine warme Hand auf ihrer Schulter spürte, drehte sie den Kopf und erblickte Richard, der hinter ihrem Stuhl stand. Das Verständnis in seinen Augen beruhigte sie. Wie immer spendete seine Anwesenheit ihr Kraft und Trost.

„Wie gedachte er mit seinem Verbrechen durchzukommen?", wollte Jones wissen.

„Ich glaube nicht, dass er wirklich einen Plan hatte, Sir. Allerdings ereilte ihn wohl zumindest zeitweise eine teuflische Eingebung. Als er Mr Murrays Siegelring an der Kette um Moniques Hals entdeckte, beschloss er, diesem die Tat in die Schuhe zu schieben und platzierte den Ring in der Hand der Toten. Anschließend vergrub er die gestohlenen Juwelen und das Kissen im Wald, um sich später damit aus dem Staub zu machen. Doch nachdem ein paar Tage vergingen und niemand Mr Murray verdächtigte, fürchtete er, sein Täuschungsmanöver sei fehlgeschlagen."

Violet und Richard wechselten einen schuldbewussten Blick.

„Ich möchte mich erneut für die Behinderung der Ermittlung entschuldigen, meine Herren", sagte er ernst. „Eigentlich wollte ich nur meinen Bruder beschützen, doch stattdessen habe ich eine Katastrophe ausgelöst."

„In manchen Situationen ist es eben schwer, einen kühlen Kopf zu bewahren", erwiderte Ambrose trocken.

Violet lächelte erleichtert. Sie wusste, dass die Sache für ihren Bruder damit gegessen war. Ihr sehnlichster Wunsch war es, dass ihre Familie Richard nun mit offenen Armen aufnahm.

„Jedenfalls geriet Goggston in Panik. Er befürchtete, jeden Moment geschnappt zu werden, und so holte er zum Gegenschlag aus. Am Tag des Jahrmarkts versteckte er erst das Kissen in Mr Murrays Zimmer und mischte anschließend Violet ein Rauschmittel ins Getränk, um sie und Carlisle in Verruf zu bringen und uns von seiner Fährte abzulenken." Ihr Bruder hielt kurz inne. „Doch bei letzterem war er unvorsichtig, und als Carlisle ihn wegen des Ciders befragte, wusste er, dass ihm nicht mehr viel Zeit blieb. Um fliehen zu können, beschuldigte er Parnell und entführte Violet als Druckmittel."

„Ausgezeichnete Arbeit, Mr Kent", lobte der Richter ihn.

„Ich verstehe jedoch nach wie vor nicht, wie Monique de Brouet einen so geschickten Tausch vornehmen konnte", mischte Billings sich ein. „Jetzt, da die Kette sich wieder in meinem Besitz befindet, kann ich kaum einen Unterschied zwischen ihr und der Fälschung feststellen."

„Die Antwort darauf lieferte uns die Kammerzofe des Opfers. Mr Lugo spürte die Geflüchtete auf, und sie wurde heute Morgen von meinen Schwestern verhört. Ich überlasse es den beiden, uns ihre Erkenntnisse mitzuteilen", sagte Ambrose.

Alle Blicke richteten sich auf Violet und Emma.

„Fang du nur an", ermutigte die ältere Schwester sie.

Vi holte tief Luft. „Jeanne erzählte uns, dass die Halskette tatsächlich einst ein Familienerbstück der de Brouets war. Doch Moniques Mutter musste ihr liebstes Schmuckstück verpfänden, um der Revolution zu entkommen. Ihrer Tochter blieb nichts weiter als ein Porträt ihrer Mutter, auf dem sie das Collier trägt. Als dieses dann letzten Monat versteigert wurde, erkannte sie es sofort. Sie wollte sich unbedingt das Vermächtnis zurückholen, das ihr zustand. Jeanne zufolge betrachtete Monique die Tat nicht als Diebstahl."

„Von wegen", murmelte Billings. „Ich habe ehrlich für diese Juwelen bezahlt und habe auch den Beleg, um es zu beweisen. Monique de Brouet war keinen Deut besser als eine gewöhnliche Taschendiebin!"

Gabby, die neben ihm saß, blickte gequält drein. „Aber, Vater, wenn ihre Familie das Erbstück doch auf solch tragische Weise verloren hat ..."

„Wer dafür bezahlt hat, dem gehört es auch", erwiderte der Bankier scharf. „Die Kette ist mein legaler Besitz."

Gabby biss sich auf die Unterlippe und schwieg.

„Jeanne sagte, sie habe versucht, ihre Herrin von dem Vorhaben abzubringen", fuhr Violet schnell fort. „Aber Monique war besessen von der Idee, sich zurückzuholen, was ihr von Geburt aus zustand. Als sie eingeladen wurde, eine Vorstellung für Sie zu geben, betrachtete sie das als einen Wink des Schicksals. Sie ließ eine Fälschung der Kette anfertigen, besorgte sich eine Karte des Anwesens und plante ihren Diebstahl bis ins kleinste Detail."

„Doch alles ging schief, als sie in der Bibliothek auf Miss Turbett und Mr Burns stieß", fügte Emma hinzu. „Monique war eine unverbesserliche Opportunistin und viel zu leichtsinnig. Sie dachte, sie könnte zusätzlichen Profit aus der Erpressung der beiden schlagen. Stattdessen trieb sie Miss Turbett zu einer Verzweiflungstat ... und dadurch verlor sie alles."

„Warum ist die Kammerzofe eigentlich geflohen?", fragte Richter Jones.

„Sie hielt es für ihre Pflicht, den Namen der Familie zu beschützen. Wäre sie hiergeblieben, hätte man ihr, so fürchtete sie, die schreckliche Wahrheit entlockt", erklärte Violet. „Sie wollte Moniques Ruf nicht ruinieren ... wollte nicht, dass die Welt sie für eine ordinäre Diebin hielt. Also flüchtete sie, um deren Ehre zu bewahren. Oh, und sie ist auch ein bisschen verrückt", fügte sie wahrheitsgemäß hinzu.

„Die Ärmste war völlig von Sinnen vor Angst", sagte Emma,

den Blick fest auf ihren Gemahl gerichtet. „Sie mag die Revolution überlebt haben, aber die schreckliche Zeit hat tiefe Narben hinterlassen. Und nun steht sie völlig mittellos da, trotz jahrelanger Loyalität und harter Arbeit."

Strathaven musterte seine Herzogin argwöhnisch. „Warum siehst du mich so an?"

„Weil du der großzügigste Ehemann der Welt bist", erwiderte sie strahlend.

„Teufel noch eins", seufzte er resigniert. „Heißt das, ich beschäftige ab heute eine alte, geistig verwirrte Zofe?"

„Und scharfsinnig bist du auch noch!"

Richter Jones erhob sich. „Damit wäre der Fall dann wohl abgeschlossen. Der wahre Täter ist in Gewahrsam und die gestohlenen Juwelen sind wieder in den Händen des rechtmäßigen Eigentümers. Nun bleibt nur noch eines: Mr Murray wird natürlich so schnell wie möglich aus der Haft entlassen."

Vi lächelte Richard erleichtert an, während Billings den Richter hinausbegleitete.

Kaum hatten sie das Zimmer verlassen, sagte Ambrose: „Ende gut, alles gut, nicht wahr? Mr Murray ist ein freier Mann, Goggston sitzt hinter Gittern. Und allem Anschein nach werden sich auch Miss Turbetts Wünsche erfüllen."

„Ach, tatsächlich?", fragte Violet.

„Aufgrund ihrer – wenn auch unbeabsichtigten – Beteiligung an Moniques Tod, ist sie gesellschaftlich ruiniert. Von dem Skandal wird sie sich nie wieder erholen. Da ihr Vater aber unbedingt Enkelkinder will, hat er sich mit Burns als Option abgefunden. Sobald die Ermittlung offiziell abgeschlossen ist, machen Miss Turbett und Burns sich auf den Weg nach Gretna."

Richard sog scharf die Luft ein. Violet wusste sofort, was ihn beunruhigte.

„O nein, was ist mit Wicks Schulden bei Garrity?", platzte sie heraus.

„Mr Murray schuldet *Garrity* Geld?", fragte Ambrose alarmiert.

Verflucht. Sie könnte sich ohrfeigen. „Äh, ich ..."

„Ist schon gut", mischte Richard sich ein. „Dein Bruder wusste bereits, dass Wick Schulden hatte, nur nicht, bei wem." Nachdenklich rieb er sich den Nacken. „Ich werde mir eben etwas anderes einfallen lassen müssen, um ihm zu helfen ..."

„Warum sprechen Sie nicht einfach mit Mr Garrity?", wollte Gabby wissen.

Richard warf ihr einen unbehaglichen Blick zu. „So einfach ist das nicht, Miss Billings."

„Warum nicht?" Sie wirkte aufrichtig verwundert. „Er ist ein äußert freundlicher und verständnisvoller Mann. Ich bin mir sicher, wenn Sie ihm die Situation darlegen würden ..."

„Garrity ist einer der gefährlichsten und skrupellosesten Halsabschneider in ganz London", unterbrach Ambrose sie.

Gabbys schockierter Gesichtsausdruck bestätigte Vis Befürchtungen: Die Freundin hatte sich in den Geldverleiher verguckt.

„Ich bin mir sicher, Sie irren sich, Mr Kent", stammelte Gabby mit hochrotem Kopf.

„Leider nein, meine Liebe", sagte Emma sanft.

„Ich glaube Ihnen kein Wort." Die Freundin erhob sich. „Wenn Sie mich jetzt entschuldigen würden, ich habe noch einiges zu erledigen."

Ungestüm verließ sie das Zimmer.

„Soll ich nach ihr sehen?", fragte Violet besorgt. „Und ihr vielleicht ins Gewissen reden?"

„Du kannst es gerne versuchen", seufzte Em. „Aber ich glaube kaum, dass sie auf dich oder irgendeinen von uns hören wird."

Als Ambrose an diesem Abend sein Schlafgemach betrat, rief er als Erstes nach seiner Frau.

„Ich bin gleich fertig, einen Moment", kam deren Antwort aus dem Zimmer nebenan.

Seufzend ließ er sich auf dem Diwan nieder. „Das war die anstrengendste Feier, an der ich je teilgenommen habe."

„Das sagst du jedes Mal, Liebling", rief Marianne zurück.

„Aber diesmal meine ich es ernst." Er schlüpfte aus seinem Gehrock und löste das Krawattentuch. „Wie viele andere Veranstaltungen gibt es sonst inklusive Mord, Diebstahl *und* der Hochzeitsplanung für die eigene Schwester?"

„Du freust dich doch für Violet. Und du magst Carlisle, gib es zu."

Sie kannte ihn einfach zu gut. Ja, er mochte den Vicomte, den er als verlässlichen und ehrbaren Mann erachtete. Man konnte ihm wirklich nicht vorwerfen, dass er seine Familie hatte beschützen wollen.

Am eindrucksvollsten war jedoch der positive Einfluss, den er auf Violet ausübte: Praktisch über Nacht war seine Schwester zu einer selbstbewussteren jungen Frau herangereift. Er konnte kaum glauben, was die Liebe in ihr bewirkt hatte.

Obwohl Carlisle seine Gefühle nicht offen zur Schau stellte, war die tiefe Zuneigung, die er für seine zukünftige Frau empfand, nicht zu übersehen. Wann immer er sie anblickte, schien er sein Glück kaum fassen zu können.

Lächelnd ließ Ambrose den Kopf zurückfallen und legte einen Arm über seine Augen. Er gähnte laut und sagte: „Du hast natürlich recht. Es freut mich, dass Vi einen anständigen Mann gefunden hat. Aber trotzdem bin ich heilfroh, morgen hier wegzukommen."

„Bis dahin haben wir noch einige Stunden totzuschlagen ...", erklang Mariannes Stimme nun aus dem Schlafzimmer.

Als er den Arm fallen ließ und aufblickte, war seine Müdigkeit wie weggeblasen. An ihrer statt erfüllte ihn ein heißes, hungriges Begehren. Sein Schwanz schwoll augenblicklich an.

Seine Frau stand vor ihm ... und zwar splitterfasernackt.

„Die Feier ist noch längst nicht vorüber, Liebling", flüsterte sie mit einem sinnlichen Lächeln.

Dann kletterte sie auf seinen Schoß und bewies ihm wieder einmal, dass er der größte Glückspilz auf Erden war.

$\maltese$ 40 $\maltese$

ZEHN TAGE SPÄTER

Voll freudiger Erwartung hob Richard seine frisch gebackene Ehefrau hoch und trug sie in ihrem zitronengelben Reisekleid über die Türschwelle. Die Tremonts hatten ihnen als Hochzeitsgeschenk die teuerste Suite im Mivart's, einem Londoner Luxushotel, reserviert. Das geräumige Schlafgemach sowie der angrenzende Salon und das Badezimmer waren in eleganten Gold- und Elfenbeintönen gehalten.

„Ist diese Suite nicht der Knaller?", rief Violet begeistert aus.

Völlig verzaubert von ihren strahlenden Augen, murmelte er: „Allerdings. Ein Knaller."

Sanft setzte er sie inmitten des Zimmers ab und sah amüsiert zu, wie sie Haube und Handschuhe achtlos beiseite warf und wie ein neugieriges Kätzchen die Räumlichkeiten durchstreifte, wobei sie alles kommentierte, was ihr auffiel.

„Oh, sieh nur, man hat uns Champagner bereitgestellt ... Meine Güte, die Badewanne ist ja riesig ... Donnerwetter, so ein enormes Bett habe ich noch *nie* gesehen ..."

Die letzte Bemerkung erregte seine Aufmerksamkeit. Er

schnappte sich die Champagnerflasche sowie zwei Sektgläser und folgte ihr ins Schlafgemach. Wie angewurzelt blieb er stehen, als er sie rücklings auf der cremefarbenen Tagesdecke liegen sah. Sie hatte die Arme und Beine ausgestreckt, als läge sie auf dem schneebedeckten Boden und wollte einen Schneeengel machen. Mit einem verträumten Lächeln starrte sie hinauf an den Baldachin.

Sein Herz war so von Glück erfüllt, dass es kaum auszuhalten war. Während er seine Frau beobachtete, schwor er sich, ihr diese jugendliche Lebensfreude solange es ging zu erhalten. Als sie sich jedoch aufrichtete und ihm einen verführerischen Blick zuwarf, waren alle Gedanken an ihre unschuldigen Qualitäten wie weggefegt. Ihr anmutiges Gesicht und ihr sündhafter Körper brachten sein Blut in Wallung und zogen ihn wie ein Fiebertraum in ihren Bann.

Doch er wollte nichts überstürzen. Ihre Hochzeitsnacht sollte etwas Besonderes, Unvergessliches werden. Außerdem machte ihn die Tatsache, dass sie noch unberührt war, ein wenig nervös, weil es in gewissem Sinne auch sein erstes Mal war: Er hatte noch nie einer Frau die Jungfräulichkeit genommen.

Er entkorkte den Champagner und füllte die zwei Gläser mit der sprudelnden, goldenen Flüssigkeit. Dann trat er ans Bett, reichte Violet eines und ließ sich neben ihr auf der Matratze nieder.

„Prost, Liebling", sagte er und stieß mit ihr an.

„Prost!" Ihre Augen funkelten noch hypnotisierender als das Getränk.

Einen kurzen Moment lang saßen sie schweigend da und nippten an ihren Gläsern.

„Hat dir die Hochzeit gefallen?", fragte er.

Wie McLeod prophezeit hatte, wurden sie mit der Sondergenehmigung des Erzbischofs vermählt. Die Zeremonie hatte in kleinem Kreise im Stadthaus der Strathavens stattgefunden. Nur die Familie Kent, Wick sowie ihre engsten Freunde waren eingeladen gewesen. Richard, der sowieso nur daran interessiert gewesen war, Violet zu seiner Frau zu machen, hätte sich keine bessere Vermählung vorstellen können, aber ging es ihr genauso?

„Alles war perfekt", erwiderte sie glücklich. „Von der Zeremonie über das Essen bis hin zum Werfen des Brautstraußes."

„Sei ehrlich: Hast du absichtlich in Miss Billings' Richtung gezielt?"

„Es war das Mindeste, was ich tun konnte." Ein Schatten huschte über ihr Gesicht. „Ich mache mir Sorgen um sie ... und um Wick."

Richard erging es ähnlich. Vor drei Tagen hatte sein Bruder ihnen eröffnet, dass er mit Garrity zu einer neuen Übereinkunft gekommen war: Er würde seine Schulden bei dem Wucherer *abarbeiten*. Wie genau diese Arbeit aussehen sollte, erklärte er nicht. Auf Richards Proteste hin sagte er nur: „Lass mich doch einmal in meinem Leben die Verantwortung für meine Taten übernehmen. Ich habe die Chance auf einen Neubeginn und hoffe, dass du mich dabei unterstützen wirst, sie zu ergreifen, Carlisle."

Was hätte Richard darauf erwidern sollen? Sein kleiner Bruder wurde endlich erwachsen. Er musste darauf vertrauen, dass dieser seinen eigenen Weg finden würde.

Was jedoch Miss Billings anbelangte ...

„Glaubst du wirklich, sie war diejenige, die Garrity dazu überredet hat, Wick einen Job anzubieten?", fragte er.

Denn noch überraschender als Wickhams plötzliche Reife war die Bereitschaft des Geldverleihers, auf einen solchen Vorschlag einzugehen. Der Kerl war nicht dafür bekannt, seine Meinung zu ändern oder Nachsicht walten zu lassen.

„Ich weiß es nicht. Gabby hüllt sich in Stillschweigen." Vi biss sich auf die Unterlippe. „Was in ihrem Fall äußerst besorgniserregend ist."

Richard stellte ihre Gläser beiseite und zog seine Frau auf seinen Schoß. „Wir sind für Wick und Miss Billings da, wann immer sie uns brauchen", sagte er bestimmt. „Aber bis es so weit ist, müssen wir darauf vertrauen, dass sie ihr jeweils eigenes Glück finden werden. So wie wir."

„Das ist wahr." Sie lächelte ihn an. „Wie fandest du übrigens Harry?"

Richard hatte sich auf Anhieb mit ihrem zweitältesten Bruder verstanden. Der Bursche kannte sich mit sämtlichen Sportarten aus ... auch wenn er die Dinge gerne aus der wissenschaftlichen Perspektive betrachtete. Während des Mittagessens hatte er ausschweifend über die Bedeutung des Zusammenspiels von Kraft, Beschleunigung und Dynamik gesprochen, um den optimalen Erfolg im Boxring zu erzielen. Richard war völlig fasziniert gewesen von dieser neuen, ungewohnten Sichtweise.

„Ich mag ihn. Und den Rest deiner Familie auch." Er räusperte sich. „Sie alle sind sehr großzügig."

Wenn er ehrlich war, hatte ihre Großzügigkeit ihn mehr als überwältigt. Violets Mitgift war so viel umfangreicher ausgefallen, als er erwartet hatte. Damit würde er seine finanziellen Probleme mit Leichtigkeit lösen können. Außerdem wollte Strathaven in Richards Zuchtprogramm einsteigen, natürlich aber auch im Gegenzug an den zukünftigen Gewinnen beteiligt werden.

So viel Hilfe von anderen war er nicht gewohnt, und obwohl er sie zu schätzen wusste, bereitete sie ihm auch Unbehagen.

„Sieh es nicht als Almosen an." Wie immer schien Violet seine Gedanken lesen zu können. „Sondern als Investitionen. Meine Familie weiß ebenso gut wie ich, dass deine Vorhaben von Erfolg gekrönt sein werden."

Gott, ihr unerschütterliches Vertrauen in ihn war Balsam für seine Seele.

„Womit habe ich dich nur verdient?", wunderte er sich.

Sie schlang die Arme um seinen Hals. „Du hast dich von einem unfreiwilligen Bad in einem Champagnerbrunnen nicht davon abschrecken lassen, mich zu umwerben."

„Kleine Hexe."

Verdammt, er musste sie einfach küssen. Das brodelnde

Verlangen zwischen ihnen kochte über, kaum, dass ihre Lippen sich berührten. Ihre Zungen vereinten sich in einem hungrigen, fordernden Tanz. Sie schmeckte nach süßem Sekt und warmer Weiblichkeit, eine explosive Mischung, die ihm beinahe den Verstand raubte. Wie von selbst zerrten seine Hände an ihrer Kleidung, während sie eifrig dabei war, ihn der seinen zu entledigen.

Völlig entblößt, drückte er sie sanft auf die Matratze und betrachtete sie voller Bewunderung. Sie war wahrlich seine Aglaia: die Verkörperung von Anmut und sinnlicher Lebensfreude. Ihre seidigen Locken umrahmten ihr ausdrucksvolles Gesicht, ein Hauch von Morgenröte überzog ihren makellosen Körper. Ihre steifen Brustwarzen reckten sich ihm erwartungsvoll entgegen. Als sein Blick an ihr hinunter bis zu ihrer feuchten Pussy wanderte, lief ihm das Wasser im Mund zusammen.

„Du bist so wunderschön", murmelte er.

„Dasselbe wollte ich auch gerade sagen."

Die unverhohlene Bewunderung in ihren Augen ließ sein Herz schneller schlagen.

„Ich könnte mich Tag und Nacht an deinem Anblick laben", flüsterte er.

„Das hast du doch hoffentlich nicht wirklich vor, oder?", fragte sie ungehalten. „Du weißt, wie sehr ich es hasse zu warten."

Ihre unverblümte Antwort entlockte ihm ein Lachen. „Es würde mir im Traum nicht einfallen, eine Dame warten zu lassen."

Er ließ eine Hand über ihre Brust gleiten, rieb leicht mit dem Daumen über die rosige Knospe, und sie biss sich erwartungsvoll auf die Unterlippe. Dann senkte er den Kopf und saugte abwechselnd an ihren herrlichen Brüsten, liebkoste und neckte die beiden Nippel, bis sie seinen Namen keuchte.

Langsam wanderte er an ihrem Körper hinunter, presste Küsse entlang ihrer Rippen und ließ seine Zunge in ihren Bauchnabel gleiten, woraufhin sie vergnügt kicherte. Anschließend kniete er sich zwischen ihre Beine und drückte sie weiter auseinander. Er konnte ihre Erregung riechen, und sein harter Schwanz begann ungeduldig zu pulsieren.

Ihre Schenkel bebten unter seiner Berührung.

„Spreiz sie noch weiter für mich", forderte er sie auf. „So ist es gut, Liebling. Ich will deine Pussy sehen. Du willst mir diesen hübschen Anblick doch nicht verwehren, oder?" Seine Finger glitten über ihren seidigen Venushügel zwischen ihre geschwollenen Schamlippen. „Gott, du bist so feucht für mich."

„Richard, du treibst mich in den Wahnsinn", keuchte sie. „*Tu* endlich etwas."

„Irgendwelche spezifischen Wünsche?"

Wortlos hob sie ihm ihre Hüften entgegen.

„O ja", flüsterte er mit belegter Stimme.

Violet schrie auf, als ihr Mann sie mit seinem geschickten Mund ein drittes Mal zum Höhepunkt brachte. Die Worte, die er dabei murmelte, waren um so vieles heißer als seine sündhaften Küsse. „Verdammt, ich liebe es, deine Pussy zu lecken, an deiner Perle zu saugen. Komm für mich, ich will, dass du vor Ekstase triefst …"

Nachdem er sie nun dreimal auf diese Weise befriedigt hatte, war sie mehr als bereit für den nächsten Schritt. Sie wollte es, sehnte sich danach, ihrem Geliebten so nahe wie möglich zu sein.

„Richard", sagte sie.

Er hob den Kopf. Sein markantes Kinn glänzte, feucht von ihrem Nektar, sein Blick war verklärt.

„Komm her."

Seine Augen glühten. Er warf sich auf sie und küsste sie fordernd. Sie spürte seine schwere, pulsierende Erektion gegen ihren Bauch und zitterte vor Erwartung.

„Hast du Angst, Liebling?", murmelte er.

Seine liebevolle Fürsorge brachte sie zum Schmelzen.

Sanft legte sie ihm die Hände an die Wangen. „Nein, Richard. Ich will ganz dir gehören.“

„Das tust du bereits, Violet.“ Er richtete sich über ihr auf, während ihre Hände seine muskulösen Schultern umklammerten. Als seine geschwollene Eichel zwischen ihre feuchten Schamlippen glitt, stöhnten sie beide laut auf. „Gott, das tust du.“

Langsam ließ er sich in sie hineinsinken, und sie spürte, wie ihre Scheidenmuskeln sich entspannten, seine eindrucksvolle Größe in sich aufnahmen. Sie empfand keinen Schmerz, sondern fühlte sich endlich ... vollständig. Zu einem Wesen verschmolzen. Fast glaubte sie, jede Vene an seinem Schaft, jedes erotische Zucken in sich zu spüren. Plötzlich stieß er gegen eine besonders empfindliche Stelle und sie keuchte laut auf.

„Habe ich dich verletzt?“, fragte er besorgt und erstarrte.

„Nein, nein, mach weiter ...“

Tiefer und tiefer füllte er sie aus, bis ihr Herz vor Glück zu zerspringen drohte. Fasziniert betrachtete er die Stelle, an der ihre Körper vereint waren, dann hob er den Kopf und sah sie direkt an. Das Feuer in seinen erzgrauen Augen raubte ihr den Atem.

„Du gehörst mir, Violet“, flüsterte er mit rauer Stimme. „So wie ich dir gehöre. Auf ewig.“

Ein Schwur, der nicht nur ihre Körper, sondern auch ihre Seelen aneinanderband.

„Auf ewig“, hauchte sie. „Ich liebe dich, Richard.“

„Ich dich auch, Liebling.“

Gleichzeitig neigte er sich zu ihr hinunter, um sie zu küssen, und begann, seine Hüften langsam, kreisend zu bewegen. Seine beherrschten Stöße erweckten eine ganz neue Art von Lustgefühl in ihr. Instinktiv passte sie sich seinem Rhythmus an, hob sich ihm entgegen, um diese berauschende Wonne voll auszukosten. Dabei lösten sie nicht den Blick voneinander, sondern sahen sich tief in die Augen, um keinen Moment ihrer geteilten Ekstase zu verpassen.

Immer schneller stieß er seinen harten Schwanz in sie. Die Heftigkeit seiner Bewegungen erschütterte sie bis ins Mark, und sie schlang die Beine um seine Taille, um sich an ihm festzuhalten. In dieser Position rieb sein dicker Schaft unablässig gegen ihre pulsierende Perle, bis plötzlich ein Damm in ihr zu brechen schien und sie sich laut stöhnend einer überwältigenden Woge der Verzückung hingab.

„Gott, du fühlst dich so gut an", knurrte er heiser. „Ich kann nicht ... ich komme gleich ..."

Sein großer, muskulöser Körper erschauderte, sein Gesicht war vor süßer Qual verzerrt. Mit einem letzten harten Stoß bohrte er sich so tief es ging in sie und füllte sie schwer atmend mit seinem heißen Samen. Während er die Wogen seiner Befriedigung auskostete, pumpten seine Hüften weiter in ihre feuchte, vereinte Wärme, als könne er nicht genug bekommen.

Als sie das Gesicht ihres Mannes betrachtete, wurde Violet bewusst, dass sie sich noch nie zuvor so verbunden mit jemand anderem gefühlt hatte, so geborgen und geliebt. Und dieses Gefühl würde sie nun jeden Tag für den Rest ihres Lebens erfahren ...

Sanft küsste er sie auf die Stirn. „Woran denkst du gerade, mein Schatz?"

Sie grinste ihn verschmitzt an. „Dass ich soeben meinen neuen Lieblingssport entdeckt habe."

Sein Lachen erfüllte den Raum ... und ihr Herz.

EPILOG

„Wer als Letzter die Ställe erreicht, ist eine lahme Ente", rief Violet.

Richard grinste breit ... Das war wieder einmal typisch für seine Vicomtesse.

„Ich gewähre dir einen Vorsprung." Er zog die Zügel an, woraufhin Äolus ungeduldig mit den Hufen scharrte. Er wusste nur zu gut, wie sein Vollblut sich fühlte. Seit seiner Hochzeit entdeckte er jeden Tag neue Vergnügungen, die das Leben mit sich brachte ... und das nur dank seiner entzückenden Frau.

Stolz und Bewunderung erfüllten sein Herz.

Seine Liebste verdrehte die Augen. „Als hätte ich das nötig! Ich will offen und ehrlich gewinnen. Bei drei geht es los, verstanden? Eins ... zwei ... drei!"

Sie gab Moonlight, der silbergrauen Araberstute, die er ihr geschenkt hatte, die Sporen und schoss wie ein Pfeil davon, durch Heide und Gräser in Richtung der frisch renovierten Stallungen. Dabei saß sie rittlings im Sattel und trug die Reithosen, die er extra für sie hatte anfertigen lassen. Er wartete kurz, um ihr einen winzigen Vorsprung zu geben, bevor er seinem Hengst den Befehl erteilte. „Los, mein Junge!"

Mehr Ansporn brauchte Äolus nicht.

Mit hämmerndem Puls jagte er seiner Angebeteten hinterher. Ihre Haube flog ihr vom Kopf, doch sie schien es nicht einmal zu bemerken. Ihr glänzender, langer Zopf wehte unbedeckt in der lauen Sommerluft hinter ihr her. Sie warf ihm einen flüchten Blick über die Schulter zu, einen unvorsichtigen Moment, den er sich zu Nutzen machte. Er trieb Äolus vorwärts und holte langsam, aber sicher zu der leichtfüßigen Stute auf.

Doch er wusste nur zu gut, dass Violet niemals aufgeben würde (allein beim Liebesspiel zeigte sie sich nachgiebig). Sie beugte sich tiefer über den Hals ihrer Stute und presste die Schenkel gegen deren Flanken.

Wie gerne würde ich mit dem Tier tauschen.

Er wurde von der Erinnerung abgelenkt, wie sie *ihn* vor dem Frühstück geritten hatte, sammelte sich jedoch wieder, sobald er die Ziellinie erblickte: den Eingang zum Gestüt. Violet war kaum noch eine Pferdelänge vor ihm.

„Zeigen wir den Damen, woraus wir gemacht sind, alter Junge!", rief er seinem Pferd zu.

Äolus' Wiehern klang beinahe wie Gelächter. Das Vollblut galoppierte mit donnernden Hufen über die Felder und erreichte das Ziel nur eine halbe Sekunde vor ihren Mitstreitern.

Kaum war Richard abgestiegen, steuerte auch schon Tom, der Stallknecht, auf sie zu. Er übergab dem jungen Burschen mit einer breiten Lücke zwischen den Schneidzähnen die Zügel, bevor er Violet beim Absitzen half. Sie nahm seine Hand und sprang leichtfüßig aus dem Sattel.

„Wahnsinn, das war einfach brillant!" Eine frische Röte überzog ihre Wangen. Ihre Augen funkelten gut gelaunt. „Gib es zu, beinahe hätten wir euch besiegt!"

„Es war ein knappes Rennen", beteuerte er.

Äolus schnaubte widersprechend, wartete doch geduldig, während Moonlight von Tom als Erste zur Tränke geführt wurde.

Anschließend standen die beiden Tiere dicht beieinander und beschnupperten sich neugierig.

„Da liegt wohl Liebe in der Luft", bemerkte Violet grinsend.

Dem wollte Richard nicht im Wege stehen.

An Tom gewandt, sagte er: „Bring sie zum Ausruhen hinüber in den Obstgarten. Die Äpfel sind reif, die beiden haben sich eine Belohnung verdient."

„Sofort, Mylord." Fröhlich pfeifend führte der Stallbursche die beiden treuen Rösser fort.

Sobald sie allein waren, wandte Richard sich seiner Vicomtesse zu. „Was die Strafe der Verliererin angeht ..."

„Strafe?", fragte sie stirnrunzelnd. Ihre Nase zierte ein Staubfleck. „Ich kann mich nicht erinnern, dass davon die Rede war ..."

Überrascht schrie sie auf, als er sie in seine Arme hob und mit drei schnellen Schritten zur Tränke hinübertrug ... in der er sie sanft absetzte. Das Wasser war nicht sehr tief, in etwa von der gleichen Tiefe wie der Champagnerbrunnen damals.

„Himmel, Richard!" Entgeistert starrte zu ihm hoch. Das seichte Wasser schwappte um ihre angewinkelten Knie. „Was sollte das denn?"

„Rate doch mal."

Sie kniff die Augen zusammen. „Rache?"

Er grinste sie an. Verdammt, er liebte die spielerische Beziehung zwischen ihnen. In den Monaten seit ihrer Hochzeit hatte er mit ihrer Hilfe unermüdlich daran gearbeitet, sein Anwesen auf Vordermann zu bringen, doch es war keine Plackerei gewesen. Sie brachte Spaß und Leichtigkeit in jede Aufgabe.

Jeder Tag mit ihr steckte voller Überraschungen.

„Also schön, du hast gewonnen." Naserümpfend sah sie an sich hinab. „Mist, meine Jacke ist klatschnass. Mein Zimmermädchen dreht mir den Kragen um, wenn ich nicht besser darauf aufpasse."

Schnell knöpfte sie ihr Damenreitjackett auf und reichte es ihm. Zerstreut nahm er es entgegen, abgelenkt von dem sinnlichen Anblick, der sich ihm bot. Darunter trug sie lediglich eine weiße Leinenbluse, die ebenfalls völlig durchnässt und weitestgehend durchsichtig war. Im hellen Sonnenlicht konnte er deutlich ihre steifen, rosigen Brustwarzen ausmachen ...

„Sei so gut und hilf mir wieder hoch."

Automatisch beugte er sich zu ihr hinunter und hielt ihr die Hand hin, ganz fixiert auf ihre ansehnlichen Beine, an denen ihre Hose nun wie eine zweite Haut klebte ...

Zu spät bemerkte er seinen Fehler. Sie packte seine Hand und zog ihn zu sich in die Tränke. Sein Bauchklatscher wurde von ihrem schallenden Gelächter quittiert.

Er wischte sich das tropfende Haar aus der Stirn und funkelte sie an. „Das findest du wohl sehr komisch, was?"

„Zum Brüllen", bestätigte sie vergnügt.

Ihre kindliche Freude war so ansteckend, so hypnotisierend, dass er nicht umhin kam, sie zu küssen.

Wie immer wurde es innerhalb von Sekunden heiß und leidenschaftlich zwischen ihnen, bis sie ihn von sich drückte und keuchte: „Richard, nicht hier. Wir werden uns noch erkälten!"

Damit hatte sie recht. Entschlossen erhob er sich, stieg aus dem Wasser und zog sie mit sich in die Stallungen hinein. Der Geruch von frischem Heu, Leder und Pferden schlug ihnen entgegen, während er zielstrebig den Gang an den Boxen und deren neugierigen Insassen entlangschritt. Er führte sie in den letzten, leeren Stall, sperrte die Tür hinter sich zu und bettete seine Frau auf einem Haufen sauberem Stroh.

Mit geübten Handgriffen entledigte er sich erst seiner nassen Stiefel und dann seiner restlichen Kleidung. Er war bereits steinhart, als er sich neben Violet niederließ.

„Du bist ja noch angezogen", stellte er enttäuscht fest.

Sie biss sich auf die Unterlippe, um ein Lachen zu unterdrücken. „Richard, das ist wirklich unerhört. Du musst mir doch nichts beweisen. Ich weiß, dass du kein aufgeblasener Langweiler ... *ah!*"

Es konnte nichts schaden, sie daran zu erinnern.

Innerhalb weniger Minuten lag sie nackt (ein weiterer Vorteil einer hosentragenden Ehefrau) und keuchend unter ihm. Er bedeckte jeden Zentimeter ihres Körpers mit Küssen und ließ sich ebenfalls von ihren Lippen verwöhnen, bis er halb wahnsinnig vor Lust war.

Nachdem er sie ausgiebig vorbereitet hatte, drehte er sie auf Hände und Knie, packte ihre schlanken Hüften und glitt mit einem tiefen Stoß in sie hinein, worauf sie beide laut aufstöhnten. Wie sich herausstellte, war dies eine ihrer liebsten Positionen … Noch ein Punkt, in dem sie perfekt zu ihm passte. Benommen vor Begierde sah er zu, wie sein dicker Schwanz in ihrer engen, feuchten Pussy verschwand. Verdammt, er würde keine zwei Minuten durchhalten.

Mit seinen Fingern suchte er nach ihrer Perle, rieb und reizte sie, drückte sie fest nach unten gegen seinen harten Schaft. Stöhnend ließ sie ihr Gesäß gegen seine rhythmisch pumpenden Hüften kreisen. Seine Hoden klatschten laut gegen ihre vor Nässe glänzenden Schamlippen, immer härter und schneller, während ihn ein elektrisierender Schock nach dem anderen durchfuhr.

Sobald er spürte, dass sie unaufhaltsam ihrem Höhepunkt entgegenraste, zog er sie in eine aufrechte Stellung, fasste unter ihre Knie und hob sie hoch. Ohne Unterbrechung rammte er seinen Schwanz in ihre heiße Höhle, im Einklang mit ihren heiseren Schreien. Sein Schaft prickelte, er warf den Kopf in den Nacken und ergoss sich laut stöhnend in seine vor Ekstase bebende Frau.

Befriedigt ließ er sich auf den Rücken sinken und zog sie in seine Arme. Sie legte den Kopf an seine Brust. Schweigend verharrten sie eine Weile, bis sich ihr Puls wieder normalisiert hatte.

Schließlich sagte er widerwillig: „Wir sollten uns besser ankleiden, bevor uns noch jemand erwischt."

„Ja, gleich." Sie hob den Kopf und sah ihm in die Augen. „Erst muss ich dir etwas mitteilen."

Für einen Mann, dem Frauen stets ein Rätsel gewesen waren, konnte er ihre Gedanken überraschend leicht lesen. Ein Blick in ihr Gesicht verriet ihm, was sie ihm sagen wollte, und sein Herz begann erneut zu rasen.

„Bist du ... Sind wir ...?", presste er stammelnd hervor.

Sie schenkte ihm ein strahlendes Lächeln. „Nächstes Frühjahr sind wir zu dritt."

Ihm fehlten die Worte, um die überwältigende Freude auszudrücken, die ihn erfasste, also küsste er sie stattdessen so innig, dass ihnen die Luft wegblieb.

„Geht es dir gut? Kann ich irgendetwas tun, um ... *O mein Gott!*" Plötzlich packte ihn das blanke Entsetzen. „Ich habe meine schwangere Frau in eine Tränke geworfen ... und sie dann in einem *Stall* genommen."

„Ich weiß. War das nicht einsame Spitze?"

Gegen ihr kokettes Grinsen war er machtlos, ebenso wie gegen die Liebe und Bewunderung in ihren Augen, die seine Gefühle so perfekt widerspiegelten. Sanft nahm er ihr Gesicht in seine Hände. „Weißt du eigentlich, wie sehr ich dich vergöttere?"

„Ich kann es mir denken, aber du darfst es mir gerne noch einmal zeigen." Ihr Lächeln strahlte heller als die warme Sommersonne. „Diesmal vielleicht in unserem neuen Gartenpavillon?"

Er lachte aus vollem Herzen. Das Leben mit Violet war ein wunderbares Abenteuer ... von dem er sich wünschte, es möge niemals enden.

Selig vor Glück beschloss Miss Polly Kent, den Zorn ihrer Anstandsdame zu riskieren, und lief zurück in den dunklen Garten, um nach dem verloren gegangenen Band ihres Pantoffels zu suchen. Während sie ihre Schritte zurückverfolgte, kühlte die nach Gardenien duftende Nachtluft ihre erhitzte Haut, und die Sterne funkelten wie kleine Diamanten am Himmel. Am liebsten würde sie durch die verwinkelten Hecken hüpfen.

Heute Abend hatte Lord Thomas Brockhurst sie geküsst. Nicht nur das ... Sie hatte ihm außerdem ihr Geheimnis anvertraut, und obwohl er zunächst schockiert war, wies er sie nicht zurück.

Kann er mich wirklich so akzeptieren, wie ich bin? Freudentränen prickelten in ihren Augenwinkeln.

Sie konnte kaum glauben, dass Lord Brockhurst sich tatsächlich für sie interessierte. Im Gegensatz zu ihm, einem gut aussehenden, heißbegehrten Gentleman, war sie ein unscheinbares Mauerblümchen. Als er sie im vergangenen Monat zum ersten

Mal angesprochen hatte, während sie sich wie immer ganz hinten im Ballsaal herumdrückte, war sie völlig verblüfft gewesen, hatte sich sogar nach links und rechts gedreht, um sicherzugehen, dass er auch wirklich *sie* zum Tanz auffordern wollte. Erst, nachdem er ein zweites Mal fragte, brachte sie ein gestammeltes „ja" heraus.

Seitdem hatte er ihr mehr und mehr Beachtung geschenkt – stets unschuldiger Natur –, und heute waren sie endlich einen Schritt weiter gegangen. Er schlug vor, sich im Garten zu treffen, wo sie, geschützt von blühenden Hecken, ihren ersten Kuss erhielt.

Ihr Herz machte einen Satz. Es war so traumhaft *schön* gewesen.

Und was sie noch viel mehr erfreute, war die Tatsache, dass auch er die Verbindung zwischen ihnen spürte. Sie hätte es kaum für möglich gehalten, wenn sie nicht deutlich *gesehen* hätte, wie sehr er sich zu ihr hingezogen fühlte. Denn was die Gefühle anderer anging, besaß sie ein unerklärliches Gespür, beinahe so etwas wie einen sechsten Sinn. Sobald sie in die Nähe einer Person kam, nahm sie ein schwaches Leuchten wahr. Diese Aura – ein Zusammenspiel aus Farbe, Form und Licht – ließ sie den emotionalen Zustand eines Menschen erkennen.

Zum ersten Mal war diese Gabe nach einem Unfall aufgetreten, als Polly fünf Jahre alt war. Sie hatte sich angeschickt, nach ihrer Schwester Violet, die wesentlich agiler war, auf einen Baum zu klettern, war dabei jedoch abgerutscht und mit dem Kopf auf dem Boden aufgeschlagen. Als sie wieder zu Bewusstsein kam, lag sie plötzlich in einem Bett, umgeben von ihrer besorgten Familie, und bemerkte noch immer benommen, dass diese vor Erleichterung buchstäblich *leuchteten*.

Obwohl ihre Eltern und Geschwister ihre neue Fähigkeit bedingungslos akzeptierten, rieten sie ihr, niemandem sonst davon zu erzählen, da andere es vielleicht nicht verstehen würden. Polly jedoch hatte den Rat prompt ignoriert und sich ihrer damaligen besten Freundin anvertraut. Bereits am nächsten Tag hatte sich die Neuigkeit über ihre Andersartigkeit wie ein Lauffeuer im ganzen Dorf verbreitet. Selbst jetzt noch schnürte es ihr die Kehle zu, wenn sie an die kindischen Sticheleien dachte, die man ihr zugerufen hatte.

Nehmt euch in Acht vor der seltsamen Polly,
sie sieht in eure Köpfe hinein.
Passt bloß auf, da kommt die seltsame Polly,
sie flößt euch dunkle Albträume ein.

So oft sie auch zu erklären versuchte, dass sie weder Gedanken lesen noch zaubern konnte – sie vermochte lediglich die emotionale Aura einer Person zu erkennen –, ließ sich der Schaden nicht rückgängig machen. Sie war und würde für immer die seltsame Polly bleiben.

Eine Zielscheibe des Hohns und Spottes. Eine Außenseiterin.

Seit ihre Familie vor fünf Jahren nach London gezogen war, hielt sie weiterhin an der Gewohnheit fest, ihre Gabe – und somit ihr wahres Ich – vor der Öffentlichkeit zu verbergen. Sie vermied es um jeden Preis, Aufmerksamkeit zu erregen, was ihr auch gelungen war ... bis zu dem Ball, auf dem Lord Brockhurst sie bemerkte.

Er ist ein Geschenk des Himmels, dachte sie verzückt.

Nicht nur, weil er so attraktiv und überaus höflich war, sondern auch, weil er ihr aufmerksam und ohne Vorurteile zugehört hatte, während sie ihm stotternd von ihrem bedrückenden Leiden erzählte. Obwohl sie seine Zurückweisung mehr als alles andere fürchtete, wollte sie ihm gegenüber ehrlich sein. Sie war eine waschechte Kent und glaubte fest daran, dass Aufrichtigkeit und Liebe Hand in Hand gingen. Und da Lord Brockhurst sie geküsst hatte (was offensichtlich bedeutete, dass er sie zu umwerben gedachte), verdiente er es, die Wahrheit zu erfahren.

Zwar spiegelten sich in seiner Aura Ungläubigkeit und Schock wider, doch er hatte sie nicht zurückgewiesen, sondern ihr zu ihrer Erleichterung für ihre Ehrlichkeit gedankt und sie geküsst. Anschließend hatte er ihr zugeflüstert: „Gehen Sie besser schnell wieder hinein, bevor uns jemand erwischt. Ich werde Sie gleich morgen besuchen, versprochen."

Sie bog um eine Ecke und entdeckte ihr rotes Schuhband ein paar Meter weiter auf dem Kiesweg liegen. *Heute ist wirklich meine Glücksnacht*, dachte sie lächelnd. Als sie sich bückte, um es aufzuheben, hörte sie plötzlich gedämpfte Stimmen durch die Hecke. Ihr Herz setzte einen Schlag lang aus, als sie Lord Brockhursts vertrauten, geschliffenen Akzent erkannte. Die beiden anderen identifizierte sie als seine Kumpane, Mr Severton und Lord Eghart.

„Schön, du hast die Wette also gewonnen, Brockhurst", ließ sich Severtons nasale Stimme vernehmen. „Zugegeben, ich hätte nicht gedacht, dass du es schaffst, dieses Mauerblümchen aus ihrem Schneckenhaus zu locken, aber da habe ich mich wohl geirrt. Du erhältst dein Geld gleich morgen früh."

Polly umklammerte das rote Band. Eine eisige Hand griff nach ihrem Herzen.

„Ich hätte weitaus mehr als hundert Pfund verlangt, um mich mit dieser Verrückten abzugeben", lachte Lord Eghart höhnisch. „Sag schon, Brockhurst, wie war es? War es seltsam, sie zu küssen ... oder sind stille Wasser am Ende doch tief?"

Die Worte ließen ihr das Blut in den Adern gefrieren.

„Ein Gentleman genießt und schweigt", erwiderte Brockhurst.

„Ach, komm, wir sind hier doch unter Freunden", bohrte Severton nach.

„Meine Lippen sind versiegelt."

Polly stand da wie erstarrt und wusste nicht, ob sie ihm für seine Diskretion dankbar sein sollte oder wütend über seine Hinterhältigkeit. *Er hat mich geküsst, um eine Wette zu gewinnen. Ich bin so eine Närrin ...*

„Na schön, aber waren es ihre auch?", kicherte Eghart.

Ihr wurde übel, und sie wünschte sich nichts sehnlicher, als auf der Stelle vom Erdboden verschluckt zu werden. Als der Kiesweg unter ihren Füßen kaum merklich bebte, glaubte sie für einen aberwitzigen Moment, dass ihr Gebet erhört wurde … Aber nein, es waren nur Neuankömmlinge auf der anderen Seite der Hecke. Sie wusste, es wäre klüger zu gehen, aber ihre Beine waren wie gelähmt.

Severtons überheblicher Tonfall nahm einen einschmeichelnden Klang an. „Recht schönen Abend auch, Lord Revelstoke."

Bei dem Namen horchte Polly überrascht auf. Was um alles in der Welt hatte der Graf von Revelstoke denn hier zu suchen? Laut ihrer Schwester Rosie, die sich in der Gerüchteküche der *ton* bestens auskannte, war er der begehrteste Junggeselle in ganz London, trotz seiner unverhohlenen Abneigung der feinen Gesellschaft gegenüber. Es war ein merkwürdiges Paradox: Je weniger er sich aus der Meinung anderer machte, desto mehr verehrten sie ihn. Die Frauen begehrten ihn, die Männer wollten so sein wie er.

Alles in allem war er das genaue Gegenteil von ihr. Mit Leichtigkeit erklomm er die Leiter des gesellschaftlichen Erfolgs, während sie am Boden herumkrebste, zusammen mit den anderen Schwachköpfen, die auf die Liebe eines Gentlemans hofften, obwohl sie doch wussten, dass man ihnen stets nur mit Verachtung begegnen würde. Ihr schnürte sich die Kehle zu. *Wie konnte ich nur so dumm sein?*

„Gentlemen." Revelstoke klang ungeduldig. „Sie kennen ja sicher Lady Langley?"

Es folgten hastige Begrüßungen, dann verkündete eine weibliche Stimme: „Man sollte den Kitburns zu ihrer Beständigkeit gratulieren. Es gehört ein gewisses Talent dazu, fortwährend die langweiligsten Veranstaltungen zu organisieren."

„Da bin ich ganz Ihrer Meinung. Deshalb haben wir uns etwas

Spaßiges einfallen lassen", erwiderte Severton selbstgefällig. „Eine kleine Wette, wenn man so will."

„Ich bin ganz Ohr", sagte Lady Langley.

Pollys Hände wurden klamm vor Entsetzen.

„Severton", mischte Brockhurst sich warnend ein.

„Ach, sei doch nicht so bescheiden, mein Guter. Immerhin hast du gewonnen! Du hast es geschafft, das unbeholfenste Mauerblümchen der Saison in den Garten zu locken und ihr einen Kuss zu stehlen", lachte Severton hämisch.

„Wie *unanständig* von Ihnen, Lord Brockhurst." Die Schadenfreude in Lady Langleys Stimme untergrub den halbherzigen Tadel. „Sie stehen unserem Gott der Lustbarkeit hier in nichts nach."

„Was meinen Sie, Revelstoke?", fragte Lord Eghart eifrig. „Ein exzellenter Streich, nicht wahr?"

Es folgte erwartungsvolles Schweigen, als warteten alle mit angehaltenem Atem auf das Urteil des Grafen. Auch Polly stand mit geballten Fäusten da und lauschte auf seine Antwort.

„Genauso gut hätten Sie einen halbtoten Straßenköter treten können", erwiderte Revelstoke mit unverhohlener Verachtung. „Ein Mauerblümchen zu verführen … was soll daran schon schwierig sein?"

Die Worte trafen Polly wie ein Brandeisen. Wut und Schmerz durchfuhren sie gleichermaßen. Mit einem *halbtoten* Straßenköter verglichen zu werden, brachte das Fass nun wirklich zum Überlaufen. Revelstoke erachtete ihre Demütigung als reinen Wettkampf … einen, bei dem man sich nicht einmal groß anzustrengen brauchte. In diesem Moment war ihr egal, ob er der begehrenswerteste Wüstling unter der Sonne war … Sie *hasste* ihn von ganzem Herzen. Ihn und sein ganzes verdorbenes Pack.

Wenn ich Lord Brockhurst doch nur ebenso hassen könnte. Plötzlich stieg ein Schluchzen in ihrer Kehle auf. Hastig schlug sie sich die Hände vor den Mund, um den Laut zu ersticken.

„Sie sind also nicht an Jungfrauen interessiert, mein Lieber?“, säuselte Lady Langley.

„Würde ich mich heute Abend sonst mit Ihnen abgeben?“, erwiderte Revelstoke kühl.

Das darauffolgende Gelächter riss Polly aus ihrem Stupor. Sie wich von der Hecke zurück, umklammerte ihr rotes Schuhband und eilte mit tränenüberströmten Wangen aus dem Garten, in dem sie die Asche ihrer zerstörten Träume zurückließ.

DANKSAGUNGEN

An meine LeserInnen, die unbedingt mehr über Violet erfahren wollten ... dieses Buch ist für Sie. Ich hoffe, es hat Ihnen ebenso viel Freude bereitet, die Geschichte unseres Wildfangs zu lesen, wie mir das Schreiben!

An meine AutorInnengemeinschaft, die mich vor dem Wahnsinn bewahrt: Tina, du bist die beste Komplizin, die eine Frau sich wünschen kann. Diane, vielen Dank für dein geniales redaktionelles Feedback beim Editieren. Sandy, fühle dich gedrückt für deine geduldigen Antworten auf meine panischen Fragen über Pferde. Jess, du bist eine wunderbare Cheerleaderin und Freundin.

An die kreativen Genies hinter meinem Namen: Seductive Musings Design, Period Images und Atomic Cherry Design, vielen Dank für das fantastische Design meiner Bücher und Website.

An meine Familie, die mir bis tief in die Nacht beigestanden hat. An Candace, die beste Lektorin und Schwester. An Brian, dessen Vorschläge mich erheiterten und mir mehr als einmal den Ausruf entlockten: „Verdammt, das klingt gut!" Du bist der Beste, Baby. Und an Brendan, unseren kleinen Helden.

ÜBER DIE AUTORIN

Die internationale *USA-Today*-Bestsellerautorin Grace Callaway schreibt heiße, herzerwärmende, historische Liebesromane voller Spannung und Abenteuer. Ihr Debütroman schaffte es unter die Finalisten der Romance Writers of America®, Golden Heart® sowie auf Platz eins der National Regency Bestseller, und ihre weiterführenden Romane führen regelmäßig die nationalen und internationalen Bestsellerlisten an. Aktuell ist sie Gewinnerin des Daphne du Maurier Award for Excellence in Mystery and Suspense, des Maggie Award for Excellence in Historical Romance, des Golden Leaf sowie des Passionate Plume Award. Sie hat einen Doktorabschluss in klinischer Psychologie von der University of Michigan und lebt mit ihrer Familie und ihrem Adoptivhund in einem Tal nahe dem Meer. In ihrer Freizeit liebt sie es zu tanzen, in gemütlichen Restaurants zu essen und mit ihrem Sohn Abenteuer zu erleben, die auf dessen sonderpädagogische Bedürfnisse angepasst sind.

Erfahren Sie mehr über Grace:
Deutscher Newsletter:
https://gracecallaway.com/deutschernewsletter
Website: www.gracecallaway.com

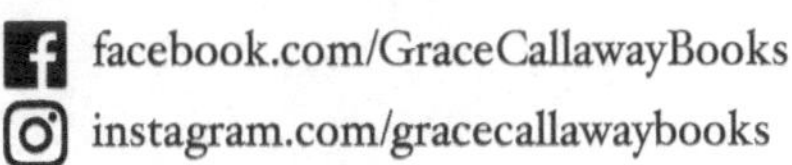

www.ingramcontent.com/pod-product-compliance
Lightning Source LLC
Chambersburg PA
CBHW031000190726
48285CB00004BB/1391